U0926191

黑色佣兵团　卷三　THE WHITE ROSE

白玫瑰

格伦·库克(Glen Cook) 著

刘策、苏伊达 译

江苏凤凰文艺出版社
JIANGSU PHOENIX LITERATURE AND ART PUBLISHING, LTD

目录

第一章

惶悚平原

茫茫大漠，空气凝滞，如棱似镜。一队骑马人像是跟随时间静止了，虽能看见移动，却几乎未近分毫。我们轮流数人数，却始终莫衷一是。

微风如泣似诉，自珊瑚丛中掠过，搅扰着先祖树的叶子，银铃般的脆响，同风声交织合鸣。北境，惊雷乍现，闪电扫掠而过，勾勒出一道银色的地平线，仿佛天神震怒、雷霆交战。

我听到脚踏沙砾的声音，于是转过了身。沉默正望着一座会说话的巨石出神。这石头不久之前蹿了出来，着实害他吓了一跳。鬼祟的石头，就像在玩游戏。

“荒原上有陌生人。”它说道。

我蹦了起来。巨石咯咯直笑。在暗黑童话里，巨石的笑最不怀好意。我嘴里骂骂咧咧，躲进它的阴影。

“外头都热出海市蜃楼了。”

“那是独眼和地精，从塔纳回来。”

它说对了，我说错了。都怪我神经过敏。向外派遣侦察队已经超过原定时间一月有余。我们为此坐立不安。近来，夫人的军队在惶悚平原边境上的活动也越发频繁。

巨石那儿又传来一阵咯咯嘲讽。

说起这块石头，高度远远凌驾于我之上，竟足有十三英尺。然而在同类里边，还只是普通尺寸。那些十五英尺高的，极少挪窝。

骑士们渐渐靠近，却仍相距甚远。都怪紧绷的神经作祟。眼下，黑色佣兵团所面临的艰难处境可谓前所未有。我们再也承受不起任何损失。任何牺牲都意味着相知多年的老友离去。我又开始数数。这次似乎数对了，但里头有一匹马，上面没有骑手……天气炎热，可我分明在打冷战。

他们走在一条顺势而下的小径上，小径一直延伸到一条距离我们三百码开外的小溪，溪水隐蔽，汩汩流淌于巨大的礁脉当中。浅滩旁的树精缓步徐行，虽然没有一丝风，树叶却在摩挲作响。

骑士们催马前行。只是那些牲畜精疲力竭，虽知即将到家，却还心不甘、情不愿，终于踏入小溪，水花飞溅。我咧嘴一笑，重重地拍了沉默的后背。人都在。每一个人，他，还有他。

沉默收起以往的冷酷，报之以莞尔微笑。老艾滑过珊瑚，迫不及待地要和久违的战友重逢。奥托、沉默和我赶紧跟了上去。

在我们身后，朝阳宛若一轮巨大的血球，刺刺沸腾。

大家纷纷下马，畅怀大笑。尽管看上去状况很糟。地精和独眼尤其不妙。不过，终究算是摆脱了危险，回到了劫将们鞭长莫及的庇护所。因为宝贝儿在附近的缘故，劫将可不比我们强大多少。

我往回瞟了一眼，宝贝儿已经踱至隧道入口，通身如同一只雪白的鬼怪，矗立在自己的阴影之上。

人们相互拥抱，老惯例，大家装作没事人一样，对彼此的经历不闻不问，好似家常便饭。“那边不太好过吧？”我边问独眼，边细细打量那个和他们同行的人。这人似乎并不面善。

“没错。”这个干瘪的小黑人比我预想的还要瘦削。

“你还好吧？”

“挨了一箭，”他揉了揉自己的肋骨，“皮肉伤。”

独眼后面的地精怪声尖叫起来，“他们差点儿就逮到我们了哩，追了咱们整整一个月，甩都甩不掉。”

“先把你抬进地堡里头吧。”我告诉独眼。

“别慌，没有感染。我自己清理过。”

“那也得让我看看，”自我升任佣兵团医官以后，他就是我的助手了，对伤情的判断自然有理有据。但是，确保兄弟们的健康是我的首要职责所在。“他们在等着咱们呢，碎嘴。”宝贝儿从隧道的入口跑来，回到我们固若金汤的地堡。风暴过境后，只剩下如血的太阳依旧高挂东方。某个巨大的东西从它表面拂过。鲲鲸？

“中了埋伏？”我瞅了后面的斥候一眼。

“并非针对我们。专找麻烦的。他们很在行。”斥候的任务有二：与我们在塔纳的盟友保持联系，以确认夫人的爪牙在长久的销声匿迹之后，有没有再度复活；再来是突袭那里的驻军，以此证明我们尚有反手之力袭击横跨半个天下的雄雄帝国。就在我们走过巨石时，它又开始低语：“荒原上有陌生人，碎嘴。”

为什么碰上这档子事的总是我？巨石对我说的话比对其他人说的要多得多。

是什么金石良言，值得它说两次？我不免留了个心眼。巨石之所以翻来覆去地絮叨，说明它认为这个信息至关重要。

“那些满世界追着你们跑的尾巴呢？”我问独眼。

他耸了耸肩。“总之不会善罢甘休。”

“外面到底发生了些什么？”在这荒原里东躲西藏的我，还真像是被活埋了一样，闭塞懵懂。

独眼那张死脸依然深不可测。“一会儿科勒会说的。”

“科勒？你带来的那个家伙？”名字我倒是听说过，只是从未得幸，面见本尊。他可是我们最优秀的密探之一。

“对啊。”

“不是什么好消息吧，嗯？”

“不是。”

我们滑入通往杂院的隧道，回到了我们散发恶臭、腐朽不堪、潮湿紧凑的狗窝——地堡。这地方看似腌臜恶心，却是新白玫瑰叛军的核心与灵魂所在，也是在那些饱受蹂躏的国家中，人民窃窃私语的所谓“崭新希望”。可在我们这些九死一生、苟活于此的人看来，不啻为笑话。这里和任何一个老鼠横行的地牢没有什么两样——只是关在这里的人随时可以离开。前提是他敢冒天下之大不韪，回到一个满世界找他算旧账的帝国。

第二章

惶悚平原

科勒是我们在塔纳的耳目，他的眼线遍布天南地北。他自己也是数十年如一日，处心积虑提防夫人卷土重来。旧叛军在查姆惨遭屠戮时，他是为数不多的逃出夫人毒手的人之一。很大程度上，这件事佣兵团负有责任。往事不堪回首，我们也曾是夫人得力的左膀右臂，不断诱骗她的敌人进入陷阱。

有二十五万人死在了查姆。历史上，从来没有过如此悲壮的战役，也从来没有过如此一锤定音的斗争结果。哪怕是帝工在古森林遭遇灭顶之灾，伤亡人数也只不过是查姆的一半。

惨烈的事实迫使我们改旗易帜——曾几何时，我们连并肩战斗的盟友都找不到。

独眼的伤口和他说的一样干净。我也就放他一马，挪步回自己房间去了。过不多时，口令传来，宝贝儿想在听取报道之前，好好让斥候队伍休息一下。我料想不祥，寒战连连，害怕听见外头风紧。

现在的我，老拙迂腐，身心疲惫，意气风发早已不复当年。从前的熊熊烈焰，从前的不竭动力，从前的勃勃野心，如今哪儿去了？曾经，我也有过梦想，辗转流年，却又悉数遗忘。在失意的日子里，我拂去蒙在岁月上头的厚厚尘埃，留恋地爱抚连连，感佩怀念当初那个怀揣梦想、浪漫天真的弱冠少年。

我的住处满是古物。这是我的伟大事业。有八十磅重的古代文献——这是我们还在为夫人奔走效劳时从叛军私语的后花园里挖出来的。也许在这里头，隐藏着打败夫人和劫将的钥匙。可眼看六年过去，依然一无所获。真真失败透顶，叫人郁闷。现在，这些古籍我也只是随手翻翻，马上又捣鼓我的编年史去了。

自打从杜松城劫后余生，编年史就成了我的私人日记。佣兵团的遗黎故老对它一点儿兴趣没有。外边的消息又诞妄不经，我也懒得记录在案。甚至有谣言说，在杜松城击败自己的丈夫以后，夫人似乎变得比我们还要慵懒散漫，几乎原地踏步。

当然了，这都是表面的假象。更何况夫人擅长的就是疑兵之计。

“碎嘴。”

我从读过逾百遍的泰勒奎尔语索引书上抬起了头。原来是地精站到了门口，活像一只老蛤蟆。

“咋？”

“上面出了点事。带把剑。”

我抓起弓和皮革胸甲。要说近战，那可是难为我这把老骨头了，如果非要上场战斗，我宁可站得远远的，胡拉乱射一通。我跟在地精后头一边寻思，这把弓的来头可不小。查姆战役时，夫人亲手将它赐给了我。噢，往事岂堪回首。正是在它的帮助下，我杀死了搜魂——那个把佣兵团诱至夫人手下的劫将。现在想起来，就好像上古神话。

我们飞奔到阳光下，其他人也纷纷跑了出来，消散在丛丛仙人掌和珊瑚之中。至于那个沿着小路下来的骑手——那里是唯一的进出通道——他是不会看到我们的。

此人单骑闯关，胯下的骡子老态龙钟，没有武装。“折腾了老半天，就为了个骑骡子的糟老头子？”我不免唠叨抱怨。可那老头却一溜烟从珊瑚和仙人掌之间碾出一条小道，一片风生水起。看来这老家伙知道我们就在附近。“咱们最好悄悄离开这里，再安静一些。”

“没错。”

我吃了一惊，还有点儿眼花缭乱。老艾站在我身后，一只手遮住了眼睛。看上去和我一样老气横秋，一样心力交瘁。每一天，时间匆匆流过，提醒着我们不复青春。见鬼，自打穿过苦痛海，涉足北境以后，青春这个词就跟我们彻底绝缘了。“我们需要补充些新鲜血液啦，老艾。”他闻言冷笑。

没错，等这码子事完了，我们又会变得更老，前提是还能活下来。这感觉，就如同和时间讨价还价。只是希望，这次能够侥幸再买个几十年。骑手蹚过河流，停了下来，接着举起了双手。

大伙儿渐次显形，武器凌乱地拿在手里。孤老头子一个，还跑到了宝贝儿的掌控地带，一点儿威胁也没有。

老艾、地精和我也溜达过来。我边走边问地精：“你和独眼在外头找些乐子了吗？”他们两个活宝可算宿怨已久。但是宝贝儿在场，他们的巫术戏法就没有了用武之地。

地精露齿而笑，咧开的嘴角都勾连到了双耳，“我帮他疏通了一顿筋骨哩。”

我们踱到了骑手旁边。“一会儿再跟我说说。”

地精咯咯痴笑，像极了开水壶烧开时的咕咕声。“好嘞。”

“来者何人？”老艾问那个骑骡子的人。

“象征。”

那不是个名字，而是在遥远西方信使们所惯用的通行口令。我们很久都没有听到这个词了。西方的信息要想到达荒原，势必经过夫人治下最为俯首称臣的省份。

“啊哈？”老艾说，“那啥？干吗不下来说话？”

老人从骡子上翻下身，以示诚意。老艾觉得这可以接受，听他娓娓道来：“这儿有个二十磅的包裹。”他轻拍了下挂在鞍上的箱子，“每过一个该死的城镇就又加一分负担。”

“你一个人走完全程的？”我问。

“一步一步从木桨城走来。”

“木桨城？那可是……”

离这超过一千英里。我居然都不知道，在那里都有我们的人。即使在眼皮子底下，我对宝贝儿的领导组织也是知之甚少。谁让我把大多数时间都花在那些该死的文献上，试图厘清些言外之意、弦外之音。

老人直视我的眼睛，似乎在称量我的灵魂。“你是那个医官？碎嘴？”

“嗯，所以呢？”

“有东西给你，私人的。”他打开了信箱。所有人霎时间警戒了起来——毕竟谁都保不齐有个万一。但他只是取出了个油布包裹，感觉像是为世界末日特别准备的。“来这一路上一直在下雨。”他一边解释，一边递给了我。

我估摸了一下。如果掀开油布，可能没有想象那么重。“谁寄的？”

老人耸了耸肩。

“你从哪儿弄来的？”

“我的分队队长那儿。”

这回答毫无新意。宝贝儿对组织策划十分严密，夫人顶多能摧毁一个分支部落，却难以撼动全局。这小鬼头简直就是个天才。

老艾收下了余下的信件包裹，对奥托说道：“带他下去，找个铺子。去打个盹儿吧，老家伙。一会儿白玫瑰会去找你。”

这下子，整个下午也许会变得格外有趣，毕竟有科勒和这老家伙双双报到。我举起那个充满谜团的包裹，对老艾说：“我得去看一眼这玩意儿。”会是谁送来的？在这荒原之外，我一个人都不认识了，除了……但夫人也不至于纡尊降贵，千里迢迢地给一个地下组织寄信吧？难道不是吗？

恐惧在我心中蹿上跳下。离上次经历已经过去好长一段时间了，但她曾许诺会“保持联系”。

说话的巨石早就警告过我们，有信使伫立在小路旁边。当我经过时，它又说道：“荒原上有陌生人，碎嘴。”

我停下脚步。“什么？还有人？”

它恢复了本性，不再多说。

永远别想搞清楚这群老顽童版的石头。见鬼，我就不明白了，它们为啥要站在我们这一边。它们厌恶一切外人，和这儿所有的怪诞物灵一个样儿。

我灰溜溜回到住处，解开弓，挂在土墙上，接着坐回到工作台，打开了那个包裹。

笔迹我不认识，信的末尾也没有署名。我开始读了起来。

第三章

昔日往事

碎嘴：

那个婊子又在发牢骚。波曼兹揉了揉太阳穴。头痛止也止不住。他遮住了眼睛。“萨伊塔，萨塔，苏塔。”他低语连连，齿擦音格外愤怒，像嘶嘶作响的吮血毒蛇。

他咬了下舌头。没人会对自己的妻子下咒。毕竟，他要强抑自尊，为年轻时的愚蠢忍气吞声。可叹！这多么叫人心痒！又多么让人震怒！

够了，傻瓜！继续研究这该死的地图吧。

但是，不论是茉莉，还是头痛，都没有息事宁人。

“倒了他妈的血霉！”他把地图一角的镇纸拍到一边，再将这薄薄的丝绸纸绕玻璃棒卷起，滑进古矛赝品的长柄里。长柄连同握把锃光发亮，彼此交相辉映。“贝桑不出一分钟就能找到它。”他发着牢骚。

突发的溃疡几乎让他把牙齿咬碎。越接近终点，就越接近危险。

他的神经已经脆弱不堪，生怕自己倒在最后一道关口，害怕不期而至的懦弱吞噬自己，此生从此虚度。

对一个始终活在刽子手刀斧阴影之下的人来说，三十七年不啻一段漫长而又煎熬的无情岁月。

“茉莉，”他喃喃抱怨，“妈了个有眼不识金镶玉。”猛地将门甩开，向楼下喊，“这回又咋了？”

就和过去一样，没有丝毫改变。因为心存芥蒂，她永远喋喋不休，唠叨些有的没的，想借此作为报复，打搅他专心研读。只因为在她眼里，是他让两人的生活沦落到碌碌无为的窘迫境地。

他本可以成为木桨城呼风唤雨的大人物。本可以让她住进琼楼玉宇，身边围满点头哈腰的仆从。本可以让她穿金戴银。本可以让她每餐有鱼有肉、大快朵颐，养她个雍容华贵。可他偏偏选择了学士般苦海无涯的生活，隐姓埋名，连她一起，卷入这暗无天日、晚上还得提心吊胆的古森林里。对她，他什么都无法给予，除了这肮脏邋遢的环境、凛冽彻骨的寒冬，还有永恒守卫的不断骚扰。

波曼兹一步一顿地从吱吱呀呀的狭窄楼梯迈下来，嘴里咒骂着那女人，啐了口唾沫在地上，拿出一枚银币，交到她干枯的手上，差遣她出门去，张罗一顿像样的晚餐，哪怕就这么一次都好。什么叫不堪其扰？他暗忖。我来告诉你什么叫作不堪其扰，你个老家伙。我来告诉你，和一个成天悲号哀怨的人一起生活是个什么感觉，还有那破旧行囊，里面包裹着索然无趣的年少梦想。

“就此打住吧，波曼兹，”他低声自语，“她毕竟是你孩子的妈。给她应得的报偿吧。她又没有背叛你。”别的不说，至少他们还曾经因为那张丝绸地图，有过念想、有所企盼。只是在她看来，日复一日、年复一年的等待着实艰难。不论是否取得进展，在她眼里，只看到将近四十多年的大好流年，如同付诸东流，没有任何实质性的回报。

商店店门的铃铛响了。波曼兹勉强抖擞起一副店主人的架势，疾跑上前，看到一个大腹便便、脑袋谢顶的矮个儿男人。此人双手叉在胸前，手上的蓝色血管清晰可见。“托卡。”他微微鞠躬，“没想到你这么快就来了。”

这个托卡是木桨城一个商人，也是波曼兹的儿子斯坦西尔的一个朋友。他有一副虚张声势、正直而又不拘礼节的性格。波曼兹总是自欺欺人，觉得这人跟自己年轻时的模样简直如出一辙。

“也没打算这么早回来的，老波。但是啊，这年头很流行古董玩意儿。真叫人弄不懂。”

“你这就想买其他的货啦？这么快？你都快把我的存货一扫而空啦。”

来人并不说话，无声地抗议：波曼兹，我的意思是说，你该准备补充货品了。把当初因为苦读钻研而流失的时间弥补过来。

“今年流行帝王时期的宝贝。别他妈到处瞎刨了，老波。赶紧海捞一把。明年啊，行情就会跟葬身于此的劫将一样，一片死寂。”

“他们可没有……也许我太老了吧，托卡。跟贝桑的唇枪舌剑也让我觉得没意思了。见鬼。十年前我还亲自找上门。针锋对麦芒般的雄辩真是解乏的利器。可是成天挖东掘西的，这把老骨头也快经不住了。我累极了，只想弓着背，舒舒服服地坐着，笑看世事随风变迁。”波曼兹一边叨唠个没完，一边拿出了自己店里上好的古董宝剑、铠甲和士兵护身符，外加一个保存得天衣无缝的古盾，一盒上头刻有玫瑰的箭镞，以及一对儿宽刃长矛，那矛头年代久远，严丝合缝地安在长柄复制品上。

“我可以派几个人过来。你告诉他们往哪儿挖就成。钱我照给。

你啥事都不用做。这斧头真他妈带劲啊，老波。这是泰勒奎尔语吗？真恨不得能卖他个一驳船！”

“老实说，应该是尤齐特语。”溃疡又开始发作。“不，不要帮手。”他真的不需要。他可不想要一帮子年轻有为的家伙在他做实地勘探时，黑压压地站在肩头上监视自己。

“权当建议嘛。”

“对不起。别介意。今儿早跟茉莉生气来着的。”

托卡轻声问道：“有找到些劫将的东西来吗？”

几十年了，扮起惊吓恐惧的样子，波曼兹可说是信手拈来。“劫将？他妈的我疯了吗？我碰都不敢碰，更别提要瞒过茔长了。”

托卡鬼祟地莞尔一笑。“那当然了。永恒守卫咱们可惹不起。更何况……木桨城有个人，愿意出大价钱买有关劫将的物品。若是能得到夫人的东西，他甚至不惜出卖自己的灵魂。他爱她爱得发狂。”

“她的确有这股魔力。”波曼兹回避着眼前这个年轻人的注视。小斯究竟透露了些什么？这会不会也是贝桑请君入瓮的盘问把戏？随着年岁的增长，波曼兹对这样的猫鼠游戏已经越发腻味了。他的神经不堪重负，受不了这份双面人生了。时间诱惑着他坦白从宽，早日求得解脱。

才不，见鬼！更何况他倾尽所有。三十七年的岁月，无时无刻不在挖掘。鬼鬼祟祟，还要掩人耳目，同时忍受着不名一钱的艰难处境。不。他不会轻易言弃。现在还不到时候。何况他离终点如此之近。

“说实在的，我也爱她。”他坦言，“但还没有到抛弃良知的地步。如果发现了些什么的话，我会大声喊着，叫贝桑过来的。那声音之大，哪怕远在木桨城，都能原原本本地听到。”

“那好吧。随你怎么说吧。”托卡咧嘴而笑，“我也不卖关子了。”他取出一个皮夹子，“斯坦西尔寄来的。”

波曼兹一手拿过皮夹子。“从你上次来这以后，我就再没收到他的音信了。”

“我能开始装货了吗，老波？”

“当然可以。装吧。”波曼兹有些心不在焉地从分类架里取出库存清单。“把你要带走的都勾掉吧。”

托卡轻声一笑。“这一次我全要了，老波。给我个痛快价。”

“全要了？这里有一半都是垃圾啊。”

“跟你说了，帝王时期的玩意儿可火了。”

“你见着小斯了？他咋样了？”他快要读完第一封信了。其实他儿子在信上也没什么可说的。上头全是流水账，写信权当是完成任务。和每个儿子寄给父母的书信别无二致，要想从里头丈量其中的沧海桑田，简直痴人说梦。

“身体健康极了。在大学里厌学了。接着读下去。惊喜在后头。”

“托卡来过这里。”波曼兹说道。他露齿笑了，两只脚轮换舞动。

“那个贼？”茉莉沉下了脸。“你没忘记管他要钱吧？”她那张胖乎乎、面部下垂的脸永远一副横眉冷对的表情。就连平常开口说话时，大概也是这副模样。

“他捎来了小斯的信。这里。”他献出包裹，几乎都快抑制不住自己。“小斯要回家了。”

“回家？才不会哩。他还得待在大学里学习吧。”

“他请了假。夏天回来。”

“为什么？”

“就为来看看咱们。帮忙照顾照顾生意。找个清静地儿，好写论文。”

茉莉闷声嘟囔。还没有看那些信。心里还因为儿子和他父亲一样沉迷于帝王时期的那些破烂玩意儿而耿耿于怀。“他来这里，就是来帮你在不该刨的地方大兴土木的吧？”

波曼兹偷偷摸摸地瞥了一眼窗外。“今年是彗星之年。劫将的阴魂余孽必来吊唁帝国逝去。”

帝王覆灭之日，曾有彗星显现。今年夏天正值彗星十载轮回。对十劫将的感应势必大大增强。

波曼兹来到古森林的那个夏天就目睹过凌日景象。长久以来，大坟茔一直流传着群鬼游荡、群魔乱舞的风言。

激动之情让他肚子一紧。茉莉自然不会理解这个夏天的意义。它标志着漫漫征途的句点。只是，他还差一把关键钥匙。找到它，就能和某人取得联系，找到它，就能终结投入，开始产出。

茉莉冷笑一声。“凭什么我要搅和进来？我妈老早就警告过我。”

“我们是在为斯坦西尔考虑，娘们儿。我们的独生子。”

“噢，老波，别骂我是个无情无义的娘们儿。他回来我当然是欢迎的了。难道我不爱他？”

“那就表达出来，藏着掖着算什么。”波曼兹看了看搜刮过后的遗留品，“除了最糟糕的垃圾，一个都没给我留。一想到又要去挖坑，我这把老骨头就痛得慌。”

话虽如此，心里却情绪高涨。外出补货可以成为他游走于大坟茔边缘的正当借口。

“此时不开挖，还更待何时呢？”

“你这是要赶我出去？”

“我可不会有半点恻隐。”

波曼兹叹了口气，审视了下自己的店子。还剩几把锈蚀的长矛，连同破破烂烂的武器，还有一个辨别不清年代的头骨，因为那上头没有帝王时期军官所特有的三角锲入物。收藏者们对无名小卒或者白玫瑰拥趸的尸骨可是一点儿兴趣都没有。

真挺讽刺，他心里暗想。为什么人们总对邪恶之物兴致勃勃？比起帝王和十劫将，白玫瑰的英雄事迹更值得歌颂才对。可事实却是，除了茔长及其手下，几乎所有人都淡忘掉了她。任何一个乡巴佬都说得出一半劫将的大名。大坟茔，这个暗流涌动的邪恶之地，护卫森严。反倒是白玫瑰的坟墓，早已湮没在岁月的长河之中。

“不是这里就是那里，”波曼兹顾自沉吟。“该出发刨地了。这儿。就是这儿。铁锹。地灵尺。行囊……也许托卡说的没错。是该找个帮手。刷子。帮我提这些家伙。经纬仪。地图。这些都不能忘。还有啥？边界标识。别忘啦。那狗日的门福。”

他把行头收拾得满满当当，浑身上下挂满了各式装备，手里拿起铁锹、耙子和经纬仪。“茉莉！茉莉！快把这该死的门给我打开！”

她透过卧房的幕布，望了一眼。

“一开始就该把门先打开的，笨蛋。”她踱步穿过店子，“老波，总有一天，你要学会有条理。也许是我出殡下葬后的那一天起。”

他步履橐橐，沿街而行，嘴里不停念叨：“是的，等你一死，我就有条理了。你最好他妈的相信。真巴不得在你改口以前，先送你入土为安。”

第四章

不久的过去：乌鸦

在白玫瑰的传奇故事里曾有记载，大坟茔坐落于古森林之中，远在查姆之北。帝王意欲从杜松城卷土重来的计划失败后，乌鸦于当年夏季抵达了大坟茔。反观夫人的部队，士气正盛。帝王陵中潜藏的邪恶已不足为惧，叛军的残余也是溃不成军，帝国势力盛极一时，无可匹敌。而灾难的先兆——大彗星——在数十年内，也不会有再度显现之虞。

只有一个孤零零的抵抗势力存在—— 一个自称白玫瑰转世的孩子。只不过，她充其量只是一个亡命徒而已，和黑色佣兵团的叛徒残渣日夜奔逃、风餐露宿。在帝国面前，犹如螳臂当车，不足为惧。过不多久，夫人的压倒性优势必能以摧枯拉朽之势，将他们一网打尽。

乌鸦背包拄杖，独自一人从木桨城跛行而来。他自称是一名伤残老兵，原属瘸子驻扎在福斯博格的部队，想找一份工作糊口。这世道，只要不自视甚高，满世界都是不体面的工作。永恒守卫的佣金很高，雇些苦力还能减轻他们的负担。

有一个团的兵力在大坟茔驻守。数不清的平民住在营地附近。乌鸦也和这里的芸芸众生融为一体。铁打的营盘流水的兵，部队换防更迭不断，只有他一个人，化作这里一成不变的风景线。

刷碗、洗马、清理马厩、传信、拖地、帮厨，能赚钱的活计他都干。他个子高，皮肤黝黑，寡言阴郁，没有朋友，也没有仇敌。几乎不过社交生活。

几个月后，他申请住进一幢破败的房子里。房子曾经属于一个来自木桨城的法师，因此长期闲置，无人居住。只要一得闲，手头又有资源，他就会装点门面，将住处逐渐修葺一新。正如之前那个法师一样，在这里，他继续着自己一路北行而来的秘密任务。

乌鸦每天在镇上工作十到十四个小时，返回住所后，又继续自己的工作。人们怀疑他从来不用休息。

几乎没有什么事情能干扰他，然而，乌鸦还不能完全接受他的身份。少有杂役未受到过侮辱虐待，但乌鸦是根硬骨头，从不妥协。要是受到不公正待遇，他的眼神就会寒若镔铁。历史上，只有一个人胆敢无视这种警告，结果乌鸦狠狠地揍了他一顿，残忍而无情。

没人疑心他还有另一重身份。在自家屋外，他是托名为乌鸦的帮工，仅此而已。全身心投入工作，尽心尽责。到了自家屋内，他又成了名为乌鸦的装修工，修缮旧屋。待到夜深人静，众人皆睡，只有夜巡队守夜放哨，他才成为一个身怀使命的乌鸦。

在法师厨房的墙壁里，装修工乌鸦得获至宝。他不动声色地将其置于楼上，变成了那个使命在身的乌鸦。

残页上的笔迹颤颤巍巍，却对解密至关重要。

那张不苟言笑的瘦削阴郁之脸褪去了刺骨寒意。幽暗的双眸竟跃动着火花，双手激动地挑灯细看。乌鸦正襟危坐，纹丝不动，目不斜视，之后，又面带笑容，从容走下楼，踱步入夜，还向路上碰到的夜巡队举手致意。

他已为人熟知，没有人会阻止他跛足夜行、观测星轮。

冷静下来以后，他返回了住所。今夜注定无眠。他展开残页，开始工作：研读、解码、翻译、记录，然后书写一封短期内无法到达目的地的信。

第五章

惶悚平原

独眼串门告诉我说，宝贝儿要面见科勒和那个信使。“她憔悴了许多，碎嘴。你最近有照顾过她么？”

“当然有。我给出建议，她视若无睹。怪我咯？”

“距离彗星下一次出现，还有二十来年呢。她也没必要往死里干，是吧？”

“你找她说去。反正她跟我说，这堆烂摊子要赶在下次彗星出现以前尽早处理掉，还说我们在跟时间赛跑。”

她对此深信不疑。但我们却无法理解。在惶悚平原，我们与世隔绝。有时，与夫人的战斗都变得无足轻重，这片荒原就足以让我们应接不暇了。

我突然发现，我的状态要比独眼好上十万八千里。过早的“入土为安”、转战地下对他毫无益处。使不上法术也在逐渐消磨他的身体，岁月的痕迹逐渐显露。我放缓脚步，等他跟上。

“你和地精耍得开心么？”

他做了个哭笑不得的表情。

“又输了？”这俩人从黎明就开始了。挑事儿的总是独眼，地精负责一锤定音。

独眼嘟囔了几句。

“啥？”

“哟！”有人喊道，“所有人注意！警报！警报！”

独眼啐道：“一天两次？搞什么鬼呢？”

我知道他的意思。最近两年，拉响警报的次数总计还不到二十次。今天一天居然就放了两次？难以置信。

我往回跑去取弓箭。

这次我们不再慌乱。老艾逢人便一脸痛苦地怨声连天。

日出东方。地堡出口向西。待到人群会合，阳光直射入眼，双目难睁。

“你们这群笨蛋！”老艾吼道，“到底在搞什么鬼？”一个年轻的士兵站在空地，遥指远方，我随之眺望过去。

“真他妈糟糕”，我说道，“倒了八辈子血霉一样的糟。”

独眼也看到了。“是劫将！”

远处的小点飘扬着升高，在我们的藏身之处打转。圈子越兜越小，突然又开始摇晃。

“没错，是劫将。私语还是陌路？”

“不是冤家不聚头。”地精也加入了我们。

自打来到惶悚平原以后，就再没见过劫将。可是从杜松城到荒原这一路上，劫将们追了我们四年，没少给我们惹麻烦。谁让他们是夫人的走狗，是夫人的恐怖化身。曾经，他们一共十员。在帝王时期，夫人和帝王奴役了同一时代最伟大的一众法师，收归已用。四百年前，白玫瑰击败帝王以后，劫将也跟着他们的主子遭了殃，被封印在地底下。后来，趁着两个彗星季的工夫，他们又随夫人复活了。不过，在劫将内部，彼此山头林立，争斗不休——因为其中一部分劫将仍对帝王效忠——所以，大多数都因为内耗而将星陨落了。

但夫人又找来了新的奴役，填补空缺：飞羽、私语和陌路。飞羽，连同一个老劫将瘸子，在杜松城同我们一起阻止帝王东山再起时，死于非命。如此一来，还剩两个：私语和陌路。

飞毯之所以剧烈颠簸，是因为靠近了宝贝儿免疫结界的边缘，浮力随之渐渐消失。劫将操纵飞毯转向，往外降落，退回到足够远的距离，完全夺回了操控权。“可惜没有冲进来摔死。”我说道。

“他们可没那么蠢”，地精说，“这只是一次试探。”他摇了摇头，不寒而栗。他知道一些我不知道的事，在荒原外的时候，应该打探到了些什么情况。

“局势更紧张了？”我问道。

“是啊。你干什么呢，蠢货？”地精冲独眼嚷道，“注意点儿！”

小个儿黑人无视劫将，反而注视着南面的风蚀悬崖。

“我们的任务是保住小命，”独眼语透自负，有些飘飘然，像是抓住了地精的把柄，有意惹他生气，“也就是说，别中了声东击西之计。”

“你他妈胡说什么呢？”

“意思是你们眼巴巴地看那边的小丑时，另一个劫将在悬崖后头偷偷运过来一个间谍。”

地精和我望向红色断崖，什么都没发现。

“晚了，”独眼说道，“早跑了。但我觉得应该去找找那个间谍。”

我相信独眼。“老艾，找几个人过去。”我跟老艾解释了一下。

“准备出发，”老艾说道，“还以为他们把我们给忘了呢。”

“那不可能，”地精说道，“肯定没忘。”我觉得他肯定知道些内情。

老艾又检查了断崖那边的情况。他对这片区域驾轻就熟。我们全都是。总有一天，比敌人更了解这片荒原将成为我们生存下来的希望寄托。“好了，”他自言自语道，“我明白了。见过副团长后，我会带四个人过去的。”

警报响了以后，副团长并没有上来。他和其余两个人驻守在宝贝儿的门口。要是敌人胆敢靠近宝贝儿半步，首先得跨过他们的尸体。

飞毯向西飞走了。我不明白荒原上的生物为什么没有攻击它。我找到了之前跟我说话的巨石，向它诉说了我的疑问。但它没有正面回答，只是说：“开始了，碎嘴。记住这一天。”

“是啊。”那一天的确是个开始，尽管很多年前就已经开始了。那一天，第一封信、劫将、摄踪以及猎狗——蟾蜍杀手都来了。

巨石又提醒了我一遍：“荒原上有陌生人。”然而，这番说辞并不能为那些没有反抗劫将的飞行生物做辩护。

老艾回来了。我对他说：“巨石说还有其他访客。”

老艾皱了皱眉，“你和沉默站下两趟岗？”

“嗯。”

“小心点儿。地精、独眼，过来。”他们一起商量着什么。之后，老艾带着四个年轻人出发了。

第六章

惶悚平原

轮到我上去站岗了。老艾和他的人还没有回来。日渐西沉。巨石早已离去。万籁俱静，唯风声袅袅。

沉默坐在珊瑚丛的阴影里。阳光穿过珊瑚扭曲的枝干，映射出斑斓的色彩。珊瑚是很好的掩护。没有几个荒原居民胆敢以身尝试珊瑚的毒性。对值守的人来说，本地出没的野兽远比我们的敌人更危险。

我左闪右避地穿过珊瑚剧毒的枯枝，来到沉默身旁。沉默是个高高瘦瘦的老头儿，双瞳乌黑，似乎总是聚焦在早已逝去的流连幻梦之中。我放下武器，问道："有什么情况？"

他摇了摇头，简洁明快的否定动作。我捯饬好护具。珊瑚环绕在我们四周，枝丫高达二十英尺，狰狞可怖。在这里，视野并不开阔，只能看到面前的那条小溪、几个死去的巨石，还有远坡上的树精。一棵树精正站在溪水边，主根扎进水里，过不多久，像是察觉到了我的视线，又渐渐隐去了。

目之所及的惶悚平原是个不毛之地。一般的沙漠生物，如地衣、灌丛、蛇、蜥蜴、蝎子、蜘蛛、野狗、地松鼠虽有分布，但很少见；反倒是遇到麻烦时，经常同它们不期而遇。这就是在惶悚平原上生活的大致模样。只有在最不恰当的时机才会邂逅真正意想不到的陌生情形。副团长说，想自杀的人要来了这儿，准会浑身不自在地耗上个一年半载。

这里的主色调是红色和褐色。锈色、赭色、血红色和酒红色的砂岩，状如绝壁，散布装饰着橙色的地层。礁石上星罗棋布地点缀有白色和粉色的珊瑚。真正的翠绿色是不存在的。不论是步行树，还是灌丛植被，清一色都是灰绿色。至于巨石，不管死活，都是死气沉沉的灰褐色，与荒原本地的石头截然不同。

有个臃肿的影子从悬崖四周的碎石滩漂浮了过去。面积很大，又很暗，却又不像是云。“鲲鲸？”

沉默点了点头。

鲲鲸扶摇直上，在太阳和我们之间的云层里翱翔高飞，但我找不见它。好几年都没见过这玩意儿了。上次见，还是老艾和我奉夫人之命，协同私语，一起穿越惶悚平原的时候……真有这么久了？光阴似箭，日月如梭，人生苦短。“逝者如斯啊，逝者如斯……”

沉默点点头，未作答复。还真是人如其名。

自从认识他起，还没听他张口说过话，佣兵团里的其他人也是。然而独眼和我的前任史官都一致声称，沉默并非哑巴。根据多年来搜罗的蛛丝马迹判断，我推测在他年轻气盛、加入佣兵团之前，曾发过毒誓要永远缄口。窥探成员入团前的历史过节是团里的大忌，但我总是无法释怀。

有那么几次，当他被激怒，或被异常滑稽的事情逗乐时，沉默几乎就要开口，却总在最后一刻忍住。一直以来，大家相互打赌，不断诱惑他破这个戒，但大多数人很快就放弃了。沉默有很多种方法让你放弃，比如把你的床上弄得满是虱子。

日落影斜，薄暮暝暝。最后，沉默站起身，从我身旁跨过，返回地堡，通身漆黑似暗影一般，挪步走入黑暗。沉默，宛如一个陌生人，不仅不说话，也从不飞短流长。这样一个人，你怎么跟他打交道呢?

但他的确是我相识最久、关系最亲近的老伙计。挺叫人费解的吧?

“晚上好啊，碎嘴。”这声音迷离空旷，好似鬼魂。我吃了一惊。珊瑚礁里传来不怀好意的连连笑声。一个巨石悄悄地摸到了我的身后。我转身一看，只见它十二英尺高，品相丑陋，站在沉默行经的路上。在所有的巨石里，它只能算个侏儒。

“你好啊，石头。”

它只顾看我的笑话，现在却无视我。跟个石头一样安静，哈哈。

巨石是我们在荒原上的主要盟友。它们是其他感知生物的喉舌。然而，只有等它们觉得合适，才会告诉我们究竟发生了些什么。

“老艾怎么样了？”我问道。

没有回答。

它们是魔法生物么?估计不是。否则，它们无法在宝贝儿的免疫结界之内生存。那它们到底是什么?秘密，如同其他生活在此的奇幻生物。

“荒原上有陌生人。”

“我已经知道了。”

夜行生物开始出没。光点在空中盘旋飘动。鲲鲸已向东飞出很远，下腹闪耀发光。过不多时，它就会垂首下降，伸展卷须，缠住能够抓到的一切生物。微风渐起。

青草的芳香在我鼻间流淌。微风穿过珊瑚礁，声音似轻笑，似低语，似浅吟，又似口哨。远处，先祖树的枝条正沙沙作响。

先祖树独一无二。至于是前无古人，抑或后无来者，那就不是我能说清楚的了。它矗立在溪水边，高二十英尺，直径十英尺，散发出可怖的气息。先祖树根植于惶悚平原的地理中心。沉默、地精和独眼都试图研究它的秘密，然而一无所获。荒原上的土著对它顶礼膜拜。他们声称，先祖树自鸿蒙时代就傲立于此了。在它身上，的确有种历尽沧桑的感觉。

月亮升起，懒洋洋地挂在地平线上。我好像看到什么物体穿了过去，是劫将，还是荒原的生物？

地堡的洞口传来了一片聒噪。我叹了口气。这可不是我现在想看到的——地精和独眼。有那么一会儿，我真希望他们没有回来。“别嚷嚷了，我可不想听你们胡扯。”

地精疾步溜到珊瑚礁外，满脸坏笑看着我，向我挑衅。他看起来已经休息好了，气色恢复得不错。独眼说道：“碎嘴哟，心情很差咧？”

“可不是么。你们到这儿干嘛？”

“透透气呗。”他扭回头，望向悬崖。他在担心老艾。

“他不会有事的。”我说道。

“我知道，”独眼说，“我撒了谎。宝贝儿原本是派我们去的。她感觉免疫结界的西侧边界有异状。”

“哦？”

“我不知道那是什么，碎嘴。”他突然语带防备，透着一丝痛苦。如果不是宝贝儿，他本来可以知道的。他这种处境我感同身受，就如同我失去了自己的医药箱。他没法使出自己的看家本领。

“你打算怎么干？”

“生火。”

“啥？”

火焰熊熊燃烧。独眼也是雄心勃勃，收集了足够半个团使用的柴火。火光驱逐黑夜，溪流五十码外的景色都让我尽收眼底。最后一株树精早已离去，可能是嗅到了独眼。

独眼和地精拖来了一棵普通的枯木。我们通常不去招惹树精，除了那些被自己的根绊倒的蠢货。但这种事情很少见，毕竟它们很少活动。

他俩在为谁偷了懒而喋喋不休。然后，两人放下了枯木。只听地精一声“消失”，刹那之间，竟双双不见。我大惑不解，四顾黑暗，却什么都没有发现。

我萌生睡意。为了找点事情做，便开始劈柴。我觉察到些许古怪。

我停下来。不知从何时开始，巨石开始在周围聚拢。一共十四个，围绕在火光周围，身影幽长。“怎么啦？”我问道，略微紧张。

“荒原上有陌生人。”

连腔调都一模一样。我背对着篝火坐下，把柴火往后扔了进去。火烧得更旺了。又多出来十个。我说道：“就不能说点儿新鲜的吗？”

“有人来了。”

这话倒新鲜，而且，语气中竟带着些我之前没注意过的情绪。一下，两下，我感觉我看到了个什么东西在移动，但无法确认。火光很容易让人目生迷惑。我加了更多柴火。

的确有东西在活动。就在溪水那边。有个人影慢悠悠地朝我这边走了过来。我装作百无聊赖、不以为意的样子。他靠得更近了。在他右肩上，背着个马鞍，左手拎着个毯子，右手则提着一个长木箱。箱子被精心打磨过，在火光下闪闪发亮，大概七英尺长、四寸高。我很好奇里面装了什么。

蹚过溪水时，我发现有只狗跟着他。杂种狗，又脏又丑，全身污白，仅一只眼上及两肋部位有若干黑斑。前爪受伤离地，一路跛行。火光照见它的双眼，透着亮红如血的色泽。

这人身高超过六英尺，三十来岁。看起来筋疲力尽，动作却依旧优雅。他肌肉发达。破损的衬衫无法遮住前胸和双臂上的伤疤。脸上面无表情。靠近火堆时，与我四目相对，眸中既无善意，也无恶意。

我有几分惊惧。看起来，他是条硬汉，不好惹，但也并不足以独自面对荒原。

现在要拖延时间。奥托马上就要来换班了。篝火会引起他的警觉，然后他会看到这个陌生人，再偷偷潜回地堡，叫帮手过来。

“你好。”

他停下脚步，看了看他的杂种狗。狗不紧不慢地靠近，鼻子不停嗅探，一边检查四周。它在几英尺开外停了下来，好像湿身沾水了一样，抖了抖身子，又匍匐在地。

陌生人也停在了那里。

“来这儿歇会儿吧。”我发出邀请。

他卸下马鞍，放下箱子，席地而坐，只是动作僵硬，腿盘不起来。

“马丢了？”

他点了点头，“腿也摔断了。在西边五六英里的地方。迷路了。”

荒原上是有路的。有些路是安全的。不过安全也只是暂时的，因为这儿的本地生灵有自己一套规矩。只有身陷绝望或者傻到无药可救的人才会独自擅闯。眼前这人可不像傻瓜。

狗发出哧哧的声音。那人挠了挠狗的耳朵。

“你要去哪儿？”

“要塞。”

那是地堡的别名，传说中的名字，用于宣传，为远方部队打气。

“你叫什么名字？”

“摄踪。这是猎狗——蟾蜍杀手。”

“很高兴认识你们，摄踪，还有蛤蟆杀手。”

狗低吼了一声。摄踪说道：“你得把名字叫全了，猎狗——蟾蜍杀手。”

他块头大，面相冷酷而坚韧，因此我尽量装出一副诚实坦率的样子问道：“要塞算个什么地界儿？没听过。”

他从那狗的身上抬起头，目光漆黑，却炯炯有神。莞尔笑道：“我听说要塞靠近象征。”

一天两次？今天是怎么了？不。这他妈不可能。再说了，这人这模样我也不喜欢。他让我想起了曾经的兄弟渡鸦，坚如钢铁，冷似冰霜。我摆出困惑的表情，自认为装得还挺像，“象征？这可是头一次听说。保不齐在东边。你去那边儿干嘛？”

他又笑了。狗睁开眼，凶狠地瞪着我。他们不相信我。

“送信。”

“原来如此。”

“是个包裹。给一个叫碎嘴的人。”

我咽了口唾沫，缓缓检视周围。火光弱了很多，但巨石一个没少。我在想独眼和地精去哪儿了。“这人我认识，”我说道，“一个瞎看病的。”狗又瞪了我一眼。这一次，我觉得是在讽刺。

独眼从黑暗中现身，出现在摄踪背后，手握长剑，随时准备偷袭。见鬼，不管有没有用巫术，他居然一点动静都没有。

我眼中的惊异出卖了他。摄踪和他的狗回过头，惊讶地发现有人在那儿。狗站起身，颈毛倒竖，之后匍匐在地，不断扭动调整身躯，以便同时监视我和独眼。

但之后地精出现了，同样悄无声息。我笑了。摄踪环视一周，双眼眯缝。他陷入了沉思，就好像在牌桌上，发现对手比他想象的更加难缠。地精低声轻笑，“他想加入，碎嘴，我觉得咱们应该砍了他。”

摄踪把手伸向箱子。杂种狗在咆哮。摄踪闭上了眼。睁开时，他冷静下来，以笑容回应，“碎嘴么？这下要塞还是让我给找着了。”

“是找着了，老兄。”

摄踪不想刺激任何一个人，所以动作缓慢地从鞍袋里取出一个油纸包裹。跟我半天以前收到的那个一样。然后他递给了我。我接过来收入衣衫中。“你从哪儿拿到的？”

“木桨城。”与另一个邮差的说法一模一样。

我点了点头。“一路下来可不轻松啰？”

“差不多吧。”

“我看咱们应该带上他。”我向独眼示意。他明白了我的意思。我们要让大家一起瞧瞧这个邮差。看看能不能擦出新的火花。独眼咧嘴笑了。

我看了看地精。他也同意了。

不知道为什么，我们仨儿总觉得摄踪有点不对劲。

“走吧。”我手里握着弓，撑起了身子。

摄踪看着我的弓，说了些什么。我让他闭嘴了。好像他认了出来。我微笑着折回身。也许，他还以为自己这次是被夫人抓了个正着。“跟我来。”

他照做了。地精和独眼跟着他，没人帮他拿行李。他的狗跛行在边上，鼻子蹭着地面。进地堡之前，我又眺望了一眼南境，心里有些担心老艾。他究竟啥时候能回来？

我们把摄踪和他的杂种狗扔进了牢房。他们并未反抗。我叫醒了奥托，他迟到了，然后回到我的隔间。试着想睡觉，可见鬼，桌子上的包裹是那么诱人。

我拿不定主意，该不该瞧瞧里头装的是啥。

好吧，它赢了。

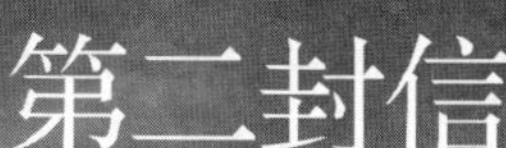

第七章

第二封信

碎嘴：

波曼兹的目光穿过经纬仪，凝滞在帝王陵的一角。他退了几步，观察着角度，翻了翻简略的野外地图。这是他发现泰勒奎尔战斧的地方。“奥克莱斯的描述能再清楚些就好了。这里应该是他们方阵的侧翼。方阵的中轴线应该相互平行。化身和其他骑士应该在那边。真是意想不到！”

那头的地势略微隆起。这样很好。地下水不会对遗迹造成多少伤害。但植被过于繁茂了，矮栎树丛、野玫瑰、毒藤遍布，特别是毒藤。波曼兹厌恶这种毒草。一考虑要如何清理，他就感到浑身痒。

“波曼兹。”

“嗯？”他边转过身，边扬起了手里的耙子。

“喔！别紧张，老波。”

“你干嘛呢？偷偷摸摸的。一点儿都不好玩儿，贝桑。当心我一耙子下去，叫你再也傻笑不出来。”

“哈哈，天儿真不错，不是么？”贝桑是个瘦老头，年纪与波曼兹相仿。他佝着肩，头向前探出，好似条寻踪的猎犬，手背遍布淡蓝色的静脉，皮肤上满是老年斑。

“你想干嘛？藏在树丛里好吓唬我？”

“树丛？哪有什么树丛？莫不是你心里有鬼，老波？”

“贝桑，从天地分家以后，你就一直在找我的茬，设计害我。你怎么就是不肯放弃？先是茉莉烦我，再来是托卡的订单，害我不得不出来挖点新货，现在还得对付你？滚。没心情跟你胡搅蛮缠。”

贝桑咧嘴一笑，露出一嘴烂牙。“老波，我是没抓到过你，但你真是无辜的么？你的运气可不会一直好下去。”

“我要是有问题，那你就是个蠢到家的白痴，四十多年了，居然都没抓到过我的把柄。真见鬼，老兄，干吗非得让咱俩都活得不自在？”

贝桑笑道：“没几天啰，马上我就不会再来烦你了。上头调我去管牧场了。”

波曼兹倚着耙子，打量着贝桑。贝桑苦着脸笑了笑。

“真的？我很抱歉……”

“希望如此吧。没准儿我的继任者足够聪明，能逮你个正着。”

“得了吧。你想知道我在干嘛？我在找泰勒奎尔骑士的坟墓。托卡想要点儿好货。这也是我的极限了。我可没精力逾越雷池半步，好让你有借口吊死我。把那地灵尺递给我。”

贝桑递给了他。“打着盗墓的旗号？是托卡的想法吧？”

波曼兹脊背一凉。这可不像是随口一问。“又来这套？我们都认识这么久了，有必要这么套我的话么？”

“老波，我可是乐在其中哟。”贝桑跟着波曼兹走到小土坡旁，

“而且，不能再拖下去了，得赶紧把你的问题解决掉。现在缺人手，还缺钱。”

“就不能一边凉快去么？你站在我要挖的地儿了。毒藤。”

“噢，当心毒藤哟，老波。”贝桑窃笑不已。每年夏天，波曼兹都会对这些植物怨声连连。“那托卡……”

“我不跟违法的人打交道。这一直是我的底线。没人会来烦扰我。”

“有点可疑。”

波曼兹的地灵尺颤了颤，“我会掉下去的。我们踩在正中央了。”

“真的？”

“看这地势，起伏太大。肯定埋了一个大坑。”

“托卡……”

“他到底哪里招你惹你了？想吊死他就请便。不过最好在我找到下一个买家之前留他一命。”

“我没想吊死谁。只是想提醒你。木桨城有传言，说他是个召亡师。”

波曼兹扔掉地灵尺，倒抽了一口凉气。“真的？召亡师？”

贝桑仔细地打量着他，“只是谣传，类似的还有很多。以为你会想知道。在这鬼地方，我们俩真像是惨遭禁足的难兄难弟。”

波曼兹点头认同，“嗯。说实话，他一点儿形迹都没露出来。喏，这里的东西还不少，我一个人可拿不动。”回去必须好好研究研究这块遗迹。“千万别跟其他人讲，尤其是那个小贼门福……”

贝桑又笑了笑，只不过有些阴沉。

“看来你很喜欢这份工作，是吧？尤其喜欢招惹那些不敢反抗的人？”

“老波，小心点儿。我是有权力抓你回去审问的。”贝桑转身走了。

波曼兹冷笑着目送他离去。贝桑当然会喜欢他的工作。他可以无法无天，对任何人做任何事。没人追究他的责任。

帝王和他的走狗饮恨失败以后，白玫瑰用当时最厉害的魔法将他们封印在坟墓中。之后，白玫瑰下令建立一支部队——永恒守卫——来保卫这片区域。这支部队不须服从任何人，他们的主要任务是想尽一切办法，确保坟墓下的不死人永不见天日。白玫瑰太了解人类的本性了，她知道总会有形形色色的人，为了一己私利，不惜利用或者效忠帝王，总会有崇拜邪恶的人甘愿为他们的神明脱去枷锁。

坟头上的草还没长出来，召亡师就已经出现了。

托卡是个召亡师？还嫌我麻烦不够多么？贝桑这下肯定会紧盯着我不放了。

波曼兹对复活古老的恶魔没有丝毫的兴趣。他只想与其中的一个建立联系，解决一些古老的奥秘。

贝桑终于从视野中消失了。应该是回他的营区了。终于有时间做观测了，虽然这是违法的勾当。波曼兹重新调校了经纬仪。

乍看上去，大坟茔似乎并没有什么邪气，甚至不怎么起眼。距离建成已有四百多年，已是沧桑变化。坟茔和一些神秘的建筑早已迷失在杂草和树丛中。永恒守卫也挤不出足够的财力和人力来维持大坟茔的保养和修葺。茔长贝桑的处境恰如困兽犹斗，因为他的敌人正是时间本身。

在大坟茔这里，草木萧索，难以生长。这里的植物阴暗扭曲，长势极差。话虽如此，却足够将那些与劫将有关的坟墓、石柱和雕刻尽数掩藏。

波曼兹穷尽毕生精力，整理得出了每个坟墓的主人、各个劫将的方位以及石柱和雕刻的位置。他的地图即将绘制完成。距离成功仅差最后一步，几乎足以穿过重重迷宫。尽管还未充分准备好，但他分明按捺不住，迫切要从最邪恶的奶牛腹下，挤出最甘美的乳汁。但他不能冲动，更不敢犯错。一方面因为贝桑步步紧逼，另一方面则是因为即将面对古老而狡诈的邪恶凶灵。但是如果他成功的话……倘若能够成功建立联系，并发掘出秘密来……他就能获得难以企及的智慧，摇身成为最高强的法师。美名成就传遍四野八荒。茉莉也会得到梦寐以求的荣华富贵。

前提是他能成功建立联系。

见鬼，他当然能做到！无论是恐惧还是衰老都无法阻止他。再过几个月，他就能获取最后那把钥匙。

波曼兹活在谎言里的日子太久了，一直心存侥幸、自欺欺人。即便最诚实的时候，他也从未承认过自己最大的动机其实是他与夫人柏拉图式的感情。是夫人诱惑他走上了这条道路，让他魂牵梦绕、日思夜想，甚至能为文献古籍平添迷人色彩。在帝王时期所有的当权者里头，夫人最不为人知，拥有最多秘密，历史记录也最少。一些学者认为她是有史以来最美丽的人，还扬言只须看她一眼，顷刻便会被她奴役。一些人甚至认为，她才是帝王时期的实际推动力。一些人承认有关她的记录与神话传说无异，抛开华美辞藻的修饰，并没有任何事实架构。还是学生的时候，波曼兹一直觉得这些观点荒谬可笑。

回到阁楼里，他展开了丝绸地图。今天不完全是白费功夫。他发现了一个之前未知的巨石的准确位置，以及附着在巨石上的咒语。除此之外，还发现了泰勒奎尔的一处遗址，可以靠这些个文物过上几天日子了。

他盯着地图，好像仅凭意愿，就可以标志出需要的信息。

有两个示意图。上面那张图是一个五芒星，外套一个稍大一点的圆。这是大坟茔最开始建造好的形状。五芒星由石灰墙搭砌而成，墙高一英寻左右。外围的圆圈是沟渠的堤岸。从沟渠挖掘出来的土就用来建立坟墓、五芒星以及五芒星内部的五边形。现如今，沟渠差不多已经成为一汪沼泽。在大自然面前，贝桑的前任们已经无法跟上变化的节奏。

五芒星内的五边形墙比外围五个芒角又要高出一英寻。一样倾颓，一样野草丛生。五边形南北走向的轴线中心，就是帝王陵所在，也即帝王沉睡的地方。

在地图上，从五芒星顶部顺时针向下，波曼兹给每个芒角分别标了一到九以内的五个奇数。每个数字都对应一个劫将的名字，分别是搜魂、化身、夜游神、风暴使、噬骨。外侧五个芒角的坟墓主人已经确定。内侧还有五个角，从指向北方角的右侧开始，以偶数编号。四号是狼嚎，八号是瘸子。还剩三个坟墓无法确认主人。

“六号位置到底是谁？”波曼兹自言自语。他捶了一下桌子，“见鬼！”四年过去，仍然一点线索都没有。遮掩在墓主人身份上的面具，是他仅存的几大障碍之一。其他的障碍都可以在技术层面上解决，比如解除一系列的屏障咒语，然后与墓穴中心的人建立联系。

白玫瑰的法师们留下的典籍，大部分都是对他们自己的歌功颂德，而对他们敌人埋葬在哪里，却只字未提。这就是人类的本性。贝桑每次都在炫耀他钓的鱼多么多么大，用的鱼饵多么多么考究，可从来没有出示过哪怕一座奖杯，以此佐证他的高超技术。

在五芒星图的下方，还有一张中央墓室的地图。墓室呈矩形，坐落于南北走向的中轴之上，墓室内外画满了各种符号。矩形的每个角落都有一根石柱，每根石柱高十二英尺，石柱上方全都雕刻着双面猫头鹰，一张脸盯着墓室内部，另一张脸望着外部。四个石柱上附有守卫帝王陵的第一道符咒网。

矩形四边上绘有小圆圈，代表着一个个木刻柱。大多数已腐朽泯灭，上面的咒语也随之消亡。永恒守卫的法师没有多余的资源对其进行修复或替代。

墓室中还有若干符号，构成大小不一三个矩形。最外层符号是士兵，中间为骑士，最内层是战象。帝王的墓穴让那些为了封印他不惜牺牲生命的人重重包围。在古老的邪灵以及可能唤醒他的外在世界之间，便是这些游荡的鬼魂。在波曼兹的设想中，鬼魂倒不足为惧。他认为，那不过是用来吓唬一般盗墓贼的纸老虎。

在三个矩形的内部，波曼兹画了一条嘴里衔着自己尾巴的龙。传说一条巨龙守卫着墓穴，沉睡了数个世纪。它作为最后一道防线，阻拦着一切胆敢前来释放邪灵的不法之徒。

波曼兹没法搞定那条龙，但没关系，反正他并不须要这么做。他只是要和沉睡在墓穴中的某人沟通，而非打开墓穴。

见鬼！如果他能弄到老守卫的护身符就好了……很久以前，守卫们会佩戴护身符，前去大坟茔中进行日常维护。这些护身符依旧存在，只是没人再使用。贝桑就戴着一个。其他的护身符都被他藏了起来。

贝桑，那个疯子，虐待狂。

波曼兹细细想来，发觉贝桑才是他最熟悉的人——却又不是朋友，永远不会。多么悲剧的人生写照，想想看，人世间，最熟悉的人居然同时也是那个不惜一切代价、一逮住机会就会突然蹿出来把你送上绞刑架的人。

他说的退休是怎么回事？这与世隔绝的森林之外还有人记得大坟茔？

“波曼兹！你还吃不吃饭！”

波曼兹嘀咕了些什么，收起了地图。

那一晚，他又做梦了。女妖般的声音呼唤着他。他再度焕发年轻，孑然一身，在自家门前散步。一个女人冲他招手。那是谁？他不知道，也无所谓。但他爱她，欢笑着向她跑去……脚步轻盈。但两人却越离越远。女人黯然神伤，渐渐消失……“别走！”他呼唤道，“求你了！”但她却消失不见，太阳也随她离去。

广阔无垠的黑夜将他的梦境一口吞噬。他飘浮在森林某处陌生的空地。渐渐地，漫散的银色光芒照映出树的轮廓。光芒来自一颗银色的流星。他望着那颗流星逐渐靠近，尾迹滑过夜空。

莫名的恐惧狠狠揪住了他。“流星是冲我飞来的！”他双手捂住脸，瑟瑟发抖，却无处躲藏。银色的火球填满了夜空。火球上分明有张脸，那个女人的脸……

“老波！别闹了！”茉莉又给了他一下。

他坐立起来，“呃，怎么了？”

“你叫唤个不停。又是那个噩梦？”

心脏还在剧烈地跳动不停，他叹了口气。还能坚持下去么？毕竟年纪大了。“还是那个。”时不时他就会做那个梦。“只不过这次更可怕了。”

“你要不要去看看解梦的医生？”

“在这儿？”他嫌恶地哼了一声，“我才不要什么解梦医生呢。”

“的确不需要。兴许是你良心发现。谁让你把斯坦西尔从木桨城给叫回来的！”

“我可没叫他回来……赶紧睡吧。”茉莉翻了个身，没有继续争执不休，一反常态。

他凝眼望着无尽黑暗。梦越来越清晰了，几乎清晰得过了头。梦里的那声警告是否别有深意？

慢慢地，慢慢地，梦境之初的感觉又回来了。是那种被召唤、一踮脚便能随心所欲的美好感觉。他不再紧张，微笑着酣然入睡。

贝桑和波曼兹看着守卫们清理遗迹上的草木。波曼兹突然骂道：“别烧！你这个笨蛋！贝桑，快阻止他们！”

贝桑摇了摇头。拿着火把的守卫退了几步。“孩子，不要烧毒藤。毒素会进到烟里。”

波曼兹挠了挠头。天晓得贝桑什么时候变得这么通情达理了。贝桑只笑了笑，“你想不通吧？”

“是的。”

“你想不通的地方还多着呢。”他边说边指了个方向。波曼兹看到他的竞争对手门福正躲在远处窥望。他不禁低吼：“我还从没记恨过谁，可他一而再再而三地惹我。没规矩，没良知，没道德。小偷，骗子！”

“老波，算你运气好，我了解他。”

“问你点儿事，贝桑。贝桑长官。你怎么就不烦他去呢？运气好是啥意思？”

“他说你有召亡师的倾向。我不理他是因为他是个懦夫。违法的事儿他没胆子做。”

“召亡师？那小畜生竟敢诽谤我！还是掉脑袋的重罪！要不是老子一把年纪了……”

“公道自有命数。老波，你很有种，我不过是从来没有抓你个现行而已。”

“又来了，莫须有的指控……”

“并不是莫须有。你道德观念松懈，不愿意接受邪恶的存在。感觉就跟尸臭一样，显而易见。只要你敢有所动作，我一定会逮你个正着，老波。心里有鬼的人都很狡猾，但狐狸的尾巴终究是藏不住的。”

一瞬间，波曼兹觉得他的世界崩塌了。随后，他意识到，这不过是贝桑故技重施似地甩饵——茔长贝桑，精明的渔夫。他反唇相讥：“我受够了，你这个虐待狂。如果你真的有所怀疑，那你可找错人了。对你们这些守卫来说，法律算什么？关于门福的事儿，你可能是故意诳我的。为了骗我上钩，你是不是连你老妈都敢牵扯进来？真是个浑蛋，贝桑！你知道吗？变态。这儿！”他指了指自己的太阳穴，“你要是还有良心，就绝不会把我和犯罪扯在一起。”

“瞧，你又在玩火了，老波。”

波曼兹的怒火退了。刚刚他太冲动了。奇怪的是，贝桑对他异常宽容。

好像他是一剂维持茔长心理健康的不可或缺之药。贝桑须要找到这么一个人，让自己束手无策，这个人还不能是守卫。对他百毒不侵的人会带给他内心中的自我认可……这么说来，我倒成了他重点提防对象的不二人选了？波曼兹哼了一声。真不赖。

那关于退休的事儿，我是不是听漏了什么？他既往不咎，就因为他要走了？也许他真有第七感，能够洞察不法之徒。也许他想在走之前，再灵光乍现一回。

那新来的呢？会不会又是个明察秋毫的看门狗？贝桑这关虽然过了，但能不能逃过继任者的法眼呢？也许他一上任，就会给我来个下马威。还有托卡，这个疑似召亡师……他又会有何动作？

“你怎么了？”贝桑关切地问道。

“胃溃疡。”波曼兹揉着太阳穴，希望自己的脑袋不会跟着较劲。

“放好你的标识。门福会伺机摸过来的。”

“是啊。”波曼兹从包里拿了六七根短棍。每根上头都绑了黄色的布条。他把它们插在遗迹上。按照惯例，这块地儿都归他一人挖掘了。

门福晚上可能会过来抢东西，哎，管他的，波曼兹毫无办法。这种标示地界的说明没有丝毫法律依据。每个采挖古董的人都有一套自己的践行标准。

门福除了暴力，几乎毫无禁忌。没有什么能够改变他的盗贼行径。

“真希望斯坦西尔能在这儿，”波曼兹说道，“他可以在晚上帮忙看着。”

“我会跟他打招呼的。能抽出几天时间，解解闷终归是好的。我听说他要回来了？”

“是啊。夏天回来。我们都很开心，都有四年没见了。”

“他是托卡的朋友吧？”

波曼兹转过身，“下地狱吧你！就不能让人安生一会儿？”他声音很轻，却是真的生气了。什么喊叫、咒骂、夸张的手势都省略掉了。

“好好好，老波。我放弃。”

“那敢情好。你最好保持下去。我决不会让你一个夏天缠得他不得安宁。你听到了么！”

“都说了，我放弃。”

第八章

大坟茔

乌鸦可以随心所欲地在永恒守卫的营地附近转悠。营地总部的内墙上挂着好几幅从大坟茔里挖掘出来的油画。做清洁时，乌鸦总会特别留意这些画，心里七上八下。他的小心并非没有道理。前段日子，帝王意图脱逃的消息让夫人掌管的帝国大为震惊。尽管白玫瑰已经将其封印，但几个世纪以来，帝王的残忍行径早已是众人皆知，且越传越盛。

只有大坟茔一直保持平静。守卫们尚未发现任何异常。士气逐渐高昂。邪恶无处遁逃。

但他在伺机蛰伏。

如果有必要，他会一直等下去。邪恶从未消亡。表面上看，最后的希望就是没有希望。因为夫人亦是永生不死。她决不会允许任何人打开她丈夫的坟茔。

油画上的内容已经漫漶不清。年代最近的一幅是夫人复活后不久完成的。那个时候的大坟茔比现在更完整。

偶尔，乌鸦会前往小镇边境，默然望一眼帝王陵，只是摇头。

曾经，守卫们还佩戴着免疫大坟茔致命魔法的护身符，这样便能对大坟茔进行日常维护。可如今，护身符都已丢失，守卫们除了看守、等待之外，别无所长。

时间悄然流逝。行动迟缓、头发灰白、走路跛行的乌鸦已成小镇一景。他寡言少语，偶尔会在蓝柳树酒馆讲点儿福斯博格军队的逸事，活跃活跃气氛。只有在那时，他的眼神才略见生气。即使他对那段时光成见颇深，也没有人质疑过他曾去过那儿。

他没有真正意义上的朋友。传言他偶尔会与茔长甜蜜上校下棋博弈，也会帮他干点儿别的差使。当然，还有新兵皮包，他热衷于乌鸦的故事，常陪他一瘸一拐地散步。都说乌鸦能读善写，皮包想跟他学学。

没有人造访过乌鸦家的二楼。每到深夜，乌鸦会穿过重重迷雾，缓缓地揭开一个阴暗的真相，一个因为时间流转和不实谎言而越发失真的真相。

解译工作进展缓慢。大部分内容都是用泰勒奎尔语——帝王时期的官方用语写就的，但也有用尤齐特里语，即泰勒奎尔方言写成的。乌鸦在夜以继日地努力工作。他也许是唯一一个能对这些过于片段化的句子进行重组和翻译的人。“传统教育总算派上了点儿用场。”他总是低语自嘲，之后便陷入沉思，自我反省。他常在夜间散步，希望能够重拾遗失的记忆。一个人的过去是萦绕不散的游魂，只有死亡才能将其度化。

他，乌鸦，把自己看作一个手艺人、铁匠和铸剑师傅。正如曾经委身于这个小屋的前辈一样，他焚膏继晷，只为求得知识的吉光片羽。

这年冬天非同以往。初雪来得很早。在那之前，秋季也很早，而且异常潮湿。时常就有暴雪肆虐。春天来得很迟。

在大坟茔北面，零星分布的部落氏族在森林中艰难求生。这些原始人会用狩猎得到的毛皮换取食物。木桨城的毛皮加工商们欣喜若狂。

老人们常说，这年冬天是灾难的征兆。但老人们总抱怨天气一年比一年糟糕。有时候又会觉得日子在变好。就是从来不觉得，每天其实都一个样。

春回大地，冰河解冻。流经大坟茔的痛郁河蜿蜒三英里，波涛汹涌冲出河岸，夹挟上千树木，惊涛骇浪，扬长而去。春季洪泛是当地一大胜景，每年都会吸引镇上居民高处观瞻。

大多数人的热情很快消退。但只要有皮包陪伴，乌鸦就会瘸着腿去看。此刻的皮包仍充满梦想，乌鸦也并不反感。

“乌鸦，你为啥对那条河这么感兴趣？”

“我也不知道。可能因为场面太壮观了吧。”

“壮观？”

乌鸦比画了一个包罗万象的手势，“如此广阔，如此狂暴。我们与之相比，又有多重要呢？”褐色的河水怒吼着，翻滚着，裹挟着数不胜数的浮木，冲向山岭。环过山岭后，水流才渐趋温和。

皮包点了点头，“就像抬头仰望星空。”

“差不多，但更添了几许人性，更接地气。难道不是么？”

“可能是吧。”皮包有点迷茫无措。乌鸦笑了笑。皮包毕竟太年轻。

“我们回去吧。水涨到头了，但那边乌云密布，看起来还要下雨。”

雨水的确会是个威胁。如果水涨得太高，山岭就会变成孤岛。

皮包帮着乌鸦穿过泥泞道路，走上防洪的环形堤坝。堤内一片泽国，但只要敢涉水试探，就会发现水并不深。漫天乌云，一望无际，大坟茔孤独地耸立于水中，倒影阴森可怖。乌鸦也不禁战栗，“皮包，他还在那里。”

皮包倚靠着他的长枪。他来这儿纯粹因为乌鸦感兴趣，他本人倒并不喜欢淫雨霏霏的天气。

“孩子，我说的是帝王。他上次虽然逃跑未遂，但从未放弃。他对世间的仇恨有增无减。”

皮包看着乌鸦。这个年迈的老人异常紧张，似乎是吓坏了。

“要是他跑出来，世界可就完蛋了。”

“难道夫人没有在杜松城搞定他么？”

“她是阻止了他，却没有毁灭他。要想毁灭他，那是不可能的……但我们必须试试。他肯定有弱点。但是，如果连白玫瑰都没能伤到他……”

“白玫瑰并没有那么强大。她甚至都伤不到劫将，或是他们的喽啰。她只是将他们禁锢并封印在地下。是夫人和叛军……”

“叛军？他们才多大能耐？说到底，还是夫人阻止了帝王。”乌鸦突然加快脚步，拖着跛腿向前走去。待至湖边，他双眼紧盯着大坟茔。

皮包担心乌鸦对大坟茔着了魔。作为守卫的一员，皮包理应密切关注此事。尽管夫人在他祖父的时代就将召亡师消灭殆尽，大坟茔仍有一种邪恶的吸引力；茔长甜蜜上校仍心存忧虑，生怕有人伺机复活帝王。他想要警告乌鸦，但始终找不到合适的方式。

风起云涌，水波从大坟茔那边向他们怒卷而来。两人都打了个寒战。“希望天气能变好点儿”，乌鸦喃喃自语，“下午茶？”

“好的。”

阴风怒号，细雨绵绵。夏去秋来。痛郁河河水退去，荒原一片泥泞，随处可见洪水冲刷过后留下来的巨树残骸。河道竟向西，生生移了半里。

林中的部落仍在向外兜售猎物皮毛。

机缘凑巧。乌鸦的翻修工作已近尾声。当时他正翻修橱柜。在拆卸橱柜内部的木质衣杆时，他手一抖，木架掉落在地，竟摔碎了。

他蹲下来，检视着残片。在残片下面，有个白色的丝绸缠在细长的纺锤上。乌鸦心跳加速，小心翼翼地重新拼接起木杆，带去楼上。

他蹑手蹑脚地剥开丝绸，徐徐展开，只觉五脏六腑都纠缠在了一起。

这是波曼兹绘制的大坟茔地图，完整地标注了众劫将的安息之地、雕塑的位置及功能、保护咒语的威力以及部分劫将手下的坟茔。图上满是注记，大多是用泰勒奎尔语写就。

地图还标注了大坟茔外的几个埋葬点。大多数人都被埋在这里的公墓之中。

一瞬间，乌鸦仿佛看到了帝王的军队坚守岗位，战斗至最后一人。他看到白玫瑰的军队前仆后继冲向黑暗，粉身殒命。穹顶之上，大彗星撕裂天空，宛如一柄炙热燃烧的圆月弯刀。

然而他只能想象，此情此景无从考证。

他同情波曼兹。可怜的蠢货，逐梦而行，发掘真相。可结局并不公平。

乌鸦整夜都在研究地图，将其融入自己的骨头与灵魂之中。对他的翻译工作来说，地图并没有什么帮助，但地图让他离大坟茔的真相又近了一步，同时也让他知道，曾经有一个法师，穷尽一生对大坟茔孜孜求索。

黎明的曙光将乌鸦从工作中唤醒。曾有一瞬，他感到了迷惘。他会不会跟那个法师一样，作茧自缚，成为一时脑热的牺牲品？

第九章

惶悚平原

副团长亲自把我推出门。“老艾回来了，碎嘴。吃些早餐，然后去会议厅报到。”日复一日，他变得越来越讨人厌了。有时候，我甚至后悔在团长死后，把他推上头把交椅。但总算顺遂了团长的愿望。权当是执行团长的遗愿吧。

“马上。”我脱口而出，只是没有发出习惯性的咆哮。什么也没拿，揉了揉纸，无声地自嘲。有多少次，我曾经怀疑过自己，为什么要投票给团长本人？但是，当他想要卸任时，我们却挽留了他。

我的住处根本不像一个医官的小陋室。墙上，从地板到天花板之间，摆满了各式古老典籍。其中大多数，在学习了成书语言之后，我都一一拜读过了。有些书和佣兵团一样历史悠久，印证了古老的历史传说。还有一些贵族的族谱，都是从遍布四海的沧桑寺庙和要员办公室里偷来的。其中最罕见，同时也是最引人入胜的，当属记载有帝国潮起潮落的编年史。

这里头又属以泰勒奎尔语写就的史书最为弥足珍贵。作为胜利者一方的白玫瑰信徒，从来手下不留情。在他们所到之处，书籍和城市纷纷付之一炬，妇孺惨遭贩卖，古迹名胜和神龛圣祠都被亵渎。

正因为缺乏材料，想要研究失败者的语言、思想以及历史可说是难于上青天。我手里有好些个公文文件，即便语言朴素得不能再朴素了，却依然弄得我一头雾水、无从破译。

我多么期望渡鸦还在团里，而不是寄居于死人之间。他对泰勒奎尔文字很有造诣。这在夫人的亲信圈子之外还非常少见。

地精把脑袋探了进来。“你倒是来还是不来？”

我脑袋往他肩头上一搭，冲他耳朵发出一声哀号，老把戏了，毫无新意。他跟着笑了。“去去去，有种的找你相好的倾诉去。她也许帮得上忙哩。”

“你们这帮家伙啥时候能不提这档子事啊？”老实说来，上一次一厢情愿地写下夫人的罗曼小说，还是十五个年头以前的事儿了。日子甚至比叛军在查姆高塔惨遭灭顶之灾还要早。这帮家伙就是嘴上不饶人。

“绝不，碎嘴。绝不。还有谁和她共度过良宵呢？还有谁和她一起飞毯作伴，活得潇潇洒洒呢？”

我倒恨不得忘掉这段往事。毕竟，昔时往日，留下的更多是恐惧，而非浪漫。

她注意到我罗缕纪存的热忱，于是要求我多多少少能够站在她的立场考虑问题。当然，她并未吹毛求疵，也没有颐指气使，只是坚持认为，我应当继续实事求是、客观公正。往事仿佛历历在目：当时我还以为她自知失败在所难免，因此迫切想要凭借一场丝毫不受偏见影响的胜利，在世界某处流芳青史。

地精往那摞文档瞟了一眼。“还是不得要领？”

“压根就不觉得有什么要领。不管我怎么破译，都是一无所获。得来的，要么是某人的花销清单，要么是日程表，要么是晋升名单，要么是某个官员写给宫廷朋友的书信。所有这些个玩意儿的时间都太久远了。”

地精蹙眉不语。

“我再继续试试吧。”我记得我们曾经从私语手里抢来了许多文件，那时她还是叛军的一员。这些文件，她视若命根。当时我们的主子——搜魂也认为它们足以动摇帝国之根基。

地精语重心长地品评道：“有时候，整体大于部分之和。也许你该注意一下将细节串联在一起的部分。”

这我也不是没有想过。比如在这里出现又在某处复现的人名，也许能够从某人早期的生活中瞥见他（她）的真实面貌。没准是个法子。反正距离下一次彗星出现还有一大把日子。

但我也有自己的顾虑。

宝贝儿还只是个小孩儿，刚刚花信年华。但是年轻的天真烂漫却早已弃她于不顾。艰难岁月在她肩头日积月累。她的身上几乎找不见丁点儿女人味，今后也绝不可能出落成为大家闺秀。在这荒原上，我们已经度过了两年时光，可没有谁把她当作一个女人看待。

她个子很高，大约五又八英尺。目光如洗，湛蓝空邃，却会在遭遇挫败时，绽放出利剑般的光芒。金发如灿，似乎是长期暴露在烈日骄阳下的缘故，又因为时常缺乏打理，披散成若干分流。她不慕虚荣，不追时髦，头发剪得尽量短平。穿衣着装也是一样，看重的是实用。某些第一次拜访的客人总觉得自己受到了冒犯，因为她经常穿得像个小伙子似的。但很快她就会让这些人明白，到了谈正事、动真格的时候，她绝不会有半点含糊。

她肩负的责任是不期而至的，但她受之泰然，展现出了固执的钢铁决心。考虑到她的特殊情况，她的智慧在同龄人之中简直出类拔萃。这都仰仗渡鸦教导有方。

到场以后，我见她正踌躇踱步。会议厅以土为墙，云烟雾罩，即便空无一人，也显得拥挤不堪。里头有一股无法言喻的味道，像是长时间被一群邋遢鬼糟蹋过一样。从木桨城来的那个老信使在场。摄踪、科勒以及数名外来者也在。团里大多数人都来了。我手指比画了两三下，算是打了招呼。宝贝儿给了我一个兄妹见面一般的拥抱，还向我询问，研究有何进展。

我只好对大伙儿老实交代：“我确信，咱们在云雾森林里找到的文献遗失了一部分。我甚至摸不清方向，不知道自己要找什么线索。掌握到的信息全都太古老了。”

宝贝儿的样貌实属平常。没有特别突出的地方。但你仍然能够从中看出她的性格、她的意志，感知到这个女人坚不可摧。反正刀山火海她都已经司空见惯了。还是个孩子时，她历经磨难却不为所动，现在更是如此。

她并不满意，叹息道：“恐怕时间来不及了。”

我有些走神。幻想着能从摄踪和其他西方来客那儿找到灵感。凭着直觉，我对摄踪不以为然，却又抱着不切实际的希冀，总想找到些蛛丝马迹，来尽量维持我这份无动于衷。

徒劳。

这没什么意外可言。我们的组织结构让那些对我们持同情态度的人彼此孤立无援。

宝贝儿接着想听地精和独眼报告。地精用上了自己最尖刻的声音："我们听到的消息全是真的。他们在不断补充兵力。科勒掌握的情况更多。对我们来说，任务已经失败。他们早有防范。在荒原上跟屁虫般地穷追不舍。我们能平安脱身全凭运气。不过也并不是没有获得帮助。"

巨石和它们那群怪异的伙伴站在我们一边。至少表面上如此。有时我也会犯嘀咕。因为它们的行为实在不可预测。时而出手相助，时而作壁上观，全凭它们自己的一套行为准则。

宝贝儿并不想深究袭击失败的细节。她示意科勒接着说下去。于是他说道："荒原上的各方都在聚集人马。听候劫将发号施令。"

"劫将？"我问道。本来以为只有两个劫将掺和。可听他一说，似乎这一次有好几个劫将都聚齐了。

我不禁不寒而栗。很久以来，一直有个传言，说夫人之所以长时间没有动静，只因为她正在召唤新的劫将。我起初不信。毕竟今非昔比，要想找出嗜血如命、杀人如麻的狠角色，时机还并不成熟。这一点，对比帝王在上古时期擒获的得力爪牙就可洞见一二：搜魂、吊男、夜游神、化身、瘸子等等。这些家伙作恶多端，犯下的滔天罪恶罄竹难书，堪与夫人和帝王媲美。反观如今，却是山中无老虎，猴子称大王，除了宝贝儿和私语。

科勒腼腆地回答道："传言是真的，大人。"

他嘴里的大人其实就是指我。因为我无比接近他们心中那个梦想。虽然我心里讨厌，却忍气吞声。"啥？"

"也许并非风暴使或者狼嚎，那些新劫将。"他淡然一笑。"塔克长官说，老劫将都是狂放不羁的恶魔，如雷霆闪电一般不可预料；而新的劫将却是唯命是从的货色，虽然也像雷霆闪电，但多了些驯服，行为可以预见。你明白我说的意思吧。"

“明白。说下去。”

“传言说有六名新加入的劫将，大人。塔克长官认定他们马上就要派上用场了。所以荒原周围才会旗鼓聒噪。塔克长官还认为，夫人组织了一场竞赛，目标就是彻底摧毁我们。”

塔克不仅是我们最尽职尽责的密探，也是旷日持久的铁锈城之围后硕果仅存的寥寥生还者之一。他的仇恨可谓浩瀚无垠。

科勒表情怪异，面色苍白。他好像还有话想说，却又因为太可怕了，而又不敢说。

“还有呢？”我说道，“快说吧。”

“劫将的名字都刻在各自领地的徽章旗帜上。在铁锈城，他们的统领叫圣倖。徽章旗帜是晚上有一张飞毯出现以后才跟着显现的。但没有人见过他的本尊。”

尽扯些没用的。谁都知道，只有劫将才能驾驭飞毯。但是想要到达铁锈城，又必须穿过惶悚荒原。巨石也没有报告有不法穿行。“圣倖？这名字有趣。其他人叫什么？”

“在萨德，旗帜上印的是水疱。”

一阵哄笑。我说道：“我倒喜欢描述性的名字。比如瘸子、吞月、无面。”

“在冰霜城，遇着了个爬行。”

“这名字就顺耳多了。”宝贝儿对我使了个眼色。

“在鲁厄，有个学者。赫尔又有一个轻蔑。”

“轻蔑。这名字我也喜欢。”

“荒原的西界由私语和陌路镇守，两人在一个叫唾沫星的村子里发号施令。”

作为一个天生对数学颇有造诣的人，我总结说道：“一共五个新名字、两个老相识。那还有一个新人呢？”

“这我就不知道了。还剩一个应该是总统领吧。他的旗帜就立在铁锈城外的军营里。”

听他这么一说，我倒感觉脊背一凉。因为他说话时苍白无力，开始颤抖，让我有一种不祥之感。我知道接下来，他说的话肯定不中听，但还是问了句：“嗯哼？”

“旗帜上刻着瘸子的徽章。”

这就对了。真是对极了。我一点儿也不喜欢这种感觉。

大家都是这样一种情绪。

“噢！”地精尖叫。

独眼咒骂道：“活见鬼。”话说得轻描淡写，却令人生畏，欲言又止之中，满是言外之意。

我一屁股坐了下来，当真坐在了地板中央，双手捂面，几乎哭出声。“不可能啊，”我说道：“我杀了他，亲手杀了他呀。”可我越说越犯嘀咕。毕竟那也是好几年前的事情了。“可如今却？”

“好人是杀不死的。”老艾责难道。他这反唇相讥反而将他的震惊表露无遗。因为他从不会无缘无故插这一嘴。

瘸子和佣兵团宿怨已久，几乎可以追溯到我们跋涉至苦痛海以北。渡鸦就是那时征召入团的，他是土生土长的猫眼石城居民，身世叵测，据说从前地位显赫，却让瘸子的手下整得身败名裂。渡鸦可不是个善茬，全然不知恐惧为何物。不管这不公待遇是否系劫将所为，他都毅然奋起反击。先手刃了几个恶徒匪霸，里头就有瘸子的得力助手。然后，我们算是和瘸子结了梁子，有道是冤家路窄，每次相遇，彼此的仇恨就加重一倍……

杜松城乱局过后，瘸子意欲和我们来个了断。我策划了一次伏击。他正中圈套。“我敢发毒誓，我的确杀了他。”告诉你吧，我当时就急了，喋喋不休地说了好一通。因为我怕极了。

独眼打住了我。“别这么歇斯底里的，碎嘴。从前又不是没有和他交过手。”

“可他是老劫将，傻瓜！货真价实的劫将。来自远古，懂真正的法术。以前和咱们交手，他可没有使出浑身解数。何况我们还找了帮手。”攻击惶悚平原的一共有八名劫将以及五路大军。而在地堡之内，我们的人手还不过七十。

我的脑海里萦绕着恐怖的景象。这些劫将也许身手二流，但人多势众。他们满腔怒火，足以烧尽荒原。私语和瘸子曾经在这里打过仗。他们不是不知道荒原潜藏危机。事实上，私语曾先后以叛军和劫将的身份在此血战，在波澜壮阔的西部战争中，她赢得了多数经典战役。

我重归理智，却依旧无法直面黯淡的未来。只要一分析敌我态势，我就不可救药地认定，私语对这里的风土情况了若指掌，甚至还有可能拉拢到旧的盟友。

宝贝儿拍了拍我的肩膀。这一举动比任何战友的劝慰都更加镇定人心。她的自信是极具感染力的。她先叹了口气，比画道：“原来如此。”然后笑了。

依然，时间成了千钧一发、悬而欲坠的利剑。与之相比，彗星的回归似乎遥遥无期。当务之急是解决生死存亡的问题。我试着乐观，于是说道：“瘸子的真名就藏在我那一堆文件里头。”

但恰是这句话突显了我的难题。“宝贝儿，那份我要的文件却不在这里。”

她眉头蹙起。虽一言不发，脸上的表情却胜过千言万语。

“也许我们得坐下来好好谈谈。等你有空再说。细细厘清渡鸦拿着那些文件的时候都做了些什么。我交给搜魂的时候，它们都在。从她那儿取回来的时候，也都没落下。我确定渡鸦带走它们之前，文件都还在的。后来发生了什么？”

“今晚吧，”她打着手语，“我抽点儿时间。”突然显得心不在焉。难不成是因为我提到了渡鸦？他对她意义重大，但过了这么些年岁，也该淡了。除非他俩之间发生了些我不知道的故事。这的确颇有可能。我是真的不知道，在渡鸦离开佣兵团以后的几年时间里，他们之间的关系究竟走到了何种地步。他的死至今仍让她过意不去。因为他死得毫无意义。我的意思是说，什么大风大浪都经历过的人，最后竟然溺死在公共澡堂里。

副团长告诉我说，有几个夜晚，宝贝儿以泪洗面，辗转反侧。他虽然不知道其中缘故，但是猜想八成和渡鸦有关。

当我问起他们浪迹江湖的那几年时光，她却什么都不愿提及。我只能隐约感觉到其中的酸楚，还有莫大的黯然和神伤。

她撇开了千头万绪，目光转向摄踪和他的狗。在他们后边，老艾在悬崖抓到的那几个人在惊恐地扭动。他们的报应来了。想必他们都知道黑色佣兵团是个什么名声。

但我们没有这个时间。就连对摄踪和猎狗——蟾蜍杀手也 ·并放过。因为地面上又传来了警报声。

真够折磨人。

就在我潜入珊瑚丛的时候，那骑手已经蹚进了小溪。水花四溅。他的坐骑摇摇晃晃，水沫溅了一身。这坐骑的脚力算是给毁了。看到这畜生如此艰难跋涉，我也怪难过的。但它的主人是个铁石心肠。

两名劫将冲锋至免疫结界的边缘。其中一人挥舞出一道闪电向我们袭来。只不过那闪电连我们的毛都没沾到，就灰飞烟灭了。独眼咯咯笑个不停，还比画了个中指。“早就想这么做了。”

“看那边，奇迹中的奇迹！”地精尖叫起来，眼睛却望向另外一边。那里汇集着一群巨大的蓝背蝠鲼，从玫瑰色的悬崖之中，借助上升气流，振翅直上。为了不占用到彼此的气流，它们不断扭动身躯，所以数量难以计算，但一定得有个十一二。翼展几乎达到了一百英尺。飞到足够高时，它们成双结对地向劫将发动俯冲攻势。

那骑手勒住马，翻倒下来，背上中了箭镞，用尽最后仅有的意识，大吼了声：“象征！”

第一个俯冲过去的蝠鲼，看上去慢条斯理，实则快过人类奔跑速度的十倍，那劫将刚刚步入宝贝儿的结界，这会儿便被蝠鲼从头顶掠过。两头蝠鲼各自放出耀眼的闪电。这闪电竟能够在劫将都无可奈何的结界之内加速前行。

一道闪电命中目标。劫将和飞毯打了个趔趄，瞬间亮光一闪。有烟冒了出来。飞毯斗转翻身，朝大地方向旋转过来。我们纷纷叫好。

那劫将重新恢复控制，笨拙地又爬升，飞走了。

我单膝跪在信使身旁。不过是个一小伙子。还活着。如果我马上动手，他还有可能捡回一条命。“我需要帮助！独眼。”

成双结对的蝠鲼掠过结界边缘，又朝着另外一名劫将展开攻势。可被那劫将不动声色地化解了，好在她也没有进行反击。“那是私语。”老艾说道。

“是啊。”我回答。毕竟这地方她熟。

独眼不乐意了。“你还帮不帮这个孩子，碎嘴？”

“好吧，好吧。”我可不想错过好戏。我还是第一次见着这么多蝠鲼，也是第一次见着它们出手相助。我还想继续看下去。

“瞧瞧，”老艾一边说，一边镇定住那小伙子的马，往鞍囊里摸索了一番，“又是一个包裹，给我们可敬的史官。”他递过来又一件油布包裹。我哑口无言，把东西夹在腋下，然后帮着独眼，抬着信使进了地堡。

第十章

波曼兹的故事

碎嘴：

茉莉的尖叫声几乎震碎窗户，激荡门板。“波曼兹！你给我下来！现在就给我下来，听见没？”

波曼兹叹了口气。居然连五分钟的清静都不给。结婚究竟是为了什么？所有的男人，为什么非结婚不可？到头来，你的余生步履维艰，对别人俯首听命，自己想做的事情却一件都做不了。

“波曼兹！”

“这就来，见鬼！这女人要不是我在旁边拉她的手，甚至连擤鼻涕都不会。”他轻声又抱怨了一句。他习惯了这种低声下气。毕竟，他有情绪须要发泄，须要保持克制。就这样，他妥协了，一如既往。

他步履沉重地走下楼梯，每一次迈步，都像是恼怒生气。他一边走，一边在心里自嘲：你知道的，岁数越大，越会看什么都看不顺眼。

“你想怎么着呢？你人在哪儿呢？”

“店子里头。”她的声音有些不对劲儿。他觉得是一种压抑的兴奋，于是小心翼翼地进到店里。

“惊喜！”

他的世界一下子敞亮起来。牢骚之情一扫而空。“小斯！”他急匆匆地将儿子一拥入怀，用力之猛甚至都快弄疼他了。“你这就过来啦？还以为下星期才能见上你呢！”

“我提前动身了。爹，你越来越敦实了。”斯坦西尔张开双臂，将茉莉也纳入进两人的拥抱。

“还记得你母亲的手艺吗？那时日子过得有滋有味。我们三餐不愁。托卡也……”他似乎瞥眼看到了一个丑陋猥琐的暗影。“你过得怎么样？后退一步。让我好好瞧瞧。和当初离开时一个样，还像个男孩。”

茉莉接过话茬。“你就没发现他越长越帅了？都这么高了，身子也很健康。衣服还这么漂亮。”说完又一脸关切，“你没有掺和进旁门左道吧？”

“妈妈！我一个初级讲师，能有多大能耐？”他和父亲对视了一眼，笑了一笑，似乎在说“妈妈还是老样子”。

斯坦西尔比父亲高四英寸，正值二十来岁的年纪，身体透着一股与其职业不相匹配的健美。波曼兹心想，他儿子更像一个冒险家，而不是一个潜在的大学教师。当然，时过境迁了，距离他自己的那段大学时光已经过去了很久很久。也许现在的标准已经变了。

他又想起那些欢声笑语、那些戏谑玩笑，想起他曾有整个无眠的夜晚，为了万物之理而严肃认真地论辩不休，还曾让这个小顽童咬过一口。过去那个才思敏捷、年轻狡猾的波曼兹哪儿去了？仿佛一个看不见的心灵守卫默不作声地在他脑后挖了一个坟墓，将他填了进去，于是他便躺在里头白日做梦，渐渐蜕变成为一个秃头谢顶、下巴垂肉、大腹便便的老者……他们偷走了我们的过去，让我们不复年轻，但是我们的孩子……

“好了，快说说。讲一讲你的学习。”不要再顾影自怜了，波曼兹，你这个老傻瓜。“整整四年，你寄信过来，就写些洗熨衣服啦，在海豚湾参加辩论会的情形。海豚湾大概在木桨城附近吧。在我死之前，真想看一看海。我还从没看过呢。”老傻瓜。难不成白日做梦就是你最大的本事啦？如果你大言不惭地说，自己的青春还未凋零，你看他们会不会笑话你？

“他老了，脑袋瓜又不正常了。”茉莉抱怨。

“你说谁老了？”波曼兹厉声打断。

“爹。妈。别吵了。我才刚回来呢。”

波曼兹忍气吞声。“他说的对。和平。停火。休战。你是裁判，小斯。两匹像我们这样老掉牙的战马听凭发落。”

茉莉说道：“你还没下楼的时候，小斯答应说要告诉我一个惊喜。”

“嗯哼？”波曼兹问。

“我订婚了。就要娶老婆了。”

这究竟怎么一回事？他可是我的儿子，我的心肝宝贝。上个星期，我还在帮他换尿布……时间，你这不能用语言形容的刺客，我感觉到了你冰凉的呼吸。我听见你那包铁的马蹄声……

“哼。年轻的傻瓜。不好意思。跟我们说说她，反正其他的你也不会跟我们说。”

“那都怪我插不进嘴。”

“波曼兹，你安静些。现在说吧，小斯。”

“也许你们也知道个大概。是托卡的妹妹，葛罗莉。”

波曼兹的肚子仿佛一下子垂到了脚底。托卡的妹妹……托卡，那个疑似召亡师。

“你又怎么啦，老爹？”

“托卡的妹妹，呃？对他们家，你都了解多少？”

“他们又出什么问题了？”

“我又没说有问题。我只是问，你了解他们多少？”

“别的不论，足够让我知道，我非葛罗莉不娶，也足够让我明白，托卡是我的挚友。”

“那如果他们是召亡师呢？”

门店里霎时间一片死寂。波曼兹死死盯着自己的儿子。斯坦西尔也毫无惧色地对视父亲。有两次，他想做出回应，但都在最后一刻改了主意。空气中凝聚着千钧一发的紧张气氛。“老爹……”

“贝桑是这么想的。守卫也在监视托卡。如今也算我一个。彗星即将重现，小斯。第十次凌空。贝桑嗅到了召亡师的阴谋气息。他可是宁错杀、不放过。你和托卡扯上关系注定不会有好果子吃。”

斯坦西尔从齿间吸了口唾沫，接着叹息一声。“也许打从一开始，回到家里就是一个错误。不是躲着贝桑，就是和你们争吵不休，我在这里纯粹浪费时间。”

“不，小斯，”茉莉宽言道，“你父亲不会挑事儿的。老波，你可别想挑起争吵。也不准你有这个念头。”

“哼。”我的儿子居然和一个召亡师订了婚？波曼兹转过身，深吸一口气，无声地对自己严加痛斥。当初是不是自己一股脑地下了定论？全凭贝桑的一面之词？“儿子，对不起。都怪他盛气凌人。”他瞟了一眼茉莉。贝桑并非唯一一个对他咄咄逼人的老冤家。

“谢谢你，老爹。你的研究进展如何？”

茉莉一听就没好气地嘟囔起来。波曼兹说道：“咱们这番对话真叫个疯狂。全都在问问题，却没有人回答。”

“给些钱给我，老波。”茉莉说道。

“为什么？”

“在你开始说自己那个宏伟计划之前，你们两个怕是连招呼都不会打。所以，我还是先去市场买些东西回来的好。”

波曼兹按兵不动。她今天一反常态，竟然没有口无遮拦地说些什么女人命苦的傻话。于是，他也就耸耸肩，零零星星撒了些硬币到她手上。“我们上楼去，小斯。”

“她变得温柔了。”斯坦西尔边说边进了阁楼。

“我可没看出来。”

“你也变了。但这房子还是老样子。”

波曼兹点亮了盏灯。“还是以前那样拥挤。”他承认，然后抄起那支藏起来的长矛，“是该弄个新的了。这玩意儿都用旧了。”说完，便在小桌上展开了地图。

“进展不大啊，老爹。”

“等甩掉贝桑以后，”他点了点第七座坟墓，“这里，唯一一道障碍。”

“老爹，只能选那一条路吗？顶上两座墓就弄不出来由吗？或者搞清楚其中一座也行。这样你就有五成的把握猜准其他两座。”

“我从不猜测。这可不是打扑克。一招不慎，满盘皆输。”

斯坦西尔抽了条凳子过来，两眼盯着地图不放。他用手敲打着桌面。波曼兹也坐立难安。

一星期过去了。一家子适应了新的节奏，即便在茔长的监视步步紧逼下，也能够泰然处之了。

波曼兹正在清理一个从泰勒奎尔遗迹里挖来的武器。名副其实的无主宝藏。发掘地是一个万人冢，里头的武器盔甲几乎全部保存完好。斯坦西尔进到店里。波曼兹抬头看了看。“夜里情况如何？”

“还不赖。他打消了念头。只到附近溜达过一次。”

“门福还是贝桑？”

“门福。贝桑来了六次。”

他们二人轮岗换班。对外说是要提防门福。

实际上，波曼兹是想在彗星重现以前，先把贝桑累垮。可惜不奏效。

“你妈妈准备好了早餐。”波曼兹开始整理行头。

“等一等，老爹。我和你一块儿去。”

“你需要休息。”

“没关系的。我还想去挖掘来着。”

“那好。”这男孩有心事。也许到了时候，他会自己说出来。

父子关系如此融洽，还属首次。孩子上大学之前，两人的关系充满对峙，通常是小斯处于守势……四年过去，他有所成长，可心里还是像个男孩。还没有准备好像两个男人面对面那样和父亲坦诚相见。波曼兹也没有老到会忘记，小斯是他长不大的小孩。有时看来，这些成长遥遥无期。某天，孩子成为人父，回首看着自己的孩子，不知所以然。

波曼兹又开始清理手杖上的雪花，暗下自嘲，翻来覆去地回味父子关系。这可不像你，你个老傻瓜。

“嘿，老爹，”小斯从厨房里呼喊，“差点儿忘了。昨天晚上我观测到彗星了。”

波曼兹的五脏六腑像是被人狠狠揪了一下。彗星！不可能。还不到时候。他还没有准备好。

“你个小家伙，准是你神经过敏了。”波曼兹啐了一口。

他和斯坦西尔跪伏在灌木丛里，静悄悄地看着门福从他们的发掘地里扔东西出来。

“老子恨不得打断他的腿。”

“再等一等。我先包抄到另一头，这样他就跑不掉了。”

波曼兹不屑。“我看犯不着。”

“犯得着的，老爹。以防万一。”

“那好吧。”波曼兹瞧见门福龟爬出来，张目四顾，丑陋的小脑袋探头探脑的样子，像极了一只紧张不安的鸽子。

眼看他又缩回到发掘地里。波曼兹摸了上去，距离之近，甚至能听见那小贼自言自语。

“噢，妙啊。妙啊。石器宝藏。石器宝藏。那个胖猴子可配不上这些宝藏。他只配一辈子去拍贝桑的马屁。老匹夫。”

“胖猴子？你这是自找的。”波曼兹甩开自己的行囊和工具，紧紧攥起铁锹。

门福从坑里爬了上来，双臂满满地捧着赃物。一看到波曼兹，他的双眼瞪得老大，嘴巴也开始不听使唤。

波曼兹情绪激动。“老波，这回可不要手下留情……”

波曼兹大手一挥。门福躲闪不及，屁股结结实实挨了一下，登时一声闷响，吓得把赃物丢了个干净，张牙舞爪地跌撞进坑里。又仓皇向远端爬去，像只受伤的野猪一般哀号尖叫。波曼兹踉跄着跟在后头，又准又狠地打了他后背一下。门福慌张逃窜，波曼兹紧追不舍，手里的铁锹高高扬起，高声怒喝：“给我站住，你个婊子养的小贼！有种像个男人一样，敢作敢当。”

他最后一次将铁锹猛挥过去。可惜打偏了。动作幅度之大，让他自己也打了个趔趄，滑倒在地，立马又跳站起来，继续手握复仇的铁锹，义愤填膺地穷追猛赶。

斯坦西尔瞅准时机，整个人饿虎扑食般蹿了过来。谁知那做贼的，压低脑袋，硬着头皮闯了过去。后头的波曼兹躲闪不及，和斯坦西尔撞了个满怀。父子俩双双动弹不得。

波曼兹喘着粗气。“搞什么玩意儿？他都跑了。”他无可奈何，在地上四仰八叉，上气不接下气。斯坦西尔忍不住笑了。

“啥玩意儿这么好笑？”

“他的表情。”

波曼兹也窃笑不已。“你来了也帮不上什么忙嘛。”二人哄笑成一团。最后，波曼兹喘了口气。“我得把铁锹找回来。”

斯坦西尔扶着父亲站了起来。“老爹，我真希望你能看看你自己这个样子。”

“还好我看不到。刚才那下没害我中风就算运气好的了。”说完又发出一阵痴笑。

“你没事吧，老爹？”

“没事。就是笑起来的时候，有点儿喘不过气。噢，噢，我的天哪。我一坐下去就起不来身了。”

“我们去挖坑吧。兴许你会感觉好受一点儿。铁锹就落在附近了，对吧？”

“在那儿呢。”

波曼兹一整个上午时不时就忍不住痴笑。一想起门福手脚并用、仓皇鼠窜的样子，他就不禁笑个不停。

“老爹？”斯坦西尔在坑的远端埋头苦干。“瞧这儿。你靠得那么近，他都没注意到，也许这里就是原因。”

波曼兹一瘸一拐地走了过去，看着斯坦西尔细细将尘土拂去，原来是一副保存十分完好的胸铠，黑亮似乌木，中央有一银制华饰。“嗯。”波曼兹把脑袋往外头探了出去。“附近没人。这半人半兽的图案……应该是化身。”

“是他领导了泰勒奎尔。”

“但不应该埋葬在这里才对。”

“可这就是他的铠甲，老爹。”

“我知道，见鬼。”他像是一只警觉的土拨鼠一样又探出头来。没有看见其他人。“坐下来歇歇，保持警戒。我来把它挖出来。”

“还是你坐着吧，老爹。”

“你都守了一个晚上了。”

“可我比你年轻多了啊。”

“我身子骨好得很，谢谢你的好意。”

“天空是什么颜色的，老爹？”

“蓝色。你怎么问这种……”

“哈利路亚。看来我们达成了共识。你呀，就是一头最倔最犟的老山羊……”

“斯坦西尔！”

“对不起，老爹。我们轮班好了。用掷硬币的方法，决定谁第一个来。”

波曼兹输了。他背靠着行囊坐下休息。“看这架势，非得把这坑向四周扩宽些才行。这么一股脑往下头挖，头一遭大雨就会弄塌方了去。”

“还真是。泥巴太多了。该想想怎么弄个排水渠。嘿，老爹，这铠甲里头没有尸首。余下的部位似乎也没有。”斯坦西尔找出个臂铠，又挖出一部分护胫甲。

“是吗？我真不忍心把这副铠甲拱手上交。”

“拱手上交？为啥？托卡能拿它大赚一笔。”

“也许吧。可你想过咱们的门福伙计儿没有？要是他也看见了这玩意儿，该怎么办？他肯定会嫉妒得发狂，给贝桑通风报信。贝桑我们可惹不起。所以这东西我们不能拿。”

“还有可能就是他故意埋在这里的。”

“你说啥？”

“本来也不该出现在这里，难道不是？铠甲里头也没有尸首。土壤还是松的。”

波曼兹哼了一声。嫁祸于人的把戏，贝桑是做得出手的。“把里头的东西原样放好。我这就去找他。”

“这苦瓜脸的老匹夫，”斯坦西尔望着贝桑远去的背影，低声发着牢骚，“我敢打赌，就是他故意埋在这里的。”

“没必要说他坏话。我们绝不能轻举妄动。”波曼兹又背靠行囊，原地休息。

“你做什么呢？”

“打个盹儿。我可不想再干下去了。”他浑身疼痛。这一上午，真够磨人的。

“应该趁着天气好，赶紧挖些好宝贝出来。”

“那你挖呗。”

“老爹……”斯坦西尔转移了话题，“你和老妈怎么就变得争吵不断了？”

波曼兹听任自己的思绪漂移流转。难以启齿的真相。也许小斯不愿追忆往昔的美好岁月。“我猜是人心变化，而我们又不愿面对吧。”他找不出更好的理由。“你一发不可收拾地爱上一个女人，她魅力四射、神秘莫测，又惊为天人，就像赞颂的诗篇一样。然后，你们彼此相知。从前的激情慢慢逝去，被一种舒适感代替。接着，甚至连这层舒适感也逐渐褪色。她变得臃肿、人老珠黄、双鬓泛白，让你有种上当受骗的感觉。你回想起第一次见面，那个表面含羞、内心却千万波澜的女子，和她忘我地天南地北胡聊瞎扯，直到她的父亲出现，威胁着要把你的屁股踢开花。于是，你开始讨厌眼前这个陌生人，久而久之就大打出手。我猜你妈妈那边也是一样。内心里，我依旧以为自己二十岁。小斯。只有在我路过穿衣镜，或者身体不听使唤时，我才真正意识到，原来我也成了个糟老头子。对自己大腹便便、静脉曲张、不是谢顶就是两鬓斑白的样子，我选择视而不见。可她却要学会忍受。每次一照镜子，我自己都会吓一跳。我禁不住纳闷，是谁占据了我的外表。他这番样子就如同一头令人作呕的老山羊，和我二十岁时经常嘲笑的那副模样别无二致。他把我吓坏了，小斯。他看上去，就如同一个垂死的人。我被困在他的身体里头，我可不打算就这么上路啊！”

斯坦西尔坐下身。他的父亲还未如此坦陈心迹过。“那就非这样不可吗？”

也许不是，可事实往往与之相左……“小斯，你是不是想到了葛罗莉？我不知道。不过，你无法逃避生老病死，无法逃避人情世故。”

“也许两者并非不可改变。如果我们这次一举成功……”

“别跟我说什么‘也许’，小斯。三十年了，我一直生活在这样或那样的‘也许’里头。”溃疡又在发作。“也许贝桑是对的。只是理由不对而已。”

“爹！你在胡言乱语什么呢？为了这一切，你可是付出了自己的一生啊。”

“这么和你说吧，小斯，我害怕了。追逐梦想是一码事。追及梦想却是另一码事了。最后，你依旧不能得偿所愿。我有一种不祥的预感，灾难即将降临。那个梦想，命中注定，已经胎死腹中。”

斯坦西尔脸上闪过无数种表情。“可是你必须……”

“除了老老实实做我的古董商生意以外，我别无他想。你妈妈和我没几年光景了。这次挖掘的成果足够为我们养老了。”

“可如果你继续下去，说不定就能延年益寿，还有数不尽的……”

“我害怕了，小斯。不管最后是哪种结局，我都害怕了。等你老了，就明白了。世事无常。”

“爹……”

“我的意思是，哀莫大于心死。曾经最漫无边际却又信以为真、催动我前进的梦想已经死了。那些不可能实现的梦想。对我而言，自欺欺人所带来的欢愉已经作古了。如今，我唯独看得到刽子手满嘴的烂牙。”

斯坦西尔双手并用，攀出了坑洞，拔了根香草，放在嘴里吮吸，张目凝视天穹。“爹，快要娶妈妈进门的时候，你心里是什么感受？”

“麻木。”

斯坦西尔笑了。“好吧，那当你征求她父亲同意的时候呢？在路上的时候呢？”

“恐怕当时我的冷汗都渗到腿上了。可惜你没见过你祖父。那些唬小孩子的怪物故事，起初怕就是照着你祖父的样子给编出来的。”

“会不会跟你现在的感受差不多？”

“差不多。没错。但又不一样。我那会儿要更年轻，心知冒险以后，或许回报不菲。”

“现在不也一样吗？难道这次的回报不更大吗？”

“风险与收益同在。要么大获全胜，要么一败涂地。”

“知道吗？你这种表现就是人们经常说的自信心危机。就这么简单。过不几天，你又会嚷嚷着要过来了。”

那天夜晚，等斯坦西尔出门以后，波曼兹找来茉莉。

“咱们生了个聪明的小伙子。我们今天交流了一番。坦诚交流，这还是第一次哩。他真是出乎我的意料。”

“为啥？难不成他不是你亲生的啦？”

深夜，那个噩梦和以往相比，来得更加汹涌，也更加迅猛，害得波曼兹两次惊醒过来，索性放弃了睡眠。他走到门前台阶，坐下身，静静看着月光发呆。夜色如银，甚至能望见脏兮兮的街道上各式建筑的轮廓。

此番场景，让他想起了某个城镇，回忆起木桨城的繁华岁月。那里人声鼎沸，聚集着永恒守卫、像他这样的古董商人、少数靠服侍他人来讨生活的劳工，以及络绎不绝的朝圣者。可即便帝王时期的古物让人趋之若鹜，这里的人气也不可同日而语。大坟茔声名狼藉，外人自然嗤之以鼻。

他听到了脚步声。一个黑影慢慢靠近。“老波？”

“贝桑？”

“嗯。”茔长在波曼兹身下的一层台阶上，坐了过来。“你干啥呢？”

“睡不踏实。心里一直想啊，既然自封的召亡师再没有来过，可这大坟茔为什么还是老样子，破败颓圮？你呢？不会这么晚亲自出来巡夜吧？”

“我也是睡不着。都怪那该死的彗星。”

波曼兹目扫星空。

“这儿是看不见的。得绕一大圈。你说得对。没人知道我们还在这里啰。不仅是我们，就连埋藏在这地底下的东西也一样。我都搞不清，疏忽或是纯粹的愚蠢，究竟哪个更要命？”

“哦？”有什么东西在折磨茔长。

“老波，他们不是因为我老了，或者不中用了，才调换我的。虽然我自忖两个毛病都占。他们调我走，是因为某个大官的侄子能够取而代之。放逐他们眼里的‘害群之马’。这最伤人了，老波。真的刺痛我了。他们都忘记了，这是个什么地儿。他们不断告诉我，我浪费了自己一整个人生，而我干的活计，任何一个傻瓜哪怕闭着眼睛睡大觉，都能妥善办好。”

“这世界满是傻瓜。”

“恨不得让这些傻瓜统统去死。”

“呃？”

“我说彗星或者召亡师要在这个夏天发动攻势的时候，他们大声哄笑。凡是我相信的，他们统统不予置信。他们打死都不信，那些坟丘下头真有些什么东西，就是不相信那下头的东西还活着。”

“那就带他们过来。让他们来个黄昏后的大坟茔漫步。”

“试过。可他们说，要是我再胡说八道，小心退休金不保。”

“那你也是仁至义尽了。他们脑袋让门夹了。”

“我发了毒誓，老波。当时我严肃认真，现在也是严肃认真。除了这个工作，我一无所有。你至少还有茉莉和小斯。我却跟个僧侣差不多。可现在他们把我弃之如敝屣，就为了让一个毛头小子……”他开始发出奇怪的噪音。

难不成是啜泣？波曼兹心想。眼前这个茔长在啜泣？这铁石心肠、心狠手辣的家伙居然会啜泣？他一把挽起贝桑的手肘。“我们去看那彗星去。我还没见过呢。”

贝桑平复了心态。“你还没见过？难以置信。”

“这有啥？我还从没有熬过这么晚的夜呢。都是小斯在守夜。”

“别介意。我刚刚不过是犯了老毛病，神经过敏罢了。可惜了，咱俩真应该干律师的行当。都具备三寸不烂之舌的气质。”

“你还真可能说对了。我就常常在夜里琢磨，我在这里究竟是在干什么？”

“老波，那你都干了些什么呢？”

“想着发家致富。研读古籍，掘开几个有钱人的坟墓，回到木桨城，把我伯父的马车生意买下来。”波曼兹不慌不忙，心里暗想，对于自己编造出来的过去，贝桑究竟买不买账。反正他自己是入戏颇深，有时候，甚至把自己骗人的逸事当作事实，只有细细品味时，才恍然大悟。

“发生什么了？”

“懈怠了。说起来不值一提，就是懈怠了。我终于发现白日做梦和付诸实践两者之间的巨大差别了。如果只是为了养家糊口，那也犯不着没日没夜地辛苦干活，还能省出些时间游手好闲。”波曼兹一脸苦相。他在真相边缘踟蹰犹豫。他专注研究，实际在一定程度上，也是为了逃避竞争。有一点很明显，他没有托卡那种勃勃野心。

“你的人生并非一无是处。也许斯坦西尔还是孩子的时候，你遭遇过一两个揭不开锅的冬天。但我们不都挺过来了吗？四方施援，八方接济，我们也就熬过来了。瞧，在那儿呢。”贝桑向大坟茔的夜空张手一指。

波曼兹气喘吁吁。真和自己梦中所见别无两样。“还真耀眼夺目，对吧？”

“等它再靠近些。几乎能笼罩半片夜空。”

“也很漂亮。”

“要我说，让人为之惊讶。不过也是一种预兆。不祥之兆。老一辈作家声称，直到帝王获释之前，这彗星会一直不断回归。”

“我这大半辈子，都在和这些玩意儿打交道，贝桑，可即便如此，我都觉得传言难以置信。等等！我的确也感觉到大坟茔附近有些不对劲。但我还是很难相信，沉睡了四百余年的生物难道还能复活？”

“老波，也许你真是个老实人。要是果真如此，那就听我一言。等我走了，你也别留在这里了。带上你的泰勒奎尔宝藏，去木桨城吧。”

“你这话听起来像极了小斯。”

“我是认真的。过不多久，有个不见棺材不落泪的毛头小子就要过来接任，地狱之门随即开启。我没开玩笑。趁还来得及，赶紧离开这里。”

“也许你说得对。我是打算回故乡了。可我在那又能做什么呢？木桨城只会让我觉得陌生。如果它真和小斯说的一样，那我一定会茫然无措。见鬼，这里，这里反倒成了我的家。我还真没想到。这阴森可怖的地方，已经是我的家了。”

“我能理解。”

波曼兹仰头看着夜空中银白如刃的彗星。马上……

“外面吵吵个啥呢？谁在外头？”声音从波曼兹家后门传来。“你们给我走开了去，听到了吗？不然我叫守卫来了。”

“是我，茉莉。”

贝桑笑个不停。“还有茔长，夫人。守卫已经在此就位。”

"老波，你搞啥呢？"

"聊天。看星星。"

"恕我告辞，"贝桑说道，"明天再会。"

从他的口气里面，波曼兹就知道，明天注定免不了例行的骚扰。

"保重。"他从露水渐湿的台阶上站起，吹着凉爽的晚风。鸟儿在古树林里千啭不穷，声音哀转寂寥。一只蟋蟀轻快地吱喳鸣叫。潮湿的空气微微拂起他硕果仅存的几根头发。茉莉走出门，在他身旁坐下身来。"我睡不着。"他告诉她。

"我也是。"

"一准是不停地转啊转。"他瞥了一眼彗星，惊诧于一刹那的似曾相识。"还记得那年夏天我们来到这里的时候吗？当时我们也像这样，熬着夜，来看这彗星。就像今天晚上。"

她握住他的手，十指相扣。"你和我想到一块去了。那天是我们结婚一个月的纪念日。嗯，两个傻孩子，真是两个傻孩子。"

"如今也没变，打从心底里。"

第十一章

大坟茔

回到乌鸦这边，只要能全身心地投入任务当中，他就会觉得，离谜题揭晓越来越近。但是，因为那张老旧的丝绸地图，他又越来越分心了。想着那些古老的名字。泰勒奎尔语有很多读音，在如今的语言里头已经找寻不到。如果把搜魂、风暴使、吞月和吊男的名字放在古老的语言之中，念起来似乎更加摄人心魄。

可斯人已逝。只有夫人，还有那个挑起一切战乱灾难的罪魁祸首，依旧存活于世，只是封印在地底下而已。

他时常漫步到小窗前头，凝望着大坟茔发呆。那封印在地底下的恶魔，也许并不安分，仍在呼唤。周围填埋的，是他的得力爪牙，他们当中，一部分名留神话传说之中，另一部分就只有上了年纪的法师才认得了。而那个波曼兹，唯独对夫人情有独钟。

谣言传说层出不穷。有说大坟茔由一头巨龙镇守。也有说白玫瑰的得力干将战死疆场后，化身成为鬼魂，继续履行他们的永恒职责。

众说纷纭，神乎其神，风头甚至要盖过如今的叛乱斗争。

乌鸦笑了。过去总是比现在更加有趣。对于那些经历过第一次大斗争的人来说，时间一定过得极其缓慢。只有最后的战斗才会盛产传奇和遗留问题。数十年一遇，一遇却不过数天。

有了一个安稳的住处，手里也攒了些闲钱以后，他也很少干活了。时间更多花在四处漫步上，尤其喜欢夜间出没。

某天清早，皮包登门拜访，乌鸦还未完全睡醒。不过，他还是让年轻人进到屋里。“茶？”

“好的。”

“你很紧张。怎么回事？”

“甜蜜上校有事找你。”

“又找我下棋？还是有别的差事？”

“都不是。他很担心你晚上闲逛。我说了我跟着你在一块儿，还有你只不过是看星星什么的。我猜他是犯了疑心病。”

乌鸦无意间笑了一笑。“他是在履行职责，觉得我行迹不正常，老不中用、迷迷糊糊了。我真的有那么老了吗？给，要加糖吗？”

“谢谢。”守卫一般没有糖配给，所以乌鸦给皮包加糖，可以算是款待。

“你不着急吧？我还没吃早饭呢。”

“他没那么说。”

“那就好。”正好能争取时间做足准备。自己真是个傻瓜。他早就应该想到，大晚上到处闲逛，肯定会引起别人的注意。守卫的疑心病都是天生的。

乌鸦泡了燕麦粥，还煎了培根，分了些给皮包。虽然永恒守卫待遇不错，但伙食条件实在不敢恭维。这都怨眼下持续不断的恶劣天气，使得连接木桨城的道路无法通行。军需官想尽一切办法东拼西凑，奈何巧妇难为无米之炊。

“好了，我们出发吧。”乌鸦说道，又加了一句，“这是最后一片培根了。上校最好想想要不要搞搞军垦，以防万一嘛。”

“他们还真讨论过。”乌鸦之所以和皮包结为朋友，因为他曾经也为司令部服务过。甜蜜上校隔三岔五就会找他下棋，聊一聊往日时光，但绝口不提任何部署计划。

“然后呢？”

“地不够。草料也不够。”

“那就养猪嘛。喂橡子就能长壮。”

“那也得有人看着吧。不然会被部落的野人抓走了去。”

“我想也是。”

上校领着乌鸦进了私人会客厅。乌鸦调侃道：“您从来都不用工作的吗？长官？”

“咱们干的差使会自动运转。四百多年了，一直都是这么延续下来的。我有一个麻烦。乌鸦。”

乌鸦面露不解。“长官？”

“言行举止，乌鸦。行走天下，看的就是一个人的一言一行。而你的举止，似乎让人起疑啊。”

“长官？”

“上个月来了个人。从查姆来的。”

“我不知道。”

“谁都不知道。除了我。你可以管它叫作迟到的突击检查。这事儿偶有发生。”甜蜜上校在办公桌后坐定，将两人经常博弈的那张棋盘推到了一边，接着，从右手边的抽屉里，取出长长的一张纸。乌鸦瞥了一眼上头潦草的字迹。

“是劫将？长官？”

乌鸦这人不会无缘无故地尊称他人为“长官”。这不免让甜蜜上校受宠若惊。“是的。还带着夫人的全权授权书。不过他倒没有耀武扬威。只是说了些建议。还说有些人的行为需要小心留意。你的名字首当其冲。你究竟在搞什么鬼呢，整个大晚上地到处乱逛？”

“想事情。睡不着。战争后遗症。想起以前目睹过的……游击队。你不敢睡，因为他们随时可能偷袭。就算睡着了，也会梦到那些血腥景象。房屋遭毁，田野被焚。动物和孩子尖声惨叫。最磨人的，莫过于婴儿啼哭。”他并没有夸大。每次入睡，他都要过婴儿啼哭这一关。

他说的大部分是实话，只有一处是想象出来的谎言——婴儿啼哭。实际上，那些让他纠缠苦恼的婴儿，全是他的亲骨肉，因为他害怕承担责任，成了无辜的牺牲品。

“我知道，”甜蜜上校回应道，“我知道。在铁锈城，人们宁可杀死自己的孩子，也不愿我们活捉。哪怕是团里最铁石心肠的汉子，看到一众母亲在城墙上高举自己的婴儿，同他们一起玉碎坠城，也会哭泣的。我从没有结过婚，也没有子女。但我理解你的意思。你有孩子吗？”

“一个儿子，”乌鸦的声音轻柔而克制，身体却几乎痛苦战栗，“还有一个女儿。龙凤胎。非常久远的事情了。”

“他们下落如何？”

“不知道。我倒希望他们已经在天堂。如果还活着，大约和皮包一般大。”

甜蜜上校眉头一蹙，顺口问了句：“孩子们的母亲呢？”

乌鸦的双眼化作寒铁。不，是滚烫的铁水，如同烙印。“死了。”

“我很抱歉。”

乌鸦没有回答。表情之中，没有一丝遗憾。

“我说的话你听得懂是什么意思吧，乌鸦？”甜蜜问道，“你被一个劫将盯上了。这可不是什么好事。”

“我明白。具体是哪个劫将？”

“这我不能说。只有叛军会在乎到底是哪个劫将。”

乌鸦扑哧一笑。“什么叛军？我们早就在查姆把他们收拾干净了。”

“也许吧。可是白玫瑰又出现了。”

“我猜他们倾巢出动，要去抓她了吧？”

“是啊。你也听到些传言了。要赶在这个月把她锁拿问罪。刚开始听到她的名字时，就在传这些风言风语了。她总能化险为夷。也许吧。”甜蜜的微笑不见了。“至少，下一次彗星来临的时候，我可能已经不在这里了。要白兰地吗？”

“好。”

“下盘棋再走？还是你有其他工作？”

“暂时有空。就陪你玩一盘吧。”

棋下一半，甜蜜又开口说道：“记住我的话。嗯？劫将说是说要走。可谁也打不了包票。说不定他就埋伏在某个角落，暗中观察。”

“我会多加小心的。”的确如此。他最不愿看到的情形就是有个劫将对他起了兴趣。一路披荆斩棘至此，他可不想前功尽弃。

第十二章

惶悚平原

轮到我站岗。我腹痛难忍，肚子像是灌了铅，似有千斤之重。整整一天，天空中满是蝠鲼翱翔，好似繁星点点，高挂苍穹。到了这个点儿，还有一对儿在游弋警戒。劫将时常出没，可不是什么好兆头。

近一些的地方，有两只蝠鲼遨游在傍晚的空气里。它们即将借助上升气流，鱼跃向上，接着盘旋俯冲，威慑劫将，尝试将其诱至结界之内。它们讨厌外来者，对劫将更是如此，因为要不是有宝贝儿在（实际上她也是个外来者），这些家伙早恨不得扒了它们的皮。

溪水那头，树精们开始行走。死寂的巨石也忽而闪耀，多多少少不像以往那样呆板无趣了。荒原上将有大事发生。外来者却懵懂无知。

一个巨大的阴影紧贴着荒漠飞掠而过。抬头一望，原来是一头孤零零的鲲鲸，不惧劫将，徘徊天际，嘴里发出一声几乎难以听见的低吼，十分罕见。至少我从前就没有听过鲲鲸发出声音。不平则鸣，不到愤怒填胸，它们也不会轻易如此。

珊瑚丛间传来一阵清风，似浅唱低吟。先祖树也开始与鲲鲸一唱一和。

身后有个巨石对我说道：“你们的敌人即将压境。”我闻言哆嗦，不禁想起最近总做的噩梦。虽然惊醒以后，细节一概忘记，但内心的恐惧却久久萦绕。

我拒绝让这狡猾的石头吓破胆子。我受够了。

他们是谁？从哪儿来的？为什么跟普通的石头不一样？进而言之，为什么这片荒原如此与众不同？为何如此野蛮好斗？在这里，我们不过是勉强征得同意，同仇敌忾，一起抗击更强大的敌人。等挫败夫人以后，谁都不知道我们和这荒原的关系将要何去何从。

“还有多久？”

“等他们准备好啰。”

“精彩，老石。你这回答还真够启发人的。”

我这番冷嘲它不是没听明白，只是不屑回应。这些巨石深谙嘲讽之道，各个伶牙俐齿。

“五路大军，”它继续说道，“他们可不会坐视太久的。”

我指了指天。“劫将倒飞得挺自在的。不受阻拦。”

“他们也没有挑起事端。”的确如此。但多少有些站不住脚。盟友就该拿出盟友的样子。更何况，鲲鲸和蝠鲼通常将陌生人的出现视为足够的挑衅，给我的感觉就像是它们被收买了一样。

“不是这样的。”巨石开始移动。树影照在我的脚趾上头。我看了过去。这一块巨石身高不过十英尺。该是它们当中的侏儒。

不过它却猜到了我的心思。见鬼。

它又开始老调重弹：“常言道，弱势无外交。你们好自为之。荒原的万民大会里，已经传出呼声，要重新审视我们给予你们的接纳地位。”

呵呵。原来这个喋喋不休的家伙还是个外交使节。恐怕是当地生物中，有些被吓破了胆子，天真地以为只要把我们驱逐出境，就能免去麻烦。

“是啊。”

“万民大会”并不是本地用以执行议会制度的官方名称，可连我也想不出其他更好的名字了。

如果巨石所言非虚——它们通常不撒谎，顶多只会隐瞒不报或者绕弯子——惶悚平原一共有超过四十种智慧生物。据我所知，其中就包括巨石、树精、鲲鲸、蝠鲼，还有一小撮人类（原始人和隐士）、两种蜥蜴、一种类似秃鹫的鸟、一种巨型的白色蝙蝠、一种极其稀少的人身骆驼首怪物。嗯，你没有听错，像人的那部分长在了后面，喜欢追着自己的屁股跑。

其他物种我肯定多多少少也见过，这个自不必说。

地精说过，在大珊瑚礁的心脏地带，住着一种极小的猕猴。他说那玩意儿像极了迷你版的独眼。可是，只要一出现独眼的名字，地精的话就很难相信。

“我是过来传递警告的，”巨石说道，“荒原上有陌生人。”

我问了一连串问题。然而，它什么也不肯回答，害我变得暴躁起来。于是它走了。“该死的石头……”

摄踪和他的狗站到了地堡入口处，双双望向劫将。

我听说，宝贝儿已经对摄踪详细审问了一番。具体过程我没有参加，只知道她很满意。

我还和老艾就此激烈讨论过。老艾欣赏摄踪。“让我想起了渡鸦，”他这么评价道，“恨不得能够征用好几百个渡鸦。”

“我也有这种感觉。但正因为他像渡鸦，我反倒觉得讨厌。”但是争论又有什么好处呢？要欣赏这世上的所有人，估计谁也做不到。宝贝儿觉得他没问题。老艾没有异议。副团长也就接纳了他。那我又凭什么唱反调呢？见鬼，要是他当真和渡鸦是一路货色，那夫人可就麻烦大了。

很快就有机会来考验他了。宝贝儿心中酝酿着某个计划。我怀疑这次她要主动出击。目标很可能在铁锈城。

铁锈城。瘸子在此举起旗帜。

瘸子。起死回生的瘸子。我千不该万不该，就是不该忘记要把他的尸首给一把火烧了。真是倒了八辈子血霉。

这还不算完，更让人感到惊悚的是，起死回生的人，会不会不止他一个？会不会还有人表面看起来必死无疑，实则躲藏在天涯海角，伺机要搞个大动作，一鸣惊人？

一个黑影漫过我的双脚。我回身一看。摄踪已站到我的身旁。“你似乎心不在焉。”他说。我必须承认，他对所有人都是彬彬有礼。

我望向那些紧张巡夜的动物，轻描淡写地回答：“我是一名战士，老了，累了，也迷糊了。在你出生以前，我就已经征战沙场了。可就是连一丝起色都没有看见。”

他淡然一笑，几乎隐晦得看不见。这让我很不舒服。他的一举一动都让我觉得不舒服。就连他那条见了鬼的狗也让我不舒服，即使它现在什么都没做，只是在睡觉而已。看它酣睡的样子，我不免去想，它究竟是怎么一路从木桨城跋涉到这里来的？好像是在完成某种使命。我敢发誓，这狗连进食都是慢条斯理、不慌不忙的。

“要有信心，碎嘴，”摄踪开导道，“她终将覆灭。”话里透着绝对的信念。“她没有统御海内的力量。”

我再次感到惊惧莫名。不管说的是不是实话，他的话语里，带着一份令人不安的情绪。

“我们迟早要把他们一个个打倒，”他说的是劫将，“他们华而不实，像所有的古老传说。”

猎狗嗅了嗅摄踪的靴子。他望眼下去。我还以为他会一脚把狗踢开。可他却弯下腰，挠了挠狗的耳朵。

“猎狗——蟾蜍杀手。这算哪门子的名字？”

“哦，这是个老笑话了。来自我俩都还很小的时候。它喜欢这名字。所以就保留了下来。”

摄踪似乎心有旁骛。双眼空洞迷离，极目远眺，却始终注视着劫将的一举一动。真奇怪。

还好，他至少承认他曾经年轻过。这里头多少显示出人类的弱点。有时，摄踪和渡鸦这类人举手投足之间的那种无懈可击，反倒让我觉得紧张。

第 十 三 章

惶悚平原

“你！碎嘴！”副团长走到了外头。

“咋？”

“让摄踪接你的班。”离我值岗结束，也只有几分钟而已。“宝贝儿叫你。”

我瞥了一眼摄踪。他耸了耸肩。“去吧。”他说完就站着望向西方。我敢发誓，他就像打开了站岗警戒的开关一样。好像刹那间，他摇身一变，成了个终极哨兵。

就连猎狗也撑开一只眼睛，跑过去东张西望。

离开时，我用手指挠了挠狗的头皮，在我看来，权当是友善之举。可它却咆哮犬吠。“就知道。”我边说，边来到副团长身边。

他似乎心烦意乱。通常情况下，他都是以铁面示人。“怎么了？”

“她突然心生一计。”

哎哟嗬。“啥玩意儿？”

“铁锈城。”

“嘿，太好了！真绝了！这么快就下定决心了！我还以为只是说说而已呢。我敢说，你花了老大力气劝她放弃的吧？”

也许你会认为，在底下生活了这么多年，应该会适应这里的恶臭才对。但是进入地堡的时候，我们的鼻子还是不自觉地发紧难受。把一群人强塞进几乎没有通风设施的地洞里，真叫个惨无人道。

“我确实劝过。可她说‘吩咐下来的事，你们只管做，由我运筹帷幄。’”

“大多数时候她都是靠谱的。”

“她真把自己当军事天才了哩。可即便如此，她也不能意气用事，非要执行什么异想天开的计划。毕竟，异想天开也可能是梦魇的前兆。见鬼，碎嘴。别的不说，瘸子就在那里盯着咱们呢。”

当初就是为了这档子事开会讨论的。沉默和我首当其冲，饱受责难，因为我们是宝贝儿的心腹。我还目睹自家兄弟众口一词、枪口一致对外，这还真稀罕。就连地精和独眼也钻到了一条战线上，要知道在以前，就算看到日头高挂，他们俩都要彼此诡辩究竟是夜晚还是白天。

只有宝贝儿像一头笼中困兽，来回踱步。她有所疑虑。可他们却喋喋不休。

“铁锈城有两名劫将，”我争辩道，“这都是科勒亲口说的。其中一个是我们的老冤家对头。”

“擒贼先擒王，这样就能彻底粉碎他们的战略计划。”她抢白。

“擒贼先擒王？小姐，那可是瘸子啊。别忘了我以前和他交手过，那家伙打不死。”

“不。你不过是证明了，如果下手不彻底，他就能侥幸苟活。你当初就该烧了他。”

是啊。或者把他剁成肉酱喂鱼，再不行就泡在酸水里，或者浇上生石灰。可不论如何，都要花上一段时间。可当时夫人的追兵迫在眉睫。能够死里逃生就算走运的了。

“即便我们能够神不知鬼不觉地摸过去——我个人是根本不信的——还打了敌人个措手不及，可用得了多长时间其他的劫将就会反应过来，把我们围个水泄不通？”我长叹一口气，比起害怕，更多是因为愤怒。我从未拒绝过宝贝儿，从未。可这次我做好了心理准备。

她的眼中闪过光芒。我生平第一次见到她克制自己的情绪。她打着手语：“如果你抗命不从，那就别待在这里了。我不是夫人。不会为了蝇头小利，做李代桃僵的事。我承认，这次计划风险很大。但还不至于你说的那样骇人听闻。而且一旦成功，产生的影响必定超乎你的预想。”

“证明给我看。”

“我办不到。详细的计划不能告诉你，怕你被活捉。”

我几乎爆发。“可告诉我的部分就足够引狼入室的了。”也许我更多是出于害怕，尽管我自己不承认。又或许是因为我生性就爱唱反调。

“不会的。”她叹了一声。看来她的确还有戏唱，只是避而不谈。

沉默搭了只手在我肩膀上。他妥协了。副团长也掺和了进来：“你有点儿出格了，碎嘴。”

宝贝儿重复了一遍手语：“碎嘴，如果你不听从命令，那就走吧。”

她是认真的。真是认真的！我瞠目结舌，呆若木鸡。

“那好吧！”我一咬牙一跺脚，冲到自己的房间里，快速翻阅着那些古老的纸张，可依旧连一丁点儿的新发现也没有。

他们有一会儿没来找我。然后老艾过来了。是不请自来。我碰巧刚一抬头，就看到他靠着门框站着。那时候，我其实已经为自己的行为感到半分愧疚了。“干啥？”

“有邮件。”他说完向我掷来又一个油布包裹。

我从空中伸手接住。他什么也没说，就走了。我把包裹放在桌上，心里不住纳闷。究竟是谁？在木桨城，我谁也不认识。

会是什么愚弄人的把戏吗？

虽说夫人是个耐心聪明的人。可并不足以认为她会在我身上大费周章。

我暗下心想，自己真应该在刚才就想到这一点才对。想着想着，心不甘情不愿地拆开了包裹。

第十四章

波曼兹的故事

碎嘴：

波曼兹和托卡站在古董商店的一角。“觉得怎么样？”波曼兹问道，“带了好价钱过来了吗？”

托卡目不转睛，看着波曼兹新挖到的泰勒奎尔珍品——一副保存完好的铠甲，里头还有一架骷髅。“真是鬼斧神工，老波。你怎么做的？”

“将所有部分卯扣相连。看到前额上的宝石了吗？虽然我对帝国时代的纹章并不在行，但瞧这红宝石，难道不是达官显贵的身份象征吗？”

“国王。也许是布洛克国王的头骨。”

“还有他的骨架以及铠甲。”

“你赚大发了，老波。这次我只拿销售佣金。其他权当是嫁妆。哎呀，我说让你挖点儿宝贝上来，你还真动真格的了。”

“最好的都让茔长没收了。本来找到了化身的铠甲。”

这一次托卡带了帮手过来，两个虎背熊腰的大块头。这会儿，他们正忙着把古董搬到门外的马车上。他们进进出出的时候，怪让波曼兹紧张的。

“真的吗？见鬼！要是能弄着它，断只手我也愿意！”

波曼兹略带歉意地摊了摊手。“我有什么办法呢？贝桑对我严加看防。更何况，你也知道我的为人处世之道。为了讨好未来儿媳的兄弟，我这是在铤而走险啊。”

“这又从何说起？”

糟糕，说错话了，波曼兹心想。也好，干脆打开天窗说亮话。“贝桑听人说，你是个召亡师。为这事儿，小斯和我没少受委屈。”

“血口喷人！对不起，老波。居然说我是召亡师！都怪我有次口出狂言，好几年以前了，我当时说，恐怕帝王都要比我们木桨城的小丑市长靠谱。真他妈是句蠢话！他们绝不会轻易忘记。他们害我父亲英年早逝不说，现在居然过来折磨我和我的朋友了。”

波曼兹不知道托卡所言何事。他会找小斯问清楚。不过托卡一番话让他放了心。

“托卡，这些东西卖出去的利润你就拿了吧。权当是为了小斯和葛罗莉。就算是我送给他们的结婚礼物。日子定好了吗？”

“具体什么时候没有定。不过要等他放完假，写完论文。来年冬天吧，我估计。你打算金盆洗手了？”

“打算回木桨城去。我没多少精力再去和新来的茔长斗智斗勇了。”

托卡窃笑。“也难说，恐怕过了今年夏天，帝王时期的文物古董就没有这么流行啰。我来帮你找个新差事。在这里，你都能把国王这样的角色挖掘出来，未来是不愁找不着工作的。”

“你这么喜欢那玩意儿？我还寻思着要把他的战马也给挖出来呢。”波曼兹心里为自己这门技艺感到自豪。

“战马？真的？他们还把战马与他合葬在了一起？”

“铠甲、战马，一样不落。只是我不知道，是谁把泰勒奎尔的宝藏也埋进去的，不过他们并没有盗墓洗劫。我找到了整整一箱的钱币、宝石和徽章。”

“帝王时期铸的钱币？那可火得不得了。大多都熔毁了。一枚形态完整的帝王时期钱币，价值是面值的五十倍哩。”

“这次就别带国王的文物回去了。等我把他的战马凑齐拼好，下次你再一并带走。”

“别急，我不会逗留太久。等把车子上的货卸了，我就打转回来。还有，小斯呢？我还想跟他打声招呼来着。”托卡挥了挥手里的皮夹子。

“葛罗莉？”

“是葛罗莉的。她真该去写言情小说。都快害我破产啦，买那么多的纸。”

“他去坑洞那边了。我们一块去找他吧。茉莉！我要带托卡到外头去。”

行在路上，波曼兹一直侧目望过肩头。彗星的亮度甚至能用肉眼在白天大致观测得到。“等到了巅峰期，一定是个了不得的景象。”他预言。

“我想也是。”托卡的微笑让波曼兹感觉不自在。又在凭空想象了，他告诉自己。

斯坦西尔用后背挤开了店铺的门，卸下怀里抱着的各式兵器。

“差不多快挖光了，老爹。昨晚上出土的全是普普通通的垃圾。”

波曼兹扯着一根铜线，小心翼翼地拉动它，以便支撑起战马的骨架。“那就给门福沾点儿光吧。反正这里都快堆满了。”

古董店里堆积如山，几乎无法通行。如果由着波曼兹的性子，他真的可以金盆洗手了。

“看上去不错。”小斯对战马品评道，他略做逗留，接着又从门外借来的马车上，抱下一堆古兵器，“你必须告诉我，该怎么样把国王安放在战马上头。这样就算我回去了，也能有个印象。”

“还是我自己来吧。”

“以为你打算在此终老。”

“没准儿。我也说不好。你准备什么时候开始写论文？”

“已经开始了。在搞参考文献。磨刀不误砍柴工，下笔自然如有神。”他打了个响指，“别担心，时间还长着呢。”说完又出门去了。

茉莉端茶走来。“刚刚似乎听见小斯了。”

波曼兹扭过头来。“出去了。”

她在找地方放下茶壶和茶杯。“你得给我把这乱七八糟的都清理好啰。”

“我会提醒自己的。”

斯坦西尔又回来了。“这堆零碎玩意儿差不多都能拼出一套铠甲了。好久都没人穿这东西了。”

“要茶吗？”他母亲问。

“当然。老爹，我刚路过指挥部。新来的茔长已经上任了。”

“这么快？”

“你会喜欢他的。那阵仗，一辆轿式马车，后头跟了三辆四轮大车，上头全部装满了他老婆的衣服。还有小三十来号的仆从呢。”

“啥？哈哈！等贝桑领他去看住处以后，他准要气死过去。”茔长的住宿环境简直跟寺院里的僧侣差不多，与他们权倾一省的身份名实难副。

“那也算他走运。”

“你认识他？”

“听说过吧。有教养的人都管他叫豺狼。要是我早知道他叫这个名儿的话……我能做啥呢？啥也做不了。之所以说他走运，是因为他家里把他派到了这里。要是还在城里头晃悠，说不定有人就要让他死于非命。”

“这么说，名声很不好啰？”

“留下来吧，亲眼见识见识。回来吧，老爹。”

“我有事情要做，小斯。”

“要多久？”

“几天时间。或许永远。你知道的，我必须找到那个名字。”

“老爹，我们可以试试看的。既然事情没有那么容易解决。”

“不能投机取巧，小斯。必须不动声色。我可不希望和十劫将搅和在一起。”

斯坦西尔本想争辩几句，最后还是作罢，喝起茶来，喝完又出门去马车那边了。等他回来，他说道：“托卡也该回来了。这次或许还多带了两辆马车。”

波曼兹轻声笑了起来。“你的意思是不仅如此啰？比如还带了他妹妹过来？”

“是的，我的确是这么想的。”

“你那论文怎么写得完？”

“忙里偷闲呗。”

国王战马的眉间有块宝石，波曼兹罩了层防尘布在上头。“这儿差不多了，大骏马。我们去坑洞那边。”

“顺道去会会新任长官，见识见识他的威风八面。”

“那必须的。”

贝桑当天下午来到坑洞附近。碰巧波曼兹在打盹儿。“这怎么回事？”他质问道，“居然干活的时候睡着了？”

波曼兹端坐起身。“你懂我的。刚从屋子那边过来。听说新任的那位已经来了。”

贝桑啐了口唾沫。“别提他。”

“这么糟？”

“比我想的还糟。记着我这句话，老波。今天标志着一个时代寿终正寝。那群傻瓜注定后悔莫及。”

“你决定好出路了吗？”

“我钓鱼去。他妈的钓鱼去。有多远我就走多远。花一天先把他安顿下来，然后我就一路向南。”

“我也总想着要在珍宝诸城颐养天年。还从来没有见过大海呢。所以说，你再也不会回来了，嗯？”

“别他妈的这么高兴。你和你的召亡师朋友赢了，但我决不会让你们在我眼皮子底下得逞。”

“这些天我们还没吵过架。没必要把最后一次补上。”

“对，对。我失言了。抱歉。我说的都是气话。我举目无亲，孤独无助，世风日下。”

“不会这么糟的。”

“会的。我也有自己的眼线，老波。我可不是唯一的疯子。木桨城也有不少有识之士和我一同担心害怕。他们都说召亡师蠢蠢欲动。

你就等着瞧吧。除非你卷铺盖离开。”

“还真想走。那家伙小斯门儿清。但是，没有挖掘完毕，我就不能离开。”

贝桑眼睛眯成一道缝，看着波曼兹。“老波，我真应该在离开前，把这烂摊子收拾干净。你瞧瞧这，真叫个腌臜不堪。”

波曼兹可不是个好挑剔的人。他的坑洞方圆百英尺，四处散落着遗骨、旧式装备的残余碎片，再有就是各式垃圾。景象令人毛骨悚然。波曼兹自己却不以为然。

“管它做什么？不出一年，就有草木覆盖了。再有，这满地狼藉的，也让门福省事儿不少。”

“老波，你心眼儿还挺多。”

“就靠这个吃饭。”

“后会有期。”

“后会有期。”

波曼兹努力回想刚才有没有说错话、做错事，琢磨贝桑来这里的目的是什么，又想要寻找什么，以及有没有得偿所愿。他耸耸肩，舒舒服服地蜷在草丛里，闭上双眼。

那女人又找上门来。梦境从未如此清晰。他走向她，握住她的手，任由他领着自己，沿着一条绿意葱茏的林荫道走远。阳光斑驳熹微地穿林照射。光芒之中，跳动着金色的尘埃。她细语喃喃，可他却一个字也听不懂。他不以为意。内心愉悦。

金光渐变成银光，又化作一道硕大无朋的钝刀，直刺夜空，气宇万象，遮星蔽月。这颗彗星不断下坠、下坠……突然一张巨大似女人的脸呈现在他眼前。它在咆哮，愤怒地咆哮。可他却听不见……

彗星消失了。一轮满月在璀璨如钻的群星拱卫下，当空高悬。

一道黑影掠过群星，刹那间，星河黯淡。波曼兹意识到，那是一个脑袋。黑夜的脑袋。狼的脑袋，天狼食月……接着不见了。他又和那个女人在一起，走在那条林间小道上，在阳光下悠然漫步。她向他许下承诺……

他醒了过来。茉莉在摇他身子。“老波！你又做梦了。快醒醒！”

“我没事，”他嘟囔道，“这次不是噩梦。”

“你以后别吃那么多洋葱了。年纪都一大把了，何况还得了溃疡。”

波曼兹坐起身，拍了拍自己的大肚子。最近，溃疡一直没有发作。也许是因为他把注意力都转向了别处。他转身赤脚站在地板上，凝望着无尽黑暗。

“你干啥呢？”

“想去外头看看小斯。”

“你得好好休息。”

“胡说八道。就因为我老了？老人家才不需要休息呢。也休息不起。哪还有多余时间可供浪费呢？”他摸索着找鞋。

茉莉咕哝了些不中听的话。他没理她。这点儿伎俩他炉火纯青。

她添了一句。“到那儿小心一点。”

“呃？”

“小心一点。贝桑一走，我反倒觉得不踏实了。”

“可他今天早晨才走啊。”

“是啊，但是……”

波曼兹离开屋子，嘴里念念有词，埋汰他妻子是个疑神疑鬼、坐井观天不识变故的老女人。

他信马由缰，随意选了条小道上路，偶尔停下来看一眼彗星。十分壮观。似马鬃般锃亮闪耀。他不知道，自己的梦是否有所预兆——

一个阴影在吞噬月亮。转念一想，终觉不像。

快到城镇边缘，他听见了声音，脚步不由放轻。一般在晚上这个时间点，不会有人出门在外。

一处废弃的棚屋里头有人，烛光摇曳。波曼兹以为是朝圣者，找了个小孔，偷眼望了进去，除了一个男人的背影，什么也看不到。只是那人垂落的双肩让他想起了什么……贝桑？肯定不是。这人肩膀太宽。更像是托卡带来的一个帮手。

他做不到听音识人，因为那群家伙几乎都是耳语交谈。其中有个声音，的确很像门福招牌式的呜咽。只是吐词更清楚些。

“瞧，通过不懈努力，我们的确赶走了他。鸠占鹊巢，取而代之，这样一来，他也该明白自己不招人待见了。可他不会轻易离开。”

第二个声音：“那就成全他，来招狠的。”

呜咽般的声音：“这可就过分了。”

“胆小鬼。老子干。他人在哪儿？”

“躲在老马厩里头。阁楼上面。自己搭了个小床，像只老狗一样缩在角落。”

某个人咕噜一声，站起了身。双脚在动。波曼兹手搭肚皮，老鼠一般蹑脚离去，躲藏在暗处。一个巨大的身影穿过小路。在彗星的照耀下，那人手里的利刃寒光闪动。

波曼兹急匆匆地跑到更远的地方，眼见没人跟上，才停下来思考。

那一番对话是什么意思？谋杀，肯定是谋杀。可是凶手是谁？动机又是什么？搬进废旧马厩里的人是谁？朝圣者和旅人都会选择在空空如也的地方落脚……但刚刚那一群人究竟何方神圣？

脑海里无数种可能浮现。他统统抛诸脑后，自忖太异想天开。等心情平复，他急忙赶到坑洞附近。

小斯的灯笼还在原地，只是见不到人。“小斯？”没有回应。“小斯？你在哪儿？”还是没有回应。他几乎觉得恐惧，大声呐喊：“小斯！”

“是你呀，老爹？”

“你在哪儿？”

“上大号。”

波曼兹长舒一口气，坐下身来。他的儿子不一会儿也出现了，用手拂去额头上的汗渍。怎么回事？今天晚上很凉快才对。

“小斯，贝桑是不是改变主意了？今天早晨还看到他上路的。可就在刚才，我听见有一伙人要杀人。听起来像是在说他。”

“杀人？谁说的？”

“不知道。其中一个可能是门福。大概有三四个人。难不成他又回来了？”

“我不这么认为。你不会是在做梦吧？还有，为什么大半夜的要跑到这里来？”

“又做了噩梦。然后睡不着了。可刚才不是我的幻觉。真有一群人因为某个人不愿意走而想要杀掉他。”

“没理由啊，老爹。”

“我不管……”波曼兹转了个身。又听到了那个奇怪的声音。一个人影踉踉跄跄地走到光线里来，又挪了三步，突然倒地。

“贝桑！是贝桑。瞧我怎么对你说的？”

前任茔长胸口上被人划了一道血淋淋的口子。“我没事，”他说，“会没事的。只是休克。没有看起来这么糟糕。”

“发生什么事了？”

“有人想杀我。早就告诉过你，地狱之门即将开启。告诉过你，他们要搞一次大动作。不过这一局让我赢了。干掉了他们派来的刺客。”

“我还以为你走了呢。我亲眼看到的。”

“我改主意了。我不能走。我发过誓的。老波。他们夺去了我的工作，可没有剥夺我的良知。我必须阻止他们。”

波曼兹和他儿子四目对视。小斯摇了摇头。“老爹，你看他的手腕。”

波曼兹照做。“什么也没有。”

“这才是重点。他的护身符没了。”

“准是启程离开之前上交了。难道不是吗？”

“不是，”贝桑说道，“是在战斗中遗落的。这么黑的夜晚找也找不到。”他的声音滑稽可笑。

“老爹，他伤得不轻。我最好去军营一趟。”

“小斯，”贝桑喘着粗气，“别告诉他们。去找赫斯基警士。”

“好。”斯坦西尔风一般跑远了。

彗星的光亮，连同若隐若现的孤魂野鬼，让这个夜晚布满了阴森的氛围。大坟茔的模样似乎扭曲变形。灌木丛间不时有奇异的身影一闪而过。波曼兹心里直打哆嗦，努力说服自己，都是想象在作祟。

黎明迫近。贝桑从休克状态恢复，正在喝茉莉送来的汤。赫斯基警士也过来报告调查结果。“什么也找不到，长官。尸体找不到，护身符也找不到。就连打斗的痕迹也没有。跟什么都没发生一样。”

“我确定一定以及肯定不会自杀！”

波曼兹若有所思。如果没有亲耳偷听到棚屋里的阴谋，他兴许也会怀疑贝桑。为了博得同情，这家伙不惜自导自演苦肉计。

“我相信你，长官。可我也是就事论事。”

“那群家伙错失了良机。我们也长记性了。保持警戒。”

“最好别忘了现在归谁管事，”波曼兹插嘴道，“别让新任长官难堪。”

“别提那白痴。赫斯基，干好你的职责。犯不着冒险。”

“遵命，长官。”警士说完就走了。

斯坦西尔说：“老爹，该回家去了。你脸色不太好。”

波曼兹起身。“你没关系吧？”他问道。

贝桑回答：“我没事的。别担心我。太阳升起来了。那伙人还不至于光天化日之下作恶。”

可别抱侥幸心理，波曼兹心里想。如果他们真是帝王时期的狂热信徒，有什么事情是干不出来的？哪怕只手遮天，化白昼为黑夜。

耳旁传来斯坦西尔的说话声：“我在想昨天晚上的事，老爹。在这一切发生以前。名字的问题。突然就有了灵感。在木桨城，有一块巨大的古石，上面刻有神秘的语言和象形图案，有如来自创世之初。没人知道它是什么，又从何而来，也没人真正在意。”

“然后呢？”

“我来给你画画。”斯坦西尔捡起一根树枝，从碎石中扫出一片空地，开始作画。“五芒星的顶上有个圆圈。再来是一行神秘字迹，没人读得懂。我也记不清了，然后就是一些个图案。”他快速素描。

“还真难辨别。”

“本来就是这样。可瞧好了。这儿。有个小人瘸了腿。这里。像不像蠕虫？这儿，一个人和一个动物叠加在一起。还有这儿，一人手握闪电。看懂了吗？他们分别是瘸子、夜游神、化身和风暴使。”

“也许吧。但也有可能是你牵强附会。”

斯坦西尔又在继续绘画。“好吧。他们在那石头上就是这番模样。其中四个我叫得出名字。顺序还和你地图上一样。瞧这儿。到你的盲区。他们也许就是你认不出墓主人的那些个劫将。”他分别朝简单的一个圆圈、脑袋歪斜的小人和口衔圆圈的怪物脑袋点了点。

“确实位置吻合。”波曼兹承认。

“所以呢？”

“什么所以不所以的？”

“老爹，你这是揣着明白装糊涂。圆圈呢，也许代表数字零。又或许代表那个叫无面或者无名的劫将。那这里就是吊男。那这儿呢，是否就是天狗或噬月？”

“这我懂。小斯。只是我不确定而已。”他告诉小斯，自己曾经做过一个巨大的狼头吞噬月亮的梦。

“瞧见了吗？你都在下意识地提醒自己了。不然再翻翻资料。看看是不是能凑对数。”

“不用看了。”

“为什么？”

“我都记在心里了。的确符合。”

“那还有什么问题？”

“我不确定自己还想不想接着干下去。”

“老爹……爹，如果你不干了，我来干。我说真的。我不会让你这三十七年都打了水漂。还有，到底出了什么变故呢？你摒弃前途，筚路蓝缕来到这里，难道忍心坐视前功尽弃？”

“这样的生活我过腻了。我不会介意。”

“爹……我最近拜访过一些人，他们都记得你以前是何等人物，还说你注定能够成为一名伟大的法师。只是都不理解你经历了什么。只知道你心里藏着宏图伟业，自己跑去付诸实践了。他们都以为你已经死了，因为他们觉得，像你这样才华横溢的人，是不可能一点儿消息都打听不到的。到了现在，我都在怀疑这些话说得对还是不对了。”

波曼兹叹了口气。斯坦西尔永远都不会明白，除非他发现自己有一天变老了，并且总是活在绞刑索的阴影之下。

“我说真的，老爹。大不了我自己单干。”

“不，你办不到。你没有专业知识，也没有这门技艺。还是我来干吧。恐怕这就是命中注定。”

“那还等什么！出发吧！”

“别急。这可不是茶话会。很危险的。我需要时间休息，调整到合适的心境，还得准备好工具，调试状态。”

“老爹……”

“斯坦西尔，告诉我，这事儿谁才是专家？又是谁来干？”

“我猜是你。”

“那就闭上你的嘴，别叽叽喳喳的了。只要我觉得墓主人的名字没有弄错，最快明天晚上就能开始行动。”

斯坦西尔面露痛苦，略显焦躁。

“你急什么呢？你犯得着吗？”

“我只是……寻思托卡要带葛罗莉过来了。想赶在她来到这里以前，把事情都料理完毕。”

波曼兹失望地皱了一下眉。“先回家去。我累坏了。”他又回头看向贝桑，只见他正望着大坟茔发呆。这个男人正襟危坐，目空一切。

“可别让他打搅到我。”

“只怕他很长一段时间都没办法到处瞎逛了。”

过了一会儿，波曼兹嘟囔道：“我真不知道这究竟是为什么？难不成真有召亡师？”

斯坦西尔说："贝桑这群家伙就是拿召亡师招摇撞骗，借此保住饭碗。"

波曼兹记起几位大学故交。"别妄下结论。"

等回到家，小斯吃力地走上楼，研究地图去了。波曼兹略进了一顿晚餐。睡觉之前，他对茉莉说："帮我盯着小斯。他有点儿怪。"

"怪？哪里怪？"

"说不清。就是怪。一提到大坟茔他就来劲儿。别让他找到我的装备。也许他琢磨着要自己开道。"

"不会的。"

"希望如此。但还是得留个心眼。"

第十五章

大坟茔

终于，皮包听见乌鸦回来的消息。他跑去老家伙的屋里。乌鸦送上了拥抱。“你还好吗，小伙子？”

“我们还以为你一去不复返了。”乌鸦离开有八个月了。

“我试过。可见鬼，这附近连路都没有了。”

“我知道。上校都请求劫将空投补给了。”

“我听说了。木桨城的军政府听到消息，也屁股挪窝干活了。派了一个团建设新路。大约完成了三分之一。我走了一段。”

皮包沉下脸，问道：“见着亲生女儿了吗？”

“没有。”乌鸦回答。当初分别，他声称是去见一个女子，兴许是他的女儿。他还说过，自己把储蓄存款全托付给了一个人，让他帮忙寻找孩子，并带至木桨城。

“你似乎很沮丧。”

的确如此。因为他的研究进展受阻。有太多的记录都找不到了。

“这叫个哪门子的冬天，皮包？”

“恶劣。”

“那边也是这样子。我都很担心你们呢。”

“我们和这里的部落起了争执。算是雪上加霜吧。本来，你大可坐在室内，往壁炉里扔柴火，优哉游哉。可是呢，偏偏有人顶风作案，去偷你的食品储备，你还怎么吃得下饭？”

“我早料到会有这么一出。”

“我们来检查过你的房子。他们有些人干脆就赖在里头了。”

“谢谢你。”乌鸦眼睛眯了一下。他的房子被人擅自闯入？情况严重吗？要是目光足够尖锐，找出来的东西足够送他上绞刑架的了。他又眺向窗外。“像是要下雨了。”

“总是像要下雨，就是不像要下雪。去年冬天，积雪甚至达到了十二英尺。大家都很担心。不知道这鬼天气到底是怎么一回事？”

“老人们都说，大彗星出现以后，就会变成这样。冬天变得如此恶劣，也有几个年头了。在木桨城，倒不至于这么冷，只不过积雪也很深。”

“这儿怎一个冷字了得？没完没了地下雪，都让人出不了门儿。我都快给憋疯了。整个大坟茔，像是冰封的湖泊。你甚至都分辨不出古墓的位置。”

“哦？我还没来得及卸下行李。能否帮我个忙？告诉其他人，我回来了。几乎破产。急需工作。”

“照办，乌鸦。”

乌鸦站在窗口，目送皮包从容地往守卫营地挪步，走的还是自己离开前新修的高架人行道。下面坑坑洼洼的泥巴地儿就是原因。还有，甜蜜上校也习惯让手下一刻不得闲。皮包一走远，他马上去了二楼。

一切安然无恙。很好。他又透过窗户，往大坟茔方向张望。

才几年工夫，却恍若白云苍狗。要是再过几个春秋，还真有可能找不到了。

他嘴里念念有词，越发望眼欲穿。接着，他取出那张丝绸地图，先研究了一会儿，又向外远眺。过了一会儿，他从衣服里摸出几张沾满汗渍的纸——这些都是他从木桨城的大学里偷出来的。他将这些纸盖在了地图上。

时近傍晚，他从床上爬起，罩了件斗篷在身上，拿起他带来的手杖，出门去了。他头顶淅淅沥沥的小雨，一路涉水，穿过泥地，跋涉到可以俯瞰痛郁河的位置。

洪水滔天，一如既往。河床持续改易。看了一会儿，他忍不住诅咒一句，手杖狠狠地打在路旁一颗老橡树上，踏上归途。

才刚刚过去一个钟头，天际开始暗沉。弄不好还没到家，天已经黑透。

“真他妈的节外生枝，”他低声抱怨，“我还没考虑过洪水。现在该怎么办？”

选择只有一个，也是他最不愿意面对的——九死一生，身赴极大风险。虽然他为了这个备选选择，已经准备好了必备物品，这也是他在木桨城度过寒冬腊月的真实原因。

多少年了，他第一次扪心自问，这一切是否值得。

不管前途光明或险恶，赶在他回到家之前，黑夜注定降临。

第十六章

惶悚平原

你气急败坏，当着宝贝儿的面愤然离席，结果就是，很多有意思的事情与你绝缘。老艾、独眼、地精、奥托，这群浑蛋串通一气，弄得我心里直痒痒。他们什么事儿都不告诉我，还叫其他人一起逗我玩。就连摄踪，这个似乎在意我、和我闲聊的次数远超其他人的家伙，也不愿透漏半点信息。我忍无可忍，莽撞无知地就要跑去地面上。

我打包了一份步兵装备。这些日子，我们骑马的次数居多，但是顾及传统，我们依旧属于重装步兵的范畴。所有人都一把老骨头了，八十磅的装备成了不可承受之重。我拖着行囊，来到 个用作马厩的洞口，这地方闻起来，就像是我们所有人的祖辈全诈了尸。接着我发现，居然连一匹上了鞍的马都找不到了。呃，倒是有一匹上了鞍。宝贝儿的座驾。

等我询问是怎么一回事时，看马厩的小伙子咧嘴一笑。“都跑上头去了，”他回答，“长官。”

“哈？王八羔子。他们想捉弄我？老子这就找他们评理去。这群家伙，最好还他妈的记得，是谁在保管咱们的编年史。”我一路骂骂咧咧，踏入悄然潜伏在地道口的月影之中。在那儿，我找到了其他人，全部整齐划一，轻装简从。每个人都只携带了自己的武器和一袋干粮。

“你跑来干啥呢，碎嘴？”独眼边问边忍住没笑。“看上去你把全部的家当都拿来了。难不成是乌龟搬家？东西都装在龟壳里准备背走啦？”

老艾也插嘴：“我们可不是搬家哟，小伙子。只是执行一次突击任务。”

“你们就是一群受虐狂，你们自己知道么？”我踏入苍茫的月光。还有半个小时就要月落了。远方，劫将在夜色中飞行游弋。这群婊子养的浑蛋铁了心要近距离布控。近处，一整群巨石正在集结，看上去就好像沙漠中，平白无故出现一个偌大墓园，数量惊人。还有一大帮子树精。

不仅如此，虽然一丝凉风也没有，但我分明能够听见先祖树婆娑作响。想必其中自有含义。也许冷不丁会冒出来一个巨石，亲口解释。不过这群石头仍然一言不发，不肯透露它们自己或是其他生物的想法，特别对先祖树守口如瓶。大多数都拒绝承认它的存在。

“最好减轻你的负重，碎嘴。”副团长说道。他也不愿过多解释。

“你也去？”我吃惊地问道。

“是啊。赶紧行动。时间不等人。带上武器和战地医药箱就行了。快点。”

下去的时候，我碰见了宝贝儿。她淡淡一笑。虽然心有不满，我还是回了个笑脸。我不能和她怄气。毕竟她还是小不点儿的时候，我就认识她了。很久以前，渡鸦从瘸子手下那群暴徒手里将她解救出来，当时还是福斯博格战役。我一看到眼前这个女子，就无法忘却当初那个小女孩。都怪我自己心太软，多愁善感。

他们说我患上了不可理喻的单相思。回首往事，我几乎同意。噢！都怨我编造了那么多夫人的愚蠢故事……

等我返回地面，月亮已沉落至世界边缘。人群中轻轻传来兴奋的叫好声。宝贝儿来到了他们中间，横跨在那匹雪白闪耀的白马上面，来回骑行，跟懂得手语的人比画。头顶上闪过鲲鲸触须所特有的光线，我从未听说，它们能以如此之低的高度飞行。只是在恐怖故事里，有人说挨饿的鲲鲸会将触须伸向地面，不顾一切地卷起途中所有的植物和动物。

“喂！”我说道。“最好小心点儿。那浑蛋开始向下飞了。”一个硕大无朋的黑影遮住了万千繁星，而且还在不断扩张。定睛一看，原来是蝠鲼聚集在了一起。体型大的、小的、中等的，比比皆是——数量比我这辈子见过的还要多。

我这番大惊小怪引来笑声。我气不打一处来，又转回身。在人群中走来走去，叨扰他们要顺遂我的心意，各自带上急救包。走完一圈，我心情大好。他们居然都带好了。

鲲鲸继续向下。

月亮消失了。在这一瞬间，巨石开始移动。过了一会儿，它们开始面向我们这边发光发亮。距离劫将很远。

宝贝儿顺着巨石点亮的道路一骑绝尘而去。每经过一个巨石，那个巨石的光亮就熄灭了。我怀疑它紧接着又蹿到这条线路的最前头去了。

我没有时间一探究竟。老艾和副团长领着我们上了另一条道。头顶上的夜空中，蝠鲼吱呀直叫，振翅云集，彼此争夺飞行空间。

一头鲲鲸横卧在溪流之上。

我的老天，它真大。出奇地大！我根本无法……它横亘在珊瑚礁上，一直延伸到溪流对岸两百码之外。身长得有四五百码。体宽将近七十至一百码。

有个巨石开口了。我听不清它说了些什么。但是大家伙都开始向前进发。

我顿时觉察到，自己最坏的打算坐实了。这些人正从鲲鲸的肋部向上攀，最后爬到了它的背上，这里是蝠鲼寄住的安乐窝。

不过这地方有股味道。我从没闻过这种味道，而且十分强烈，或者说，十分丰富。虽然并非恶臭，但实在刺鼻。鲲鲸的背表也有种说不出道不明的触感。没有毛，没有鳞，也不像角质。说黏滑呢，也不完全是，但还是如海绵状轻软光滑，像暴露在外的一整节肠子。这上头可供抓手的地方很多。手脚并用，向上攀爬也并不费劲儿。

巨石像老军士长一样，一边发号施令，一边帮助鲲鲸表达抱怨，让我产生鲲鲸天生牢骚满腹的印象。不像我这般兴致勃勃，它并不喜欢现在这个样子。我也不能怪它。

鲲鲸背上还有其他巨石，每一个都尽量保持平衡，却始终摇摇欲坠。看到我一来，其中一个吩咐我到另一块巨石那儿去。那另一块巨石则让我坐在二十英尺外的地方。过不多久，最后一个人也攀了上来。

巨石消失了。

我开始忐忑。起初还以为是因为鲲鲸起飞之故。以前和夫人、私语或者搜魂一同飞行的时候，我的肚子里就止不住地翻江倒海。但这一次却不同，我有一种心神不宁的感觉。过了很久我才发现，原来是因为缺失了什么东西。

宝贝儿免疫结界的效力在消退。我习惯了它这么久，甚至接纳它成为生活中不可或缺的一部分……

到底怎么回事？

我们开始向上飞行，感受到风向转变。一片斗转星移。接着，在一瞬之间，北境全境银光闪亮。

原来蝠蟥在攻击劫将，倾巢出动。这次袭击打了劫将一个措手不及。以往，劫将至少感觉得到蝠蟥的存在。但这一次不一样了……

噢，见鬼，我暗忖。蝠蟥要把劫将往我们这边驱赶。

不，不是我们这边。我咧嘴坏笑。是宝贝儿和她的结界那边，真是出乎意料。

还没来得及细想，我就看到，从绝望的劫将那儿，发出来一道闪电，接着飞毯开始摇摇欲坠，向地面栽倒。一大批蝠蟥见势围了上去，旋即水泄不通。

也许宝贝儿没有我想象中那么愚笨。或许这次真能收拾掉这群劫将。如果不出意外，这次行动必能大获成功。

那我们这边又有何部署？刚才的闪电让我看清了同行的伙伴。摄踪和他的猎狗最靠近我。摄踪似乎一脸厌倦。但是猎狗却一如既往地保持警戒。它身子坐得笔直，饶有兴致地看戏。平时，只有在它进食的时候，我才能见着它挺坐的样子，其他时候一概肚子趴在地上。

它伸出舌头，连连喘气。要是变成个人，我得说，它一定是在龇牙咧嘴地坏笑。

第二名劫将想凭一己之力，吓走蝠蟥。但终究寡不敌众。下边，宝贝儿又开始移动。这劫将眨眼间就置身在免疫结界之中了，于是也坠落下来。蝠蟥纷纷追了上去。

两名劫将还不至于摔死。但是等他们双脚站起，就会发现自己处于平原的中心地带，而在今晚，平原上的万物灵长已经挑边站定。劫将要想活着走出平原，谈何容易！

鲲鲸已经翱翔至两千英尺的高空，一路向东北挺进，逐渐加快速度。从平原边缘到铁锈城，最近得有多长距离？两百英里？好嘛。或许能赶在黎明之前抵达目的地。可是出了平原，最后还有将近三十公里的路程，届时又该作何打算？

摄踪开始歌唱。他的声音起初婉转柔和。这首歌很古老，北境城邦的士兵世代传唱，而且还是挽歌，为了那些将死之人，给他们唱的安魂曲。我以前在福斯博格听过，对垒双方都在唱。又有另一个声音响起。接着，歌唱的声音越来越多。在我们四十来号人里头，或许有十五人知道这歌儿。

鲲鲸向北境滑翔。远处，惶悚平原渐渐远去，几乎看不见。

高空大气寒冷摄人，我却分明开始出汗。

第十七章

铁锈城

我第一个失算，是以为我们到达目的地时，瘸子已经返回大本营亲自坐镇。但是宝贝儿针对劫将的行动排除了这个可能。我早就应该回想起，劫将能够彼此遥相呼应，通过心灵进行交流。就在我们一路向北之时，瘸子和圣俸与我们擦肩而过。

“下面！”距离平原边缘还有五十英里的时候，地精突然尖声叫喊，“是劫将。谁都不许动。”

同往常一样，老碎嘴把自己归为例外。当然，以编年史的名义。我匍匐靠近鲲鲸背部的边缘，向夜空张望。下方深处，两道暗影争分夺秒地向我们身后的方向疾飞而去。等到他们飞远，我受到了老艾、副团长、地精、独眼和其他所有煞有介事、好管闲事之人的一致谴责。我灰溜溜地坐回到摄踪身旁。他只是咧嘴笑了笑，耸了耸肩。

自从行动开始，他的精神也越来越振作。

我第二次失算，是以为鲲鲸会把我们降落在平原边缘。我一看到边界靠近，又站起身来，全然不顾一路上其他人指手画脚的嘲讽之语。但是鲲鲸没有下降。好几分钟过去，依旧如此。我只得又回到摄踪身边，开始唠叨些有的没的蠢话。

他打开了那个保存至今、依旧神秘的匣子。里头简直是个小型军械库。他检查了自己的武器。一把长刃刀不合他心意，于是取出一块磨刀石，开始打磨。

渡鸦加入佣兵团的短暂岁月里，有多少次也像他这样磨刀霍霍？

鲲鲸突然开始向下飞。老艾和副团长从我们身边经过，告诉我们要赶紧降落完毕。老艾特别嘱咐我："跟紧我，碎嘴。你也是，摄踪。独眼，下头有没有什么异样？"

"没有。地精已经布置了沉睡魔法。等我们一落地，他们的哨兵一准都睡着了。"

"不然就是他们清醒得很，然后拉响了警报。"我顺嘴说道。见鬼，我怎么总是哪壶不开提哪壶？

不过是我多虑了。不多时，我们开始着陆。大家从鲲鲸两侧落地，像是演练过一样，迅速向周遭散开。没准就是趁我还在怄气的时候，偷偷演练的。

我只得遵照老艾的嘱咐。

这一次行动让我想起了很久以前的另一场兵营突袭，当时还在苦痛海的南岸，我们也还没到唯夫人马首是瞻的时候。我们屠杀了一大队来自绿玉城的步兵，也是法师先让他们熟睡，然后开始杀戮。

我必须坦白告诉你，我一点儿也不喜欢这么做。他们大多数人都还是孩子，除了应征入伍，想不到其他更好的差事。但归根结底，他们是我们的敌人，而我们也需要一个大动作来昭告天下。在我看来，类似的这种大动作，宝贝儿想都不敢想，更别提亲自下令了。

天空开始明晰。整个驻军里，除去少数几个晚上开小差的士兵，没有一个人幸存下来。营垒里头有个阅兵场，正对着铁锈城的外围，老艾和副团长开始叫嚷。快点，快点。还有很多事情没做。这一组去摧毁劫将的徽旗，那一组去驻军司令部搜罗战利品。其他人准备好柴火，要把军营烧个一干二净。剩下的人去瘸子的房间，寻找文件。快点，快点。要赶在劫将收兵回营前赶紧离开。宝贝儿可做不到一直分散他们的注意力。

有人搞砸了。自然。这事经常有。有人提前烧了一处兵营。烟都升了起来。

后来到了铁锈城，我们才察觉到，原来还有另外一支驻军。几分钟以后，一个中队的骑兵向我们这边跃进。这一次，又有人搞砸了。闸门居然无人把守。这伙骑兵几乎在毫无警备的情况下出现在我们眼前。

一时间，喊杀声响起。短兵相接。箭矢飞舞。战马嘶鸣。夫人的人马力战不敌，一半撤离战场，剩下半数负隅顽抗。

这下子，老艾和副团长真正有理由紧迫起来了。那群脱离战场的敌人，显然是要寻找援手。

就在我们驱散扫荡帝国军时，鲲鲸却突然起飞。也许只有六七个人反应过来，爬到了它的背上。可鲲鲸爬升到足够的高度，又把他们给甩了下来，接着飞往南境。天依旧蒙蒙亮，看不清楚。

咒骂声和叫喊声不绝于耳。就连猎狗——蟾蜍杀手也起了劲，张嘴狂吠。我颓然瘫坐在一根栅栏柱上，懊丧得直摇头。有几个人在向鲲鲸射箭，可那怪物依旧不为所动。

摄踪来在我身旁，倚栏瞭望。我开始闹情绪：“这么大一个怪物居然胆子这么小。”在我印象中，一头鲲鲸足以摧毁一座城市。

“不要轻易把你的想法强加在一种你不了解的动物身上。你得去想它这么做的理由。”

“啥？”

“说理由可能不对。可我也不知道该怎么说。”他简直让我想起一个四岁的黄毛小子在痛苦地纠结一个复杂概念。“它离开了熟悉的地带。远在其天敌认为它会出没的地界之外。它之所以逃之夭夭，是因为它怕被人看见，或者害怕泄露某种秘密。毕竟它从来没有和人类合作过。在刚才那种危急时刻，它怎么能够认清楚所有人的脸？”

此话在理，也许吧。但我现在更感兴趣的是他，而不是他这番道理。等风头过去，我没准会在不经意间参悟其中的玄机。因为在我眼里，他的思维异乎常人，复杂得让人难以置信。

我对他的心智感到好奇。难不成这家伙智力刚刚好过弱智？他那像极了渡鸦的举动，难道不是因为性格因素，而是单纯出于头脑简单？

副团长站在阅兵场上，手搭在屁股上，眼巴巴望着鲲鲸扬长而去，将我们抛弃在敌人的股掌之中。过了一会，他高喊道：“军官们！集合！”等我们集结完毕，他分析道：“咱们遇着麻烦了。在我看来，还有一线希望。就是那个浑蛋回去以后，向巨石反馈了信息。然后它们一致认为，值得冒一次风险来搭救我们。因此，我们要做的，就是在此固守，直到天黑。还有祈祷。”

独眼说了句不中听的话——“我看咱们应该赶紧脚底下抹油。”

“哦？然后让帝国军追着咱们的屁股跑？咱们离大本营有多远呢？你觉得咱们能逃出瘸子和他手下的魔爪？”

“可在这里就是坐以待毙。”

“可能吧。可也许它们会让劫将们腾不出手来。至少，我们留在这里，它们也就知道去哪儿找我们。老艾，去检查一下营墙。看看还能不能御敌。地精、沉默，去把火扑灭。剩下的人，把劫将的文件清理出来。老艾！给我安排哨兵。独眼，你负责弄清楚，看看我们能不能在铁锈城里找到支援。碎嘴，你去帮他一把。你知道我们在哪里安插了眼线。快点。都行动起来。”

了不起的家伙，这个副团长。他依旧保持冷静，即便内心和我们所有人一样，只想仓皇得绕圈奔跑，大声尖叫。

说真的，我们熬过此劫的希望不大。这次真的完蛋了。即便我们能够抵挡来自城里的军队，可还有圣俸和瘸子须要对付。和他们相比，地精、独眼和沉默三个人加起来都不值一提。副团长肯定也知道这一点。所以他们没有召集这三个臭皮匠一起商讨奇兵之策。

火势无法控制。兵营注定燃烧殆尽。就在我处理两名伤兵之时，其他人都在想尽办法，让这处营垒的防御相对三十人而言，还能勉强说得过去。诊治完毕，我又去查阅瘸子留下来的文件，不过没有找到什么能够立马抓住眼球的信息。

“从铁锈城大概出来了一百人马！”某人叫喊道。

副团长赶忙下令：“让这地方看起来跟荒废了一样！”众人立刻匆忙行动。

我登上营墙，迅速往北面的灌木丛林张望。独眼就待在那地方，鬼鬼祟祟地向铁锈城靠近，期盼能够找来科勒的朋友助阵。

历史上，铁锈城曾遭遇过三次围城屠杀，如今已被军事占据数年之久，但此地对夫人的仇恨依旧不减，且有愈演愈烈的燎原之势。

帝国军十分小心。他们派遣侦察兵，在营墙周围打探，还下令一小撮人靠近，随时准备点火。就这样谨小慎微地过去了一个小时，他们才冲向半开的闸门。

副团长先放了十五个人进来，这才拉下闸门。箭雨齐下，这些家伙悉数应声倒地。随后，我们冲向营墙，又对那些徘徊在营垒外的敌人射箭。

又有十余人落地。其余人后撤到弓箭射程以外。他们茫然无措，叫苦连天，算计着下一步该怎么做。

整个过程之中，摄踪一直在我旁边。我就看他射了四支箭。发发命中。他这人也许不算聪明，但论射箭，的确有两把刷子。

“如果他们足够狡猾，”我跟他说道，“就会按兵不动，层层围住营垒，等瘸子回来收拾咱们。没必要做无谓消耗。”

摄踪哼了一声。猎狗睁开一只眼睛，喉咙发出一声低吼。营墙下头，地精和沉默蹲伏在一起，时不时抬头向外张望。他俩准是在想什么鬼点子。

摄踪站起身，又哼唧了一下。我也顺眼眺望过去。铁锈城方向又有帝国军驰援。数量过百。

一个小时之内，除了越来越多军队纷至沓来以外，什么都没有发生。敌军将我们团团围住。

地精和沉默开始施展法术。刹那间，无数飞蛾如乌云般集聚。我不知道这些虫子是哪里来的，只知道它们在两位法师身旁越来越多。等数量大约有一千来只的时候，纷纷振翅扑向敌军。

营墙外，尖叫哀号声此起彼伏。等叫喊声停息，我踱步来到一脸阴冷的地精面前，问道：“怎么回事？”

“有个很有天赋的家伙搅场，”他尖声回答，“几乎和咱们一样厉害。”

“这么说，咱们有麻烦了吗？”

“有麻烦？我们？咱们狠狠地揍了他们一顿，碎嘴。咱们打得他们满地跑。他们还不知道。”

“我的意思是……”

“他不会反击的，不想暴露自己。咱们这有两个法师，而他就孤胆一个。”

帝国军开始组装攻城器械。这座营垒可承受不住投石车的轮番轰击。

时间一分一秒过去。太阳已经爬了上来。我们呆望天空。到底要到什么时候，那个骑着飞毯的死神会姗姗降临？

我们唯独确信，帝国军还不会立马采取攻势，副团长吩咐其中一部分人在阅兵场清点战利品，随时做好会有鲲鲸前来援救的准备。姑且不说他本人信或不信，总之他一再强调，我们会在傍晚时候撤离战场。他不能容忍劫将抢先一步的可能性。

他可真会提升士气。

正午刚过一个小时，第一发火球就打了过来，敲下一处十几英尺的营墙。另一发火球接踵而至，落在了阅兵场上，噼啪作响，滋滋燃烧。

“他们想烧死咱们。”我对摄踪说道。第三发火球又打了过来。火势旺盛，不过同样击打在阅兵场上。

摄踪和猎狗站起身，从营垒俯瞰过去，狗则撑住后腿，拉长身子远眺。过了一会儿，摄踪坐下来，打开他那个木头匣子，取出六支极长的弓箭。他又站起来，双目圆睁，直盯投石车，拈弓搭箭。

目标非常遥远，同样距离，我用自己的兵器也不是不能打到。但就算耗上一整天，我也绝无办法命中目标。

摄踪几乎进入了一种入定的状态。他抬起弓，使劲拉开直至与箭头相接，然后松手击发。

山坡下传来一声大喊。操纵投石车的士兵在那倒霉鬼的身旁围了一圈。

摄踪发箭的时候收放自如，疾如闪电。我猜他有一次四箭齐发。

每一支箭都命中了一个目标。然后他坐了下来。“结束了。”

“什么？”

“没有这么好的箭了。”

“也许足够威慑他们的了。”

的确如此。不过只是一时。一段平静过后，敌人又摸了过去，这次配备了防护盾。火球又打了过来。一发命中营楼。热浪滔天。

副团长急得在营墙上来回打转。我无声地加入他的祈祷，希望帝国军不要趁势冲杀进来。我们已经没了招架之力。

第十八章

围城

日头开始西斜。我们竟然还活着。平原方向，没有劫将的飞毯呼啸而来。我们开始相信，当真存在一线生机。

闸门传来砰砰响声，有人在用力狠敲，像是死神叩门。独眼厉声叫嚷：“放我进来，该死的！”

有人疾步下去，给他开了门。独眼顺势进了营垒。

“怎么样？”地精迫切问道。

“不好说。帝国军太多。叛军人手不够。他们不情愿。”

“那你怎么回来的？”我问。

“走回来的呗，”他没好气地回答。接着，语气平和了些，“行业机密，碎嘴。”

他指的是魔法。

副团长暂且停下脚步，听独眼汇报，然后又开始没完没了地来回踱步。我又望了望帝国军。从他们的样子来看，似乎失去了耐心。

独眼的举动显然证实了我的猜疑。他、地精和沉默又开始密谋筹备。

我搞不清楚他们到底做了什么。不是飞蛾，但是结果差不多。敌军阵中先是哭喊连天，很快又没了声音。可这次一共有三名江湖术士执行计划。多出来的一个人负责揪出对面抵消我方魔法的神秘人物。

有个人向铁锈城奔逃，浑身是火。地精和独眼发出胜利般的呐喊。过了不到两分钟，一辆投石车开始熊熊燃烧。然后，另一辆也遭了殃。我亲切地看了看咱们的大法师。

沉默依旧一脸严肃。可地精和独眼却忘乎所以。我担心他们高兴过了头，生怕帝国军恼羞成怒，要动用人海优势碾压过来。

果然不出我所料，只是时间来得比我预想的要晚。敌人一直等到了夜幕降临，审时度势地小心翼翼摸了上来。

与此同时，铁锈城废弃的城墙上空开始冒出浓烟。独眼的使命达成了。城里有人施以援手。一些帝国军纷纷离队，赶忙跑回城去灭火。

天空繁星点点的时候，我对摄踪说道：“我猜，副团长说的话，很快就要见分晓了。”

他一脸茫然。

帝国军的号角吹响了。数个兵团在向营墙靠近。摄踪和我站在各自的弓箭面前，在阴暗的月夜中，艰难地寻找目标。也不知怎么回事，他突然问道：“她长得啥样子，碎嘴？”

“啥？谁啊？”我发了一箭。

“夫人啊。他们说你见过。”

“哦对，很久以前的事儿了。”

“是吗？那她长啥样？”他也发了一箭。弓弦嗡嗡作响，底下传来一声号啕。他看上去出奇镇定，似乎没有意识到，过不多久他有可能丧命。这让我想不通。

“和你想象里的差不多，”我敷衍道。不然还能说什么？毕竟和她的上次相遇，如今已成零散记忆。“冷若冰霜却仪态万方。”

这个回答没有让他满意。换作任何人，也不会满意。但能说的，我都已经说了。

“那她的外表呢？”

“我不知道，摄踪。我当时心里怕得连屁都不敢放。而且，她还对我施了读心术。我看到了一个年轻美丽的女人。但这样的女人满世界比比皆是。”

他弓弦又一拨，又有人应声苦叫。他耸了耸肩。“我有些怀疑。”然后，他发箭的速度越来越快。帝国军逼近了。

我发誓，他箭无虚发。可我一看到黑影就放箭，结果……他有一双猫头鹰的眼睛。而我却只能看到重重黑影。

地精、独眼和沉默竭尽所能。他们的法术在战场上留下转瞬即逝的火焰，还有短暂的尖叫声。但光这些还不够。营墙上撑起了云梯。大部分都被打落。但还是有少部分敌军爬了上来，接着越来越多。我尽自己最快速度，在黑暗中胡乱射了一通，然后取出了佩剑。

其他人也纷纷效仿。

副团长突然大喊：“它来了！”

我抬头瞥了一眼繁星点点。没错。头顶出现了一个巨大身影，正在下降。副团长料事如神。

现在我们要做的，就是赶紧逃之夭夭。

一些年轻士兵开始向阅兵场夺命狂奔。副团长高声咒骂也没有让他们停下来。老艾的吼叫和威胁也没有奏效。副团长只得大声招呼其他人跟上。

地精和独眼释放出某种怪物。恍惚间，我还以为是某个残暴不仁的魔鬼。反正看起来足够让人不寒而栗。也的确暂时吓唬住了帝国军。但他们的魔法大同小异，都是制造幻想，而没有实体。敌人很快也明白了过来。

但我们抢先了一步。趁着敌人还没回过神来，我们都跑到了阅兵场上。帝国军又喊杀着冲了过来，自以为稳操胜券。

鲲鲸刚落地，我就迎了过去。我正要爬上鲸背，沉默一把拉住了我的胳膊。他示意我们把文件落在后头了。“噢，真见鬼！来不及了。”

就在我举棋不定的当口，许多人纷纷拥挤着与我擦肩而过。我把佩剑和弓箭往地上一插，接着将装有文件的包裹一个个扔给沉默，他又找来别人帮忙把包裹运到鲸背上。

一伙帝国军冲杀过来。我急欲拔剑，可显然来不及了，心想：不要啊，见鬼了，我可不想死在这个鬼地方。

说时迟，那时快，摄踪一个箭步，跨站在我和追兵之间。他的宝剑犹如出自神话传说。眨眼工夫，手起剑落，三名敌人命丧黄泉，另有两人负伤。敌军这才幡然醒悟，站在他们面前的家伙是个硬茬。虽然身陷重围，但摄踪却采取先发制人的策略。我从未见过如此娴熟、潇洒、实用而又优雅的剑法。他和剑已经融为一体，剑即意识之延伸。剑锋所指，敌莫敢当。在那一刻，我才敢相信古老传说里的注魔之剑的确存在。

沉默踢了我屁股一脚，向我比画——“别傻愣着，赶紧上去。”我把最后两个包裹也扔了上去，这才开始往鲲鲸背上爬。

摄踪面对的敌人援兵已至。摄踪且战且退。有人在鲸背上向下放箭。但我觉得杯水车薪。我踹了一脚想要跟着摄踪爬上来的敌军。后头的人又追了上来，跳到我身上。

猎狗不知从哪里跳蹿出来，嘴巴死死咬住那个想杀死我的敌人的喉咙。那人像所有被扼住咽喉的人一样，咕哝呜咽。一秒都没到，就死了。

猎狗松口跑下去了。我又爬了几英尺，仍试着给摄踪断后。眼看就要到顶了。我抓住他的手，开始用劲。

帝国军里一片难听的叫喊。天太黑了，我们也看不清究竟为什么。我猜应该是独眼、地精和沉默的把戏。

摄踪使劲向上拉我，手紧紧抓着不放，帮我登上鲸背。我又爬了几英尺，向下望去。

地面在十五英尺之下。鲲鲸起飞速度很快。帝国军只能眼巴巴站着傻看。我挣扎着爬到了最顶上。

我被拉到了安全区域，于是又朝下面看了一眼。几百英尺之下，铁锈城的大火尽收眼底。我们飞行的速度相当快。我的双手也开始感觉到寒冷。

不过，我之所以匍匐趴着，浑身颤抖，倒不是因为冷的缘故。

等我好过来，我问道："有人受伤吗？我的医药箱在哪儿？"

我还在纳闷，劫将哪儿去了？怎么运气这么好，连咱们"亲爱的"敌人瘸子的影子都没看见，就这么逃出生天了？

回家的一路上，我的感受比当初一路向北时更多。我感触到了身下这头怪物的生命，还有它发出来的隆隆声和低哼声。我注意到幼年的蝠鲼从鲸背上的筑巢里不时偷看。我看见平原在月光的照耀下，显现出不一样的颜色。

此刻的平原如同世外桃源，时而空阔晶莹，时而寒光乍现，斑点许许，闪耀跃动。西面，有个像是岩浆池的东西。在那远方，形变风暴呼呼大作，狂风翻滚闪烁之中，地平线隐约可见。应该是原路返回。后来，随着我们进入平原深处，沙漠的样子也就变得更加熟悉和平淡无奇。

来给我们解围的这头鲲鲸可不像是胆小鬼。它的体型更加小巧，身上的气味也没有之前的那头那么浓烈。除此之外，它性格也更加活泼，举手投足没有那么拘谨。

大约离家还有二十英里的时候，地精尖叫一声：“劫将！”所有人都匍匐趴倒。鲲鲸飞升。我从侧面瞭望下去。

的确是劫将，不过并没注意到我们。下边不时亮光闪烁，咆哮怒吼之声穿云裂石。沙漠中燃起了点点星火。我看到树精瘦长可怖的身影在移动，蝠鲼也纷纷掠过火光，风驰电掣。劫将个个平地步行，只有一个胆大妄为之徒正悬浮空中，与蝠鲼交战。此人并非瘸子。不然，哪怕隔了万水千山，我也能认出他标志性的褴褛棕衣。

那一定是私语不会错了，试图断后护送同伴撤离。好极了。这几天够他们忙活的了。

鲲鲸开始下降（出于编年史的考虑，我真希望有些事儿能够在白天发生，这样就能多记录些细节。）不久就落地。地面上有个巨石在招呼：“快下来。赶紧的。”

下比上更难。对受伤挂彩的人尤其如此。所有人都劳累疲乏，身体僵硬。就连摄踪也不肯挪身。

他的样子有些精神分裂。对一切无动于衷，只顾坐在原地，傻傻地不知道在看什么。

“搞什么鬼？”老艾询问道，“他怎么回事？”

“我不知道。也许哪里受了伤。”我一脸茫然。等我们带他到光线好一点的地方以便检查时，我更加疑惑不解了。他根本没有受伤。居然连皮肉擦伤都找不到。

宝贝儿出来迎接，对我比画道："你是对的，碎嘴。我对不起你。我原以为一次大胆的进攻会像星星之火一样，形成燎原之势。"接着又对老艾问道，"损失了多少人？"

"四个。不知道是死了，还是没来得及撤退。"他面带惭愧。黑色佣兵团从来不会抛弃自己的兄弟。

"猎狗——蟾蜍杀手，"摄踪恍惚说道，"我们丢下了猎狗——蟾蜍杀手。"

独眼对那只狗语出不敬。摄踪愤而起身。除了自己那把宝剑，他什么都来不及带回。他的大匣子、各式兵器，连同狗，一同落在了铁锈城。

"都给我住手，"副团长喝阻道，"谁都不准胡来。独眼，给我下到地堡里去。碎嘴，盯着这家伙。问问宝贝儿，昨天溜走的那帮家伙有没有回来？"

老艾和我一起去找了宝贝儿。

她的回答让人忧心。根据巨石的说法，懦弱的鲲鲸将身上那群人丢在了一百英里外的北境。不过，至少在强迫他们着陆之前，它下降了高度。

这些人将会步行回家。巨石答应会护送他们免遭平原的万千凶险。

我们全部回到地堡里头，开始争论不休。行动失败最能让火星四溅。

当然，这里的失败是相对而言的。我们也让敌人蒙受了巨大损失。从长远来看，这次行动必能一石激起千层浪。劫将一定气急败坏。我们搜刮了如此之多的文件，必将迫使他们重新制订战略计划。但是，这次任务依旧差强人意。如今，劫将已经知道，鲲鲸也会越境作战。

他们还知道，我们的资源远比他们预想的多。

赌博的时候，除非最后一轮赌注买定离手，不然绝不要亮出底牌。

我东翻西找，终于找到俘获的文件，带去我的住处。我可不想去会议室参加战后检讨会。那地方注定叫人心生厌恶——即便所有人都能达成共识。

我放好武器，点了灯，挑拿出其中一袋文件包裹，回到办公桌旁。桌上还有从西方来的另一袋包裹。

第十九章

波曼兹的故事

碎嘴：

波曼兹顺着一个女人的指引，漫步在梦境之中。这个女人说的话，他一个字都听不懂。这条充满愿景的道路两旁，满是噬月的天狗、吊死鬼，以及没有面目的卫兵。透过树叶的缝隙，他还看到了从天际划过的彗星。

他没有睡好觉。只要稍一打盹，就注定要做这场梦。他不明白，为什么自己达不到深入睡眠的状态。跟噩梦比起来，这算是轻的了。

梦里许多象征隐喻都是浅显易懂的，只是他拒绝言听计从。

夜幕笼罩，茉莉捎来一杯茶，关心地问道：“你要一整个星期都躺在这里吗？”

“也许吧。”

“你今晚打算怎么睡着？”

“可能要到半夜。我先去店里忙活。小斯呢？”

“他先睡了一会儿，然后跑去挖掘地点，带了一车文物回来，接着在店里慢悠悠地做事，吃了点儿东西，这时有人找他，说门福又去捣乱了，他也跟着出去了。”

“那贝桑呢？”

“镇上都传遍了。新来的茔长气坏了，因为他居然还没有走，还说他们井水不犯河水。守卫都拿他们新任长官当傻瓜。没人听他的命令。于是他一天比一天更生气。”

“或许他能学到教训。谢谢你的茶。有什么东西吃吗？”

“晚餐剩的鸡肉。你自己去拿。我要睡觉了。”

波曼兹一边喃喃自语，一边啃着又冷又腻的鸡翅膀，再用温热的啤酒灌下肚子。他在琢磨自己做过的梦。溃疡突然发痛，头也开始疼痛。“又来了，”他小声咕哝，拖着身子上了楼。

他花了几个小时，复习他将要用来脱离肉体、避开危险，进入大坟茔的法术仪式……那头龙会成为麻烦吗？照理说，它应该是用来对付具备肉身的闯入者。最后，波曼兹拿定了主意：“法术会起作用。只要第六座坟茔确实是天狗的。”他叹了口气，背靠座椅，双眼闭拢。

又是那个梦。梦到一半，他发现自己正紧盯着一双双似蛇的墨绿色眼睛。狡诈、残忍，又似乎在嘲笑。他陡然惊醒了过来。

“爹？你在楼上吗？”

“在。你上来吧。”

斯坦西尔推门而入，样子很难看。

“怎么回事？”

“大坟茔……鬼魂在游走。”

“彗星靠近的时候，他们就会不老实。没想到这么快。准是要闹个痛快了。没必要大惊小怪。”

“不是这个。这个我也知道。能够自己处理。不是。我说的是贝桑和门福。”

“什么？”

“门福想用贝桑的护身符进到大坟茔里边。”

“我还真说对了！那个小……你继续说。”

“他就在洞口。手里握着护身符。他怕得要命。一看到我，就朝山下走。等他靠近废弃的护城河附近，贝桑不知从哪里冒了出来，挥舞着佩剑，高喊着冲了上去。门福撒腿就跑。贝桑紧追不舍。那儿还挺亮的，不过他们跑到狼嚎的坟墓附近时，我就看不到了。贝桑肯定抓住了他。我听到他们在灌木丛里扭打吵闹的声音。接着他俩都开始尖叫起来。”

斯坦西尔顿了一顿，波曼兹等他接下去说。

“我不知该如何形容，爹。从没听过那样一种声音。狼嚎的墓里有鬼魂争先恐后地爬了出来。就这么过去了很久，直到那尖叫声离我越来越近。”

波曼兹确信，斯坦西尔准是吓了个魂飞魄散，就如同一个人的基本信仰被连根拔起一样。奇闻怪事。“继续说。”

“是贝桑。他也有护身符，可是不管用。还来不及跨过护城河的壕沟，他就栽倒了。鬼魂冲过去，跳在他的身上……他死了，爹。守卫都出动了……可他们除了睁眼看，什么也做不了。茔长没有发护身符，所以他们没办法靠近。”

波曼兹在桌上压着拳头，怒目看着双手。“所以，现在有两个人死了。算上昨天晚上的倒霉鬼，一共是三个。谁知道明天晚上我们会遇着多少？难不成要等到一整个排的新鬼报到？”

“你准备明晚动手？”

“没错。贝桑都死了，没理由再拖下去了。对不？”

“爹……也许你不该去。也许藏在那儿的知识和学问就应该永远埋葬在那里。”

“这算怎么一回事？我儿子又挂念起我的不幸经历了？”

“爹，我们好好说话。也许是我太咄咄逼人了。也许我一开始就是错的。毕竟在大坟茔，你知道的比我多。”

波曼兹凝视着自己的儿子，然后，用一种比自己设想还要勇敢的语气说道：“我决定好了。是时候把猜疑都放到一边，进去一探究竟了。这是我的清单。检查一下有什么遗漏没有。”

“爹……”

“孩子，不要和我讨价还价。”波曼兹花了整整一个晚上褪去根深蒂固的性格伪装，重新找回韬光养晦、隐姓埋名之下的法师本分。是时候放手一搏了。

波曼兹来到一个角落，这里堆放了好些无伤大雅的杂物。他站得比往常更直了些。行动更加精确，也更加矫健，不慌不忙地把东西都堆在桌上。“等你回木桨城，可以把我的近况告诉我的老同学。”他淡淡一笑。时至今日，他甚至都能回想起几个老故交不寒而栗的样子——因为这些人知道，他曾受过夫人的指点。对此，他没齿不忘，永不原谅。这点他们再明白不过了。

斯坦西尔的苍白面色不复存在了。如今，他举棋不定。父亲如此果决的形象是他出生以来所不曾见过的。他完全没有这方面的经历。“你是想自己到那儿去吗，老爹？”

“由你把关键消息带回去：贝桑已死。门福丧命。守卫一定不会坐视不管。”

“我还以为你把他当朋友。”

"贝桑？贝桑可一个朋友都没有。他只有一个使命……你在看什么？"

"一个肩负使命的人？"

"有可能。我这是将心比心。把这玩意儿带下楼。我们就在店里弄。"

"放哪儿呢？"

"随便。贝桑是唯独一个能把这玩意儿从垃圾堆里挑出来的人。"

斯坦西尔走出门去。过了一会，波曼兹一边凝神打坐，一边琢磨小斯这些年都经历了些什么。小斯已经不再是以前那个小斯了。他耸了耸肩，又继续打坐。

末了，他笑了。准备就绪。过程将会简单许多。

城里发生了动乱。有一名守卫试图刺杀新任茔长。茔长吓破了胆，自己将自己圈禁在家中。一时满城风雨，飞短流长。

波曼兹漫步过小镇，步伐稳健，不失尊严，甚至与他多年打交道的人都暗暗吃惊。他踱步到帝王陵边缘，想起他的多年对头。贝桑如今就躺在这里。苍蝇成团。波曼兹抛了一抔土。苍蝇四散。他若有所思，点了点头。贝桑的护身符又不见了。

波曼兹找来了赫斯基警士。"如果你没办法把贝桑弄出来，那就往他身上铲土掩埋了吧。我那坑洞附近有堆积如山的新土。"

"好的。"赫斯基答应了，后来似乎才回过神来，对波曼兹的通情达理感到惊讶。

波曼兹围着大坟茔转了一圈。太阳有些倾斜地照射在彗星的彗尾。色彩斑斓，光怪陆离。不过没有孤魂野鬼在此时游走。他觉得机不可失，遂回到了村子里。

古董店门口停了好几辆马车。马车夫正忙着装货。茉莉在店里头厉声训斥，咒骂着某个拿了不该拿的东西的人。“见你的鬼，托卡，”波曼兹顾自咕哝，“为什么偏偏选在今天？你真应该等到事情结束再来。”他陡生疑虑。如果小斯一副心有旁骛的样子，那么他就不应该信任这个孩子。他推搡着进了店。

“真雄伟！”托卡得意扬扬地指了指复原的战马。“简直无与伦比。老波，你真是个天才。”

“你还真是个烦人的跟屁虫。这儿怎么一回事？他们都他妈的是谁呢？”

“我的马车夫。舍弟柯莱特。舍妹葛罗莉，也是小斯的葛罗莉。还有我的幺妹‘缠人精’。之所以叫这个名字，因为她老喜欢管我们的闲事。”

“很高兴认识你们大家。小斯上哪儿去了？”

茉莉回答：“我让他去买点东西准备晚饭了。这么多客人，我今天得早些下灶了。”

波曼兹叹了口气。就在自己苦心积虑、精挑细选的这个夜晚，偏偏宾客盈门。“你。把东西放回原位。你。叫‘缠人精’？别用手去碰。”

托卡诧异地问道：“你咋了？老波？”

波曼兹只是扬起眉毛，和那人大眼瞪小眼，没有回答。“你那粗脖子宽肩膀的马夫到哪儿去了？”

“不跟我了。”托卡皱眉回答。

“我猜也是。我先去趟楼上，有什么事再来找我。”说完便大步流星，穿堂而过，款步上楼，直落座椅，用意念让自己开始沉睡。他做的梦不露声色，到最后，似乎才能够听见什么声音，只是再一回想，却想不起来了……

斯坦西尔进到楼上房间。波曼兹问："我们该怎么办？这群家伙把计划全部打乱了。"

"你需要多久，老爹？"

"如果奏效，兴许未来好几周内，所有夜晚都得这样。"他有些欣喜。斯坦西尔恢复了勇气。

"不能赶他们走。"

"也不能临时跑去别处。"现在这个节点，永恒守卫可不是好惹的。

"爹，你会弄出多大动静？我们就不能安安静静地在这里瞒天过海吗？"

"行不行都得试试。人会很多。把东西从店里拿上来。我收拾收拾地方。"

斯坦西尔一走，波曼兹肩膀一拱，越发紧张起来。倒不是因为他觉得未来有多凶险，而是在担心未来有多难预见。他总是在想，有没有忘记什么东西。但是他把四十余年的笔记再三检查，愣是没有发现一处疏漏。任何一个稍微训练有素的学徒，都能顺着他的构想，再现他的法术。他往屋角啐了口唾沫。"真叫个古董商的懦夫本性，"他嘟囔道，"永远都在害怕未知。"

斯坦西尔回到楼上。"妈妈让他们玩掷骰跳棋了。"

"我真搞不懂，'缠人精'干嘛叫叫嚷嚷的？东西都带上来了吗？"

"带了。"

"好。你下去，和他们唠唠嗑。我收拾好东西，也会下来。等他们睡觉，我们再开始。"

"好。"

"小斯，你真准备好了吗？"

“我准备好了，老爹。昨晚是我多虑了。我也是第一次见到有人被鬼魂杀死。”

“最好能够习以为常。说不定的事儿。”

斯坦西尔一副茫然的样子。

“你偷学了些黑暗学院的魔法，对不对？”黑暗学院是魔法大学里的隐秘组织。在正式意义上，它并不存在。在法律意义上，它不合法。但它的确有。波曼兹就是其中翘楚，深谙此道。

斯坦西尔匆匆地点了点头，离开了。

“我就知道。”波曼兹自言自语，接着又暗暗忖度：儿子，你还有多少见不得人的地方？

他在房里走来走去，直到把所有物品都检查了三遍，并且意识到，自己之所以毫无社交，就是因为过分小心。“你真行。”他自说自话。

最后再看了一眼。图纸拿出来了，蜡烛、盛有水银的碗、银匕首、草药、香炉……他还是觉得心里空落落的。“到底还差什么？”

掷骰跳棋是一种由四位棋手共同游戏的跳棋。棋盘大小是普通西洋跳棋的四倍。每位棋手各自对应棋盘一角。走棋之前掷骰子是为了给棋局增添运气成分。打个比方，如果掷出一个“六”，那么可以移动若干棋子，只要满足这些棋子的步数总计为六的条件即可。普通西洋跳棋的规则依旧适用，只是棋手可以选择连跳，也可以选择不连跳。

“缠人精”一看到波曼兹，就开始申诉不公了：“他们合起伙来欺负我！”她和茉莉分列棋盘对角。葛罗莉和托卡在其侧翼。波曼兹看了几步棋。托卡明显和葛罗莉串通一气——常用的“适者生存”法则。

轮到“缠人精”掷骰，波曼兹心血来潮，暗施法术，掌控点数。于是她掷出一个“六”，兴奋得一声尖叫，将棋子统统杀将出去。波曼兹自己都不知道，年轻时有没有像这个小姑娘一样疯狂、一样乐观。他不由得打量了一眼这个姑娘。她多大了？十四岁？

接着，他只让托卡掷出了“一”，轮到茉莉和葛罗莉的时候，则袖手旁观，听天由命。随后，又给了“缠人精”一个“六”，托卡一个“一”。就这么故技重施了三回，托卡开始抱怨了：“真奇怪了。”棋局情势就此峰回路转。葛罗莉差不多都快抛弃他，要同自己的妹妹缔结联盟，共同对抗茉莉了。

眼看“缠人精”又掷出一个“六”，茉莉狐疑地给了波曼兹一个眼色。他也挤眉弄眼回来，让托卡自由发挥。一个“二”。托卡咕哝道：“我要上演王者归来啰。”

波曼兹走到厨房里，给自己倒了杯啤酒。等他一回来，发现“缠人精”竟然再度陷入绝境。她的策略疯狂得难以理喻，只有掷出“四”，或者更高的点数才有一线生机。

另一方面，托卡采用的是梯队前进的策略，意图抢占侧位玩家的棋盘底线[1]。“什么样的人下什么样的棋，”波曼兹暗想，“首先，他确保自己不会输；然后才开始考虑赢。”

他眼看着托卡掷出一个“六”，不远万里，特意差遣一枚棋子吃掉了老盟友葛罗莉的三枚棋子。

“哼，阴险。”波曼兹心想。这点值得铭记于心。他问斯坦西尔：“柯莱特哪儿去了？”

托卡接了话茬：“他想跟车夫待在一起。看你这儿已经够挤的了。”

“原来如此。”

① 在西洋跳棋中，若有棋子进入对方棋盘底线，则该棋子升级为“王”，作用强大。——译者注

茉莉赢得了游戏，托卡位居次席，他对波曼兹说道："我不玩了。坐我位置上来，老波。咱们明早再见。"

葛罗莉也说道："我也不玩了。咱们出去散散步好不好，小斯？"

斯坦西尔望向父亲。波曼兹点头说道："别走远了。守卫最近心情都不好。"

"好的。"斯坦西尔回答。波曼兹看他迫切想走，会心一笑。他和茉莉以前也是这样，很久以前了。

茉莉品评道："真是个可爱的女孩。小斯真是走运。"

"谢谢你，"托卡说道，"我们也觉得她一样走运呢。"

"缠人精"做了个苦脸。波曼兹也尴尬苦笑。有人对小斯一见钟情。"要不来场三人棋局，"他建议道，"轮流操纵空位棋子，直到一方淘汰出局？"

他让每名棋手自由掷骰，但是轮到空位的时候，每次都掷出"五"或者"六"。"缠人精"首先淘汰出局，接管了所有的空位棋子。茉莉心里觉得好笑。"缠人精"兴高采烈地大呼小叫。"葛罗莉，我赢了！"她姐姐和斯坦西尔刚回来，她就情不自禁地喊了起来。"我赢了他们。"

斯坦西尔看了看棋盘，又看了看他父亲。"爹……"

"我尽力了。可她太幸运了。"

斯坦西尔笑了笑，不相信老爹的话。

葛罗莉说："好了，'缠人精'。该睡觉了。这里不同于城里。大家都有早睡的习惯。"

"哦……"小女孩心有不甘，但还是走了。波曼兹长舒一口气。有时候，社交还真是一种压力。

一想到晚上繁重的工作，他的心跳就已加速。

斯坦西尔把写下来的记录读了第三遍。

“都清楚了吗？”

“大概吧。”

“时机也没有那么重要——只要不操之过急，不盲目抢先，就好。如果我们不小心召唤了什么恶魔出来，你就得在字里行间琢磨个一星期呢。”

“字里行间？”斯坦西尔原本还以为自己只要续续蜡烛，乖乖看着就好。但是，如果父亲遭遇不测，他还要给予帮助。

波曼兹花了两个小时，把沿途将要遇到的魔法纷纷驱散。多亏他猜对了天狗的名字。

“开了吗？”斯坦西尔问。

“墓门洞开。几乎要推着你进去。到了周末，我会让你亲自去里头看看。”

波曼兹深吸一口气，又呼了出来。巡视了一遍房间，依旧心含隐忧，觉得忘了什么东西。只是依旧不得要领。“好吧。”

他在椅子里坐定，闭上了双眼。“达姆尼，”他口念咒语，“乌姆姆吉达姆尼。嗨咿空。达姆尼。乌姆姆吉达姆尼。”

斯坦西尔往炭火盆里塞了些草药。房里顿时充满了刺鼻的浓烟。波曼兹身心放松，慢慢昏睡过去，很快便脱离肉身，灵魂出窍，在房椽游弋，看着斯坦西尔。这孩子很有前途。

老波检查了一下自己与肉身的联系。很好。简直完美！既能用上灵魂之耳，肉身之耳也不痴不聋。再度测试了一下自己的二元状态，飘飘荡荡下了楼。小斯发出的每个声响都尽在掌握。

在店里停留片刻，看着熟睡的葛罗莉和“缠人精”。美慕她们年轻面孔，天真无邪。

屋外，彗星的光亮充盈夜空。波曼兹感觉到它的力量洒遍大地。如果世界即将混沌，那时的景象会比现在壮观多少倍？

忽地一瞬间，她出现在了那里，焦急迫切地呼唤。他又检查了一遍同肉身的联系。依旧处于冥想状态。没有做梦睡着。因为无拘无束，他反倒隐隐觉得不自在。

她领着他去了大坟茔，完全遵循他之前开启的道路。埋葬在坟茔底下的力量让他目眩神迷，丝毫不敢靠近巨石和图腾散发出来的魔法。透过他的灵魂视角，它们像是一个个被拴着的可怕怪物。

鬼魂开始出没。他们在波曼兹身边咆哮怒吼，试图挣脱他的法术。彗星的力量和守护坟墓的魔法汇流成为一道闪电，劈穿了波曼兹的灵魂。“古人竟如此神通广大，”波曼兹不免暗叹，“尽管沧桑变幻，法力却依旧不减当年。”

他们慢慢接近阵亡兵士，在波曼兹的地图上，这些兵士用象棋里的兵卒符号表示。他感觉自己似乎听到了背后传来脚步声……回头一看，却什么也没有，原来刚才听见的是屋子里斯坦西尔的声音。

有一个骑士游魂向他冲了过来。这家伙的仇恨仿佛不受时间限制，宛如惊涛怒浪，无休无止地冲击着冰冷、荒芜的海滩。波曼兹侧身躲过。

顷刻间，一双巨大的绿色眼睛直勾勾注视着他。一双古老、睿智而又毫无怜悯的眼睛。倨傲，嘲讽，又轻蔑。巨龙冷笑着露出獠牙。

该来的总算来了，波曼兹心想。原来我忘记……不。这龙伤不到他一根毫毛。他能察觉到它如饥似渴，想要将他一口吃下肚皮的决心。于是，他快步跑向那个女子。

毫无疑问，这个女子就是夫人。一直以来，她也想早日接触到他。最好小心行事。她可不止是想收一个俯首门徒。

他们进入地下墓穴。这里空间极大，四处填满了帝王生前用到的物品。显然，帝王从前过的可不是斯巴达一般的清苦生活。

他一路追随夫人，来到一堆家具跟前，然后她不见了。“上哪儿去了？……”

他看到了夫人和帝王的本尊，并肩躺在一个方向，中间用石板隔了起来，由镣铐锁住，外头还覆盖着噼啪作响的禁锢魔法。两个人都没有呼吸，却看不出一丝死亡的迹象。似乎时间在他们身上停滞不前。

传奇故事仅仅是略作夸张。即便身陷囹圄，夫人的美貌依旧震慑人心。“老波，你儿子年纪都一大把了。”可内心之中，分明春情涌动，仿佛种马发情。

他又听到脚步声。该死的斯坦西尔。就不能站着不动吗？他一个人闹出来的动静都抵得上三个人的了。

女人的眼睛睁了开来，唇边绽放出光鲜的笑容。波曼兹忘却了斯坦西尔。

“欢迎你，”脑海里的声音对他说道，“我们等这一刻很久了，对吧？”

他呆若木鸡，只能略作颔首。

“我一直关注着你。是啊，我能从这荒弃之地纵观世间万物。本想帮你一把的。可障碍太多，危险太大。那挨千刀的白玫瑰。她还真不是个傻瓜。”

波曼兹瞟了一眼帝王。那个身形魁梧、英俊潇洒的战士帝王继续沉睡不醒。波曼兹羡慕他的完美体态。

“没有人比他睡得更‘死’。”

这番嘲讽他听得见吗？从她脸上，他看不出答案。夫人的迷人魅力让他难以自持。他怀疑，对于大多数人，她的话都说得没有错，还有一点，她才是帝国统治时期的中流砥柱。

“曾经是。但下次……”

“还有下次？”

他的耳畔响起一阵欢声笑语，好似柔风拂面。“既然你是来学习的，那么好呀，法师，你该怎么回报你的老师呢？”

他付出一生，就是为了这一时刻。胜利近在咫尺。还差一个程序……

“你的确很有一套。你谨小慎微，就连茔长都被你蒙在鼓里。我很欣赏你，法师。”

最艰难的程序。让面前这个家伙屈从于自己的意志。

又是一阵清风似的笑声。“你不打算一物换一物？你想逼我？”

“除非逼不得已。”

“你什么都不想给我？”

“我决不能让你如愿。”

又是快活的笑声。银铃般的笑声。“你逼不了我。”

波曼兹象征性地耸了耸肩。她说的不对。他握有秘密武器。还是个少年时，他就研究琢磨出了这个秘密，当即意识到它的重要性，然后一步一脚印，一直走到了今天这个时刻。

他找到了破译文字密码的工具，拨开语言的迷雾，找到了夫人的本姓，而且还是帝国统治时期之前的常见姓氏。种种迹象表明，夫人的名字就藏在这个家族的几个女儿之间。通过一些历史溯源，他完成了自己的求证使命。

因此，他解开了数百年来引得无数学者折腰嘘叹的遗留谜题。

知道了夫人的真名，让他得以逼迫夫人就范。在法师的世界里，真名无异于……

我几乎叫出声来。信到此处戛然而止，仿佛写信人有意卖关子，特意隐瞒这么多年来我一直在努力搜寻的真相。真他妈的黑心。

不过这一次，信里有一段附言，似乎是一段小故事。只是写信人加了些潦草的笔记。肯定意在沟通。只是我怎么都看不明白。

同往常一样，信的末尾既无签名，也没有盖章。

第二十章

大坟茔

阴雨绵绵，未曾停歇。大多数时候，是淅淅沥沥的小雨。哪怕天气最好的时候，也有雨雾拂面。降水充沛。虽然总是抱怨腿疼，乌鸦还是出了门。

“要是这里的天气害你不舒服，为什么还要待在这里？”皮包问道，“你说你的孩子可能在猫眼石城生活。那为什么不亲自去找他们呢？至少那里天气不错。”

这个问题很尖锐。乌鸦至今还想不出一个令人信服的答案。连自己都难以说服，更别说要蒙骗敌人了。

乌鸦无所畏惧。要是换作另外一种身份，他甚至敢在太岁头上动土，胆大泼天。哪怕刀光剑影、巫术魔法、死亡阴影，都不会让他害怕。只有人心，还有爱情，会让他心生恐惧。

“习惯了，我觉着。”他的回答苍白无力，“也许我应该去木桨城生活。也许。可是我不懂与人打交道，皮包。我不太喜欢人类。珍宝诸城让我难以忍受。我有没有告诉过你，我曾经在那里住过？”

皮包几乎耳熟能详。他怀疑乌鸦可不是简简单单地“住过”而已。珍宝诸城里的一个城市应该就是乌鸦的家乡。“嗯啊。当时叛军开始向福斯博格挺进。你告诉我说，在行军的时候，曾亲眼见过查姆高塔。”

“没错。我的确说过。记性越来越差了。城邦。我一点儿也不喜欢。真的一点儿也不喜欢。人太多了。就连这里都让我感觉人满为患。哦，那是我第一次来到这里时的事了。现在还凑合。只不过可能还是吵闹了些，毕竟那头还埋着活死人呢。”他往帝王陵的方向伸了伸下巴。“可其他还凑合。我还能找你们其中一两个人说说话。其他人也不会妨碍到我。”

皮包点点头。话虽然听得懂，但其中心境却难以理解。他以前就认识好几个老兵。其中大部分都有各种各样的怪癖。“嘿！乌鸦。你跑来这里的时候，有没有碰见黑色佣兵团？”

乌鸦面若寒冰，目光直盯年轻的士兵，害得他顿时脸红。“呃……怎么回事，乌鸦？我是不是说错话了？”

乌鸦继续前行，一瘸一拐的步态也丝毫没有减缓他愤然加快的节奏。“真奇了怪。好像你能读懂我的心思。是的。我碰见了那群家伙。一帮子恶棍。穷凶极恶。”

“我父亲以前讲过他们的故事。撤往查姆的时候，他曾经与他们打过交道。王侯城、风原、泪雨天梯，所有这些战役。等到查姆战役结束，他离开了部队，解甲归田。告诉了我很多关于他们的恐怖故事。”

“这一段我不记得了。我落在了玫瑰城后头，当时化身和瘸子打了败仗。你父亲是谁的兵？你从来没有提到过他。”

“夜游神。之所以不提他，是因为我们合不来。”

乌鸦言笑自若。“这世上就没有几个儿子和父亲合得来。经验之谈。”

“那你的父亲是做什么的？”

乌鸦放声笑道：“他是个农民。勉强算吧。但我不想提他。”

“我们为什么来这里，乌鸦？”

复核波曼兹的研究。但是乌鸦不会说出这个真相。但他也想不出一个适当的谎言。“雨中漫步。”

“乌鸦……”

“咱们就不能安静会儿吗？皮包，求你了？”

“好吧。”

乌鸦一路沿着大坟茔踱行，保持适当距离，以免过分张扬。他没有带工具测量。不然甜蜜上校会起疑心。他在心里默默想着波曼兹的地图。这些神秘的泰勒奎尔标志各自代表着狂野而又危险的生命。现在漫步在大坟茔废墟之中细细研究，按图索骥，大约只能找到三分之一的标识物。其余都因为年代久远或是天气原因而湮灭不见。

乌鸦的字典里从来没有恐惧二字。但这一次，他是真的害怕了。散步接近尾声的时候，他说道：“皮包，帮我个忙。不对，也许是帮两个忙。”

“长官？”

“长官？叫我乌鸦就好。”

“可你似乎很严肃。”

“的确如此。”

“那就说下去。”

“你能保证缄口不言吗？”

“如果有这个必要。”

“我想要你发誓保持沉默。”

“我不明白。”

“皮包，我要告诉你一些事儿。怕万一我遭遇不测。”

“乌鸦！”

“我已经不再年轻了，皮包。身子骨早就不是自己的了。经历也够多的了。时间不等人。我还不想这么早走。但谁也说不准。如果当真被我一语成谶，我希望有些事不会随着我的死去而尘封入土。”

“那好吧，乌鸦。”

“如果我告诉了你，你能守住秘密吗？即便你觉得这样做不应该？你能看在我的份上，帮我这个忙吗？”

“你这样卖关子，让我很为难。”

“我知道。这的确不公平。我信任的人，唯独只剩下甜蜜上校了。可他的职位不允许他立下这样一个承诺。”

“因为这是不合法的？”

“不完全是。”

“我就知道。”

“不要想当然，皮包。”

“那好吧。我向你保证。”

“好的。谢谢你。是非常感谢，毋庸置疑。”

“两件事。第一。万一我出了什么事，马上去我家二楼。如果我留了个油布包裹，务必将其转交给一个叫桑德的铁匠，他住木桨城。”

皮包心生蹊跷，不知该说些什么。

“第二。交完包裹以后—— 一定是在此之后——马上告诉上校，活死人要复活了。”

皮包停下了脚步。

“皮包。”乌鸦的语气中透着命令口吻，这是皮包从未听过的。

“好，我全部答应你。”

“这就行了。”

“乌鸦……”

“现在还不到提问的时候。过几个星期吧，也许我会解释清楚。行不？”

“行。”

“现在一个字也不能说。还有，记好了，送包裹给铁匠桑德。再给上校捎口信。告诉你吧。如果条件允许，我还想给上校留封信呢。”

皮包点点头，似懂非懂。

乌鸦做了个深呼吸。这是他二十年来，第一次尝试施展最简单的神圣魔法。他也从没有试过其他魔法。在很久以前，当他还是另一个人，或者说是另一个男孩的时候，魔法不过是纨绔子弟逃避正当学业的消遣而已。

都准备好了。波曼兹故居的二楼，用来重复这位老法师魔法的工具已经尽数摆在了桌上。乌鸦故地作法，自有他的好处。

他手握着将要留给皮包的油布包裹以及写给甜蜜上校的晦涩信件，心里祈祷这两样东西尽量不要落到年轻人的手里。但是，万一他的疑虑落实，比起全世界一起遭殃，还不如让敌人掌握情报。

除了赶紧行动之外，别无其他办法。他一口气咽下整杯冰茶，坐在凳子上，然后闭上双眼，开始哼起一段当他比皮包还小的时候听到过的赞美颂歌。这方法和波曼兹当年用的不一样，但是同样有效。

他的身子却没有松弛，无时无刻不在分散他的注意力。

但是到了最后，他还是陷入昏睡状态。灵魂挣脱身体的万千束缚，飘飞起来。

他仍然觉得，还没等驾轻就熟就贸然使用这门法术，实在是愚蠢至极。但时间不等人，他没有波曼兹当年那么充分的时间准备。好在当初从古森林消失的时候，他已经学会了足够多的技巧。

虽然脱离肉身，但还是有看不见的纽带，随时等待指引他的灵魂返航。当然，还要有十足的运气。他小心翼翼地走开了。完全还是照着自己拥有肉身时的规则。走的是楼梯，迈过门槛，穿过永恒守卫铺设的人行道。装作还是一副血肉之躯的样子，习惯难改。

世界却显得不一样了。每个物体都有彼此独特的气场。他感觉很难把注意力集中到自己的任务上去。

他沿着大坟茔游走。每每靠近那些禁锢帝王及其爪牙的古老魔法，他都不时噤若寒蝉。多么惊人的法力！他蹑手蹑脚地沿着边缘行走，直到看见波曼兹当年开辟出来的小径，依然没有多大变化。

他跨过了封锁线。

霎时间，无数被禁锢在大坟茔的幽魂，不论好坏，都将目光转向了他。数量比他预想的还要多得多，也比波曼兹地图标识出来的要多。那些围在帝王陵的士兵标识……它们并非雕像，而是如假包换的人类——白玫瑰的麾下士兵——他们作为永恒不灭的灵魂守卫，永远镇守着外部世界和混世魔王之间的一线之隔。他们的意志是多么坚定。忠贞不贰。

小径蜿蜒着穿过老一代劫将的栖息之所，曲曲折折地绕过外圆，抵达内圆。在内圆里，他的的确确看到了几个帝王时期的怪物。小径掩映在银色的迷雾之中，在他身后，雾气越来越浓。

面前是更强大的魔法。还有所有自愿随葬、意图将帝王团团包围的殉葬者。在他们之外，是更为恐怖的存在——巨龙。在波曼兹的地图上，它盘踞在帝王陵地下墓穴的中心地带。

幽魂纷纷用泰勒奎尔语、尤齐特语，还有一些他听不明白的语言朝他尖叫。不过，有一点是明确的——它们在咒骂他。还有一点是必要的——不要理会这些。最大的那个坟茔底下有个墓室，需要他去看看，那里头的家伙是否和预想中的一样，蠢蠢欲动。

龙。噢！都说天上地下神仙管，可神仙连影子都摸不到。这头恶龙却是如假包换、名副其实、生龙活虎；虽然是血肉之躯，但还是察觉到并看见了他。银雾缭绕的小径呈一条曲线，绕过巨龙的下颚，从它的利齿和尾巴中间的缝隙穿梭而去。

不会再有守卫了。只有墓穴。而墓穴里面的可怕人物被禁锢着。他熬过了最严酷的难关……

古老的恶魔应该还在沉睡。难道夫人没有挫败他企图在杜松城卷土重来的阴谋吗？难道她没能打倒他吗？

帝王陵与世界各地的陵墓并无二致。可能更加奢华些。白玫瑰没有亏待她的对手。只不过没有石棺而已。原本该有夫人躺在上面的桌台，此时却空无一物。

另一桌台上躺着个熟睡之人。身材魁梧、英气逼人。但是即便是沉睡，他的面目依旧狰狞，上面写满了深仇大恨以及失败的满腔怒火。

噢，还好。他的担心似乎是杞人忧天。魔鬼的确在安睡……

突然，帝王坐起了身，还冲他笑。乌鸦穷其一生，还没见过这样一副邪恶的笑容。接着，这个不死人伸出手以示欢迎。乌鸦撒腿就跑。

身后是嘲讽的笑声。

前所未有的恐慌。他完全失控，只是模糊地意识到自己仓皇地跑过恶龙和怒不可遏的白玫瑰士兵，还勉强听到帝王的爪牙全都在兴奋地嘶号。

虽然内心惊惧，他还是紧循着那条迷雾小径。可惜终究走错了一步……

一失足，成千古恨。

暴风雨开始在大坟茔呼啸肆虐。世所罕见。电闪雷鸣，好似天兵鏖战，无数闪耀着烈焰火光的战锤、战矛和战剑撕天裂地。瓢泼大雨无休无止，滂沱晦暝。

一记慑天动地的闪电击中大坟茔。一时间，黄土和灌木被卷集到数百英尺的空中。天地震颤。永恒守卫恐惧不安地纷纷拿上武器，他们相信，古老的恶魔已经挣脱了枷锁。

大坟茔上显现出两个巨大身影。一个四脚着地，另一个双腿站立，闪电将它们照得透亮。过不多时，它们便跑向蜿蜒小径，没有在水上或者泥地上留下任何脚印。他们越过大坟茔的边境，逃窜到了树林之中。

没有人看到它们。等守卫带着千斤重的恐惧、战战兢兢地手握灯笼和武器赶到大坟茔时，暴风雨已经减弱了。闪电也停止了它狂暴的怒吼。雨势也渐渐减缓。

甜蜜上校和他的手下在大坟茔四周转悠了半天，什么情况都没有发现。

永恒守卫回到自己的营盘，纷纷咒骂起天上的神仙和见鬼的天气。

在乌鸦住处的二楼，乌鸦的身子每五分钟呼吸一次。他的心脏几乎不再跳动。灵魂迷途不归的他，在很长一段时间里，都将保持这种半死不活的状态。

第二十一章

惶悚平原

我请求去见宝贝儿，立马就得到了答复。她本来以为我之所以找她，要么是想大闹一场，严厉斥责上次考虑不周的军事行动，毕竟我们已经到了经不起任何损失的地步；要么是想给她上次课，讲一讲保证部队骨干、维持现有军力的重要性。她着实吃了一惊，因为我找她并不是为了这两件事。终于见到她了，看来她准备好要经历一场暴风雨的洗礼，盘算着赶紧结束，好回到正事上去，不过我让她的期望落了空。

我出其不意地把木桨城的信件递给了她，这封信除了她，我还没有给任何人看过。我打着手语："读一读吧。"

时间过了片刻。副团长不时把脑袋伸进门里左顾右盼，每次重复这个动作，都显得越来越急躁。她读完信，打量着我。

"怎么样？"她开始打手语。

"上面的信息正是我缺失的那一部分文件中最为核心的部分。还有一些附加信息，比如信里说的故事也是我一直寻找的猎物。搜魂曾经告诉过我，咱们要找的秘密武器就藏在这些故事里。”

“可故事并不完整。”

“是的。但你不觉得这是有意而为之吗？”

“可也不知道是谁写的吧？”

“是的。也没有办法查出来，我们对‘他’知之甚少。或者是个‘她’。”事实上，我有很多怀疑对象，但又觉得他们彼此相悖。”

“信寄得很有规律，节奏也很快，”宝贝儿分析道，“始终如此。”这句话让我觉得她和我至少有个共同的怀疑对象。“始终如此。”

“送信人觉得，信寄完还要很长一段时间。”

“有意思，不过依然派不上用场。还得等其他的信来。”

“这些还不是我头疼的原因。最后一封信的末尾，这里才是。真叫我绞尽脑汁。我必须弄明白。也许它至关重要。除非它是故意用来迷惑别人的，以防信件被人阻截。”

她取出最后一封信，盯着它直看，脸上闪现出顿悟的光芒。“是手语啊。碎嘴，”她打着手势，“这些字母。瞧明白了吗？像是用手说话，组合成字母的样子。”

我转到她身后。原来如此，我感觉自己愚不可及，当初怎么就没有想到。顺着这条思路，解读信的附言就容易多了：

“也许这是最后一封通信了，碎嘴。我必须做些事情了。风险非常大。机会渺茫，但我不得不勇往直前。如果你没有收到描述波曼兹最后一段日子的信，那你就必须马上出发，自己去取。我会把其中一份留在法师的家里，如同故事中交代的那样。你也许能在木桨城找到另外一份。去找一个叫作桑德的铁匠。

“祝我好运吧。看来你已经找到了安全的庇护所。你要知道，不到世界危如累卵，我是不会让你冒这个险的。”

还是没有任何签名。

宝贝儿同我面面相觑。我问：“你怎么看？我该怎么做？”

“按兵不动。”

“那要是其他的信没有寄过来呢？”

“那你就得自己出去找了。”

“是啊。”恐惧。整个世界都在围捕我们。夜袭铁锈城一定让劫将们极其光火，复仇心切。

“也许能够扭转乾坤，碎嘴。”

“那可是大坟茔，宝贝儿。危险程度不亚于查姆高塔。”

“或许我应该和你一起去。”

“不行！你不能冒这个险。任何情况下都不行！抵抗斗争损失一个老态龙钟的军医无伤大雅，但万万不能没有白玫瑰。”

她用力抱住我，然后退后一步，打着手语：“碎嘴，我不是白玫瑰。她已经死了四百多年了。我叫宝贝儿。”

“可敌人都叫你白玫瑰。咱们的朋友也这么称呼你。名字里蕴含力量。”我挥手比画。“意义就在这里。一个名字。你承载着它，你也就成了它。”

“我叫宝贝儿。”她毫不妥协。

“对我来说，也许是的。对沉默，对其他几个人，兴许没错。但对整个世界来说，你就是白玫瑰，你就是救赎的希望。”我这才发现，在成为佣兵团的重点保护对象之前，宝贝儿的真名已经无人知晓了。我们只知她叫宝贝儿，因为渡鸦这么叫她。他知不知道她的本名？即便知道，也无所谓。反正她很安全。她是唯一一个知道自己真名的人，前提是她自己还记得。在我们找到她的那个村子，瘸子的军队百般蹂躏，不可能还留有任何文字记载。

“走吧，”她做手势，“研究。思考。心怀信念。很快，也许在某个地方，你就能找到线索。”

第二十二章

惶悚平原

同懦弱的鲲鲸一起逃离铁锈城的家伙们终于回来了。我们得知，劫将已经撤出平原，全部怒不可遏，因为他们只剩下一条飞毯了。除非有新的飞毯驰援，不然攻势必定无限期推迟。可飞毯偏偏又是魔法界里价格最为不菲的奢侈品。我猜，瘸子这下不大好跟夫人交差了。

我把地精、独眼和沉默纳入到一个计划中来。我继续翻译文件。他们则提取其中的人名，记录在案。我的住处变得拥挤不堪。不过总算平添了一些生气，因为地精和独眼两个人曾经离开宝贝儿的结界，看过外面的花花世界。他们总是争吵不休。

我开始做噩梦。

有一天晚上，我真的受不了了。原因一半是因为送信人迟迟未到，另一半则是因为地精和独眼吵得我几近发疯。我提议道："也许我该离开平原了。你们有没有办法让我神不知鬼不觉地踏上旅程？"

他们问了很多问题。我基本诚实地一一解答。他们想要和我一起去，好像往西进发已经是既定事实一样。我拒绝道：“没门儿。要我和你们一起跋涉个一千英里？刚出平原，我就想自杀，或者杀掉你们其中一位。反正我早有此意了。”

地精尖笑不断，装作怕得要命的样子。独眼恫吓道：“只要你敢出现在十英尺的范围之内，我就把你变成蜥蜴。”

我粗声粗气地说：“把食物变成人屎还差不多。”

地精哈哈大笑。“小鸡小牛都比他厉害。你可以享用它们的肥料，茁壮成长。”

“你个小侏儒，这里没你说话的份儿。”我打断道。

“越老脾气越暴，”独眼啧啧说道，“一定是得了风湿病。对不对啊，碎嘴？”

“嘿，要只是风湿病还算便宜了他呢，”地精振振有词，“每次都要忍让你，真叫人不爽。你的举止行为根本无法预测。”

“无法预测？”

“如同善变的四季。”

他们离开了。我快速地望向沉默。可这婊子养的居然不理我。

第二天，地精踱步进门，脸上挂着一副自以为是的笑容。“我们想出一招了，碎嘴。怕你万一真的迷了路。”

“说说看？”

“你先把护身符拿过来。”

我有两个护身符，都是他们很久以前给我的。一个会在劫将接近时向我报警。效果不错。另外一个显然是提供保护的，但也能让他们在较远的地方定位到我的位置。有一次，搜魂派遣渡鸦和我在云雾森林伏击瘸子和私语，沉默就是靠这个护身符找到我的，当时瘸子正欲变节投奔叛军。

很久很久的以前，很远很远的地方。碎嘴那时候还是个年轻人。

“我们要做些改动。这样就不能通过魔法找到你的位置。先把护身符给我。弄完了，我们就到外头去测试一下。”

我眯眼看着他。

他继续说道：“你也必须去，这样才能测试护身符，看看能不能找到你。”

“啥？听起来像是你们想跑到免疫结界以外的借口。”

“也许吧。”他咧嘴一笑。

不管怎么说，宝贝儿喜欢这个主意。第二天傍晚，我们朝小溪进发，绕过先祖树。“它似乎有点儿不高兴。”我说道。

“和劫将战斗的时候受到了波及，”独眼解释说，“所以不高兴。”

先祖树的树叶沙沙作响。我停下来，顾自思考。这棵树一定是棵千年古树。平原上的树生长速度非常慢。它肚子里一定满是桑田碧海和传奇故事！

“快点，碎嘴，”地精不耐烦，“先祖树才不会说话哩。”他又像个蛤蟆一样咧嘴坏笑。

都怪他们太了解我了。只要我看到一个老家伙，我都忍不住去想，他都目睹过什么奇闻异事。这群天杀的家伙。

我们离开了距离地堡五英里的水道，向西进入沙漠，此处珊瑚特别密集，十分危险。我粗略估计，大约有五百个种类，珊瑚礁相距很近，几乎密不可透。璀璨缤纷，像手指，像蕨叶。珊瑚的枝条长达三十英尺，直插天际。我永远心生惊讶，这里的风竟然没有把它们连根拔起。

来到珊瑚环绕的小沙地，独眼叫停：“这里足够远了，我们在这里很安全。”

我对此持保留意见。因为咱们这一路上，都有蝠鲼和类似秃鹰的生物紧紧跟随。我永远不会完全信任这些野兽。

很久以前，在“查姆之战”以后，佣兵团一路东行，途中穿过平原。我看到了许许多多可怕的事情。这段记忆无法磨灭。

地精和单眼开始耍闹，但摆出了一副干正经事的样子。他们两个让我想起了多动症的小孩子，总是躁动不安，为了动而动个不停。我躺下身，看着云层。不久就睡着了。

地精叫醒我，把护身符换给了我。“我们来玩个捉迷藏，”他说，“你藏我们找，如果一切都搞对了，我们是无法找到你的。”

“真叫个好极了，”我回答，“我一个人在这里，徘徊迷路。”我不过是在发牢骚。再怎么说，我还是能找到回地堡的路。说个令人厌烦的笑话，我寻着味儿都能回到那里。

不过，这是正经事。

我开始朝西南方向走去，越过了西向的小径，躲进了静止的树精丛林之中。等到夜幕降临，我才放弃等待，挪步回到地堡，想知道我的同伴到哪里去了。到了洞门口，哨兵被我吓了一跳。“地精和独眼进去了吗？”

“没有，我还以为他们和你在一起。”

“曾经是。”我心存担心，到了地堡下头，询问副团长的建议。

“去找他们。”他吩咐我。

“怎么找？”

他看我的样子，就好像我是一个白痴。“把你这愚蠢的护身符放到一边，走出免疫结界，然后等着。”

“哦，好的。”

所以，我回到外面，涉水渡溪，满嘴抱怨。走得我脚都疼了。我早就不习惯徒步走这么远的路了。也是对我好，我告诉自己。如果我们还有机会去木桨城一趟，那么保持一个健康的体魄还是颇为必要的。

到达了珊瑚礁的边缘。“独眼！地精！你们在吗？”

没有回应。我也不打算去找。不然一准要死在珊瑚丛里。我向北回转，心想他们准是跑到离地堡很远的地方去了。几分钟后，我双膝跪地，累倒了，满心希望能看见巨石的剪影。巨石一定知道他们去哪儿了。

眼角闪过一丝光亮，耳畔传来了吵闹声，我想都没有多想，就跑了过去，满心以为是地精和独眼在吵架，定睛一看才知道，原来是远处传来形变风暴的隆隆震怒。

我立刻停下脚步，这才想起，只有死神才会在夜晚的平原上着急奔走。

我很幸运。再多走几步，沙子就变得像海绵一般松散。我蹲下身，嗅了一小撮沙。里头竟然有腐尸的气味。我小心翼翼地退后，鬼知道沙子下头是什么。

“最好找个地方躲着，等太阳出来，”我喃喃道。弄不清楚自己在哪里。

我找到了一处可以避风的岩石、一些可以用作柴火的灌木，还有宿营地。生火更多是告诉野兽我来了，起不到什么保暖作用。还好夜晚不算冷。

火焰只能起到象征性的作用。

火焰升起，我才发现，这个地方以前有人用过。烟雾熏得岩石更黑了。本地土著，大概。他们几人一组，在此地游荡。我们几乎不和他们来往。他们也对争权夺利毫无兴趣。

第二个小时后的某个时刻，我意识变得迷糊，然后睡着了。

噩梦找上了我，还发现我没有佩戴护身符，也没有免疫结界庇护。

她来了。

真叫个旷日经年。上一次见面，还是向她汇报她丈夫在杜松城折戟饮恨。

一朵金色的云彩，像灰尘一般，在阳光的照射下翩翩起舞。虽然我依然熟睡，却分明有一种如梦方醒的淋漓。冷静和恐惧交织在一起。全是老一套的症状。

一个美丽的女人在云中渐露身影，一个梦中情人似的女人。你希望有一天会遇到这样的女子，虽然心知没有机会。我看不清她穿的是什么，好像什么也没有。我只敢去看她的脸，整个世界都笼罩在她恐怖的存在感之中。

她的笑容并不全然冰冷。很久以前，由于某种原因，她对我有了兴趣。我认为她保留了一些旧的感情残留，像人们对待一个死去已久的宠物。

“医官。”宛如永恒流水旁吹动芦苇的微风。天使的耳语。但是，声音之中又提醒我不要忘记现实。

她从未对我表露出欲拒还迎的态度，既不私下承诺，也没有轻言身许。也许，这也是我觉得她对我心存好感的原因。她要利用我的时候，从来直奔主题。

我无法回应。

“你很安全。很久以前，按照你们的时间标准，我说我会保持联系。可我一直没办法。你中断了我们之间的联系，我一直苦苦尝试了好几个礼拜。”

噩梦在解释。

“什么？”我发出地精一样的尖叫。

“到查姆来找我。来当我的史官。”

当她碰触我时，我一如既往地感到困惑不已。她似乎认为我存在于斗争之外，但又是其中一部分。在泪雨天梯，也就是在我目睹最野蛮的斗争前夕，她答应我，不会让我受到任何伤害。她似乎对我身为佣兵团史官的小角色颇感兴趣。那时候，她坚持要我把一切事件详尽笔录，不用任何曲意逢迎。我也尽了最大努力，在自己的偏见范围之内照做无误了。

“战争这口大锅里的浑水正愈烧愈烈，医官，你们的白玫瑰很狡猾。她偷袭瘸子的后背是一次了不起的行动。但是从更广阔的战略蓝图上看，却是微不足道的。你同意吗？”

我怎么可能和她争辩？我的确同意。

“你们的间谍肯定跟你们通风报信了，五路大军已经做好了荡平平原的准备。这的确是一片奇异而又不可预知的土地。但是，在这一次动员的巨大力量面前，它必定无力阻挡。”

我再也不敢争辩，因为我相信她是认真的。我只能拿出宝贝儿的老把戏：拖延时间。“也许结局出乎你的意料。”

“也许，但是我的计划里已经考虑到意外情形了。碎嘴，离开那个冰冷的荒原。来高塔找我。当我的史官。”

这听起来比以往更接近某种诱惑。她在向另一个我喊话呼吁，这个阴暗面的我几乎愿意抛弃几十年的战友。如果我去了，那么无疑会知道更多信息。找到更多的答案。满足更多好奇心。

“在皇后之桥，你们逃过了一劫。”

我的脖子一阵火辣。溃散逃窜的这些年里，夫人让我们吃尽苦头。皇后之桥简直九死一生。一百个弟兄葬身在那。对我来说，更是一种耻辱，因为我被迫抛弃了编年史，把它埋在河岸边。四百年的佣兵团历史，就这么被遗弃了。

当时只能带这么多。如今保存在地堡里的文件，对我们的未来至关重要。因此，我选择了它们，而不是编年史。但我时常心生内疚。我必须为死去的兄弟正名。编年史意味着黑色佣兵团的一切。只有编年史在，佣兵团才有存在的意义。

“我们逃啊逃啊，以后也要继续逃跑。命中注定了。

她笑了笑，的确好笑。“我读了你的编年史，碎嘴。现在的，以前的，都读了。”

我把木头扔在火焰的余烬之上。我不是在做梦。“它在你那里吗？”直到那一刻，我才让内心的愧疚感噤声，暗自许诺要拿回编年史。

“战后发现的。现在在我这儿。我很高兴，你很诚实，的确有个史官的样子。”

“谢谢，我争取继续保持。”

“来查姆吧。高塔里会有你一席之地。你可以在那里看到更加宏伟的蓝图。”

“我不能。”

“在这里，我没办法保护你。如果你选择留下来，那就注定要和你的叛军朋友一起遭殃。这次攻势由瘸子指挥，我不会干预。他已经不是以前那个瘸子了。你伤害过他，而他又是个睚眦必报的人，绝不可能原谅你，碎嘴。”

“我知道。”她说了多少次我的名字？在我们接触的这么多年以来，她还只说过一次。

“别让他找到你。”

黑色幽默在我心里灵光乍现。“你真失败。夫人。”

她惊讶得说不出话。

“我承认，我很傻，居然把自己瞎编的罗曼史写在了编年史里。这些你都读过，所以你知道，我从来没有抹黑你。从来没有。没有像我描述你丈夫那样。我怀疑，自己在无心插柳的过程中，在那些愚不可及的罗曼史里面，触及了些许真相。”

“你真这么觉得？”

“我不认为你是个邪恶的人。我觉得你只是想尝试。依我看，哪怕是你做出的所有坏事里头，总是保留着一部分孩子般的稚气。你心里火花四溅，没办法扑灭它。”

她没有回嘴，我的胆子更壮了。“我认为，你之所以选择我，是想扑灭心中的火焰，好比收留我，满足潜藏在心的一点善意，我的朋友渡鸦也像这样，收养了一个孩子，那孩子长大就成了白玫瑰。你读了编年史。所以你知道，在渡鸦把所有的善念倾注在一个人的身上以后，他堕落到了多么危险的境地。他为了保护一个人，不惜不择手段，那还不如不这么做。这样，杜松城兴许还能保住，他也不会死。”

“杜松城就像疖子，早该开刀放脓了。我可不允许有人嘲弄我，医官。即便面前只有一个人，我也不会让他看扁。”

我开始抗议。

“因为我知道早晚有一天，你会把它写进编年史。”

她和我相知如故。不过，很久以前，她曾经用魔眼看破我。

“到高塔来，碎嘴，我不要求誓言。”

“夫人……”

“哪怕劫将都发了毒誓誓死效忠。但你可以保留自由身。把你该办的办好就行。治病救人，还有记录真相。你在别的地方做什么，在那里也一切照常。你还有很大的价值，不要浪费在这里。”

我几乎想凭一时情绪，全身心地应承下来。我只想把编年史带回来，揪住某些家伙的鼻子，让他们好好看看。“还有什么好说的吗？”

她开始说话。可我扬起手打断她。刚才我是自言自语，不是和她说话。附近是不是有脚步声？是的。听起来还是个大块头。步伐懒散，缓慢移动。

她也感觉到了。眨眼之间，就离开了。她的不辞而别，像是在我的脑海里抽剥出什么东西，因此我又感觉自己不太像做梦，所有说过的话，全部无声地镌刻在了心头上。

我往篝火里补了柴，手中的匕首是我唯一带来的武器。

接近。然后停下来。继续又走过来。我心跳加速。有个东西突然跳到火光里来。

“猎狗——蟾蜍杀手！搞什么玩意儿，嘿？你在做什么？进来，外头凉，小家伙。”几句话乱七八糟地说出来，故作镇定。“小家伙，摄踪看到你一定要高兴坏了。你都跑哪儿去了？”

它小心翼翼地走上前，看起来比以前邋遢了两倍。它趺趴在肚皮上，下巴搭在前爪上，闭上了眼睛。

“我没带吃的，自己也迷了路。你真的很幸运，知道吗？千里迢迢的，居然独个儿回来了。这平原可不是个善茬。”

这杂种狗像是表示赞同。姑且管它叫肢体语言吧。它的确存活了下来，但是并不轻松。

我告诉它：“等太阳出来，我们就回家。地精和独眼走丢了；看他们自己的运气了。”

狗一来，我睡得更加安稳了。我猜这是人与狗之间的古老联盟。因此我确信，如果遇到麻烦，它会警告我的。

天一大早，我们找到了小溪，溯流回到地堡。一如往常，到了先祖树跟前，我习惯性地停下脚步，自说自话地问它站了这么久的岗，都看见了什么。狗一步也不肯上前。真奇怪。但是在这平原之上，奇怪的事情多着呢。

我发现独眼和地精正在各自房间里打鼾昏睡。我出发去找他们还没多久，他们就自己回来了。杂种。等机会来了，我真恨不得也整他们一把。

我独自在外过夜的事情一个字都没跟他们说，他们都快被我逼疯了。

“它有效果吗？”我大声质问。地道下边，摄踪正和他的狗久别重逢，一片嘈杂。

“大概吧。”地精回答。并不热心。

“大概？什么大概不大概的！它有效果吗？”

“嗯，问题的确存在。但是呢，我们至少可以让劫将找不到你。也就是说，没办法找到你的精确坐标。”

这家伙一含糊其词，我就知道其中有诈。“但是？但是你个鬼，地精。”

“反正离开了结界，你怎么也藏不住。”

“好。真是好极了。我就问一句，你们这帮家伙究竟有什么用？”

“也没那么糟糕，”独眼说，“除非他们有别的渠道能发现你，不然你也不会吸引他们的注意力。我的意思是他们根本不在意你，难道不是？没理由盯着你不放。所以，就当是我们把它给调试好了吧。”

“我呸！你最好开始祈祷下一封信要来了。不然，要是因为我一出去嗝了屁，猜猜谁先让谁永世不得安宁？”

“宝贝儿不会派你出去的。”

“敢打个赌么？经过三四天的反复思量，她总归要派我出去的。因为最后一封信内含关键信息。”

我突然全身发毛。夫人有没有窥探我的想法？

“怎么了，碎嘴？”

摄踪一来，反倒帮我解了围。他蹿跳过来，像一个疯狂的傻瓜，使劲甩我的手。“谢谢你，碎嘴。多亏你带它回家。”道完谢，他就走了。

“什么东西？”地精问。

“我把他的狗带了回来。”

“真奇怪。”

独眼咯咯笑道：“五十步笑百步。”

“呦呵，蜥蜴鼻子，想让我告诉你有什么奇怪的吗？”

“得了吧，”我制止道，“如果我出去了，你们就得帮我一丝不苟地保管好文件。我只希望咱们还能找到读得懂这些垃圾的人。”

“也许我能帮上忙。”摄踪又绕了回来。真是个傻大个。用起剑来像个杀人不眨眼的魔鬼，不过恐怕他连自己的名字也写不出来吧？

“怎么帮？”

“我读得懂那些玩意儿。我知道些古语。我父亲教过。”他笑起来的样子就像是在开一个天大的玩笑。他拿起一份泰勒奎尔语写的文件，大声朗读起来。古老的语言流利地从他嘴里发出，好像是一个老劫将在为我们诵读。然后他开始翻译。那是一份备忘录，里面记载了城堡贵族用来招待来宾的菜单。我煞费苦心地找来翻译对照。他的翻译简直无懈可击，甚至比我的还要出色。因为我还漏掉了三分之一的文字。

“哇哦。欢迎你加入进来。我马上告诉宝贝儿。”我溜出门去，在摄踪背后，和独眼交换了个匪夷所思的眼色。

越来越奇怪了。这家伙究竟是谁？除了迷雾，还是迷雾。初次相遇，他让我想起了渡鸦，身手也很像。当我觉得他不过是个四肢发达、有些弱智呆板的家伙时，他又表现得恰如其分。难道这家伙真是所谓的相由心生吗？

不过，他的确是个优秀的战士，上天保佑他。一个人能顶我们十个。

第二十三章

惶悚平原

又到了每月例行会议的时间。说白了，就是大家各说各话，一事无成地自欺欺人。在此期间，所有人为了不值一提的鸡零狗碎而大动干戈，这也不能办，那也办不成。最后过了七八个钟头，宝贝儿结束辩论，把要做的事情干脆一一吩咐下来。

作战地图呈了上来。一张展示着间谍打探到的劫将部署。另一张则是巨石报告的冲突地点。两张都留了一大片空白，示意平原的未知区域。第三张标示了本月形变风暴的影响区域，这一块由副团长负责。他在寻找着什么东西。和往常一样，大多数风暴都发生在平原的边缘区域。但从地图上看，数量明显增加，发生频率也显著抬升，远远高出正常的百分比。难不成是季节性变化？换季了吗？谁说得清？很长一段时间没关注了。巨石也懒得跟我们解释这些鸡毛蒜皮。

宝贝儿立刻掌管了会议。她打着手语："铁锈城的行动实现了我的预期。据间谍汇报，反帝起义遍地开花，替我们吸引了敌人很多注意力。但是劫将的军队仍在集结壮大。私语的攻势也越来越猛烈。”

几乎每天都有帝国的军队进入平原，目的有二，其一试探，其二秣马厉兵，充分准备好应对平原的危险。私语的行动老辣如故，非常专业。在军事上，她要比瘸子可怕得多。

瘸子当过输家。但那完全不是他的过错，只是一朝兵败，终生受辱，自古成王败寇。可这一次，他摩拳擦掌，雪耻心切。

“今天早上，私语已经在距离边境一天行程之内，派遣了一支部队。她正在建立防御工事，静观我们的反应。”

她的策略显而易见。建立起相互支持的堡垒网络；步步为营，稳扎稳打，直到它们遍布整个平原。这女人真是危险。特别是她居然能够做通瘸子的工作，把所有的部队全都投入安营扎寨的工事里来。

这一策略可以追溯到创世开初，每当正规军在险恶环境遭遇游击队时，就会反复使用、屡见不鲜。这种策略极其考验耐心，它的成功取决于征服者坚持不懈的意志。成，则一将功成；败，则沦为笑柄。

如今看来，敌人很有可能得逞。毕竟，还有二十多年的时间。铲除掉我们以后，他们也没必要在平原驻兵把守。

铲除我们？倒不如说，是铲除宝贝儿。我们其他人根本不足挂齿。如果宝贝儿落败身死，那就不会再有叛乱了。

“他们在争分夺秒，”宝贝儿比画道，“几十年太长，只争朝夕。我们必须采取行动了。”

我心里想，好戏开场了。她又是那一副表情。即将宣布她反复斟酌的决定了。因此，她继续做手势的时候，我并没有感到惊讶：“我要派碎嘴去取信件了。”信件的事情已经传开了。“地精和独眼跟他一起去，保护他。”

“什么？他们两个……”

“碎嘴。”

“我不干。看看我，一个毫无作用的人。谁会在意我？一个老家伙东游西逛。在这世界，这样的糟老头子多了去了。可要是换作三个人呢？其中一个黑人？另一个还是个侏儒……”

地精和独眼面露冷光，脸像冻牛奶一样凝成一块。

我偷偷窃笑。刚才这番连珠炮，说得他们坐立难安。其实不仅是我不想和他们一起去，他们自己也不想去。现在他们却敢在大庭广众之下，给我难堪。更糟糕的是，他俩居然钻进了同一个战壕。自负的家伙！

但我的观点站得住脚。地精和独眼名声在外。就这点而言，我也不例外，但正如我所说，我的身上没有多少引人注目的地方。

宝贝儿打手语：“危险会鼓励他们精诚合作”。

我动用了最后一根稻草。“那天晚上，我在沙漠里遇上了夫人。宝贝儿，她在监视我。”

宝贝儿想了一会儿，回复道：“那也没办法。我们必须赶在劫将缩紧包围之前，拿到最后那段故事。”

她说的没错。可是……

她下了决心：“你们三个去，小心一点。”

借助奥托的翻译，摄踪提议道：“我也去。北边我知道路。尤其是大森林。我这个名字就是从那里得来的。”在他身后，猎狗打了个呵欠。

“碎嘴？”宝贝儿征询我的意见。

我还没有正式动身，所以把决定权又交还给她。“你来拍板。”

“至少你可以用到一个战士了，”她做手势，“告诉他你接受了吧。”

我一面对摄踪，就支支吾吾、舌头打结。“她说你也一起走。”

他看起来很高兴。

对宝贝儿来说，这就算告一段落了。事情已经安排妥当。于是议程又进行到科勒的报告上头。据他的消息，塔纳已经准备好来一次像铁锈城那样的突袭，时机已经成熟。

我听了就来脾气，但是没人在意我。当然，除了地精和独眼，他们一直在对我使眼色，好像是想让我后悔刚才出口伤人。

时间不等人。十四个钟头过后，我们就出发了。一切准备妥当。半夜一过，我就从床上被拽了起来。很快，我站在珊瑚礁旁，头顶上出现一头鲲鲸，缓缓下降。有个巨石在我身后婆婆妈妈，告诉我要照顾鲲鲸的自尊心什么的。我没理会它。事情进展太快。还没等下定决心要走，我就被推上鞍头。我总是事到临头方生悔。

我带了武器、护身符、钱，还有食物。需要的东西全都带齐了。地精和独眼也差不齐，自带了五花八门的法术物件。计划是等鲲鲸在敌后着陆以后，我们买下一辆马车，再雇一支商队。当然还得买上他们一两件垃圾商品。

摄踪却是轻装上阵。只有食物、从我们武器库里找来的兵器以及他那条狗。

鲲鲸升空了。黑夜将我们紧紧笼罩。我感觉怅然若失。这一次居然连临行的拥抱都没有。

鲲鲸一直向上飞，空气又冷又稀薄。在东部、南部和西北部，我探身看到形变风暴。它们变得越来越常见了。

我一定是对鲲鲸骑行感到厌烦了。我被冻得浑身颤抖，紧紧抱住了自己，无视摄踪这个爱唠家常的话匣子，慢慢就睡着了。不知什么时候，一只手把我晃醒，摄踪的脸近若咫尺。

“醒醒，碎嘴，”他念叨不停，“醒醒，独眼说我们有麻烦了。”

我爬坐起来，以为能看到劫将在我们身下盘旋。

我们被包围了，不过是四头鲲鲸和二十来只蝠鲼。“哪儿来的？”

“你睡觉时出现的。”

“这有什么麻烦的？”

摄踪指了指我们的“右舷”方向。

形变风暴。蓄势待发。

“也不知从哪儿冒出来的，”地精插嘴进来，因为担心紧张，几乎都忘记要生我的气了，“看起来不妙啊，瞧它骤升的速度。”

风暴目前的直径不超过四百码，但是中心地带电闪雷鸣，说明仍有急速扩张之势。影响范围也会非比寻常。闪电在我们脸上和鲲鲸身上留下了光怪陆离的光芒。护航的鱼群也开始改变航向。鲲鲸虽然不像人类易受情感波动的影响，但趋利避害的心理也是有的。目前唯独可以确定的是，我们势必受到风暴边缘的波及。

即便我意识到了这一点，风暴大小的增长依旧出乎我的意料。几乎一瞬之间，直径就达到了六百码，接着又扩张到八百码。风暴像是漫天黑烟，里边有五色光芒在沸腾翻滚。闪电似万千毒蛇，悄无声息地交织缠绕，发出无声的嘶吼和咆哮。

形变风暴的底部触动了地面。

所有闪电最终都发出的隆隆雷声。风暴也在极速扩张，又向地面进逼前进。里头蕴藏着非常可怕的能量。

形变风暴很少扩张至地堡方圆八英里之内。即便是在那样的距离下，风暴的影响力依旧让人印象深刻、头皮发麻、甚至毛骨悚然。很久很久以前，当我们侍奉夫人的时候，私语的一个老兵跟我聊过风暴里的灾难情形。而我却没当回事。

现在，眼看风暴迫近，我才信以为真。

一只蝠鲼被抓住了。你甚至能在一瞬间看穿它的身子，瞧见漫天黑暗衬托出来的嶙嶙白骨。然后就变了样子。

所有一切都变了样子。岩石和树木都成为变形虫。跟在我们后头的小东西的形态也发生了变化……

有传言说，平原里的奇怪物种就是拜形变风暴所赐，也有人提出，形变风暴就是平原本身的缔造者，而且还在一点一点地蚕食我们的普通世界。

鲲鲸放弃了抢先撤离风暴的打算，并开始朝地面俯冲猛降，尽量远离风暴的螺旋曲线。这样一来，万一它们变成了个什么无法飞行的物种，摔下来的距离也会短一些。这是遭遇形变风暴的标准程序。保持低水平，不要乱动。

私语的老兵曾经谈到蜥蜴变得像大象一般大，蜘蛛也变得硕大无朋，有毒的蛇生出了翅膀，智慧生物陷入癫狂，杀戮成性。

我是真的害怕了。

不过还没害怕到不敢看的程度。向我们展示白骨的那只蝠鲼恢复了原样，但是个子长大了一些。第二只不幸靠近风暴边界的蝠鲼也变大了。这是否意味着接近风暴边缘，就会体型增大？

风暴还是追上了我们乘坐的鲲鲸，谁让它降落速度最慢。这头鲲鲸虽然年纪小，但好歹还关心我们这些背上的"累赘"。我头发倒竖，以为自己的紧张神情已经完全出卖了自己。可是瞥眼一看摄踪，我才知道，恐慌成了大家的通病。

不知地精还是独眼，决定要做些什么事来阻止风暴靠近。有那本事还不如让大海倒流了。一阵闪光和一声闷响之后，他的法术在盛怒的风暴中化为乌有。

当风暴边界靠近我的时候，我感觉刹那之间，一切都静止了。接着传来一声怒吼。风暴内部风速猛烈。除了趴下身子，咬牙坚持以外，我什么也不敢多想。身旁的装备漫天飞舞，一边飞还在一边改变形状。接着，我看到了地精。几乎都快吐了。

真是地精。他的脑袋膨胀了十倍。剩下的身体部分像是由内至外翻了个儿。在他旁边，一群寄居在鲲鲸背上的寄生虫也受到波及，有些竟长成了鸽子一般的大小。

摄踪和猎狗的情况更糟糕。狗差不多长到了大象的一半大小，龇牙咧嘴，眼露凶光，算是我这辈子见过最邪恶的目光了。它像是忍受了百般饥饿一样直直盯着我，我的灵魂都为之心惊胆寒。摄踪简直快要变成魔鬼，隐隐约约又像只猿猴，不过这还不算完。两个家伙看起来就像是艺术家或法师创造出来的梦魇。

独眼变化最小。尽管身材有些膨胀，但还保持着独眼的样子。也许得益于他的世故老练。我记得他都快一百五十岁了。

那个像猎狗的物体在向我靠近，獠牙裸露……鲲鲸终于着陆。巨大的作用力使得所有人不禁颠簸了一下。狂风在我们周围呼啸。奇异的闪电连连划过天地。就连着陆区域也开始改变形态。岩石扭曲。树木变形。这片平原地区的动物倾巢出动，想要碰碰运气，曾经的猎物摇身一变，成了捕食者。恐怖的场景在可怕的闪电衬托下，照得好似天明。

随后，风暴中心的真空地带将我们包围。所有物体都冻结在最后一刻的形式。大家一动不动。摄踪和猎狗因为巨大的冲击力，被甩倒在地上。独眼和地精瞅了瞅彼此，第一次双双都没办法揶揄对方。其他的鲲鲸都在附近俯卧，样子似乎没有什么变化。一只蝠鲼从天上五颜六色的雷暴中坠落下来，摔了个粉身碎骨。

就这么停滞了大约三分钟。大家逐渐恢复理智。形变风暴也开始土崩瓦解。

风暴减弱的趋势远远比不上当初疯长的速度。但是更符合常理。我们忍受了几个小时。风暴这才消弭。唯一的伤亡就是刚才那只坠落的蝠鲼。不过见鬼，这次震撼经历注定让人余生难忘。

“真是走了狗屎运，”我告诉其他人，“我们居然都还活着。”

“才不是什么狗屎运，碎嘴，”独眼回应，“这些怪物看到风暴来临的那一刻，就已经朝安全区域进发了。一个能让我们活命的地方，或者说，它们也想活命。”

地精也点了点头。他俩不知吃错了什么药，最近变得如同“夫唱妇随”。可他俩信誓旦旦说要杀掉彼此的样子，我们还是历历在目。

我问：“我现在是什么样子？感觉没有任何改变，除了心有余悸。就像醉酒、嗑药、半疯半癫。”

“看起来还像个碎嘴的样子，”独眼评头论足，“只不过变丑了一倍。”

“还变傻了，”地精补了一刀，“你这样子让我想起咱们黑色佣兵团起兵平叛之际，你做了个什么演讲，真叫个振奋人心，呵呵。”

我笑了。“得了吧。”

“真的，你还是那个碎嘴，也许是护身符起了作用。”

摄踪正在检查武器。猎狗在他脚边打盹儿。我指了指。独眼打着手语：“没看到”。

地精做手势回应：“它变大了，还有爪子。”

他们似乎并不担心。我也觉得没有这个必要。毕竟，比起这只狗，鲸虱更让我觉得恶心。

鲲鲸依旧停留在地，太阳也升了起来。它们的背上染上了尘土的黄褐色，点缀着灰绿色的色带，我们也在干等着黑夜来临。蝠鲼都聚在其他四头鲲鲸的身上筑巢安家。没有一只靠近我们，让人觉得，好像一有人类在场，它们就浑身不自在。

第二十四章

狂野世界

他们从来什么事情都不告诉我。但我有什么可抱怨的呢？秘密是我们的护身铠甲。这点要想明白。废话连篇。干我们这行，这就是生存下来的铁打规矩。

我们的护航队伍不仅是为了帮助我们走出平原。他们还有自己的使命。我当时不知道的是，私语的总部即将遭受攻击。

私语毫无警觉。在靠近平原边境的时候，护卫我们的鲲鲸缓缓下落了。蝠鲼也随之跟了下去。它们把握住了风向，昂首向前。我们则继续爬升高度，寒气逼人，冻得人直哆嗦。

蝠鲼首先发难，三两成群地依次盘旋在齐树的高度，朝私语的总部释放闪电。石块和木头像是被马蹄践踏的灰尘一样，尘头大起。火灾爆发。

士兵和平民仓皇地在大街上夺路而逃，高空的怪物紧随其后。它们也释放了自己的招数。但是真正致命的，是它们的触须。

鲲鲸不分动物和人类，一并吸入腹中。房屋和防御工事被它们弄得分崩离析，树木也遭连根拔起。私语损失惨重。

与此同时，蝠鲼向上飞行一千英尺，又发起了一次俯冲攻势，依旧三两只为一个攻击梯队。这一次的目标是私语，她似乎反应过来了。

她的反击的确击中了一头鲲鲸的侧肋，使其瞬间冒出火光，照亮了蝠鲼的位置，然后她成功击落了其中一只，但成群的蝠鲼还是将她团团围住。

我们飞过了战场，闪光和火焰把鲲鲸的腹部照得雪亮。如果下边有任何人发现了我们，他们恐怕会怀疑我们不只是路过而已。地精和独眼也认为底下的人对我们不感兴趣，他们只会忙着逃命。

就这么一直飞，直到看不见城镇。地精说私语已经落荒而逃，自顾不暇，根本帮不了她的手下。

“咱们真走运，这一招它们没有在咱们身上用过。”我说。

“可这是一招鲜，”地精反驳道，“下次敌人必然有所准备了。”

“我以为他们吸取了教训呢，因为有铁锈城的前车之鉴。”

“也许是私语自负到大意了吧。”

什么“也许”不“也许”的。我和她打过交道。自负是她的致命弱点。她之所以守备松懈，就是因为一种迷之自信，以为我们怕她怕得要死。毕竟，她是劫将当中，战功最显赫的人物。

我们身下的强大坐骑继续星夜兼程、披星戴月，身体发出咯咯嘎嘎的声音。我开始为这趟旅途心生乐观。

黎明时，我们下降至风原的一个峡谷里头。风原也是一个巨大荒漠。不过不像惶悚平原，它里头还算正常。空空荡荡，了无一物，唯独大漠狂风，连天不绝。我们吃过饭，就睡觉休息了。等夜幕降临，我们又继续赶路。

我们穿过王侯城以南的沙漠，向北转过云雾森林，避开沿途所有定居点。飞过云雾森林以后，鲲鲸降落了。余下的行程要自己靠脚力了。

我真希望能够一路飞到目的地。但宝贝儿和鲲鲸显然不愿意冒这个风险。出了云雾森林，就到了人口稠密的地区。我们谁也不能保证在光天化日之下不被别人发现。因此，我们才选择步行。

自由城邦之一的玫瑰城还有大约十五英里。

从古至今，玫瑰城一直是自由城邦，财阀统治的共和制政体。就连夫人也没有使其改弦更张。在北境战役期间，一场规模浩大的战斗在此城附近打响。不过挑这地方的是叛军，不是我们。随着我们落败，玫瑰城也丧失了独立地位。接着，夫人在查姆实现惊天逆转，终结了叛军统治。所以说到底，虽然没有诉诸盟约，但是玫瑰城和夫人之间的友好态度是不言自明的。

狡猾的家伙。

我们继续跋涉。徒步行进，昼夜不歇。我、地精和独眼都累得气喘吁吁。都怪我们太久没有活动筋骨了。年纪也大了。

“这不是个聪明的办法，”当我们来到玫瑰城淡红色城墙的大门口时，我担忧地说道，“以前咱们来过这里，你们两个应该都还记得，这里有一半的公民被打劫过。”

“打劫？”独眼不解，“谁这么大本事？……”

“就是你们两个活宝啊。拿着什么‘保证有效’的护身符招摇撞骗。就是咱们追着耙子的时候。”

耙子是一名已故的叛军将领。他曾经在北境偏远地区把瘸子揍得满地找牙。后来，佣兵团在搜魂的一点点帮助之下，在玫瑰城设下圈套，将其杀死。地精和独眼都在玫瑰城大捞了一笔。独眼更是其中老手。佣兵团还在苦痛海之南活动时，他就干过许多见不得人的勾当。

不过苍天有眼，大部分不义之财都让他输在牌局里头了。“世上最差劲之牌手”的殊荣非他莫属。

都一百五十年了，他也该长长记性了吧。

按照计划，我们应当找一所不多管闲事的旅馆潜伏下来。第二天，摄踪和我去买辆马车，再雇一支商队。然后怎么过来的，就怎么原路返回，带上原本拿不动的武器，绕过城市，向北进发。

不过这仅仅是计划而已。地精和独眼不以为然。

士兵的头号规则：坚持使命。使命至关重要。

对地精和独眼来说，规则就是用来打破的。摄踪、我还有跟在后头的猎狗回来的时候，时间已经到了傍晚。停好马车以后，摄踪站在原位待命，我走上了旅馆楼梯。

地精不见了。独眼也溜了。

店老板告诉我说，我前脚一走，他们后脚就出了门，嚷嚷着要找什么女人。

我的错。我负责。其实早该预见，毕竟过了相当长的一段时间。我多付了两个晚上的住宿费，以防万一。随后，我把马车和马转交给马夫看管，和默不作声的摄踪吃了顿饭，带了几夸脱的啤酒，回到我们的房间，一起分酒喝——摄踪、我和猎狗。

“你去找他们吗？”摄踪问。

“不，要是他们两大没有回来，或是给咱们惹了麻烦，那咱们干脆自己上路，不管他们了。反正我也不想和他们混在一起，这儿一定有人认得他们。”

我们又愉快地推杯换盏。猎狗似乎酒量不错，一直在桌下咕咚咕咚海喝。这狗居然这么爱喝酒，有时还会突然站起身来，在房间里一步一踉跄。

第二天早上，还是没看到地精和独眼，但是却有大量传闻。我们进入旅店大厅，时间拿捏恰当，避开早间熙熙攘攘的人群，又赶在中午用餐之前。马夫都让叽叽喳喳的流言搅烦了。

“你们听说昨天晚上在东头发生骚乱了吗？”

他还没说下文，我已发出痛苦的呻吟。我就知道。

“是的。定期的战争派对。火焰。魔法。暴徒。老城已经很久没有发生这么大的骚乱了。上一次还是那个什么将军还在的时候，就是夫人的那个眼中钉。”

就在店老板招呼另一名顾客的时候，我对摄踪说道：“我们最好现在就走。”

“那地精和独眼怎么办？”

“他们能照顾好自己。要是被暴徒抓了，那他们也只能自认倒霉。我可不会冒着风险去凑这个热闹。如果没被抓，他们自然会按计划行事。很快就能追上我们。”

“我还以为在黑色佣兵团里，大家不是见死不救的孬种。”

“确实不是。”我说道，但我还是下定决心，要让那两个家伙自生自灭。他们两个一定没死，这点我深信不疑。他们什么大风大浪没见过？一次小小挫折，正好打磨打磨他们的使命感和纪律意识。

吃完饭，我告诉店老板说摄踪和我要启程走了，但是两个同伴兴许还须要住店。然后，我领着心不甘情不愿的摄踪上了马车，等马夫的儿子解下拴绳，就驾车向西城门开拔。

路况十分糟糕，我们跋涉多时，穿过横跨在数十条运河的拱桥，离昨夜的骚乱渐行渐远。一边走，我一边跟摄踪讲了讲以前是怎么让耙子落入圈套的。他很欣赏我们的做法。

“这就是佣兵团的拿手本事，”我总结说道，“让敌人犯下蠢行。要论打仗，我们是一流。但也只有在别的方法不起作用的时候，才会诉诸武力。”

“但别人就是花钱雇你们打仗的。”在摄踪这家伙的眼里，黑就是黑，白就是白。有时候我甚至觉得，他在树林里待太久了。

“别人花钱是为了求个结果。如果我们能在不打仗的情况下完成使命，那自然最好。知己知彼，百战不殆。找出敌人的弱点，然后想方设法利用好它。宝贝儿这点就很在行。不过这法子在劫将身上特别容易得手。他们都是些不可救药的自大狂。”

“那夫人呢？”

“这我说不好。她似乎没有把柄。有那么一点虚荣，但也不怎么好利用。也许能从控制欲上下手。让她陷入‘贪多嚼不烂’的境地。我不知道。她很谨慎，而且十分狡猾。就看她把叛军主力全都吸引到查姆，一网打尽，可以说是一石三鸟。一来消灭了叛军，二来揪出了劫将里的奸细，最后还粉碎了帝王重获自由的企图。”

“那帝王呢？”

“他还不成气候。也许还不如夫人。似乎是个不走心不动脑的货色，就像一头蛮牛。四肢发达，头脑简单。噢，还有一点儿狡黠，像在杜松城一样，但大多数时候，都属于一锤子买卖的类型。”

摄踪若有所思地点点头。“你说的有些道理。”

第二十五章

大坟茔

乌鸦失算了。他忘记了除皮包以外，还有别人对他的命运颇感兴趣。

一看他很久没有现身工作，就有人过来找他了。这些人叩门敲窗，丝毫没有反应。有人试了试门把手。紧锁。于是大家真的担心了起来。

一些人认为最好上报上级，请求指示。另一些人则倾向于先斩后奏，当机立断。最后，第二种观点占得上风。他们破门而入，在屋内分散搜索。

他们发现这地方极其整洁，家具简朴。第一个爬上楼的人叫喊道："他在这里。像是中了风一样。"

众人纷纷挤入狭小的二楼房间里。乌鸦坐在书桌旁边，桌子上头放着一个油布包裹，还有一本书。"一本书！"某人说道，"他比我们想象中的还要可疑！"

有人按了按乌鸦的脖子，感觉到脉搏微弱，认为乌鸦正处于一种比睡眠更深入的状态之中，气息奄奄。“看起来确实像中风，像是坐在这里看书，突然发作了一样。”

“我有个叔叔，就是这么死掉的，”某人说道，“那时我还是个孩子。他跟我们讲故事，然后脸色一白，翻倒在地。”

“他还活着，最好做点什么。兴许他会没事的。”

所有人立即跑到楼下，一阵手忙脚乱。

皮包本来在值勤。刚从着急回到总部的士兵那儿听到消息，立马陷入了两难境地。他答应过乌鸦……可是又不能擅离职守。

由于牵涉甜蜜上校的私交，乌鸦的消息闹得沸沸扬扬。上校走出办公室，注意到皮包心事重重。“你都听说了吧。那就一起过来吧。去看看。你们几个，去找理发师来，还有那个兽医。”

军队只有兽医，而没有医官。可想而知人在这支军队里的价值。

本来澄澈无云的好天气，如今却阴云密布。接着下起了雨，沾湿了木地板。皮包跟着甜蜜上校，后头又有十来人跟着他，几乎没有听到上校说要改建排水设施的话。

乌鸦的住处密密麻麻地围了一圈人。“坏事传千里，”皮包说道，“长官。”

“可不是吗？这里要挖个排水坑，伙计们。过来。”他在屋里停了一下。“他一直都是这么整洁的吗？”

“是的，长官。他极其注重生活规律，办事有条不紊。”

“那我就不明白了。大晚上的还散步，总觉得有点儿逾矩。”

皮包咬了咬嘴唇，拿不定主意，要不要把乌鸦的口信告诉上校。思来想去，还是觉得时机未到。

“在楼上？”上校问找到乌鸦的那个人。

“是的，长官。”

皮包已经抢先一步爬上楼。看到乌鸦留的油布包裹，想都没想，直接塞到了自己的上衣里。

“小子。”

皮包转身一看，甜蜜已经站在门口，眉头紧锁。

“你在干什么？”

上校摆出了他最恐怖的样子，皮包觉得比自己粗鲁刻薄的父亲还要更胜一筹。他不知该作何反应。战战兢兢。

上校伸出手。皮包只得把包裹递了过去。

“你在做什么呢，小子？”

“呃……长官……有一天……”

“嗯？”甜蜜不动声色地打量着乌鸦，“嗯？有话快说。”

“他请求我，万一遭遇不测，就代他寄一封信。好像他认为自己时日无多了。他还说信在油布包裹里头。以免雨淋日晒。长官。”

“我知道了。”上校探出手指，按在乌鸦下巴上，抬了抬。他把包裹放回到桌上，翻开乌鸦的眼皮。瞳孔小似针头。“嗯……”他又摸了摸乌鸦的前额，“嗯……”再用手指和拳头试了试乌鸦的反射弧。乌鸦毫无反应。“奇怪了。不像中风啊。”

“那是什么，长官？”

甜蜜上校站直了身子。“或许你比我更清楚。”

“长官？”

“你说乌鸦料到了什么事。”

“不完全是这样。他只是担心会遭遇不测。说得像是大限将至。也许他身有顽疾，从没跟别人说起。”

“也许吧。噢。豪特来了啊。”医马的兽医到了。他也像上校那样看了“病人”，然后挺身站起，耸了耸肩。

“我无能为力，上校。”

“最好把他转移到我们能够照看得到的地方。你来负责，小子，”他对皮包说，“如果他不能马上自己醒过来，我们就不得不采取别的办法了。”他环视房间，检查了几十本书的书名。“博闻强识。这个乌鸦。我也料到了。这书房真让人大开眼界。我一直搞不明白他的底细。”

皮包也感到惶惶不安。“长官，我觉得以前他住在珍宝诸城的某个城市，可是后来遭遇不幸，于是参军入伍了。”

“这个我们等会儿再说。现在先把他抬走。跟我来。”

皮包跟在后边。上校似乎有心事。也许该把口信告诉他了。

第二十六章

行程途中

过了三天，摄踪和我回到了原来的着陆地点，装好马车，沿着突出部大道，一路向北。我都怀疑自己有没有走错路。仍旧没有看见地精或是独眼。

我的担心是多余的。到了突出部的美斯崔克要塞，他们两个就赶来会合了。佣兵团曾经代夫人把守过这座要塞。我们离开大道，进入树林，准备好开餐，接着就听到路上一片喧嚣。

有一个声音不可能听错，是地精在叫嚷："就是你的错，你自己禁不住诱惑，现在赖我头上。我真恨不得把你的脑袋变成布丁，我呸，你压根就没长脑袋！"

"我的错，我的错，老天！连他自己他都能骗。真是不可理喻。看那边，你个满身鸟粪的家伙。美斯崔克要塞就在山上。那里的人记性比玫瑰城还好，一定认得出我们。所以我再问你一次。我们该怎么在不被人割喉的情况下通过此地？"

我先舒了一口气，抑制住跑向大道的冲动，回头和摄踪说道：“他们骑着马。你觉得这马是从哪里搞来的？”我试着往最好的方向想，“也许是靠出老千赌赢的。当然，前提是独眼能让地精上场。”独眼这家伙逢赌必输，出老千的技术更是拙劣至极。我有时在想，既然做人如此失败，他自己恐怕都有求死之愿了吧。

“都怪你和你那该死的护身符，”地精尖叫道，“夫人找不见他。这也就算了。可我们也找不到他了！”

“我的护身符？我的护身符？是谁他妈最先给我的？”

“那又是谁往上面附着魔法的？”

“谁施的法？你告诉我呀，蛤蟆脸。说啊。”

我悄悄走到林子边。他们已经路过了。摄踪也踱了过来。就连猎狗也来凑热闹。

“不许动！打劫！”我大吼一声。“谁先动老子就弄死谁！”

碎嘴，你真傻。是真的傻到家了啊。他们的反应可是快如闪电。差点儿没把我害死。

他俩身上突然冒出一道金光，消失不见了。摄踪和我的身边顿时被漫天飞虫包围。比我预想的种类还要多，每一只都笃定想拿我当盘中餐。

猎狗嗷嗷直叫。

“快住手，你们两个小丑，”我喊道，“是我啊。碎嘴。”

“碎嘴是谁？”独眼问地精。“你认识一个叫碎嘴的家伙吗？”

“认识啊。可即便如此，咱们也别罢手，”地精又一道金光复原，伸出脑袋回答，“他活该。”

“没错，”独眼赞同，“可摄踪是无辜的。我让虫子集中去叮碎嘴好了。”

虫子又恢复本性。我猜是在自相残杀。我抑制住愤怒，和独眼与地精打了招呼，两人都装出一副无辜和悔悟的表情。“你们该怎么解释呢？马挺俊的嘛。想没想过马的主人会来找你们呢？”

“等等，”地精大声抱怨，“别怪我们……”

“我太清楚你们两个了。马上给我下马过来吃饭。明天再决定该如何处置它们。”

我转过背。摄踪已经回到了篝火旁边。他给每人盛好了食物。我也开始吃饭，心里仍然愤懑不平。蠢家伙，居然想去偷马。还不嫌热闹吗？夫人的耳目遍布世界。虽然我们算不上什么强敌，但现在也只有我们做她的对手了。总会有人发现，黑色佣兵团又跑来北境活动了。

我一边思忖着，一边睡着了。至少，追兵最不可能注意到的路，就是回惶悚平原的路。但我无法下这个命令。虽然早前的乐观主义已经深陷危机，但我们重任在肩，不容有误。

这两个毫无责任感的可恶小丑。

如果换作在杜松城战死的团长，他一定也会有同样的感受。我们都让他失望了。

我期盼做一场美梦。我睡得很不安稳。什么梦都没有做。第二天早上，我揪着地精和独眼上了马车，藏在一堆我们认为有用的物品下面，丢下他们搞来的马，驾车穿过美斯崔克。猎狗跑在最前面。摄踪在它身旁溜达。我驾马车。车底下，地精和独眼怨声连连。要塞的驻军压根没怎么问我们的来路，我就知道他们根本不怎么关心。

我上一次经过这里，这儿就已经被驯得服服帖帖了。这些驻军也没想到，马上就有麻烦找上门了。

我如释重负，继续沿着贯通榆树城和木桨城的大路，驱车行进。路的尽头，便是大森林了。

第二十七章

木桨城

“这鬼天气没完没了了吗？”独眼幽怨道。我们向北跋涉了一周，日日深受雨水的迫害。路况很糟，且越来越糟。我用福斯博格语询问路边的农人，发现这天气已经持续了好几年了。正是因此，粮食运输成了大问题，更严峻的是，农作物患病的概率增大。木桨城已经爆发了一种名为“火舞”的黑麦病毒。不仅如此，昆虫还特别多，尤其是蚊子。

冬季的降雪和降雨量异常增加，不过较以往要温和一些。温和的冬季意味着严重的虫灾。另外，雪太厚，食物难寻，可供狩猎的动物越来越少。

轮回，周而复始，先辈的经验让我坚信不疑。每当大彗星临近，冬季都会变得异乎寻常。然而这次的异常堪称绝无仅有。

今天的天气已经是有史以来最刻骨铭心的了。

“迪尔[1]。”地精说道。他说的不是牌类游戏，而是面前的一座城堡。很多年前，佣兵团曾从叛军手中夺得此城。城墙阴森，道路曲折。每到一处帝国堡垒，我都会不由得紧张起来，不过这次真没必要。夫人对福斯博格非常自信，以至于这座城堡空空如也、无兵把守。大门紧锁的迪尔，看上去竟有些穷酸破败。附近的贫民一点点地消解着它。从弃城中偷得一点油水，怕是他们赋税后的唯一回报。但要把整个迪尔掏空，那还得需好几代人的蚕食。

“明天就能到木桨城。”走出迪尔几英里后，我们把马车停在一间旅店门前，我说，“这次不许惹任何麻烦，明白吗？”

独眼脸涨红了，他倒是知道耻辱，但地精一心只想反驳。

“闭嘴。”我说，“小心我让摄踪把你揍一顿，绑起来。我们现在不是在玩游戏。”

“生活就是玩游戏，碎嘴。”独眼说，“你玩得太他妈认真了。”不过，虽然嘴上比较硬，他还是收敛了许多。那天当晚以及第二天我们抵达木桨城，他都表现得中规中矩。

我特意避开了多年前经常去的地方，找了一个专为生意人和游客服务的旅馆。我们行事低调。我和摄踪时刻监督地精和独眼两人，他们倒是没有再次犯傻的迹象。

第二天，我出门去找那个名叫桑德的人，只有摄踪陪同着我。地精和独眼被我恶言相逼，强制性地留在了旅馆里。

桑德的住所并不难找，他在自己这一行里算是老手了，名气非常响。我们一路打听，最后走上了熟悉的街道——佣兵团曾在这些街上有过故事。

---

① “迪尔”为音译，原文是“deal”，有“发牌”之意。——译者注

我一边走，一边跟摄踪谈论往事。我说："面目全非啊，我们当时把这里拆了个底儿朝天。"

猎狗警觉起来，它近期时常如此。它突然停了下来，警惕地四处张望，悄悄走了几步，然后趴了下来。"有麻烦。"摄踪说。

"什么样的麻烦？"我并没看出哪里不对劲儿。

"不知道，它又不会说话，只能给我们提供预警。"

"好吧，小心点总没害处。"我们走进一家售卖修理马具和大头钉的小店。摄踪对店家说要买一个猎取大型动物时用的马鞍。我则站在门口，观察街道。

我并没有发现异常之处，一群普通人干着寻常事而已。不过，一会儿后我注意到桑德的铁匠店里并没有顾客，也没有打铁的声音。他的店本该门庭若市，有一群学徒和技工的。

"你好，店长，那边的铁匠怎么了？上次我们还在他那里修了东西，怎么今天这么冷清？"

"灰小子。"他看上去有些局促不安。灰小子就是帝国军，北境的军队身着灰色制服。"那傻瓜不知什么时候，参加了叛军的行动。"

"真可惜，他可是个不错的铁匠。好好的日子不过，掺和什么政治啊？像我们这样的人，光谋生就够艰难了。"

"老兄，大家都这么说。"店长摇了摇头，"我劝你拿着自己要修理的铁器，去找别的铁匠吧。灰小子经常在附近巡逻，谁去那里，就带谁走。"

正巧，一名帝国士兵在铁匠店旁经过，走进对面的一家馅饼店。"妈的，这群浑蛋。"我说。

店长斜视着我。还好摄踪过来解围，把他拉回生意当中。摄踪只是外表看起来蠢而已。或许只是不善社交吧。

一会儿后，摄踪对店长说要考虑一下买不买。然后，我们便离开了。摄踪问："然后再干啥？"

"我们可以等天黑后，把地精和独眼叫上，让他们使用沉睡咒语，然后我们进去看看。不过，帝国军估计不会给我们留下什么有价值的线索。我们还可以去调查桑德的下落，试着跟他取得联系。或者，我们可以直接前去大坟茔。"

"最后一种打算听起来最安全。"

"话又说回来，我们要是直接前去，连即将面临的危险是啥都不知道。桑德被抓捕，谁又能知道背后的原因？还是跟其他人再讨论讨论，权衡之后再做决定。"

摄踪嘟囔道："那小贩产生疑心之前，我们能有多少时间？他想来想去，早晚会察觉到我们对那铁匠的兴趣。"

"也许吧。但我不会仓促做决定的。"

木桨城像大多数大城镇一样，街道拥挤，各种商店让人眼花缭乱。我现在明白了地精和独眼两人是怎样被玫瑰城诱惑的了。佣兵团上次去过的大城镇是烟囱城，那是六年前的事了。从那以后，我们艰难度日，只敢去一些穷乡僻壤。我也在和诱惑做斗争，也很想去木桨城的某些娱乐场所。

摄踪让我保持了理智。我从未见过如此无欲无求的人。

地精认为我们应该给帝国士兵使用沉睡咒，独眼则想尽快离开木桨城。两人之间的团结精神眨眼间荡然无存，就像太阳下的薄霜。

"按理说，"我说，"天黑之后，他们会加强看守。可如果现在就把你们拉过去，肯定会被人认出来。"

"那就去找那个给我们送去第一封信的人。"地精说。

"想法不错。但是，你仔细想想，即使他一路风雨无阻，恐怕离这里还远得很。他不像我们，有幸享受到了鲲鲸的护送。所以，还是离开这里吧。木桨城让我神经紧张。”诱惑太多，熟人太多。人也太多。在惶悚平原上与世隔绝了那么久，我见到这么多人，不恐慌才怪。

地精想争论，他听说向北的路寸步难行。

“我知道。”我反驳道，“我也知道军队正往大坟茔开辟一条新路，路已经修得足够长了，所以很多商人都走那条路。”

没有异议。他们跟我一样，都想尽快离开。只有摄踪有些不情愿，可他分明是第一个想要离开的人。

第二十八章

前往大坟茔

越往北越发现，木桨城的天气实在不值得一提。虽然帝国工程师在修森林里的路时，已经力所能及，但这一路上我们还是饱受折磨。路的大部分都是木头铺就的，修剪好的圆木经过炭火处理后，并排铺在地面上。有些地方雪下得很恼人，帆布篷顶下不得不支起架子。

“叹为观止。”独眼说。

“嗯……”按理说，杜松城一战，夫人为胜方，没必要再防范帝王了。然而，她为了修这条路，似乎付出了很多人力物力。

新路在旧路西侧好几公里的地方，因为痛郁河已经改道，并仍在不断变化。木桨城到大坟茔的路途延长了十五英里，最后四十五英里的路还未修葺完善，我们只得咬着牙坚持下去。

我们时不时会遇到南行的商人。他们都冲我们摇头，说我们在浪费时间，向北没有“钱”途，野人部落把所有长毛的动物都逮灭绝了。

从木桨城出发到现在，摄踪一直魂不守舍，我问他，他也不回答。是因为迷信？大坟茔对福斯博格的底层人来说，仍然是鬼故事般的存在。帝王是母亲用来吓唬小孩子的鬼怪。这家伙已经入土四百年了，却能留给后世如此不可磨灭的恐惧。

最后的四十五英里，耗费了我们整整一周。我开始担心时间不够用，在入冬之前，我们可能完不成任务。

我们刚踏出森林，走上大坟茔的空地，我便停下了脚步。“不一样了。”

地精和独眼匍匐着跟了过来。“真不一样了。”地精尖声说。

大坟茔几乎成了一片荒芜的沼泽，只有坟尖还能辨别出来。上次我们来的时候，尚有一群守卫兵为其清理、修整，叮叮当当，不知疲倦。

寂静无声。这比大坟茔的腐败更让我担忧。淫雨霏霏，天空灰暗。冷。一片死寂。

这里的木头路已经铺好，我们继续前行。进了城后，我们才碰到一个活物—— 一个声音喊道：“停，你们来这里干什么？”城里的建筑几乎都掉了漆，年久失修，摇摇欲坠。

我停了下来。“你在哪儿？”

猎狗突然昂首挺胸，跑到一栋破败的建筑旁，闻了起来。一名守卫兵嘟嘟囔囔地走进雨中。“在这儿。”

“噢，你吓了我一跳。我叫蜡烛，我们家售卖蜡烛、铁器，还做打铁和裁缝生意。我们都是商人。”

“是吗？其他人呢？”

“他俩是铁匠和裁缝，这位是摄踪，他为我们打工。我们来自玫瑰城，听说向北的路又重新开通了。”

“看你对路的定义了。”他咯咯笑了两声。今天天好，他心情不错——对于大坟茔来说，小雨已经算是好天气了。

“有什么手续吗？”我问，“我们要住哪里？”

“只有蓝柳树一个地方能住，那里会欢迎你们的。赶紧去吧，记得明天之前去总部报到。”

“好的。蓝柳树在哪里？”

他跟我们指了路。我没有按他的路线引导马车。“看来监管挺松的。”我说。

“你这是要去哪里？”独眼有异议，“他们知道我们在这里，而且只有一条离开的路，就跟个瓶子一样，只有一个口，如果我们不按他们的要求做，到时候他们把口一堵，那还了得？”

这鬼地方确实像个瓶子。

而且还有种跟天气很搭的情绪。阴沉，沮丧。很少能见到微笑，除非迫于商业礼仪，不得已而为之。

蓝柳树的马夫没有问我们名字，只是让我们到前台付账。其他商人都对我们不闻不问，尽管毛皮贸易多少年来一直由木桨城垄断。

第二天，几名当地人前来查看我们的货物。我事先打听了一番，什么卖得好，我就装什么货。然而我们还是鲜有顾客，只有酒卖出去一点。我向人打听怎样跟部落接触。

“只能等，他们来去无常。”

之后，我又去了守卫兵的总部。这里几乎丝毫未变，只是周围的军营变得更脏更乱了。

我对面前的这名士兵有印象，我曾跟他打过交道。“我叫蜡烛，我家做蜡烛、铁器、打铁和裁缝生意，来自玫瑰城，是商人。有人让我来这里报到。”

他用怪异的眼神打量着我，仿佛在努力回想什么。绝不能让他继续想下去，万一真的想起来，我们可就完蛋了。“变化真大啊，我之前也在这里当兵。”

“越来越差。”他抱怨道，“一日不如一日。没人在乎，没人管，我们都要烂在这儿了。你一行多少人？”

“四个，还有一只狗。”

我又多嘴了。他瞪了我一眼。真是没幽默感。“名字？”

“蜡烛，还有铁匠和裁缝，摄踪，他给我们打工。最后是猎狗——蟾蜍杀手。得叫它全名，要么它会不高兴。”

“爱开玩笑，是吧？”

“不是不尊重你，是这地方太阴郁，需要点阳光。”

“没错。你认字吗？”

我点了点头。

“那边贴着明文规定，自己去看，要么遵守，要么死，自己选择。皮包！”

后面的办公室里走出来一名士兵。

“长官？”

“来了个商贩，给他做个检查。蜡烛，你是住在蓝柳树吗？”

“是的。”还是老规定，还是那张纸，上面的字迹都快看不清了。基本上都在重复一句话，就是不要进大坟茔，如果你没自己作死，我们也会把你处死。“先生？”士兵说，“可以了吗？”

“可以了。”

我们返回蓝柳树。士兵把我们的行李检查了一遍，唯一让他警觉的是我的那支弓，还有就是我们带了很多武器。“为什么带这么多武器？”

“听人说路上有野人出没。”

“传言太夸张了，他们不过是偷东西而已。”地精和独眼没有吸引他的注意力，我格外开心。“你也看了那些规定，老老实实遵守。”

“我对它们烂熟于心。”我说，“我当兵的时候也是在这里。”

他眯着眼睛看着我，然后点了点头，离开了。我们都松了一口气。地精事先给他和独眼的物件施下了隐形咒，皮包走后，他便把咒语取消了，摄踪身后的墙角突然冒出来一堆零件。

“他要是突然回来怎么办？”我反对道。

“如果没必要，就不要长久地使用咒语。”独眼说，“附近可能有人能够感应到。”

“好吧。”屋子里只有一个窗户，我拉了拉百叶窗，合页吱呀作响。“上点油。”我建议道。我望向城镇。我们位于军营区最高建筑的三楼。在这里能看到波曼兹的房子。“你们过来看看。”他们看了看。“还他妈是原样。”上次见它的时候，马上就要拆毁了。但迷信产生的恐惧让人们对它望而生畏。我还记得曾经在那附近闲逛的日子。

“想去散步吗，摄踪？如果你不喜欢，没关系的。”这里难不成有他的仇人？“我只是觉得有你陪我，我会感觉好点儿。”

他带上剑。我们走出门，下楼梯，然后走上大街。大街？倒不如说是一长条烂泥。木头路只铺到军营里，另有一分支通往蓝柳树。再远处，只有泥泞的人行道。

我们假装出来观光。我对摄踪讲起了自己上次在这里经历的事情，几乎句句属实。我正试图伪装成一个活泼爱说的外乡人，不知道会不会纯属浪费时间，因为没人对我的话感兴趣。

波曼兹的房子被整修过，不过貌似无人居住，也无人看守，门前也没有竖立纪念碑。奇怪。晚饭的时候，我对房东道出了心中的疑问。他已经把我定性为怀旧佬了。他对我们说：“五年前，有个老家伙搬了进去，一个瘸子，给永恒守卫干杂务，空闲时间把波曼兹的老宅也修理了一下。”

“那他现在人呢？”

“大概是四个月之前，他不知是中风了还是怎么回事，反正他们发现他的时候，他已经跟植物人一样了。他们把他挪到了军营里，据我所知，他还在里面。刚才给你们做检查的那孩子，拿他当小宝宝一样，给他喂食，他和乌鸦关系挺不错。”

“乌鸦？谢谢，再来一罐啤酒。”

“哎呀，碎嘴。”独眼低声说，“别喝了。这酒是他自酿的，难喝死了。”

他说的没错。不过我须要沉思。

我们必须得进那老宅，也就是说，我们只能夜间行动，并且借助法术，还意味着，自地精和独眼在玫瑰城的那次犯傻以来，我们将面临最大的风险。

独眼问地精：“你觉得那是鬼屋吗？”

地精吸了吸嘴唇：“须要亲眼去看。”

“什么意思？”我问。

“必须去看一眼乌鸦才能判断，不过，他听起来不像是中风。”

地精点了点头。“听起来像是灵魂出窍后回不来了。”

“我们可以去见见他。那房子怎么办？”

“第一件事就是确认里面是否有鬼魂，比如波曼兹的鬼魂。”

这样的对话让我紧张不安。我不相信世上有鬼——我不愿相信世上有鬼。

“如果他灵魂出窍被困，或是灵魂被勾走了，我们必须得弄清前因后果。他住的地方就是波曼兹的老宅，这一点不容忽略。没准儿就是他那个年代遗留下来的东西让乌鸦变成现在的样子。如果不小心的话，我们可能会落得同样的下场。”

“复杂啊。”我嘟囔道，“总是这么复杂。”

地精讥笑了两声。

“你给我注意着点儿。”我说，“小心我把你拍卖掉。”

一个小时后，一场暴雨降临。雨水咆哮着拍打着小旅馆。大雨倾盆，屋顶开始漏雨。我反馈给了房东，房东发起了脾气，不过不是冲我。显然，在现在这种条件下修理屋顶非常棘手，但又不得不修，以免整个旅馆都沦陷。

“冬天的木柴最他妈的差。”他抱怨道，“不能放在外面，要么会被雪埋掉，要么会被水泡得怎么晾也晾不干。不出一个月，这地方就会堆满木柴。至少不那么费时间加热了。”

大概是午夜时分，永恒守卫换了一班，我们等到新替上来的士兵无聊打瞌睡的时候，偷偷溜了出去。地精让旅馆里的所有人都沉睡起来。

猎狗跑在最前面，寻找可能存在的目击者。它只找到一个人，地精解决掉了他。这一夜无人在外，我当然也希望自己留在室内。

“不要让人看到光亮。”我偷偷钻了进去，“我猜我们最好先从二楼开始。”

独眼反驳道：“我猜我们最好先检查一下有没有鬼魂和陷阱。”

我扫视了一下地板。我竟然想都没想就推门而入了。

第二十九章

大坟茔往事

甜蜜上校召来皮包，皮包站在他的办公桌前瑟瑟发抖。“小伙子，我要问你一些问题。”甜蜜说，“先说说你对乌鸦的了解吧。”

皮包咽了咽口水，说：“是，长官。”他粗略讲了一下。甜蜜不满意，要求他把两人之间所有的对话一五一十地复述一遍。皮包几乎坦白了所有的事，唯一省略的，就是有关口信和油布包的那部分。

“奇怪。”甜蜜说，“真奇怪啊。就没别的了吗？”

皮包不安地挪了挪脚。“为什么要问这些，长官？”

“我们在油布包里发现了有意思的东西。”

“什么东西，长官？”

“看起来像是一封长信，只是内容没人能懂，因为信中的语言无人知晓。可能是珍宝诸城那边的语言。我想知道的是，这封信是写给谁看的？只有这一封，还是说，这不过是一个片段？乌鸦现在可遇到麻烦了，哪怕他能醒，他还是会命悬一线。毕竟他一个流浪汉，怎么可能给任何人写长信？”

“长官，我说过，他在找他的孩子，而且他应该是从猫眼石城那边来的。”

“我知道。他的个人处境确实可以当作理由，要是他本人过来解释，我或许真能接受。不过话又说回来，这里可是大坟茔，任何惹眼的事，都很可疑。孩子，回答我的问题。如果你的答案我不能接受，你也会遇到麻烦。你为什么想把油布包藏起来？”

该来的还是要来的，怎么逃也逃不掉。他曾暗暗祈祷这一刻永不到来，但他不得不面对现实。皮包知道自己对乌鸦的忠诚经不住这样的考验。

“他说，如果他出了事，我要帮他把一封裹在油布包里的信寄到木桨城。”

“所以说，他预感到了自己可能会遭遇不幸？”

“我不知道，我不知道信里写了什么，也不知道他为什么要我寄信。他只是给了我一个名字，然后还留了个口信，让我在信寄出之后告诉你。”

“嗯？”

“我记不清他的原话了，大意是说帝王陵里睡着的东西已经醒了。”

甜蜜仿佛被什么扎了一下，从座椅上弹了起来。“他真的这么说过？他是怎么知道的？算了算了，赶紧告诉我那个名字！收信人是谁？”

“木桨城的一个铁匠，名叫桑德。我就知道这些，长官，我发誓。”

“好吧。”甜蜜看起来有些恍惚，“回你的岗位吧，通知克里夫少校到这里来见我。”

“是，长官。”

第二天早上，皮包看到克里夫少校带着小兵，奉命前去捉拿铁匠桑德。他内心充满了自责。可是，他背叛了谁呢？如果乌鸦真的是间谍，反倒是他自己遭到了背叛。

他像照顾圣人一样照顾乌鸦，为他擦洗、喂食，以此来抚平内心的愧疚。

第三十章

老屋

地精和独眼只用了几分钟，就把整间房子检查了个遍。“没陷阱。”独眼宣布道，“也没鬼魂。有法术的痕迹，有的是很久之前留下的，有的就在最近。上楼吧。”

我拿出一片纸，上面是我读波曼兹的故事时做的笔记。我们走上楼梯，地精和独眼两人都很自信，却非得让我走在前面。哼，所谓的老交情。

我确认窗户都已遮好后才点灯，然后说：“你们可以开始了，我去四处看看。”摄踪和猎狗守在门口处。房间并不大。

我先粗略浏览了一下波曼兹的藏书的书名，然后又仔细研究了一番。他的书可谓五花八门。可能人家爱好广泛，还可能是什么便宜就收藏什么。

我并没有发现什么文献。

这里并没有被搜查的痕迹。“独眼，你觉得这里有没有被搜过？”

“没有吧，为什么这么问？”

“我没有找到文献。”

“你检查过他提到的所有藏东西的地方了吗？”

“就差一处了。”墙角处立着一根矛。果不其然，我一拧，矛头就掉了下来，茅柄是空心的，里面藏着的，正是故事里提到的那张地图。我们把它平铺在桌子上。

我的后背涌起一阵凉意。

故事所言属实。这张图表影响了今天的世界。尽管我对泰勒奎尔语了解有限，对法师符号所知更少，我还是能够感觉到里面蕴含的能量。至少对我来说，它向外辐射出来的某种东西，让我畏缩不前。那种不可名状的感觉，介于不安与惊恐之间。

地精和独眼却没有这种感觉，可能是他们太过好奇了。他们把头聚在一起，开始研究波曼兹去见夫人时采用的那条路线。

“三十七年的工作啊。”他说。

“什么？”

“为了积累这些信息，他花了三十七年。”我忽然发现了什么，“这是什么？”故事里并没有提到啊。“我明白了，这是给我们写信的人加上的笔记。”

独眼看了看我，又看了看图表，然后又看了看我，接着又埋头研究起地图上的那条路线。“只能是这样，没别的可能。”

“什么？”

“我知道发生了什么。”

摄踪不安地动了动身子。

“发生了什么？”

“要想进入帝王陵，只有一种方式，就是灵魂出窍。他尝试了，却再也没能出来。”

信中确实说他有件必须要做的事情，但风险非常大。独眼的推断是对的吗？

真够勇敢的。

应该没有文献了，除非它们被藏在我意料不到的地方。干脆让地精和独眼搜一下算了。我让他们把图表卷了起来，放回矛柄当中，然后问：“你们有什么建议吗？”

“关于什么的建议？”地精尖声说道。

“比如，怎样帮那家伙摆脱永恒守卫，让他的灵魂返回躯体？这样我们就能当面问他问题了。”

他们看起来有些泄气。独眼说：“必须得有人进去看看发生了什么，然后解救他，领他出来。”

“我明白了。”在那之前，我们必须要找到他的躯体才行。“把这里好好检查一番，看看哪里是不是藏着什么。”

半个小时之后，我紧张得有些慌了。“太久了，太久了。”我一直重复道。他们没有理会我。

搜查的结果是一片老旧的纸张，上面写着一段密钥。纸片被夹在了书里，所以也不算是有意藏起来的。我把它收好，心想这段密钥可能会对解读地堡里的文献有所帮助。

我们离开房子，返回蓝柳树，没有被人发现。到达房间之后，我们都舒了一口气。

“现在该怎么办？”地精问道。

“先睡，明早再担心也不迟。”我当然只是嘴上说说——我早已忧心忡忡了。

每向前一步，事情就越复杂。

第三十一章

祸起舌端

电闪雷鸣不断，穿墙透壁，仿佛墙是纸做的。我睡得很不安，神经异常紧张。其他人睡得仿佛死了一般，为什么我就做不到？

异象开始了，先是角落里的一粒金色飞尘，然后慢慢增多。我想冲到对面，把地精和独眼捶醒，骂他们是骗子。不是说护身符可以让我隐形的吗……

阴森的低语声响起，隐隐约约，像是冰冷的地穴深处传来的鬼叫。“医生，你在哪里？”

我没有答复。我想把毯子拉过头顶，但又无法动弹。

她的形状仍然飘忽不定，或许她确实看不到我。她的脸突然凝聚成形，但也只不过一瞬，而且她并没有看向我。她的眼睛似乎无法聚焦。

“你离开了惶悚平原。”她那遥远的声音呼唤道，“你在北方的某个地方，你的行踪非常明显。你知不知道自己在犯傻？你逃不出我的视线，你化成灰我也能找得到。”

她确实不知道我在哪里，还好我没有回复她。她想诱使我自己现身。

“我的耐心是有极限的，碎嘴。不过高塔仍然欢迎你。抓紧时间吧，你效忠的白玫瑰就快撑不住了。”

我终于成功地把毯子拉到了下巴底下。现在想想也是够滑稽的：一把年纪，竟然还跟个怕鬼的小男孩一样。

光芒渐渐淡去。从波曼兹家中回来后一直挥之不去的紧张感，也随着消失了。

平静下来后，我瞥了一眼猎狗。它睁着一只眼，眼珠里倒映着天空中的闪电。

看来，夫人对我的“探视”，终于有了第一个见证者，而且是只杂种狗。

我想不会有人相信夫人对我有过探视，然而我所汇报的，大都属实。

我睡着了。

地精叫醒我：“吃早餐了。”

我们开始吃早餐，并假装为自己的商品寻找市场以及未来的合作伙伴。我们的生意很惨淡，只有房东打算定期购买我们的蒸馏酒精。永恒守卫对酒有着大量的需求，军人们除了喝酒，无事可做。

午饭时间到了。我们一边吃，一边为接下来的行动绞尽脑汁。此时，几名士兵走进旅馆。他们问房东昨晚有没有客人出去。老房东直呼不可能，他宣称他是世界上睡眠最浅的人，如果有人出去，他肯定能觉察到。

士兵们信了他，离开了。

“发生了什么？”当房东从我们旁边经过时，我问道。

“昨晚有人闯进了乌鸦的家里。”他说着，眯起了眼睛。他想起了我之前也问过他问题。唉，我的错。

“奇怪。”我说，“为什么有人会闯进他家？”

“是啊，为什么？”他寻思着，去忙自己的事了。

我也陷入了沉思。他们是怎么察觉我们昨晚的行动的？我们明明没有留下任何踪迹啊！

地精和独眼也有些慌乱，只有摄踪没有受到影响，他唯一的不安，源自大坟茔本身。

“我们该怎么办？”我问道，“我们身陷敌区，寡不敌众，没准现在已经被盯上了。这让我们怎样接近乌鸦的躯体？”

“这些都不算问题。”独眼说，“真正的问题是，即使我们找到了乌鸦的躯体，我们也无法脱身。如果我们能够及时召来一只鲲鲸……”

“先跟我说说为什么那些都不算问题。”

“我们可以在深更半夜靠近永恒守卫的营区，然后施下沉睡咒，找到乌鸦和他的文献，把他的灵魂召回，再带他出来。再然后呢？碎嘴？然后再怎样？”

“我们要逃往哪里？”我思索道，“怎样逃？”

“答案倒是有一个，”摄踪说，“就是逃到森林里。永恒守卫在森林里找不到我们。只要穿过了痛郁河，我们就能脱险了。他们没有足够的人手去搜寻我们。”

我咬着指甲，思考着摄踪说的话。估计他对这片森林以及里面的部落确实有所了解，能够保证我们带着一名伤员还能幸存下来。但是，出了森林之后，又会出现其他的问题。

因为要想到达惶悚平原，还有一千英里的距离。在全民警戒的情况下，那几乎是难于上青天。“你们在这儿等着。”我跟他们说完，转身离开了。

我匆匆走到军营，走进我曾去过的那间办公室，然后抖掉身上的雨，开始研究墙上挂着的地图。当初给我们做违禁品检查的那个小兵走了过来。“有什么事吗？”

“没什么。只是想看看这张地图。上面画得准不准？”

“已经不准了。河道已经朝这边拓宽了一两英里了。被水淹了的平原上，树木几乎都没了，被水冲走了。”

“嗯。”我把手指按在地图上，估量起来。

“你问地图准不准干什么？”

“做生意嘛。”我撒谎道，“听人说，我们可能会在鹰石附近碰到什么大部落。”

“到那里得有四十五英里。你们没希望的，他们会杀人劫货的。他们之所以不敢碰永恒守卫，只是因为这边有着夫人的庇护。如果这个冬天跟前几年一样糟糕，估计连夫人的名号也震慑不住他们了。”

“嗯。好吧，也许吧。你是不是叫皮包？”

“是的。”他眼睛眯了起来，起了疑心。

“听说你一直在照顾一个人……”我就此打住，他的反应让我不敢继续，“好吧，都是听城里人说的。谢谢你刚才的忠告。”我离开了。恐怕我刚才酿了大错。

不一会儿，我就知道自己确实酿了大错。

我刚回来几分钟，一名少校就领着小队，出现在旅馆里。我们还没回过神，就被他们抓了起来。地精和独眼差点都没时间给他们的物件施隐藏咒。

我们假装清白，骂骂咧咧，满嘴怨言，不过也没博得同情。士兵们自己都不知道为什么要抓我们，不过是服从命令而已。

房东的表情说明他已经把我们当可疑人物举报了，皮包后来的报告不过是加强了我们的可疑性。不管怎样，我们的牢狱之灾在所难免了。

十分钟之后，牢门“当”的一声紧闭，永恒守卫的首长本尊驾到。我舒了一口气。他之前没来过大坟茔，至少我们不认识他，也就意味着他不认识我们。

我们都有过应对这种场景的演练，除了摄踪。现在的摄踪像是丢了魂一般。方才，士兵不让他的杂种狗跟着他，他为此怒发冲冠，把那些士兵吓得不轻，他们以为他要动武。

首长把我们打量了一番后，自我介绍道：“我是甜蜜上校，永恒守卫由我来指挥。”皮包焦虑地站在他身后。“你们被捕，是因为你们的行为有些异常。”

“我们是不是无意间违反了什么不成文的规定？”我问道。

“没有，并没有。这是明文之外的灰色地带，完全视情况而定。我们想知道你们真正的意图。”

“什么意思，长官？”

他开始在牢门外的走廊里踱来踱去。“老话说，行胜于言。有好几个人举报了你们，说你们对自己生意之外的事情过于好奇。”

我尽可能地装出一副疑惑不解的样子。“在一个陌生的地方，问一些问题怎么就异常了？我的同伴们都没来过这里，而我上次来这里已经是多少年前了，物是人非啊。况且这里是整个帝国里最有意思的地方之一。”

“也是最危险的地方。你叫蜡烛，对吧？蜡烛先生，你说你曾在这里服过役，那请问你属于那个分队？”

我可以毫不犹豫地回答这个问题。“鸭冠，罗特上校，第二军营。”毕竟我确实在这里待过。

“嗯。玫瑰城的雇佣旅。当时的上校最爱喝什么？”

糟了。“我是枪兵，上校，哪有权利跟首长一起喝酒？”

“好吧。”他继续走来走去。我不知道自己的回答能不能让他打消疑心。鸭冠并不像黑色佣兵团那样富有传奇色彩，谁能把跟它有关的东西记得一清二楚？片刻后，他说：“你必须要理解我的处境。那家伙就埋在这儿，疑神疑鬼也就成了我的职业病。”他朝某个方向指了指。无疑是帝王陵所在的地方。然后，他阔步走开了。

“到底是怎么回事？”地精问道。

“我也不知道啊。我甚至都不想知道，也不知是什么大麻烦，我们就莫名其妙地卷了进来。”这是演给偷听者的戏。

地精领略到了我的用意。“该死！蜡烛，我当初就跟你说我们不该来这里，木桨城的奸商肯定跟永恒守卫勾结在一起了。”

独眼也加入了对我的指责。与此同时，我们用手指比画着交流，最终决定就这样耗下去，直到上校的耐心耗尽。

其实也没什么别的选择了，总不能实话实说吧？

第三十二章

狱中人

情况很糟，比我们预料的要糟得多。这群永恒守卫的疑心病可谓深入膏肓，他们连我们的身份都没弄清，却毫不犹豫地做出了判决。

半个排的士兵突然出现，把牢门碰得叮当作响。所有人都绷着脸，缄口不言。麻烦来了。

“不像是来释放我们的样子。”地精说道。

“出去。” 名中士说道。

我们都走了出去，只有摄踪一人还坐在原地。我装出一副幽默轻快的样子：“他想他的狗了。”

没有人笑。

一名士兵捶了一下摄踪的手臂，后者缓慢地转过头，看着士兵，面无表情。

“可别打他。”我说。

“闭嘴！”中士吼道，“让他起身。”

刚才捶打摄踪那名士兵走过去，想再给他一下。

如果放慢动作，这一下充其量是充满爱意的轻拍。但在士兵的拳头落下之前，摄踪一把抓到了他的手腕，然后“啪”的一声掰折了。士兵惨叫起来。摄踪把他甩到一旁，依旧面无表情，他的眼神迟缓地看着士兵落地，似乎连他自己都不知道发生了什么。

其他士兵都目瞪口呆。接着，两名士兵拿着武器冲了过去。

“喂！都别动怒！”我喊道，“摄踪……”

依然是丢了魂一般，摄踪把武器夺走，又把两人丢到角落里，开始狂揍起来。那名中士的表情既畏惧，又愤怒。

我试图让他息怒。“他脑子有点不好使，不要跟他硬干，你得耐着性子，慢慢跟他解释个两三遍。”

“我这就跟他解释。”他命令剩下的士兵冲进牢房。

“你们把他惹急眼了，再这样下去会出人命的。”我语速很快，心想摄踪跟那条杂种狗到底是怎么回事。那畜生一走，摄踪也就变成了杀人不眨眼的恶棍。

终于，中士的理智战胜了愤怒。“你去把他控制住。”

我试着解决这个问题。我心里清楚，从这群士兵的态度来看，我们将要面对的不是什么好事。不过也不必太担心，地精和独眼总能有办法脱险。现在要做的就是保全性命。

我想去给那三名士兵护理身上的伤，但又没有胆量。单凭独眼和地精两人的长相，对方就能通过一番调查，最终发现我们的身份，因此绝对不能透漏更多的信息。我把注意力集中在摄踪身上。我吸引到了他的注意力，没有费多大劲儿就让他平静了下来，并跟他解释我们要跟士兵走一趟。

他就像一个感情受伤的孩子：“他们不该那样对待我，碎嘴。”

我痛苦地做了个鬼脸。幸好守卫兵队对“碎嘴”这个名字不敏感。

他们把我们围了起来。几名士兵架着伤员，带他们去看守卫兵的医师。其他士兵手中都拿着武器，有些人恨不得马上冲过来，出一口恶气。我努力让摄踪保持镇静。

他们带我们去的地方是一个位于指挥部下方的地窖，非常阴郁，看起来就像一间典型的受刑室。我觉得这间屋子不过是为了让我们心生畏惧而已。我见过真正的受刑和刑具，这里的刑具有一半都是道具，或者都已经废弃了。不过，确实还有一些可以使用的刑具。我跟地精和独眼互相使了一下眼色。

摄踪说道：“我不喜欢这里，我想出去，我想去见猎狗——蟾蜍杀手。”

“先别着急，我们一会儿就能出去了。”

地精把他那标志性的坏笑摆了出来，只是这次笑得有点歪斜。是啊，我们一会儿就能出去了，可能是脚先出去，不过也算出去了。

甜蜜上校也在，他对我们的态度似乎很不满意。他说：“我想好好跟你们谈谈，刚才你们不想谈，现在呢？看看周围的环境，是不是更合你们的心意？”

“并不。我就不明白了，我们比木桨城的商人来晚了一步，所以就落得这个下场吗？真没想到，永恒守卫竟然支持他们的垄断。”

“演戏。不要再演戏了。蜡烛先生，请马上给我如实回答，否则我的人会让你们接下来的几个小时苦不堪言。”

“问吧。不过我有种不祥的预感，我并没有你想要的答案。”

“那就是你们的不幸了。”

我瞟了地精一眼，他进入了某种恍惚的状态。

上校说：“我不信你们只是商人。你问的那些问题透露了一个信息，就是你对乌鸦以及他的房子有着异乎寻常的兴趣。乌鸦这个人，我直说吧，要么是个叛军的眼线，要么是个召亡师。跟我讲讲他吧。”

我几乎完全如实地回道：“我也是来到这里之后才听说他的。”

我觉得他相信了我。不过他还是缓缓摇了摇头。

“你看，哪怕你知道我没撒谎，你还是不相信我。”

“你说的虽然对，但不是你知道的全部。白玫瑰把自己的队伍分组隔离，你在来找乌鸦之前，很可能真的对他一无所知。他是不是失联有段时间了？”

这浑蛋还挺精明。

我脸上的无知似乎装得太过刻意了。他点了点头，扫视着我们四人，最后定在独眼身上。“那个黑人，年纪不小了，是吧？”

我很惊讶他没有揪着独眼的肤色不放。毕竟黑人在苦痛海以北极其罕见，很可能上校本人都没见过。黑色佣兵团中有一名非常年长的黑人领袖已经不算秘密了。

我没有作答。

“那我们就从他开始吧，他是最容易垮掉的。”

摄踪问道：“碎嘴，想不想让我杀了他们？”

“你给我闭上嘴，站着别动。”该死。好在甜蜜没注意我的名字。要么就是我没有我想象中的名气，不过是自我膨胀罢了。

甜蜜对摄踪如此自信倒是非常惊讶。

“把他送上刑架。”他指的是独眼。

独眼轻笑了几声，朝接近他的士兵伸开双手。地精讥笑起来。他们这么开心，让在场的所有人都有些心慌。我一点也不担心，因为我了解他们的恶趣味。

甜蜜盯着我的眼睛，说：“他们为什么还这么开心？”

“如果你确信要放弃心中残存的那一点点善念，你自己会明白的。”

他似乎要打退堂鼓，但最后还是觉得我们不过是在虚张声势。

他们把独眼带到刑架旁。他咧着嘴笑了笑，然后自己爬了上去。地精尖声说：“我就等着看你上刑架呢，这一刻我都等了三十年了。现在机会终于来了，啧，只可惜转手柄的人不是我。”

“那我们就看看谁转手柄谁受刑，你这坨臭马粪。”独眼回道。

他们你一句我一句，互相取笑。我跟摄踪两人像竹竿一样杵在那里。守卫兵更加心慌了。甜蜜肯定在想，要不要把我跟独眼换一换。

他们把独眼绑了起来，地精高兴得手舞足蹈。“就算把他的身子扯到十英尺，”他说，“他也能阴魂不散地缠着你们。”

某个士兵朝地精抡了一下拳头，地精只稍稍倾了一下身子，然后用手轻轻挡了一下，士兵立即抽回手，惊讶地看着自己的爪子。

他的手上突然出现上万个渗着血的针孔，这些针孔形成了特定的图案，跟文身差不多。图案是两条缠在一起的毒蛇，它们的毒牙深深地嵌在彼此的脖子上。姑且称之为脖子吧，谁知道蛇头后面能不能叫脖子。

转移注意力。我当然知道地精的动机。我又重新把注意力集中在独眼身上，他咧着嘴笑了笑。

那几个给独眼施刑的士兵也走了神，上校气愤地吼了一声，他们才一个激灵，回过了神。甜蜜上校现在浑身不自在，他肯定明白眼前的一切非同小可，但又不想被唬到。

用刑的士兵走到独眼身旁。独眼裸露的肚子鼓了起来，一只又大又丑的蜘蛛从他的肚脐中爬了出来，先是缩成一团，只用两条腿向外爬，然后又把其他的腿从身体上舒展开。蜘蛛的肚子跟我的半根拇指一样大。它爬到一旁，另一只蜘蛛也爬了出来。第一只悠闲地沿着独眼的腿，朝他被绑着的脚爬去。站在他的那只脚边、拿着曲柄的士兵愣在了那里，眼睛越睁越大，他转过头看了看自己的首长。

地窖里一片死寂。守卫兵怕是连呼吸都忘了。

又一只蜘蛛从独眼鼓起的肚子里爬了出来，紧接着又是一只。每爬出一只蜘蛛，他似乎都会缩小一点。如果你看得够近，你就能发现，他的脸也在慢慢地朝蜘蛛的脸演变。大多数人都没勇气面对这场面。

地精咯咯笑了起来。

“给我摇手柄！”甜蜜咆哮道。

独眼脚边的那个人刚把手放到曲柄上，第一只蜘蛛就沿着曲柄冲到了他的手上。他尖叫着四处甩手，蜘蛛被甩到了屋子阴暗的角落中。

“上校，”我尽可能地摆出一副谈生意的样子，“够了，再这样下去，早晚会伤到人。”

这屋子里，他们人数众多，我们只有四个，甜蜜的底气全靠人数来支撑。然而，已经有好几名士兵吓得一点点朝门口挪去，大多数士兵都对我们避而远之。所有人都望向甜蜜。

地精这浑蛋，这个时候还热情不减。他尖声说：“等等，这可是个千载难逢的机会啊，就让他们抻一抻独眼吧，碎嘴。”

尽管甜蜜试图掩盖，但我还是注意到了他眼中闪过的那道光。“浑蛋啊，地精，你这张破嘴，过后得跟你好好谈谈。上校，怎么样？现在我占上风，你也看出来了吧？”

他终于打算妥协了。“放了他。”他对离独眼最近的那个人说。

独眼现在浑身爬满了蜘蛛，他的嘴巴和耳朵里也在向外冒蜘蛛。正在兴头上的他把蜘蛛变得越来越花哨，有猎蛛、网蛛、跳蛛等等，个个都又大又恶心。甜蜜的手下都不敢靠近。

我对摄踪说：“站在门口堵着，谁都不能出去。”这句话他还是能够理解的。我去给独眼松绑，心里反复提醒自己这些蜘蛛不过是些幻觉而已。

也不完全是幻觉。我能切切实实地感到它们在我身上爬……我这才意识到独眼的蜘蛛大军正在朝地精浩浩荡荡而去。“该死，独眼！别幼稚了！”这浑蛋吓倒警卫军还不满足，非得跟地精再较量一番。我转身对地精说：“如果你他妈也掺和进来，我会让你一辈子也别想离开地堡。甜蜜上校，谢谢您的‘热情款待’，我们马上就走人。你们能过来搭把手吗？”

甜蜜极不情愿地打了个手势，不过还是有一半的士兵不敢朝蜘蛛靠近。“独眼，游戏时间结束，现在是活着滚蛋的时间。该正经起来了吧？”

独眼挥了挥手，那些八腿大军朝刑架后面的阴影涌去。黑暗中诞生，黑暗中消失。独眼昂首阔步，走到摄踪身边，他现在可威风了，接下来的几个星期，我们都有得受了，他会一个劲地炫耀自己怎样救了我们所有人的命。当然前提是，我们今晚能活着离开。

地精一番跃跃欲试的架势，我又凶了他一声，然后也走到他们身边，对地精和独眼说：“这个屋子里的声音不能传到外面，那扇门要死死关严，就像是墙的一部分。然后，我想知道乌鸦这个人身在哪里。”

“明白了。”独眼说，他的眼睛闪着光，补充道，“上校，到现在为止，我们玩得挺开心。”

甜蜜克制住了自己，没有说出威胁的话。还算理智。

光给房间施咒，就花了法师们十分钟，这未免太久了。我不禁有些起疑。不过，当他们说大功告成，说我们要找的人就在附近的一栋建筑里时，我不知不觉便打消了疑心。

我不该就这么打消疑心的。

五分钟后，我们站在乌鸦理应所在的建筑门口。在来这里的路上，我们非常顺利。“稍等一下，碎嘴。”独眼说。他面对我们刚撤出的房子，打了个响指。

整栋房子轰地塌了下去。

“你个浑蛋。”我低声骂道，“你干啥啊？”

“现在没人知道我们的真实身份了。”

“是谁犯下的错，让他们知道了我们的身份呢？”

“顺手解决了他们的头头。如果我们带着夫人的珠宝离开这里，肯定会让他们摸不着头脑吧。”

“会吗？”总会有人知道我们是被抓进去的，他们看到我们四处浪荡，肯定会有所察觉的。“哼，你个天才，告诉我，在你把那房子夷为平地之前，你有没有给我想要的文献定位？如果它们真的在里面，那么你就是那个把它们挖出来的人。”

他的脸沉了下来。

我就知道他没想到这点。因为这是我的专长，独眼的眼光太局限，不懂得三思而后行。

“我们先去找乌鸦吧。”我说，“进去。”

我们一推开门，就遇见了闻声赶来的皮包。

第三十三章

死而复生

“你好啊。”独眼说着，用一根手指戳着皮包的胸膛，把他推进屋内。“对，就是我们，你的老朋友。”

摄踪在我身后，盯着军营另一侧。指挥部坍塌得很彻底，火焰在废墟下噼啪作响，猎狗在废墟一旁跑来跑去。

“你看，”我碰了一下地精的手臂，“他还想跑。”我逮住皮包，面对着他，“带我们去见你的朋友乌鸦。”

他不情愿。

“别说废话，我们不想听。赶紧的，否则我们将会踏着你的尸体进去。”

军营里开始聚起喧哗叫嚷的士兵，不过没有人注意到我们。猎狗跑了过来，闻了闻摄踪的小腿，喉咙里发出一阵低吟。摄踪精神焕发起来。

我们跟在皮包身后，走进屋内。“去乌鸦那里。”我提醒他道。

他把我们领到一个房间，房间里只有一盏油灯，灯光中可见床上躺着一个人，身上盖的毯子整整齐齐。皮包把油灯端了过来。

“啊，我的天啊！”我低声惊道，一屁股坐在床边。“不可能！独眼？”独眼仿佛身在另一个宇宙，目瞪口呆地站在那里。地精也是如此。

最终，地精尖声道：“可是他都死了啊，他都死了六年了啊！”

乌鸦就是渡鸦，就是那个曾在佣兵团中起着至关重要作用的渡鸦，那个把宝贝儿引向当今事业的渡鸦。

连我都相信他已经死了。不过我对渡鸦的本性有所怀疑，他之前也使用过相同的伎俩。

“九条命啊。”独眼评价道。

“我们听到乌鸦这名字的时候就该有所怀疑。”我说。

“什么？”

“他的玩笑。什么乌鸦、短嘴鸦、白嘴鸦、渡鸦，不都是鸦吗？他在我们眼皮底下编出来的名字。”

看到他躺在这里，那些困扰我多年的疑团也解开了。现在，我终于知道我所搜集的那些文献为什么拼凑不起来了。在伪造死亡之前，他把关键信息都抽走了。

“这次，连宝贝儿都不知道。”我思忖道。突如其来的震惊渐渐退去，我回想起自己在那些信件寄来后，曾好几次有过他还活着的念头。

一连串的新问题又产生了。宝贝儿不知道他还活着。为什么不告诉她？这不像渡鸦的作风啊。而且，为什么要把她交到我们手中？毕竟他一直都在千方百计地藏着她啊？

肯定还有其他不为人知的秘密。渡鸦的离开就是为了来大坟茔当间谍？真相肯定不止这些。不幸的是，皮包和甜蜜对此也是一无所知。

“他这个样子多久了？”独眼问皮包。皮包的眼睛瞪得很大，他现在知道我们是谁了。或许我的名声确实很响，我还没那么自我膨胀。

“几个月了。”

“有一封信，”我说，“还有一些文献，它们都在哪里？”

“在上校手中。”

“上校看了之后做了什么？他通知劫将了吗？他联系夫人了吗？”

小兵开始强硬起来。

“孩子，你现在的处境可容不得你嘴硬，我们也不想伤害你，毕竟你把我们的朋友照顾得很好。回答我。”

“他没有，据我所知没有。那封信他一点都读不懂。他想等乌鸦醒来再说。”

“那他得等很久了。”独眼说。

“为我们争取点机会，碎嘴。当务之急是找到渡鸦。”

“今晚这栋房子之内还会有其他人吗？”我问皮包。

“没有，除非面包师过来取面粉。不过面粉放在了另一头的地窖里，他们不会往这边来。”

“嗯。”我不知道他说的话可不可信，“摄踪，你和猎狗——蟾蜍杀手去放哨。”

“有个问题。”独眼说，“在行动之前，我们需要波曼兹的地图。”

“哎呀。”我冲进走廊，跑到门口前，朝外偷看。指挥部的废墟已经被火吞没，在雨中噼里啪啦地燃烧着，大多数守卫兵都在灭火。我打了个寒战。我们想要的文献都在那里。如果幸运之神眷恋着夫人，它们都会被烧毁。我返回屋子。“独眼，你有个更紧要的任务，去拯救那些文献，图表的事就由我来弄。”

“摄踪，你看着这扇门，别让这孩子出去，也别让任何人进来。

明白吗？”他点了点头。有猎狗在，他的脑子就灵光了很多。

我悄悄出门，走进混乱的人群。没有人注意到我，不知道这会不会是带渡鸦出去的最佳时机。我顺利地离开了营区，冒着蒙蒙细雨，朝蓝柳树跑去。房东见到我时一脸惊愕，我没有停下来好好感谢他的“热情款待”，只是一股脑地跑上楼，在被施了隐藏咒的地方四处摸索，直到找到那根空心的矛，然后又跑下楼，朝房东恶狠狠地看了一眼，再次冲进雨中。

我再次经过的时候，火已经得到了控制。士兵们已经开始搬运碎砖烂瓦了。仍然没有人注意到我。我偷偷钻进渡鸦所在的房子，把矛递给独眼。“那些文献你找回来了吗？”

“还没。”

“该死。”

“它们在上校办公室的一个盒子里，碎嘴。我又能怎么办？”

“好吧，摄踪，把这孩子带到走廊里，你们两个给他用咒，让他服服帖帖。”

“为什么？”独眼问道。

“我想派他去取文献，然后再返回。你能让他做到吗？”

皮包在门口处绝望地听着。

“当然可以，没问题。”

“那就开始吧。孩子，你明白吗？独眼要给你下咒语，让你去帮忙清理废墟，直到找到那个盒子，把它拿到这里来，我们再给你解开咒语。”

他又摆出了强硬的架势。

“当然了，你还有个选择，那就是死得痛苦不堪。”

“我看他都不相信你，碎嘴。要不让我先给他一点颜色瞧瞧？”

皮包的表情告诉我他确实相信我。他越去想我们的身份，就越害怕。

我们是怎样获得这样凶猛的名声的？故事传来传去，都变了味儿。“我相信他会合作的，对吧，孩子？”

他点了点头，强硬的架势荡然无存。

他看上去是个好孩子，只可惜效忠于敌人。

“开始吧，独眼，先处理这件事。”

独眼施咒的时候，地精问道：“我们处理完这里的事情后，再去做什么？”

“唉，我也不知道。见机行事，先往车上装货，再去担心骡子能不能承受住，走一步算一步吧。”

“可以了。”独眼说道。

我把小兵叫了过来，把外门打开。“出去吧，孩子，记得自己的任务。”我在他背上拍了几下。他照做了。他的脸色煞白，像是凝固的牛奶。

“他很生你气啊，碎嘴。”

“去他妈的。回渡鸦的房间去，该干啥干啥，别浪费时间了。天一亮，这地方也就不安全了。”

我盯着皮包，摄踪守着房间的门口。没有人来打扰我们。皮包最后终于找到了我想要的，从废墟旁溜了回来。“干得不错，孩子。”我接过盒子，对他说道，“去房间里找你的朋友吧。”

我们进去不久，独眼便从恍惚中醒了过来。“怎么样？”我问道。

他花了一段时间醒神。“比我想象的要难，不过应该可以把他的灵魂领出来。”他指了指地精铺在渡鸦肚子上的地图说，“他在里面，被困住了，就在内圈里面。”他摇了摇头，“你有听他说过自己的背景吗？”

“没有。不过有时我也会怀疑，比如在玫瑰城，当他在暴雪中跟踪耙子的时候。”

“他不知在哪儿学了些什么，他用的可不是小把戏，只是对他来说有点勉强。”他沉思了一会儿，“那里面很怪异，非常怪异。绝对不止他一人。要想知道更多细节，我们必须亲自进去看看，不过……”

“什么？等等，你们亲自去看？你们在说什么？”

“对啊，你想的没错，我和地精想跟着他进去，这样才能把他救出来。”

“为什么你们两个都去？”

“互相掩护，以免遇到什么危险。”

地精点了点头。他们都正经起来了，也就说明他们的内心充满恐惧。

“整个过程需要多久？”

“说不清，应该很久吧。我们得先离开这里，到森林里去。”

我想争论一番，但又放弃了，走到门口去察看军营的状况。

他们开始把尸体从碎石中清出来。我看了一会儿，想出了一个主意。五分钟后，我和皮包抬着一个担架走了出来，毛毯底下似乎盖着一具巨大的死尸。地精的脸露在外面，他扮演的死尸非常逼真，独眼的脚露在另一头，摄踪则背着渡鸦。

文献都藏在地精和独眼盖的毛毯下。

我都没想到我们竟然蒙混过关了。清理指挥部的废墟让守卫兵忙得不可开交。他们已经扒到了地窖。

不过也不是一帆风顺，在营区门口，我们就被拦下了。地精不得不使用沉睡咒。不知道会不会有人记住我们。四处都有居民，有的在帮着救援，有的则帮了倒忙。

坏消息就是，有几个地窖里的伤员还活着。

“地精，你和独眼拿着我们的东西，看好这个孩子。我和摄踪去找辆马车。”

一切进展顺利。过于顺利了，本性悲观的我回想着这一天的经历，心中嘀咕道。我们把渡鸦的身体抬上马车，一路向南。

我们一进入森林，独眼就说：“成功脱险。现在可以处理渡鸦的事了？”

我毫无主意。“好吧。你需要靠多近？”

“非常近。”他知道我想先撤离这个鬼地方，“宝贝儿？”

他没必要跟我提她。

说渡鸦是她人生的中心有些牵强，毕竟她谈起他时，也跟一般人一样冷静客观。但她有时又会在夜里想起往事，哭泣入眠。如果她确实是为渡鸦而哭，我们绝不能带着这样一具半死不活的肉体回去，这肯定会让她伤心不已。

不管怎样，我们现在需要他，他比我们清楚现在的形势。

我问摄踪有什么建议，他说没有。事实上，他并不喜欢我们的计划，在他眼中，渡鸦似乎是竞争对手。

“我们不是还有他么？”独眼说的是皮包。我们没有丢下他，任其自生自灭。“我们可以利用他。”

好主意。

二十分钟之后，我们的马车脱离大道，驶上石路，以免车轮陷入湿土。独眼和地精在马车附近施下隐藏咒，并把它伪装成灌木丛。我们把行李摞在一起，把渡鸦放到担架上。我和皮包抬着他，摄踪和猎狗在森林里为我们引路。

不过三英里的路途，就让我浑身酸痛。老了啊，身材走了样。这潮湿的天气也是一种煎熬，我后半生再也不想见到雨了。摄踪领我们去的地方就在大坟茔东边。下坡走一百码，就能看到它的遗址；反方向走一百码，就能看到痛郁河。两者之间，只隔了一条山脊。

我们支起两个帐篷。地上太湿，不方便坐着，所以又搬进去几根树干。地精和独眼在小一点的那顶帐篷里，剩下的人都挤在另一顶里。终于摆脱了雨水的困扰，我坐了下来，开始检查搜寻来的文献。首先映入眼帘的是一个油布包。“皮包，这就是渡鸦想让你寄出去的信？”

他阴沉着脸，点了点头。他一直不肯说话。

可怜的小家伙，他坚信自己犯下了叛国罪。但愿他接下来不会逞英雄。

地精和独眼正在忙他们的，我也不能闲着。先从简单的开始吧。

第三十四章

波曼兹的故事

碎嘴：

波曼兹换了个角度面对夫人。他看到夫人那举世无双的面庞上浮现出一丝恐惧。“艾瑞达斯。”他说。夫人脸上的恐惧变成了顺服。

艾瑞达斯是我的姐妹。

“你们是双胞胎。你杀了她，盗用了她的名字。你的真名就是艾瑞达斯。”

你会后悔的，我早晚会找到你的真名。

“你为什么要威胁我？我对你没有恶意。”

你妨碍了我。放我出去。

“得了吧，别幼稚了。我为什么要勉强自己呢？放了你会带来痛苦，还会耗费精力。我只想知道与你一起埋葬在地下的那些知识。把它们传授给我对你来说毫无损失，没准还能让这个世界为你的重生做好准备。”

这个世界早已准备好了！波曼兹！

他笑了笑。“那不是我的名字，我也不是什么古董研究者，那不过是我的伪装罢了。艾瑞达斯，我们非得争论下去吗？”

智者说，面对一件不可避免的事，最好不失风度地接收它。如果非得争论，我就奉陪到底，而且尽量保持风度。

才怪。波曼兹心想。

夫人轻蔑地微笑着。她话里有话，但琢磨不透。他的脑子里回荡着其他人的声音，一时间，他还以为帝王复活了。不过，那些声音是他的肉体在物质世界中听到的。“呀，该死！”

讥笑声如风铃般响起。

“柯莱特已准备就绪。”托卡说。他的声音竟然出现在了阁楼里！波曼兹听到后火冒三丈，他开始奔跑起来。

“帮我把他移出椅子。”斯坦西尔说。

“他会不会醒？”葛罗莉说。

“他的灵魂在大坟茔那边，他不会知道的，除非我们在那边碰见。”

错，波曼兹心中叫道，错，你这个阴险狡诈、忘恩负义的浑蛋，你老爹又不傻！我早就怀疑你了，我才不会掩耳盗铃、自欺欺人。

他从恶龙旁边跑过，它的头跟着他转了过来。他的身后尾随着讥笑声，骑士的亡灵恶狠狠地咒骂他。

“把他移到墙角。托卡，护身符在小屋的壁炉下面。那该死的门福，差点把整件事搞砸！当初是谁把他派过来的？他不知道门福那白痴眼里只有自己吗？得好好找他算账。”

“起码门福拉着茔长做垫背了。”葛罗莉说。

“那都是意外的事，是我们幸运罢了。”

“抓紧时间啊。”托卡说，“柯莱特的人都在袭击兵营了。”

“那你还不赶紧走？葛罗莉，别总盯着那老家伙了，干点实事。在托卡到大坟茔之前，我得先自己进去，把我们要做的事情提前通知一下坟里的伟人。”

波曼兹从天狗的墓旁经过，感受到了里面的焦躁不安。他提高了步速。

一只鬼魂跳到了他旁边，肩膀低垂，面容邪恶，对着他骂个不停。“我没时间跟你扯淡，贝桑。不过真让你给说准了，你的怀疑都成为现实了。”他穿过壕沟，经过自己亲手挖下的坑。附近出现了很多陌生人。召亡师。他们都是从哪里冒出来的？之前都是藏在古森林里的吗？

再快些，必须再快些！他心想。小斯那傻瓜想模仿我进来。

他飞奔起来，终点似乎遥不可及。彗星仿佛是一颗俯视的眼睛。它发出的光芒让万物抛下了影子。

“再读一遍操作步骤。”斯坦西尔说，“忌早不忌晚，时机不成熟，千万不可妄动。”

“我们要不要先把他捆起来？以防万一？”

“我们没时间了。先别管他，他回来之前，我们的事情早就办成了。”

“他让我紧张。”

“那就用地毯把他蒙上，然后该干啥干啥。再就是小点声，别把我妈吵醒。”

波曼兹朝小镇的光亮冲去……他突然想起，在这种状态之下，他没必要受到肉体的局限，什么腿短、膘多、气短，都不再是问题。他重塑了一下自己的形象，速度立即增加了许多。很快，他便遇见了托卡。托卡正拿着贝桑的护身符，朝大坟茔小跑而去。波曼兹看了看托卡移动迟缓的样子，发觉自己的速度确实令人惊异。

指挥部着了火，兵营附近一场激战正在进行。托卡的同盟就是袭击军营的人。几名守卫兵逃了出来，祸乱渐渐蔓延到了小镇。

波曼兹终于回到了自己的小店。楼上的斯坦西尔对葛罗莉说："开始吧。"波曼兹匆匆上楼，斯坦西尔的声音传来："达姆尼，乌姆姆吉达姆尼，达姆尼。"波曼兹狠狠地撞进自己的身体。适应了肉体之后，他从地板上一跃而起。

葛罗莉尖叫起来。

波曼兹把她推到墙上，撞坏了几件无价之宝。

肉身的病痛涌入他的意识，他痛苦地叫了一声。该死！他的溃疡让肚子痛如刀绞。

波曼兹转身抓住儿子的喉咙，趁他念完咒语之前，让他发不出声音。

斯坦西尔比他年轻力壮。他站起身来，此时葛罗莉朝波曼兹扑了过来。波曼兹疾步后退。"谁都别动！"他厉声道。

斯坦西尔揉了揉喉咙，嘶哑地说了些什么。

"你觉得我狠不下心？那就试试看。即使你是我的儿子，我也不会心慈手软。你休想把那东西释放出来！"

"你怎么知道我们的计划？"斯坦西尔嘶哑地说。

"你最近表现得很怪，你那群朋友也很怪。我希望自己的怀疑都是捕风捉影，但我向来不会自欺欺人。这一点，你不该忘记的。"

斯坦西尔掏出刀子，目露凶光。"对不起，爸，我们要做的事情比人命重要。"

波曼兹的太阳穴阵阵作痛。"别犯傻，我没时间跟你对着干，我必须去阻止托卡。"

葛罗莉也掏出了一把刀，朝他偷偷走了一步。

“孩子，你在考验我的耐心。”

她扑了过来。波曼兹念了一句咒语，她便一头栽到桌子上，然后异常软弱地落到地板上。几秒后，她变得更加柔软了。她像受了伤的小猫一样哀叫起来。

斯坦西尔跪了下来。“对不起，葛罗莉，对不起。”

波曼兹努力忽略自己情感上的煎熬，他念了几句咒语，把桌上碗中剩下的水银变成了镜面，从中可以看到远处发生的事情。

托卡离大坟茔只剩三分之一的距离。

“你杀了她。”斯坦西尔说，“你杀了她。”

“我警告过你，眼下的事不是儿戏。你愿赌服输，乖乖坐在墙角，别再惹事。”

“你杀了她！”

其实，在儿子指责之前，他就已经后悔了。他本想着缓和一下咒语的效果，但融骨术要么有效，要么无效，没有中间地带。

斯坦西尔扑在恋人身上。

他的父亲在他身旁跪下。“你们为什么要逼我？你们这群傻瓜，你们这群混账的傻瓜！你们还利用我，你们连我都搞定不了，还想跟夫人那样的角色打交道？我不明白，我不明白啊。我要怎样跟茉莉交代？我要怎样跟她解释？”他疯狂地四处张望，像是一只备受煎熬的动物，“自杀算了，我还能做什么？一死了之，省了她知道儿子身份后的痛苦了！不，不行，我得去阻止托卡。”

托卡已经到了壕沟的边沿，他目不转睛地望着大坟茔。波曼兹从他的眼神中看到了恐惧和犹豫。

托卡最终还是鼓起了勇气，紧紧握住护身符，穿过了壕沟。

波曼兹开始酝酿杀死托卡的咒语。

他的目光越过门口，发现“缠人精”一脸惊恐地站在黑暗中。“孩子，离开这里。”

“我怕。外面都在杀人。”

屋里不也在杀人吗？他心想。孩子，离开这里。“去找茉莉吧。”

一阵骇人的撞击声从店里传来，然后是咒骂声和金属碰撞的声音。波曼兹听到了托卡的盟友的声音，听上去他在防守这栋房子。

看来守卫兵挺了过来，开始反击了。

“缠人精”呜咽起来。

“离开这里，孩子，出去，跟茉莉去楼下。”

“我怕。”

“我也怕，但你在这里碍事，我也帮不了你。下楼去吧。”

她咬了咬牙，哭哭啼啼地离开了。波曼兹叹了一口气。太险了。要是她看到了小斯和葛罗莉的话……

楼下的混乱加剧了，惨叫声不断传来。波曼兹听到赫斯基警士高声下令。他转头看向碗中的水银。托卡已经不见了，他无法再次给他定位。他搜了一下小镇与大坟茔之间的地区，几名召亡师正朝着打斗现场跑去，很明显是去救援自己的弟兄，还有的在张皇逃窜，守卫队的残存兵力正四处追捕他们。

靴子踏在楼梯上的声音传来，波曼兹再次放弃杀死托卡的咒语。赫斯基出现在了门口，波曼兹命令他出去，但赫斯基根本就没打算谈话，而是直接舞起手中那柄沾满鲜血的大剑。

波曼兹再次念咒，又有一个人的骨头融化了，接着又一个，再一个。赫斯基的手下想要为他复仇，一个接一个地挺进屋内，直到波曼兹撂倒四个人之后，他们才望而却步。

他重新酝酿咒语……

这次，他又被打断了，但干扰并非来自他的身边，而是来自他开辟的通往夫人墓穴的那条路——他感应到有人通过了那里。托卡已经进入了帝王陵，并且与囚禁在其中的夫人取得了联系。

“太迟了。”他自言自语道，“太他妈迟了。”不过他还是施下了咒语，希望能赶在托卡释放那些恶魔之前杀死他。

茉莉的咒骂声和缠人精的尖叫声传来。波曼兹踏过倒在地上的守卫兵，朝楼下冲去。缠人精再次尖叫起来。

波曼兹冲进自己的卧室。托卡的人拿着一把刀子，抵在茉莉的喉咙上；两名守卫兵正寻找机会袭击。

波曼兹早就没了耐心，把三人都杀了。整栋房子哐啷啷作响，厨房里的茶具也叮叮当当响了起来。这不过是一阵温和的颤动而已，但对波曼兹来说，却是强有力的警告。看来他的咒语还是迟了一步。他泄了气。“赶紧到户外去，马上就要地震了。”

茉莉斜眼看着他，怀中抱着吓坏了的小女孩。

“我之后再解释——前提是我们之后都还活着的话。赶紧出去。”他转过身，跑到街道上，朝大坟茔冲去。

现在，再把自己想象成高大迅敏的样子已经无济于事了。他现在是肉体状态，一个又矮又胖又气短的老头儿。地震一次次传来，震感愈来愈强烈，他摔了两次跤。

指挥部仍然在燃烧，但打斗的场景已不复存在，双方的幸存者都知道，现在再打下去已经没意义了。他们都呆望着大坟茔，等待着即将发生的事情。

波曼兹也加入了他们的行列。

彗星的光芒足以把大坟茔清晰地照亮。

一阵剧烈的晃动突然出现，波曼兹踉跄了几步。大坟茔中埋葬着搜魂的坟墓炸了开来。乱石中升起一个身影，彗星的光芒勾勒出她的轮廓。

有人谢天谢地，有人骂骂咧咧。

地震一次接一次，坟墓一座又一座地爆开。最后，十名劫将的身影都出现在了夜色中。“托卡，”波曼兹低语，“祝你在地狱里历经磨难。”

还有一线希望，一线渺茫的希望，成败的重任全都落在他一人身上。而他，却是一个被岁月压弯了背的胖老头儿，他的法力，也已不及当年。

他回想着自己最擅长的咒语，最高深的魔法，以及这三十七年来夜夜独自钻研出的法术，开始朝大坟茔的方向走去。

很多人伸出手阻止他，但都晚了一步。人群中，有一位老妇人喊道：“老波，不要！求求你！”

但他没有停下脚步。

大坟茔沸腾不止，废墟之间，鬼魂哀号。帝王陵也炸裂了，土壤燃烧着，向上飞去。一条巨龙在夜色中冒了出来，它张开嘴，发出一声尖叫，龙焰将大坟茔吞没。

它那双充满智慧的绿眼睛，盯着渐渐靠近的波曼兹。

这位矮胖的老人不断地释放着咒语，走向浩劫，消失在了火焰之中。

第三十五章

雪上加霜

我把渡鸦的信放进油布包里，躺在树干上，理了理思绪。渡鸦讲故事的方式如此戏剧化，让我不得不好奇故事的来源。来自波曼兹的老婆？讲述故事的人肯定了解故事的结局，并且把后来发现的资料藏了起来。说到波曼兹的老婆，她后来怎么样了？坊间流传的故事中没有提到她，也没有提到她儿子，唯一提到的就是波曼兹一人。

不过信里一定有什么线索，我是不是无意间忽略了什么？啊，没错。艾瑞达斯这个名字，我以前听说过。很明显，它并没有波曼兹意料之中的那种效果。

不过，它出现的场合同样摄人心魄。

杜松城之战，夫人和帝王之间的争斗上升到最为激烈的阶段。夫人安顿在城堡的一头，帝王则试图从另一头逃跑。此时我们发现，劫将打算在危机过后，对佣兵团行不义之举。团长一声令下，全团弃城而逃，乘船离去。城市里烈焰焚烧，夫妇二人的激战到达高潮，最终以夫人获胜告终。

帝王的声音响彻世界各个角落——挫败之中，他打出手中最后一张王牌，喊出波曼兹曾依赖的那个名字——艾瑞达斯。显然，就连帝王本人也犯了错误。

同胞姐妹相杀，生者取代了死者的身份？真真假假，谁人能知。搜魂在查姆之战中，暴露了自己的身份，她就是姐妹中的一人。她曾是我们的导师，也试图谋篡夫人的王位。这么说，是姐妹三人了。至少三人。其中一人叫艾瑞达斯，但她很明显并不是夫人本尊。

或许这就是最宝贵的线索。地堡里贮藏的那些名单和族谱，里面或许就有艾瑞达斯这个名字，查到它，应该就能找到其他姐妹的名字了。

“有线索了。”我自语道，“或许有些牵强，但总归是条线索。”

“什么？”

我都忘了皮包的存在了。他也没有趁我不留神袭击我，估计确实吓傻了。

“没事。”天色渐晚，细雨依旧。大坟茔内，鬼火游荡。我打了个寒战，感觉哪里不对劲。我很好奇地精和独眼的进展如何，但又不敢去问。摄踪在一角打着鼾，猎狗趴在地上，发出狗睡觉时该发出的声音。我瞥到它睁开一只眼后又闭上，说明它睡觉时也保持警惕。

我开始关注皮包。他浑身发抖，当然不只因为寒冷，他觉得我们会杀了他。我朝他伸过胳膊，把手放在他的肩上。“没事的，孩子。我们不会伤害你的，你一直在照顾渡鸦，我们还欠你这个人情呢。”

“他真的是渡鸦？白玫瑰的父亲？”

这孩子确实听过那些传说。“对，她的养父。”

“看来他也不是满嘴谎言，他的确参加了福斯博格运动。”

这戳中了我的笑点。我笑了两声，说：“渡鸦这个人啊，不怎么说谎的，他只是把事实改造一番。”

“你们真的会放了我？”

“当我们脱离危险的时候。”

“哦。”他听起来并不相信我的话。

“这样说吧，我们到惶悚平原的边境时就会放了你，你会在那里找到你自己的组织的。”

他想把我引向政治立场性的争论之中，质疑我们为什么非得跟夫人对着干。我没有理他。我不是什么政治说客，也不想去说服别人加入自己。我连自己的想法和动机都看不清摸不透。或许渡鸦醒了之后可以做出解释。

长夜漫漫。午夜时分，我听到了帐篷外跌跌撞撞的脚步声。“碎嘴？”

“进来。”我说。是地精。尽管没有光亮，我看不到他的表情，但我还是感受到形势不妙。“很棘手？”

“嗯。他的灵魂我们带不出来。”

“这怎么可能？为什么？”

“我们能力不够、天赋不够。我们需要更强大的人，碎嘴，我们得有一些技艺精湛的法师。可能沉默可以帮忙，他的魔法与我们的风格不同。”

“暂时放弃吧。独眼怎么样？”

“他在休息。刚才的事对他消耗很大。他看到的东西把他震住了。”

“他看到了什么？”

“我不知道，我只是他的守卫。趁他也被困住之前，我就把他拉了回来。我只知道没有别人的帮助，我们救不出渡鸦。”

“该死。”我骂道，“真他妈的该死。地精，没有渡鸦的帮助，我们毫无胜算。我能力也不够，那些文献我一个人连一半都翻译不了。”

“有摄踪帮忙也不行吗？”

“他确实可以阅读泰勒奎尔，但也不过如此，我也会读，只是读得慢。渡鸦还知道一些方言，他翻译的那些材料有些就是用方言写的。而且，还有一个重要的问题，就是他在这里做什么，为什么要假死，抛弃宝贝儿跑来这里。”

也许我的结论下得太仓促，我有时会犯这样的错误。也许我太纵容人类的天性，把问题想得太简单了，觉得只要有了渡鸦，一切困难就能迎刃而解。“我们接下来该怎么办？”我叹道。

地精站起身。“我也不知道，碎嘴。先让独眼休息好了，恢复了神气，然后问他我们面对的究竟是什么，之后再做决定吧。”

“好吧。”

他钻了出去。我躺了下来，试着入睡。每次我一睡着，就会做噩梦，梦到躺在大坟茔地下的那东西。

第三十六章

艰险时刻

独眼阴沉着脸。“情况很糟。”他说，“把图表拿出来，碎嘴。”我照做了。他指了指地图上的某处。“他在这里，被困住了。看上去他一直沿着波曼兹开辟的路走到了中心，然后在返回的路上遇到了麻烦。”

“什么麻烦？到底发生了什么？”

“真希望你自己能进去看看，那里简直是恶灵的家乡。我该为你高兴才对，那景象，是个人都不想见。”

“你到底在说什么？”

“我在说你的好奇心会害了你，就跟波曼兹一样。所以啊，千万不要试着进去。”他停了一会儿。

“碎嘴，被囚禁在里面的还有劫将的恶魔，其中一个就在波曼兹的路线附近。波曼兹的法力很强，所以没遇到危险，但渡鸦就不一样了。我和地精、沉默三个加在一起，恐怕才敢跟它较劲儿，而我们其中任何一个都比渡鸦的能力强很多。他低估了危险，高估了自己的能力。当他往外逃的时候，那个恶魔跑了出来，让渡鸦代替自己困在了那里。”

我皱起眉头，不是很理解。

独眼解释道：“控制恶魔的古老咒语控制了渡鸦，所以他走不出那古老封印所限制的范围。还有，那只恶魔已经逃了出来。”

我心里咯噔了一下，一股绝望感油然而生。“逃了出来？而且你对它也不了解？”

“一无所知。图表中没有任何关于它的信息。波曼兹根本就没把等级较低的恶魔放在眼里，大概有十几个他都没有做标记，总共应该有几十个恶魔。”

我读过的文献支持这一点。“他有对你说什么吗？你们可以交流吗？”

“没有。他有意识到我的存在，但困住他的那些咒语太强，要想跟他交流，我必须离得很近，只怕到时候我自己也会被困住。单单渡鸦一人无法填补空白，逃出去的东西要比渡鸦多些什么。我当时正要靠近他，地精就把我拽了回来。我感到了渡鸦的恐惧，但他并不是因为自己的处境而害怕。对于自己的处境，他只有愤怒。看样子，他之所以被困住，是因为当时逃得太匆忙，没有注意周围的环境。”

我明白了。渡鸦去了墓地的中心，然后就仓皇而逃。墓地中心躺着的是什么？“你觉得逃走的恶魔会不会打开帝王陵？”

“有可能正在谋划。”

我突然有了个想法。“要不把宝贝儿偷偷送到这里来？她能……”

独眼给了我一个“别犯傻”的眼神。好吧。让这里进入法术免疫的状态，释放的可不止渡鸦一人。

“躺在坟里的那个风云人物肯定巴不得呢。”地精讽刺道。

“我们怕是救不了渡鸦了。”独眼说，“哪天我们去找到一个可以胜任的法师试试，但在那之前……”他耸了耸肩，“我们要对这件事保密。要是让宝贝儿知道了，她会忘记自己的使命的。”

“是啊。”我说，“不过……”

“不过什么？”

“我最近一直在想，宝贝儿和渡鸦之间，是不是有着我们不知道的秘密。你们想想，以渡鸦这人的作风，怎么会突然断绝来往，跑来这里呢？表面上是在夫人和她的手下周围当卧底，但他没必要为此瞒着宝贝儿啊？明白了吗？可能她并不会像我们想的那样沮丧，可能她沮丧的原因不是我们想的那样。”

独眼看上去似信非信，地精则点了点头，摄踪还像往常一样一脸困惑。

“那他的躯体该怎么办？”我问。

“彻底的累赘啊。”独眼回道，“我也不太确定，把他带进惶悚平原可能不会切断肉体和灵魂之间联系。”

“停。”我看了看皮包，他也看了看我。又是进退两难之地。

我有一个主意，可以百分百解救渡鸦。把他献给夫人。这样也许还能解决其他问题，比如那只逃出去的东西，又比如她丈夫再次企图逃跑所带来的威胁，而且还可以分散夫人的注意力，为宝贝儿争取时间。

不过，到时候渡鸦会怎样？

渡鸦可能是我们成败的关键。以背叛他的方式拯救他？夫人肯定会利用他所了解的信息来打击我们，在那之前，我们可还有机会再次把他争取到手？哎，总是这种左右为难的境地。

地精建议说：“我们再去看一看吧。这次我主动，独眼掩护。”

独眼一脸嫌弃，看样子他们两人已经为此争执过了。我保持沉默，毕竟他们的专业领域我不了解。

“怎么样？”地精要求道。

“你觉得真的有必要吗？”

“有啊，反正又不会损失什么。不同人去看可能有不同的结果，我可能会发现你忽略的东西。”

“虽是独眼，但我不瞎。”独眼气冲冲地说。地精也愤怒地瞪着他。这场面我见过多少次了。

“别太浪费时间就行。”我说，“我们不能总待在一个地方不动。”

有时候，非得由你来做决定。

夜更深了，风在树枝间呼啸，寒冷的空气飞进帐篷。我被冻醒了，然后又睡着了。雨水淅淅沥沥，但只显得聒噪。天啊，我真是受够了雨了，真不知道永恒守卫在这种环境下为什么没有疯掉。

一双手把我摇醒。摄踪轻声说：“有人来了，我们有麻烦了。”猎狗在帐篷的门帘处，脖子上的毛都竖起来了。

我听了听。没有声音。不过，还是要警惕一下，虚惊一场总比死了强。“地精和独眼怎么办？”

“还没结束。”

“这下可好了。”我摸索着衣服和武器。摄踪说：“我去侦察一下，看看能不能把他们吓跑或者引走。你去警告其他人，准备好逃跑。”他尾随着猎狗，钻出了帐篷。这杂种狗终于凶猛了起来！

我们的说话声吵醒了皮包。我们谁都没说话，我在想他的心里是不是在打小算盘。我用毛毯把头盖住，然后离开了。今日之患已够今日之受，但求莫添新乱。

我走进另一顶帐篷，两人都处于出神之中。“该死，咋办呢？”把他们叫醒会不会太冒险？我轻轻说：“独眼，我是碎嘴，有麻烦了。”

啊。他的独眼睁开了。他迷糊了一会儿，说：“你在这里干啥？”

“有麻烦了。摄踪说森林里有人。”

雨中传来一声尖叫，独眼一跃而起。“这股能量！”他愤愤说道，“见鬼！”

“发生了什么？”

“不知是谁施了咒语，法力之强都快赶上劫将了。”

“你能把地精叫回来吗？尽快？”

“我能……”又是一声尖叫。这次尖叫持续了很久，听起来又绝望又痛苦。“我去叫他。”

他仿佛失去了所有的希望。

劫将，肯定是的，他们在寻找我们的踪迹，慢慢地朝我们靠近。不过那两声尖叫……第一声是摄踪埋伏的那个人发出的？第二声是摄踪自己发出的？听起来不像他啊。

独眼躺了下来，闭上眼睛，很快便进入了恍惚状态，他的脸上显示出他潜意识里的恐惧。在这么紧张的氛围中，他仍能保持镇定。

森林里传来第三声尖叫。我困惑不已，找了个地方朝雨中望去，但什么也看不见。一会儿后，地精醒了过来。

他看起来状态非常差，不过他坚定的表情说明有所收获。他硬撑着站了起来，很明显，他还没有恢复过来。他的嘴巴张张合合，似乎想告诉我什么。

独眼在他之后醒了过来，不过比他恢复得快。“发生了什么？”他问。

“刚才又传来一声尖叫。”

“丢下所有东西，赶紧逃命？”

“不行。必须得带一些回惶悚平原，否则我们跟直接投降又有什么区别？”

“没错。赶紧收拾，这里由我来弄。”

收拾行李其实很简单，那些包裹我几乎都没有打开。森林中传来一声咆哮，我僵住了。“奇怪。”听起来像是比四头狮子加起来还要大的猛兽发出的。不一会儿，又传来几声尖叫。

不对劲啊，不太可能。面对守卫兵，摄踪可以一个顶九个，但如果他们有劫将的帮助，摄踪应该不堪一击。

我开始拆帐篷，地精和独眼出现了。地精气色仍然差得要死，独眼帮他拿了一些行李。“那孩子去哪了？”他问。

我都没注意到他不在了，不过也没太惊讶。“跑了。我们要怎样抬渡鸦呢？”

答案从森林中走了出来——摄踪。他看起来疲惫不堪，但没受伤。猎狗身上沾着鲜血，兽性似乎比之前更加猛烈了。“把他带走吧。”摄踪说着，移向担架的一端。

“你的东西还没收拾。”

“没时间了。”

“马车怎么办？”我抬起担架的另一端。

“不要了，肯定被他们发现了。出发。”

我们出发了，他在前引路。我问：“刚才那些叫声是怎么回事？”

“我出其不备，袭击了他们。”

“但是……”

“哪怕是劫将也有防不胜防的时候。别说了，那家伙还活着。”

接下来的几个小时，我们只管朝前走，不管身后的状况，急着赶上摄踪的步速。我用仅存的那点儿观察力发现，猎狗倒是悠游自在。

地精最先累倒了。有那么一两次，他试着赶上我，想跟我说些什么，但就是没有那个精力。他倒下后，摄踪停了下来，面带愠色地朝后看了看。猎狗低吼着趴在湿树叶上。摄踪耸了耸肩，放下手中的担架。

我也跟着放了下来。担架就像石板一样重。还有这该死的雨和泥，让我浑身上下都湿透了。

上帝啊，我的胳膊和肩膀又酸又痛，肩膀与头之间的肌肉火辣辣地刺痛。“这样不行啊。”我喘了几口气后说：“我们都老了，没什么劲儿了。”

摄踪环顾了一下森林。猎狗站了起来，嗅着潮湿的空气。我吃力地回头，看了看我们走过的路，判断我们前进的方向。

当然是南边了。向北没理由，向东会走进大坟茔，向西会被河挡住。但如果我们一路向南，就会遇到那条古老的木桨城路，它在痛郁河一旁打了个弯，那附近肯定会有巡逻兵。

我的呼吸平稳了些，呼吸声也不在耳朵里回荡了。此时，我可以听到河水流动的声音。痛郁河离这里不超过一百码，一如既往地奔腾着、咆哮着。

摄踪从沉思中回过神来。“那就想些花招骗过他们。”

“我饿了。”独眼一说，我也饿了。“估计得饿一阵子了。”他虚弱地笑了笑。现在，他才有足够的精力去关心地精。“碎嘴，该给他看看了。”

真有意思，在紧要关头，他们又化敌为友了。

第三十七章

森林之外

两天之后，我们才吃到食物，这还多亏了摄踪的狩猎技术。两天以来，我们一直在躲避巡逻兵。摄踪对这片森林确实了如指掌。我们隐匿在森林深处，一路朝南跋涉，步履比之前轻缓了些。这两天的顺利让摄踪放心大胆地允许我们生火。火堆很小，能够燃烧的树枝少之又少，它存在的意义更多是心理上的慰藉。

渐渐升起的希望让我们的痛苦不再难以忍受。我们已经在古森林里待了两周。远离坦途大路倒没有拖延时间，甚至可能更省时了。在接近森林最南端的时候，我们甚至开始乐观起来。

我仍然想讨论如何拯救渡鸦。独眼和地精都坚信我们对此无能为力，除了拖着他走之外，他们没有更好的方法。

但我心里有个沉重的想法，像块大石头一般。

这天晚上，摄踪和猎狗去捕猎的时候，地精走到我身边，轻声说："我比独眼走得更远一些，我差点就走到墓地的中心了。我知道渡鸦为什么出不来了。”

“为什么？”

“他看到了不该看的，或许他就是为了看他而去的。帝王已经醒了，我……”他打了个寒战，花了好一会儿才恢复过来，“我看到他了，碎嘴，他也看到我了，而且还大笑起来。要不是独眼……我也会跟渡鸦一样困在里面。”

“天啊。”我轻叹，脑子里嗡嗡的，“醒了？开始行动了？”

“嗯。别跟别人说，在告诉宝贝儿之前，不要跟任何人说。”

他的语气里暗含着某种绝望，他认为自己可能大限将至。“独眼知道吗？”

“我会跟他说的，必须得保证消息能够传到。”

“为什么不跟我们几个都说一下？”

“摄踪不行，他有些不对劲儿……碎嘴，还有一件事：那个老法师也在里面。”

“波曼兹？”

“嗯，还活着。他似乎被冻起来了，没有死，但不能动了……那条恶龙……”他戛然而止。

摄踪回来了，手中提着两条松鼠。它们刚一烤熟，我们就迫不及待地吃了起来。

在走出森林之前，我们休息了一天。之后，我们离开森林的遮挡，走上光秃秃的土地，像老鼠一样在深夜潜行。哪怕这样，也不见得有什么意义。惶悚平原远在天边，我们再谨慎，怕也是凶多吉少。

那晚，我做了一个金黄色的梦。

我只记得她摸到了我，并且警告了我。但除此之外，我就什么也想不起来了。我觉得疲惫比护身符更能阻止夫人的探视，她传达的信息我都没有收到。我醒来后，只是微微意识到自己错过了非常重要的东西。

完了，马上就要结束了。刚走出森林两个小时，我就预感我们的死期马上就要到了。黑暗不足以掩盖我们的踪迹，我的两个护身符也无济于事。

劫将在空中盘旋。我感知到他们的存在时，已经来不及撤回森林了，而且敌人知道我们没有交通工具。我们能够听到远处传来的喧闹声，敌军正在阻断我们撤回森林的路。

我的护身符一遍遍地警告我附近有劫将经过，但有时它并不准确，即使有劫将经过，也不会警报。也许新劫将不会引起护身符的反应。此时就要靠猎狗的本领了，那些该死的劫将即使远在三英里之外，都能被它嗅到。

另一个护身符确实起到了作用，再加上摄踪引导的弯弯曲曲的路线，我们才得以苟且偷生。

然而，敌人的包围圈越来越完善，越来越紧缩。我们心里清楚，我们马上就会变成瓮中之鳖了。

“碎嘴，我们该怎么办？”独眼声音颤抖地问道。他知道答案，但需要我来做果断的决定。而我下不了令，更下不去手。

这些人都是我的朋友，他们陪了我大半生。我怎么忍心让他们自杀？又怎么可能亲自动手？

但我又决不能让他们被活捉。

一个模糊的想法在我脑海浮现，很蠢的想法。起初我只当它是临死前盲目的一搏。那样做又有什么用呢？

突然有什么东西碰了一下我。我倒吸一口气。其他人也感受到了，就连摄踪和他的杂种狗也不例外，他们像被刺到一般跳了起来。

我再次倒吸了一口气。“是她，她来了。真他妈该死。”她的到来让我下定了决心，也许我真的能够争取到时间。

我不敢多想，以免自己打退堂鼓。我摘下护身符，把它们塞到地精的手里，又把我们的宝贝文献推给独眼。“谢谢大家，保重，有幸再见。”

“你他妈想干啥？”

我手中拿着弓——这张弓是她很久之前赐给我的——不顾他们的抗议，跃入了黑暗中。在我离开之前，我听到摄踪问“到底怎么回事”。

不远处有一条路，天上挂着一弯银月。我走上那条路，借着月光，快步前行。我挑战这身老骨头的极限，在那不可避免的结果到来之前，尽可能远离他们所在的位置。

夫人会暂时保护我的。但愿吧。在被捉住之后，我就能转移视线，为其他人争取更多的时间了。

我感觉自己对不起他们。不管是地精还是独眼，都没力气去抬渡鸦，摄踪一个人肯定不行。即使他们成功回到了惶悚平原，把发生的一切解释给宝贝儿也不是一件容易的事。

不知道他们有没有人能够忍心给渡鸦做个了结……我肚子里一阵烧心，双腿像是水做的一般软弱无力。我试着清空大脑，目光集中在眼前三步远的距离，气喘吁吁，坚持不懈地向前跑。我数着步数，一百一百地数，一遍又一遍。

马。我可以偷一匹马。我重复地告诉自己，努力把注意力集中在这个想法上，侧腰上有一处痒得让人心烦意乱。突然，我面前出现了几个人影，守卫兵开始大喊。我飞速跑进一片麦田，夫人的猎犬在我身后狂吠。

我差点就逃掉了，真的是差点。最后天上突然降下一道黑影，一片飞毯呼啸而过。不一会儿，我就眼前一黑，不省人事了。

那一刻我很平和，只希望那是所有苦痛的终结，永远都不要醒来。

当我恢复意识时，周围的光线是亮的。这里很冷，不过北境各个地区气温都不高。我感到身上已经干了，几个星期以来，我身上第一次彻底干掉。我开始回想自己的逃亡经历，想起了那弯银月。当时的天气竟然还能看到月亮，不可思议啊。

我眯开一只眼。这间屋子的墙壁都是石头砌成的，看上去是一间牢房。在我身下，是一张既不潮湿也不坚硬的床。我上次睡在干燥的床上是什么时候了？蓝柳树。

我闻到一股气味。吃的！热的！就在我脑袋旁边的小桌上！盘子里的食物炖得很烂，上帝啊，闻起来太香了！

我一激动，起得太快，脑袋有些眩晕，差点又昏死过去。吃的！管他三七二十一，我狼吞虎咽起来。

我刚要吃完，门就向内打开了。准确来说，应该是“砰”的一声炸开的，整间屋子都抖了几抖。一个巨大的黑影铿锵有力地走了进来。一时间，我拿着勺子，不知该放回碗里还是送进嘴里。那东西是人吗？它站到一旁，手中拿着武器。

随后进来四名士兵，但我几乎没有注意，我已经被那巨人吓傻了。确实是人，不过比我见过的所有人都高大。块头虽大，灵活度却丝毫不减。

士兵四分为二，分别守在门的两旁，手中都拿着武器。

“怎么？”我摆出一副蔑视的笑脸，语气强硬地问道，“不敲几声鼓？不吹几声喇叭？”我猜他们的主子马上就要来了。

还真被我说中了——私语走了进来。

我看到她，竟比看到那个大块头还要惊讶。她不应该守在惶悚平原的边境吗？除非……我控制着自己不去想，但疑虑像只小虫，啃咬着我的内心。我已经失联很久了。

“那些文献在哪里？”她开门见山，语气蛮横地问。

我不由一笑。我成功了，他们没有被抓到……不过这兴奋转瞬即逝。在私语之后还有很多士兵进来，他们抬着担架，上面躺着的人正是渡鸦，他们把他丢到我对面的那张床上。

他们对待俘虏倒不刻薄。这间牢房很大，有不少空间任我走动。

我咧嘴一笑。“你这的态度不行啊，你主子不会喜欢的，还记得她上次多么生气吗？”

私语向来冷漠得很。哪怕是引领叛军的时候，她也没被情感羁绊。她提醒我道：“医师，你会死得很难看的。”

“死就死呗。”

她苍白的嘴唇向上弯去。她长得并不好看，笑起来只会显得狰狞。

我明白了她的意思。在我体内某个黑暗的角落，一声声惨叫响起，像是一只猴子活生生地被架在火上烤。我克制着内心的恐惧。不是此时，更待何时？该担起作为黑色佣兵团成员应尽的义务了。我必须要拖延时间，让其他人逃得越远越好。

她站在那里，盯着我看，似乎在读心，然后微笑着说：“他们跑不远，也许能逃得过法术，但逃不过猎犬。”

我心里一沉。

无巧不成书，一名信使赶到。他在私语耳边说了几句。她点了点头，然后转向我：“我这就去捉拿他们。在我走之后，你考虑一下怎么应对瘸子吧。我把你知道的信息榨干后，就把你交给他来处置。”她又笑了笑。

“你真是个恶毒的女人。”我对着她的背影，说得有气无力。那名信使尾随她离开了。

我看了看渡鸦，他还是老样子。

我躺到床上，闭上眼睛，试图清空大脑。这样做也许能帮我联系到夫人，之前确实成功过一次。

她在哪里？我昨晚感受到了她的存在，她应该就在不远处。但现在为什么不回复呢？她在故意逗我玩吗？

她曾说不会给我特殊照顾……但回顾一下，她不一直都在特殊关照我吗？

第三十八章

迪尔之堡

砰！开门的方式还是那么暴力。不过这次我事先听到了那大块头在走廊里走路的声音，所以没被吓到，只是满不在乎地问：“你就不会敲门吗？”

他没回复。私语走了进来。“给我起来，医师。”

我本想蛮横一把，但她冰冷的语气让我噤若寒蝉。我坐了起来。

她面目可怖。虽然她向来都是这个样子，但现在的她异常冰冷，甚至可以说有些恐慌。“那东西是什么？”她咬牙切齿地问。我懵了。“什么东西？”“跟你结伴而行的。说！”我不知所措，因为根本就不知道她在瞎说些什么。

“我们本来已经追上他们了，准确说，是我的士兵先追上他们的。可当我赶到的时候，只看到了一地尸体，全都是士兵的。是什么在几分钟之内，把二十只猎犬、一百名全副武装的士兵撕成碎块，最后又消失得无影无踪？”

天啊，独眼和地精发挥得够超常的。

我仍然没有回答。

“你是从大坟茔过来的，是不是在那边搞了什么破坏，释放了什么东西？”她思忖道，“是时候查明真相了，是时候让大家见识一下你有多坚强了。”她面向巨人，“把他拖出去。”

我玩了点狡猾的小把戏，先假装服服帖帖，等他放松警惕后，我便狠狠地往他脚上跺去，又朝他的小腿上踹了一脚，然后转过身跳到他身前，朝他裆部踢去。

老了就是老了，动作太慢。他有着庞然大物所不该有的灵敏度，他把身子向后一缩，捉住了我的脚，随即把我甩到了屋子的另一头。两名士兵把我拽了起来，开始向外拖去。不过看到那大块头瘸着腿走路，我心里倒还有些满足。

我又不老实起来了，目的就是为了拖延时间。他们对我拳打脚踢。最后，他们把我绑在一把高靠背的木椅上。显然，私语喜欢在这里折磨囚犯。我并没有看到特别吓人的东西，因而低估了私语的心狠手辣，没能提前做好心理准备。

我被他们折磨得惨叫了好几声。不过不知为何，他们尚未尽兴，就突然收手了。士兵们给我松绑后，又匆匆把我送回牢房。我已经意识模糊，无心去想为什么。

在离我牢房几步远的地方，我才恍然大悟。在那里，我们碰到了夫人。

太好了。看来，我的求救信息她还是收到了。我原以为那天清空大脑联系她是一个失败的尝试，不料她还真的过来了。

士兵一个个落荒而逃。连她自己的人都这么怕她?

私语原地未动。

两人默不作声，却又交流着什么。最后私语把我提了起来，推进监牢中。她仍旧面无表情，只是眼中燃着怒火。

“气不气？你又输了。”我嘶哑地说完，便扑到了床上。

牢门关上时仍是白天，我再次醒来时已经是晚上了。她站在我床边，幻化得貌美如花。“我警告过你。”

“是啊。”我想坐起身。我浑身疼痛，一是因为受到了他们的折磨，一是因为在被捕前拼出了自己身体的极限。

“躺着吧。我来这里，全是因为对我有利。”

“就是知道对你有利，我才向你求救的。”

“那你就得帮我一个忙。”

“前提是我能自保。”

“你可能就像俗话说的那样，出了泥坑，又进火坑。私语今天损失了很多人。是什么把他们杀死的？”

“我也不知道。地精和独眼……”我赶紧闭了嘴。

他妈的，脑子一团糨糊，语气还这么真挚。已经透露了太多信息了。

“不是他们干的。他们可没有那种能力。我亲眼看过那些尸体。”

“那我就真的不知道了。”

“我相信你。不过……我见过类似的伤口。在去高塔之前，我会展示给你看的。”真的会带我离开吗？“到时候你再做判断，不要忘记一点：上次人们以这种方式惨死，是我丈夫统治世界的时候。”

说不通啊。不过管它呢，我现在只在乎自己的未来。

“他又开始折腾了，比我预期的要早太多。他就不能乖乖地躺在那里，让我安心处理自己的事情吗？”

线索慢慢连了起来。独眼说有什么东西逃了出来，渡鸦就是因此才被困住的……“渡鸦这个笨蛋，又闯下了大祸。”帝王在杜松城差点阴谋得逞，就是他这个独行侠一不小心酿下的错，理由竟然是为了宝贝儿好。“这次他又要干出什么好事来？”可是，那东西为什么要跟着独眼，一路保护他们？“他就是渡鸦吧？”

真想撕烂我这张破嘴！为什么就是管不住自己的嘴呢？

她俯下身子，把手放在他的额头上。我盯着她，但视线又无法聚焦在她身上——我无法直视她，她浑身散发着凌人的盛气。

“我很快就会回来。”她说着，向牢门走去，“别怕，即使我走了，你也不会有事。”门关上了。

“可不么，”我自语道，“私语可能不会找我事了，可是你呢？”我环视了一下牢房，不知道能不能找到可以自杀的东西。

私语带我去看那些猎犬和士兵的尸体。场面惨不忍睹。上次我见到这番景象，还是在效忠夫人之前、对抗绿玉城邪兽的时候。难不成那恶魔又回来了？而且又缠上了独眼？可是他明明在查姆之战中把它杀了啊？难道不是吗？

毕竟瘸子又复活了……

是啊，妈的，他复活了。夫人离开两天之后，他就来“看望”我了。此时我已经知道自己被囚禁在迪尔的古堡里。他是看在“老交情”的分上过来探监的。

在见到他之前，我就已经感受到了他的存在。恐惧让我怯懦起来。

他怎么知道的？……私语，除了她，还能有谁？

他乘着一片小型飞毯，飘进了我的牢房。他的名字已经不适合他了，没有那片飞毯，他哪也去不了。他变成了一团黑影，一具由巫术和狂烈的执念所驱使的人类躯壳。

他飞进牢房，飘在空中俯视着我。我想装出一副毫无惧惮的样子，但无能为力。

他的声音如同鬼叫，搅动着周围的空气。“你的死期到了。你会死得又漫长又痛苦，我会好好享受折磨你的每分每秒。”

“我不信。”要装得硬汉一些，“你主子不会让你碰她的犯人的。”

“她又不在这里，医师。”他向后飘去，“我们马上就会对你动手，不过要先讨论一下手法。”一阵疯狂的笑声从他身后传来，不知是他发出的，还是站在门口观看的私语发出的。

此时，一个声音说道：“谁说她不在？”

他们僵住了。私语面色煞白，瘸子的腰都弯了。

金色的微粒出现在空气中，慢慢地汇聚成夫人的形象。她默不作声，两名劫将也默不作声，被抓了现行，无可辩解。

我想插话，但我的勇气已经耗在了瘸子身上。于是我干脆让自己变得不起眼，就像一只蟑螂，远离他们的视线。

可是，蟑螂很容易被无心的人踩烂……

夫人最终说道：“瘸子，你有自己的任务，我的命令中从没说过你可以擅自离岗，可你却出现在这里。这是第二次，还记得上次你偷偷跑到玫瑰城袭击搜魂带来的后果吗？这次的结果跟上次一样。”瘸子的腰更弯了。

那是很久之前的事情了，当时的叛军吃了我们阴险的一计。在瘸子跑去挫败搜魂的时候，叛军趁机袭击了他的总指挥部。这么说，宝贝儿现在肯定在惶悚平原上庆祝呢。我精神振作起来：看来，我方并没有溃败。

“赶紧回去。”夫人说，“并且记住，我不会再体谅你们。从此以后，我丈夫制定的铁令不可违抗。下一次就是最后一次，不管违令者是你们，还是其他效忠我的人。明白吗？私语？瘸子？”

他们表示明白，两个人啰啰唆唆地说了很多遍。

在言语之外，他们之间也存在着交流，只是我听不见。他们离开时服服帖帖，仿佛深信如果不绝对且坚定地服从指令和军纪，自己将不复存在。牢门一关，夫人就淡出了。刚入夜，她便以肉体的形式再次出现。她的火气仍未散去。我从守卫的闲谈中听到，私语也被调回了惶悚平原，那边的情况不太妙，那边的劫将应付不过来。

“折腾死他们，宝贝儿。”我自言自语道，“一定要折腾死他们。”不管接下来的命运多么凄惨，我都要努力让自己坦然去面对。

守卫兵把我从牢房里押了出来，这次竟然还带上了渡鸦。我没有问为什么，因为即使问了他们也不会回答。

夫人的飞毯铺在城堡的大堂中，士兵把渡鸦放在上面，并绑了起来。一个阴着脸的中士朝我打了个手势，让我也跟上去。我照做了，他倒吃了一惊，他原以为我不知道那是飞毯。我的心已经沉到了脚跟，我知道自己要去哪里——高塔。

等了半个小时，她终于来了。她看上去若有所思，甚至还有些不安和疑虑。她走到飞毯的前端，然后我们起飞了。

乘鲲鲸更舒服，也不会让人这么紧张。鲲鲸更厚实，更宽广。

我们升到大概一千英尺的高度时，开始向南飞行。我们的速度应该不超过每小时三十英里，除非她加速，否则这一程要花很久。

一小时后，她面向我。我几乎看不清她的五官。她说：“我去了趟大坟茔，碎嘴。”

我没有回话，不知道她想问什么。

“你们都做了什么？你们释放了什么？”

“什么都没有。”

她看向渡鸦。“或许有个办法。”她停顿了一会儿，“我知道被释放的是什么……睡吧，医师。我们以后再聊。”我睡了。等我醒来时，已经在另一间牢房了。从士兵的制服看出，我确实是在查姆的高塔之中。

第三十九章

查姆之客

夫人帝国军队的上校来监狱里找我。他甚至还客客气气。我都沦为狱中囚了，她的军队还不敢确定我的地位。可怜的家伙们。在他们这种秩序井然、等级分明的世界里，我哪里有一席之地。

上校说：“她找你。”他身边陪着十几名士兵。他们不像是仪仗队，也不像是刽子手。

不过也无所谓了。如果非去不可，我还是会乖乖听话的。

我离开前，回头瞥了一眼。渡鸦还是老样子。

上校把我送到一扇通往内塔的门前，塔中塔，这是一座鲜有人进的塔，更是一座鲜有人出的塔。“进去。”他说，“我听说你进去过，应该不陌生了。”

我走进门，再回头时，看到的便只剩一堵石墙了。一时间，我晕头转向。恢复之后，我便身处另外一个地方了。她的面前有一扇窗户，尽管这是一座内塔，完完全全嵌在外塔里面。“过来。”

我走过去。她指了指。窗外是一座燃烧着的城市，劫将在其上空向下施咒，但咒语最后都会失效。他们的目标是一群鲲鲸，后者正在摧毁那座城市。

宝贝儿乘着其中一只鲲鲸。它们都处在免疫结界之内，所以可以免受伤害。

“不可以。”夫人似乎读懂了我的思绪，说道，“物理武器可以伤害到它们，也能伤害到你那土匪丫头。不过没关系，我决定休战。”

我笑道：“那就是说我们赢了。”

这绝对是我第一次把她惹怒。我不该嘲讽她，因为我的嘲讽可能会让她感情用事，收回理智分析后采取的策略。

“你们什么都没赢。如果你们真的那样想，那我不休战了，我本来打算转移战争的焦点，现在干脆略作调整算了。”

该死，碎嘴！在这样的人物面前，再不学着闭上自己的这张大烂嘴，早晚有一天会被自己的舌头牵到绞肉机里！

她平息了愤怒之后，转向我。我离她只有区区两英尺。“写东西的时候，随你怎么嘲讽，但说话的时候，时刻准备着承担后果。”

“我明白了。”

“明白了就好。”她又面向窗户。那座城市看上去像是冰霜城。一只身上着了火的鲲鲸从天上掉了下来。它被弩炮射出的箭雨击中，我从未见过如此巨大的弩炮。两架这样的弩炮，就可以实现围剿了。

“你的翻译做得怎么样了？”

“什么？”

“你从云雾森林里发现的文献，后来给了我已故的姐妹搜魂，然后又从她那里拿走了，又给了你朋友渡鸦，最后又从他那里拿了回来。就是那些你觉得会给你们带来胜利的文献。”

“那些文献啊，哈，不怎么样。”

“也不可能怎样，因为你要找的不在里面。”

“但是……”

“你被误导了。是，我知道，波曼兹把它们收集了起来，里面肯定有我的真名，是吗？这想法早就过时了，我丈夫当时还真傻傻地相信了。”她突然陷入了回忆，“杜松城的胜利代价非常大。”

“跟波曼兹一样，他受到了同样的教训。”

“这么说，你注意到了这一点。从发生的事情里，他足以推断出答案……是啊，我的名字不在那些文献里。但他的却在。所以那些文献让搜魂那么兴奋。她看到了一个可以一箭双雕的机会。她知道我的名字，毕竟我们从小一起长大，并以最为复杂的方式互相保护。她在绿玉城把你招入队伍时，最大的抱负不过是动摇我的地位，但当你把那些文献送给她时……”

她思忖着，跟我解释道。

我突然明白了什么。“你不知道他的真名！”

“我们之间就没有过爱情，不过为了权力而联姻。告诉我，那些文献我该怎样才能拿到？”

“你拿不到。”

“那我们都会输。不骗你，碎嘴。我们本可以成为同盟，却互相争斗、互相残杀。与此同时，我们共同的敌人正摆脱身上的束缚。如果帝王重获自由，我们现在死的死，残的残，又有什么价值呢？”

“那就彻底消灭他。”

“做不到。”

“在我出生的那个小镇有个民间传说，关于一个强大到敢于傲视众神的人。最后的结局告诉我们，那个人的强大不过自大罢了，因为世上还有一种存在，连众神都拿它没办法。”

“你想表达什么？”

“在一个老故事中寻找新的含义——死亡能够战胜一切。哪怕是帝王，面对死亡，也不能百战百胜。”

“确实有办法。”她承认道，“但又不能没有那些文献。你可以回你的住处了，好好考虑一下，我还会找你的。”

她突然让我回去，然后转过脸，面向那座死气沉沉的城市。我也突然知道了回去的路，一股强烈的冲动驱使着我朝门走去。又是一阵眩晕后，我便在塔外了。

上校从走廊里气喘吁吁地跑了过来，护送我回了牢房。

我遵从她的指示，躺在床上，考虑起来。

已有足够的证据证明帝王已经苏醒了……其实真正让我惊愕的，是那些文献里并没有我们所指望的关键信息。对于她的要求，我要么忍气吞声地接受，要么一口回绝，但不管怎样，都可能会带来致命的后果。

有一点毋庸置疑，就是她在利用我，想要达成某种目的。我想了多种可能，都不够合理，又多少有些道理……

她自己说过，如果帝王卷土重来，我们无论善恶好坏，都会遭殃。

我睡着了，做了些想不起来的梦，醒来时发现牢房里多了一张桌子，桌子上摆着新鲜热乎的饭菜，还有各种各样的写作用品。

看来她希望我能够继续创作编年史。

我狼吞虎咽地吃下饭菜，这才发现渡鸦不见了。我又开始紧张起来。他为什么不见了？去哪儿了？他对她来说有什么用？用来要挟我？

在高塔之内，时间过得莫名其妙。

在我吃完饭后，上次的那名上校又来了，跟他一起的还是那些士兵。他宣布道："她又要找你。"

"又要找我？我刚从那里回来。"

"四天之前的事了。"

我摸了摸脸。最近我喜欢留短须，现在脸上已经跟杂草丛一样了。看来这一觉睡得够长的。"可以给我一个剃须刀吗？"

上校笑了笑。"你觉得呢？有需要的话可以叫理发师过来。要跟我们走吗？"

我有选择吗？做梦吧。我乖乖跟他们走了。如果不这样，怕是会被拖过去吧？

跟上次一样，我进去的时候，她还是站在窗口旁。窗外的景象是惶悚平原的某个角落，私语的堡垒正在被围攻。这次没有重型弩炮。一只鲲鲸在空中游动，吓得私语的军队躲躲藏藏。树精们正在拆解堡垒的外墙，把根须扎入墙中。草木如何消解一座荒城，它们就如何摧毁一座堡垒，只是速度比前者快上万倍。

"整个荒原都站到了我的对面。"她说，"私语的那些前哨基地，都遭到了各种各样恼人的袭击。"

"估计你的入侵惹怒了他们。我还以为你要停战呢。"

"我尝试了，但那个聋哑丫头拒绝配合。你考虑过了吗？"

"我一直在睡觉，你应该知道的。"

"嗯。有些事情非得硬来才能有结果，好吧，那我就集中注意力，处理你的事情。"她的眼神让我有种逃跑的冲动……她做了个手势，我僵住了。她让我后退，坐到附近的一张椅子上。我无法摆脱咒语，老老实实照做了。我知道接下来要发生什么。

她站在我面前，闭上了一只眼。那只睁着的眼越来越大，飞了出来，把我吞没……

现在回想，当时的我肯定吓得叫出了声来。

从我被捕那天起，这一刻就已经命中注定了，不过我一直傻傻地希望它永远都不要到来。她像蜘蛛吸干苍蝇一样，吸干了我大脑中所有的知识。

醒来之后，我已经在牢房里了，感觉就像是刚从地狱里回来。我的头阵阵作痛。他们曾收走了我的医药箱，把里面的致命药品拿走后，又放回我的牢房里。我吃力地站起身，跌跌撞撞地走到医药箱前，想为自己泡一些柳树内皮，但弄了很久也不成功，因为这里没有火，水温不够。

第一杯苦药汁太淡，我一边鼓捣，一边咒骂起来。此时有人走进牢房。我不认识他。他看到我醒了过来，吃了一惊。“你好。”他说，“恢复得挺快啊。”

“你他妈是谁？”

“我是大夫，每隔一个小时都得过来看你。没想到你这么快就醒了。头疼？”

“妈的，疼得要死。”

“脾气不小，挺好。”他把自己的医药包放在我的医药箱旁，一边打开自己的，一边打量我的。“你喝了什么？”

我告诉他后，问：“挺好？你为什么觉得挺好？”

“有些人出来的时候无精打采，之后就一直无精打采下去了。”

“是吗？”真想抽他几巴掌，就是因为他描述得太吓人，就是为了泄愤。但又有什么用呢？守卫肯定会跳进来，再给我添点痛苦。况且，抽他几巴掌……想想就觉得费劲。

“你身份是不是很特殊？”

“没错。”

他微微一笑。“把这个喝了，比柳树皮管用。”我喝了他给的药。“她特别关心你，我从来没有见过她这么关心一个被搜刮了记忆的人。”

“问你一下，”我的脾气不再那么暴躁了，他的药效果又快又好，“刚才的药是什么？真他妈想一桶一桶地喝。”

“会上瘾的。那药是从帕西法尔顶端四片叶子榨出的汁里提取出来的。”

“帕西法尔？没听过这植物。”

“挺稀有的。”他一边说，一边给我做检查，“长在一个名叫空洞岭的地方。那里的土著人用它作麻醉剂。”

黑色佣兵团曾经去过那可怕的地方。“不知道那里还有土著人。”

“他们跟这植物一样稀有。有人商议要在战争结束后，大规模种植这种植物，然后当商品卖掉，当然是为了药用啦。”他发出“啧啧啧”的声音，让我想起了那个没了牙的老头子，那个教我用药的老师。真有意思，多少年来，我就没想到过他。

更有意思的是，杂七杂八的记忆都慢慢浮现出来，像是常年待在水底的小鱼被搅了上来。我的记忆被夫人折腾得够彻底啊。

我没有追问他对大规模种植的看法。不过以我对夫人的了解，她这种黑心人，怎么会大规模种植一种可以降低痛苦的药物呢？

“你觉得她怎么样？”

“夫人？现在的她？不怎么慈善。你呢？”

他故意忽略了我的问题：“她说，你一恢复，她就要见你。”

“真好啊，又能见到她了。”我讽刺道，“我感觉我并不是什么囚犯。要不放我去楼顶透透风？反正在上面也跑不了。”

“我去给你问问。你要记得多在屋子里锻炼锻炼。”

哈。在这里除了瞎想，还能做什么？我不想一直待在四堵厚墙里面，我只想去户外透透气。“我还活着吗？”我看他检查完，问道。

“暂时还活着。不过就你这种态度……真想不通你是怎么活到现在的，毕竟你带的这都是什么药啊。”

“他们爱戴我，崇拜我，从未动我一根寒毛。”他说到我的药，让我联想到地精他们携带的文献。我不禁低落起来，问道：“你知道我被关了多久吗？”

“不知道，至少一个星期了吧，可能更久。”

这么说，从我被抓到那天起，到现在有十多天了。为他们争取了这么多时间……他们马不停蹄地逃，大概已经走了四百英里了。离目的地还远着呢。该死。

现在已经没必要拖延了。夫人已经知道了我所做的一切，不知道她有没有获得有用的信息，或者让她惊讶的信息。

“我的狱友怎么样了？”我问道，心里突然涌起一阵愧疚。

“不知道，他被移到了北边。在这里，他跟他的灵魂之间的联系太弱了。估计下次你见夫人的时候，她会提起这件事的。我该走了，祝你在这儿称心如意。”

“少挖苦了，浑蛋。”

他坏笑着离开了。

他肯定爱死这一行了。

几分钟后，上校走了进来。“听说你想去楼顶？”

“嗯。”

“想去的时候，跟哨兵说一下。”他在想另一件事。停顿了一会儿，他问：“你们那边都没有军纪吗？”

我一直不叫他长官，他生气了。我想出了很多好玩的回答，但最后忍住了。我现在的地位可能不那么高深莫测了。“有，不过不像以前那么严肃了。杜松城之战以后，我们就没剩多少人了，再强调那些礼节上的东西，都不够麻烦的。”

说得太妙了。把锅甩给他们，告诉他们，佣兵团之所以沦落成这般可怜模样，就是因为曾为夫人效过力。提醒他们，是帝国的那些掌权者先背叛的我们——这在军队里可能已人尽皆知了，他们肯定也时不时想起这件事。

“可惜啊。”上校说。

“你是我的贴身监护人吗？”

“嗯。不知为啥，她特别看重你。”

“我给她写过一首诗。”我撒谎说，“我有她的把柄。”

他皱了皱眉，觉得我在瞎扯。

“谢谢你。”我伸出了橄榄枝，“在去之前我要写点东西。”我的进度落了太多。除了在蓝柳树里写的那点，离开惶悚平原之后，我就没写过只言片语。

我写到手抽筋才停笔。我刚要撂笔，一名守卫为我端来饭菜。吃完饭，我走到门前，对那里的小兵说，我已经准备好去楼顶了。他打开门时，我才注意到，原来门根本就没有锁。

不过即使逃出牢房，又他妈能去哪儿呢？逃跑这个想法本身就够蠢的。

我有种预感，我马上要变成这里的官方历史学家了。不管这职位我喜不喜欢，起码不会作什么恶。

我面临着艰难的抉择，需要时间来做考虑。夫人当然明白这一点，她有能力、有天赋，肯定比一个六年来一直与世隔绝的医生要有远见。

日落。西天一片火红，色彩缤纷奇异，云彩仿佛在燃烧。北方刮来寒风，既让人寒战，又让人抖擞。监督我的人离我远远的，我有种自由的错觉。我走到北侧的护墙旁。

底下几乎没有了大战之后的痕迹。曾经战壕纵横，围栏交错，堡垒和攻城车星罗棋布，烈火无不吞没，成千上万的人都命丧黄泉。现在却是一片绿荫之地。一面黑色的石头徽章立在其中，距离高塔大概五百码。

轰鸣与嘶吼。战乱场面恍若就在眼前。我记得叛军如海如潮，一波又一波，不屈不挠，一次次粉碎守城大军的防守。我记起素来不和的劫将、离奇而残忍的死亡、狂野而惊悚的法术……

“那场战争，堪比史诗，对吧？”

她走了过来。我并没有转身。“是啊。我都无法完整地还原当时的情景。”

“人们会歌颂它的。”她向上望了一眼。星星开始出现了。在夕阳余晖中，她面色苍白，神情忧虑。她向来镇定自若，而今却一反常态。

“怎么了？”我转过身，远处有一群士兵在目瞪口呆地看着我们，不知是出于羡慕还是同情。

“我做了一次占卜。准确说是好几次，因为我对结果都不满意。”

“然后呢？”

“或许我没有得到任何结果。”

我等待着。我哪敢催促这世上最强大的人。她想跟一个凡人分享这种“天机”，这一点已经够让我受宠若惊了。

“未来如流水，不可名状。我预测到三种未来。我们正走向灾难性的一刻，历史的走向会在那一刻发生改变。”

我稍稍向她转身。紫色的光芒笼罩着她的脸庞，黑发盖住了她的半边脸颊。这次，她终于没有幻化。一时间，我有一股强烈的冲动，想去安慰她、触摸她、拥抱她。“三种未来？”

“三种。但不管是哪种，都没有我一席之地。”

换作是你，你将怎么回她？告诉她占卜出了错？你敢说夫人犯了错？

“第一种，你那倔丫头赢了，不过这是可能性最低的，她和她所有的簇拥者为胜利付出了生命。第二种，我丈夫打破了墓地的封印，重建了帝国，最终黑暗持续了上万年。第三种，他彻底被摧毁了。这种可能性最大，几乎呼之欲出，不过代价非常大……碎嘴，这世上真的有上帝吗？我从来没信过上帝。”

“我不知道，夫人。我见过的所有宗教都荒诞不经、漏洞百出。那些信徒们描述出来的上帝，个个都是自大狂和神经病，这样的上帝怎么可能活到现在？不过，不能排除某些人类掌握了异乎寻常的能力。或许宗教是对事实的扭曲再现，或许确实有着某种塑造世界的力量。我一直都不明白，宇宙这么广袤，上帝为什么会在乎诸如人类命运或者宗教崇拜这样的小事。”

“当我还是个小孩的时候……我和我的姐妹们有过一个老师。”

哎哟？姐妹们？这样的细节我怎会注意不到？从趾甲到脑袋顶，我浑身都他妈是耳朵。“老师？”

“嗯。他说我们自己就是神，我们创造了自己的命运。我们现在的所作所为，决定了未来的样子。说成大白话，就是我们不过是吃喝拉撒睡，最后却都走进一个逃不出去的笼子。”

“有意思。”

“嗯。这世上确实有一个神，碎嘴，你知道吗？他没权没势，唯一会的，就是终结。他能终结所有的故事，永远在吞噬，永远吃不饱，整个宇宙都难逃他的胃口。”

“死神？”

“我不想死。我所做的一切，都是在和死神做对抗。决定我现在、甚至我未来的，只有一个因素，那就是对永生的强烈欲望。”她笑了几声，声音很轻，却透着一丝歇斯底里。她朝底下阴森的一片挥了挥手，“我想建立一个世界，让我远离死亡。我要让死亡臣服于我。”

这个梦想马上就要破灭了。我也很难想象一个没有我的世界。想到这里，我的内心便狂躁不堪，不管是当时，还是写故事的现在。所以，为何有人会痴迷于永生，于我来说不难想象。“我能理解。”

“或许，在那道黑暗的门前，我们都是平等的。不管是谁，都会变老。在永恒面前，生命不过是转瞬即灭的小火苗。可是，这一切都太不公平了！”

我忽然想到了先祖树。他也会死。是啊，死神贪婪而凶残。

“你考虑好了没？”她问道。

“算是吧。我不会通灵术，但我预料到了我不想走的路。”

“好吧。你可以走了，碎嘴。”

我震惊了。难以置信。“什么？”

“你可以走了。高塔的大门敞着，你只须走出去即可。但你也可以选择留下，准备迎接一场谁都逃不掉的战争。”

阳光几乎全然退去，只照在几朵非常高的云上。东方深蓝色的天空上，一群亮斑向西移动。它们看上去正朝高塔飞来。

我含糊不清地说了些什么。

“查姆的女王再次与她的丈夫宣战。”她说，“在这场战争结束之前，不会再有其他战争。你也看到了劫将正在回城。荒原以西的军队正前往大坟茔，荒原以东的军队则撤往更远的东方。那个野丫头现在没有危险了，除非她咎由自取。已经停战了，或许永远不会再战。”她浅浅一笑，“没有了夫人，白玫瑰也就没有了对手。”

她离开了，去迎接她的将士。我站在那里，一头雾水。夜色中，飞毯如秋叶般落下。我想靠近些，但我的贴身监督人不允许，说我跟夫人还没亲近到可以偷听的地步。

北风更凉了。不知道我们是否都身处萧瑟寒秋之中。

第四十章

抉　择

她从不明确地要求你，甚至连给出的暗示都很委婉，需要我左思右想。两天后，我问上校能不能见她。他说他会去问一下。估计他也是按令行事，否则不会这么轻易答应。

又是一天过去了，他跑过来，告诉我夫人有空见我。

我拧上墨水瓶，清洗了一下羽毛笔，起身说：“谢谢你。”他一脸怪异地望着我。“有什么不对劲儿吗？”

“没，只是……”

我明白了。“我也不知道。但可以确信，我对她有着特殊的用处。”

上校为此高兴不已，他明白了我的意思。

我还是像往常那样进入了内塔。这次她仍站在窗口旁，窗外是一幅阴冷潮湿的画面。灰色的雨，波涛汹涌的棕色河水。画面的左侧，树木东倒西歪，斜插在河岸上，摇摇欲坠。这场景向外散发着冷气和痛苦，还有一股不能更熟悉的味道。

“痛郁河。”她说，“洪流滚滚。这条河一直都闹洪水，对吧？”她示了一下意，我跟了过去。屋子里多了一张大桌子，桌上摆着大坟茔的微缩地图，逼真得有些阴森，甚至让你都期待着看到守卫兵在军营里匆匆地走来走去。

“看到了没？”她问。

“没。我虽然去过两次，但只对小城和军营比较了解，其他都不熟悉。我该看到什么？”

“这条河。你的朋友渡鸦显然意识到了它的重要性。”她在河道的东侧画了一个圈，圈住了我们曾在那里扎营的山脊。她的手指纤弱细嫩。

“在我赢得杜松城之战的时候，这里的河床还是干的。一年后，天气骤变，河水不断泛滥，并朝着这个方向涌了过来。现在，洪水正在吞噬这条山脊，我已经亲自去看了。这条山脊完全是泥土构成的，核心并没有石块。所以说，过不了多久，它就会被水冲垮，到时候洪水会灌进大坟茔。白玫瑰的那些咒语阻挡不了洪水，每冲走一件神物，我丈夫的复活就更容易。”

我嘟囔道：“跟大自然叫板，我们也束手无策啊。”

“不。如果有先见之明，一切都好说。当时的白玫瑰没有，我在把他捆得更结实的时候也没有。现在为时已晚。你来找我说什么？”

“我想离开高塔。”

“那你没必要来跟我说。你想走就走，想留就留。”

“我之所以要走，是因为有些事情必须得做。你也明白，如果我步行回去，根本来不及跟他们谈，一切就都完了。到惶悚平原，长路漫漫啊，更别提一路的风险了。所以我来请求护送。”

她微笑了，这次的微笑很真诚，容光焕发，与之前的笑有着微妙的区别。“那就好。就知道你能够看清未来，顾全大局。你须要准备多久？”

“五分钟。只要你回答一个问题，渡鸦在哪里？”

“渡鸦在大坟茔军营里的医院里，现在我们对他也无能为力。一有机会，我们会不遗余力的。满足了吗？”

我当然不敢得寸进尺。

“好。护送不成问题，而且你有一个特殊的护送人——我本人。”

“我……”

“我最近也在考虑，下一步该不该去见一见白玫瑰本人。我们一起吧。”

我吸了好几口凉气后，好不容易说道：“他们哪能眼睁睁让你见她？”

“他们都不认识我，除非有人泄密。”

也是，不可能有人认识她。我是唯一一个见过她、并且还能活着吹嘘的人。但是……天啊，有太多的但是了。“进入了免疫结界，你所有的咒语都会失效的。”

“不会的。只是影响新咒语罢了，没使用的咒语不会有事。”

我说我不明白。

“幻化术在进入免疫结界后效果全无，因为它正处于激活状态。激活状态的咒语会失效，相反，那些在免疫结界中未被激活的咒语不会受到影响。”

我忽然想起了什么，但具体是什么，一时间又记不太清。“如果你变成一只青蛙，然后跳进免疫结界，你还会保持青蛙的样子吗？”

“如果青蛙不是幻术，而是实实在在的变形的话，是的。”

“我明白了。”我在此打了个问号，提醒自己有空再虑。

“你就说我是你在路上遇见的同伴，比方说，一个帮你处理文献的人。”

肯定有什么诡计，除非她迫不得已。我很难想象她把自己的性命交到我的手中。我呆若木鸡。

她点了点头：“看来你明白了我的意思。”

“你太信任我了。”

“我比你自己还要了解你。你是个正人君子，有着自己的处事标准，相信两恶之间会有一小恶。别忘了，你被我读过记忆。”我打了个寒战。她并没有为那件事道歉，而且我们都知道，哪怕道了歉，也是假情假意。

“怎么样？”她问。

“你为什么有这种打算？有什么用呢？”

“世界格局变了。以前只有两个王者，我和那个野丫头，我们之间连着一条代表冲突的线。现在北方又出现了另一个王者，那条线也就变长了，而我是中间的一点，或者我们三者构成三角。既然我丈夫想摧毁我和白玫瑰，那我们不妨强强联手，消灭我们共同的敌人，然后再……”

“够了。我明白了。不过我不认为宝贝儿能识大局，毕竟她心里积满了仇恨。”

“也许吧，不过也值得一试。你会帮我吗？”

我曾距离那片古老的阴暗一箭之遥，我曾见过大坟茔里游荡的恶鬼，我当然想帮助她，我会不遗余力地阻止那恶鬼破墓而出。但是，我要怎样、怎样、怎样去信任她！

她又一次读懂了我的心思——这技能他们似乎都会。“你要帮我进入免疫结界。”

“好吧，我需要时间考虑。”

“不用急，我暂时还不能离身。”我猜她想增加守卫，以防祸起萧墙。

第四十一章

马城

十四天之后，我们才飞往马城。这是一座简陋的小城，坐落在风原和惶悚平原之间，离后者大概一百英里。在马城驻留的几乎都是商队，那些商人有着一股不怕死的疯狂，敢于在两大荒原之间跋涉。近期，这里又成了私语举行军事活动的后援中心。那些没去大坟茔的军队都驻守在这里。

那群北上的傻瓜马上就能体验全身湿透的感觉了。

这一路平安无事。我们飘进了私语的基地，我迫不及待地想要落回地面。尽管撤走了大部分军队，私语的基地仍像是蚁穴，四周围绕着一条条新造的飞毯。

飞毯有十几种类型。有块场地上摆着五张硕大的飞毯，形成W形，每张得有一百一十码长、四十码宽，上面放着一堆木头和金属物件。另一块场地上，摆着很多奇形怪状的飞毯，似乎还分有等级，多数飞毯的长比宽长很多，比传统的飞毯大很多。所有的飞毯都带着五花八门的附件，而且都罩在一层纤细的铜网里。

“这些是用来做什么的？”

“为了适应敌人的战术。你那野丫头不是唯一会创新的人。”她走了下去，活动了一下身体。我也一样。在空中飞了这么久，浑身都僵硬了。“虽然我们撤离了惶悚平原，但还是有机会测试它们的。”

“为什么？”

“一大批叛军正朝马城赶来。几千人，几乎集结了荒漠里所有的人手和物资。”

几千人？都是从哪儿来的？局势变化这么大？

“是的。”又是那该死的读心术。“我抛弃的那些城市不断地为她的军队注入新鲜血液。”

“你为什么说测试？”

“我无心恋战，但也不会弃战而逃。既然她还固执着向西进军，我就会让她尝尝新型武器的威力，免疫结界也救不了她。”

附近就有一张新型地毯，我走了过去。在外形上，它更像一艘船，大概五十英尺长。上面甚至还有座位，两个面对前侧，一个面对后侧。“船首”有一个小型弩炮，“船尾”是一台大型发动机。飞毯的两侧以及下腹部固定着八根二十英尺的长矛，矛头后五英尺的地方隆起木桶大的鼓包。所有的地方都被漆成黑色，比帝王的黑心还黑。这张船型飞毯还有着类似鱼鳍的部件，不知哪个恶趣味的人在“船首”画上了眼睛和牙齿。

附近的其他飞毯都有着类似的设计，但不同工匠采取了不同的建造风格。比如，某张飞毯安装的并不是鱼鳍，而是某种超薄的圆形透明物件，十五英尺宽，看起来像是干掉的豆荚。

夫人没时间让我仔细检查她的军械，更没意愿纵我独自游荡。不是说不信任我，而是怕我出事。脱离了她的庇护，我可能会遭遇致命的事故。毕竟所有劫将都在马城，包括我的那些“老朋友”。

宝贝儿，你胆子可真大啊。简直鲁莽。这一点成了她性格中最突出的部分。她集结了整个荒原所有的兵力，离马城只有二十英里，而且还在靠近。不过，她进程迟缓，毕竟随行的还有一群树精。

我们走上一块场地，这里的飞毯排列整齐，围绕着我先前看到的那几张巨无霸。夫人说：“我原计划给你们的总指挥部搞点破坏，不过直接迎战更有震慑力。”

飞毯周围的士兵忙得团团转。他们正在往巨型飞毯上装载一件件硕大的陶器，看起来像是大型的高脚花盆，顶端有些栽种小植物的孔洞。它们十五英尺高，顶端被封上了石蜡，底端插了一根二十英尺长的竖杆，竖杆还接了一个底座。它们被放在架子上，一批又一批地送到飞毯上。

我快速数了一下。飞毯比劫将要多。“这些都要上天吗？谁来控制？”

“圣倖操控那些大型飞毯。就跟之前的狼嚎一样，他在操控大型飞毯上，能力很出色。其他的那四张大家伙与他的那张绑定在一起。跟我来。这张就是我们的。”

我很费解地道：“啊？”

“我想让你亲自去看看。”

“我们会被认出来的。”

劫将们各自围着狭长的船型飞毯转，士兵坐在上面的第二和第三座位上。面向后方的士兵检查了一下弩炮和弹药，摇了摇一个弹簧装置。箭矢射出后，弓弦会复位，那装置很明显是为拉伸弓弦而存在的。我看不出坐在中间那名士兵有什么职责。“铜网是干啥的？”

“你很快就知道了。”

“可是……”

“清空你的疑惑，不要有任何猜想。”

我跟着她绕着飞毯转了一圈，不知道她在检查什么，不过她似乎很满意。装备这条飞毯的人见她点头，喜悦溢于言表。

“上去吧，碎嘴。你坐第二座位，系上安全带，这一趟会很刺激。”

啊，好吧。

“我们是探路者。”她坐到最前面，一边系安全带，一边说道。一名头发花白的老中士坐在最后面的座位上。他疑惑地看了看我，但没有说话。劫将们选择的都是前座。夫人口中的那些“大家伙”上都坐着四名成员，圣俸驾驶W形中间的那张飞毯。

“准备好了没？”夫人喊道。

“好了。”

“是的。”中士回道。

我们的飞毯开始启航。

前几秒的体验，我只能用笨重迟缓来形容。飞毯很沉重，极不情愿地升了起来，吃力地向前挪动。

地面渐渐远离，夫人回头笑了笑。她很享受这种感觉，并开始喊指令。我这才明白周围的那些横七竖八的踏板和操作杆是干什么的。

推一下这个，拉一下那个，飞毯会沿着中心轴线翻转，拧一下这个，飞毯就会向右或向左拐弯。这些乱七八糟的东西，都是用来控制飞毯的。

“为什么搞这些？”我在风中喊道，声音被风声掩盖。我们戴了护目镜，但面部其他部位毫无遮掩。估计这一程结束，我这娇嫩的小脸也能被吹出皮炎。

我们位于两千英尺的高空，离马城五英里，劫将被我们远远地甩在了身后。我能看到宝贝儿的军队搅起的黄尘。我再次喊道：“为什么搞这些？”

飞毯底部突然一沉。

夫人解除了启动飞毯的咒语。“这就是原因。进入免疫结界后，由你来驾驶飞毯。”

什么？

她为了让我开窍，跟我解释了很久。我明白原理后，她才朝叛军疾驰而去。

我们沿着免疫结界的边缘绕了一圈，速度快得吓人。宝贝儿集结的军队让我吃了一惊。光鲲鲸就有五十只之多，有些还巨大无比，得有一千英尺长。蝠鲼成百上千，人类士兵成千上万。树精连成广阔的一片，巨石数以百计，环绕在树精周围，形成强有力的护盾。更有数不胜数的奇异生物，或跳，或爬，或飞，或奔。这场面，让人毛骨悚然，叹为观止。

转到西侧的时候，我看到了帝国的军队。只有区区两千人的方阵，位于一道山脊的前坡，离叛军一英里左右。让他们来抵抗宝贝儿，简直是笑话。

几只勇猛的蝠鲼在免疫结界的边沿巡游，朝我们发射闪电，但都没打中，要么是够不着，要么是射偏了。我猜测宝贝儿正坐在一只距地面一千英尺高的鲲鲸上。在我离开的这段时间里，她又变强了，因为免疫结界的直径变长了。整个令人眼花缭乱的叛军阵容都在她的保护中前行。

夫人称我们为“探路者”。这张飞毯上的装备跟其他的不一样。我并不理解她什么意思，直到她亲自演示了一番。

我们径直向上升，一颗颗小黑球冒着红蓝不一的烟雾在我们身后四散开来，至少得有三百个，都是坐我身后的那名老中士抛下去的。小黑球散在各处，最终悬停在离免疫结界几英尺的地方。原来如此，所谓探路，就是给劫将做标记。

然后他们便来了。他们飞在更高的空中，那些小一些的飞毯围在排列成W形的“大家伙”四周。

“大家伙”上的士兵开始向下投掷硕大的陶罐，一个接一个，丢了二十个。我们跟着陶罐向下降去。陶罐在下降的过程中，竖杆慢慢转到下方。蝠鲼和鲲鲸四处躲闪。

竖杆撞到地面，触发了活塞，顶部的石蜡爆开，液体喷溅而出，紧接着活塞又触发了打火器，液体燃烧起来，火舌狂舞。而当火焰接触到陶罐里的某个东西时，整个罐子都引爆了，弹片击倒周围的士兵和怪兽。

我看着底下绽开一团团火焰，吓傻了眼。

在我们之上，劫将开始寻找第二处投弹地。这些陶罐不含魔法，免疫结界毫无作用。

第二次投弹引来了鲲鲸和蝠鲼的闪电。不过它们很快就放弃了，因为它们击中的陶罐会在空中爆炸，好几只蝠鲼因此被击落，一只鲲鲸身上着了火，要不是其他几只同伴朝它身上浇水，它估计性命不保。

劫将又开始了第三次投弹。如果宝贝儿不采取行动，他们会一直把她的军队炸成肉糊。

她果然飞了上来，朝劫将冲去。

小黑球跟着免疫结界移动，把它的边沿标记得清楚明了。

夫人以惊人的速度向上攀升。W阵形的“大家伙”逃走了，小一些的飞毯提升了高度。夫人把飞毯开到私语和瘸子之后。显然，她料到了宝贝儿的这一步。

此刻，我的心情极为复杂。

私语的飞毯向下俯冲，瘸子也跟了上去，夫人尾随其后，其他劫将跟在我们后面。

私语朝一只尤为庞大的鲲鲸冲去，越飞越快，在离免疫结界三百码的时候，两根三十英尺的长矛从她的飞毯发射出去，由法术推动。长矛飞进免疫结界后，法术消失，但由于惯性，它们仍能正常飞行。

私语并没有打算避开免疫结界，而是一头扎了进去。她身后的副手利用鱼鳍操控飞毯，实现滑翔。

那两根长矛击中了鲲鲸的头部，并着起火来。

火是这群怪兽的克星，因为让它们腾空的气体易燃易爆。

瘸子兴奋地跟在私语之后，在免疫结界外抛出两根长矛。他的副手把飞毯滑到那只鲲鲸几英寸的地方，此时，瘸子又抛出两根长矛。

只有一根没中。

那只鲲鲸背上燃起五团火焰。

私语和瘸子周围，闪电纵横交错。

然后我们也进入了免疫结界，为我们提供浮力的咒语失效了。恐慌袭来。由我来驾驶？……

我们朝那只背着火焰的鲲鲸冲去。对着那些操作杆，我又是拉、又是拽、又是踹。

“别这么暴力！”夫人喊道，“轻点，慢点。”

那只鲲鲸咆哮着从我们身旁飞了上去，我这才控制住飞毯。

闪电霹雳。我们在两只小一些的鲲鲸之间飞过，它们没有击中我们。夫人用那台小弩炮射了一箭，击中了其中一只鲲鲸。又有什么意义呢？我心想。那对它们来说，伤害都不及被蜂蜇一下。

不过，那支箭连着一卷金属线……

嗡！

我一时间被闪瞎了眼，头发噼啪作响。被一只蝠鲼直接命中……我们死定了，我心想。

罩着我们的铜网此时起了作用，吸收了闪电的能量，并把电沿着金属线导走了。

一只蝠鲼位于我们身后几码的距离。中士发射了一支箭，正中它的翅膀上。它像断了翅膀的蝴蝶一样，拍打着滑落下去。

“注意我们的航向！”夫人喊道。我转过身，一只鲲鲸从我们身后冲来，吓得一些年幼的蝠鲼四处逃窜。叛军弓箭手朝我们射来密密麻麻的箭。

我又得拉操作杆，又得踩踏板，手忙脚乱之中还吓尿了裤子。好在最终还真起了作用，我们没有撞上它，只是在它体侧蹭过。

这该死的毛毯开始翻滚打转。头顶一会儿是地，一会儿是天，鲲鲸绕着我们飞旋。一瞬间，我瞥见上方一只鲲鲸的侧身爆了炸，那怪兽从中间折叠起来，火团如雨般降落。还有两只鲲鲸的身上也冒着烟……这不过是一闪即逝的画面。当飞毯再次转到可以看见天空的时候，那画面已经不复存在了。

我们俯冲的高度足够高，所以时间还来得及。我镇定下来后，开始摆弄那些操作杆和踏板，却一不小心掰掉了某个零件……

不过也没关系了。我们很快便飞出了免疫结界，驾驶飞毯的重任又还回夫人了。

我转过头，想看看中士怎么样了。只见他瞪了我一眼，然后恨其不争地摇了摇头。

夫人给我的眼神也很令人泄气。

我们向西攀升。劫将聚在一起，观察他们袭击的结果。

只有那一只鲲鲸被消灭了。其他两个都成功飞到了同伴下方，身上的火被浇灭了。即使如此，幸存下来的那些也都没了士气。它们对劫将没有造成任何伤害。

然而，劫将仍然没有停下脚步。

这一次，劫将降到了地表上方，打算再从底下攻击一番。他们在几英里之外开始加速，然后一跃而上，穿进免疫结界。这次我驾驶起来更加谨慎了，但还是差点栽到地面上。

“我们这次干啥？”我喊道。我们没有发起攻击，只是跟着私语和瘸子。

“就是为了体验一把，就是为了观战，以便你日后可以记录下来。”

“我会篡改它的。”

她大笑起来。

我们飞往高处，在空中盘旋。

宝贝儿引领着鲲鲸降了下来。第二次攻击又杀死了两只鲲鲸。在低空中，劫将不敢愣头愣脑地冲进免疫结界。除了瘸子这个蛮闯蛮干的家伙。他先回退了五英里，最后以疯狂的速度挺进了免疫结界。

此时，那五张“大家伙”正在向下抛掷最后的一批陶罐炸弹。

我从没听人说过宝贝儿傻，她这次也没有犯傻。

虽然这次遇袭后，她的军队暂居劣势，但有一点很明确，那就是只要她想，最终肯定能抵达马城。劫将已经耗尽了大部分军火。瘸子和那五张“大家伙”已经回城补充装备了。其他的飞毯不过是在盘旋罢了……宝贝儿最终会拿下马城，只要她肯为此付出代价。

她认为代价太过昂贵了。

明智的选择。我估计，拿下马城会消耗她半数的兵力，但鲲鲸非常稀有，相比之下，战利品未免太过寒碜。

她折身撤退。

夫人没有乘胜追击，而是放过了她，尽管夫人可以一直攻击下去。

我们着陆了。我比夫人还先，从一侧翻了下去，然后故意用一种极为浮夸的姿态亲吻了大地。她笑了。

她真的是痛痛快快地爽了一把。

“你放过了他们。”

“我的目的达到了。”

“她会改变战略的。”

“她当然会。不过暂时而言，胜券在我的手中。胜券在握却不使用，这就传达了一种诚意。我们到那里的时候，她会为此考虑一下的。”

“希望吧。”

“对于一个新手来说，你驾驶得也没那么差。去喝酒吧，或者干点别的。千万要远离瘸子。”

“好的。”

我既没喝酒，也没干别的，只是走进分配给我的那间休息室，努力控制自己的身体不要再抖了。

第四十二章

归来

空战之后的第十二天，我和夫人进入了惶悚平原。我们骑着二等劣马，沿着荒原上的那条商路前行，大多数时候，当地的生物不会阻挠这条路上的行人。人靠衣装马靠鞍，身上裹着一堆破烂衣物，夫人的倾城之色也消失了，虽不能说像只流浪狗，但也绝不能引人注目了。

悲观估计，在痛郁河冲垮帝王陵之前，我们大概还有三个月的时间。

我们一进入荒原，巨石就注意到了我们的存在。我能感觉到它们就在某处观察我们。不得不提的是，夫人在这次冒险中必须收敛一些，不去主动接触任何事物，尽可能被动地感受周围的一切。在路途中，她努力适应普通人的生活方式，以免在到达地堡之前露出马脚。

这个女人无所畏惧。

我想每个敢跟帝王切磋博弈的人都不缺乏这个特征。

我不理会那些鬼鬼祟祟的巨石，集中注意力跟夫人讲解荒原上的法则，为她指出一个又一个的小陷阱，生怕她暴露身份。这并不可疑，因为跟一个新来的人解释这些很正常。

走进荒原三天后，我们差点被困在一场突如其来的风暴里。她一脸惊愕。“那是什么？”她问道。

我尽力跟她解释，并把所有的理论都说了一遍。她当然听说过，但毕竟眼见为实嘛。

不久后，我们遇见了第一丛珊瑚礁，这意味着我们已经到达了光怪陆离的荒原深处。“你用什么假名？”我问，“我得熟悉熟悉。”

“艾瑞达斯怎么样？”她坏笑道。

“你真是恶趣味。”

“或许吧。”

她确实很享受伪装成平民的滋味，像是某个大爵士的夫人下访贫民窟。她甚至还跟我倒替着生火做饭，我的肚子遭到了残忍的迫害。

不知道那群巨石是怎么看待我们的关系的。哪怕再怎么伪装，有一致命弱点仍旧无法克服，就是我们之间的那种正式感。装成旅伴关系是我们能想到的最好的点子，但我敢肯定它们觉得这种关系很怪异。男人跟女人同行，却又不睡一张铺盖，不太常见吧？

不过伪装得再精心也不可能完美，我只求这一路上不会出什么其他乱子。

离地堡还有十英里，我们爬上一座山丘，碰到了一块巨石。它是一块二十英尺高的怪石头，站在路旁，无所事事。夫人装作游客，问道：“这就是所谓的可以说话的石头吗？”

“是啊。嗨，石头，我回来了。”

老家伙什么都没说。我们继续向前走。我再次回头时，它已经不见了。

几乎没什么变化。我们爬上最后那座山丘，发现一片树精簇拥在小溪旁。路口处竖着一群巨石，有死的也有活的，骆驼人马在其间蹦蹦跳跳。先祖树独自立在那里，树叶叮当作响，尽管一丝风也没有。一只貌似秃鹫的鸟在碎云中穿梭，俯视着大地。这几天来，总会有那么一只鸟跟着我们。奇怪的是，这里不见人类的踪迹。宝贝儿的军队去哪儿了？不可能都挤在地堡里。

一阵恐惧袭来，难不成这里已经被遗弃了？在我们蹚过小溪的时候，这种疑虑终于消失了——老艾和沉默从珊瑚中走了出来。

我快马加鞭，给了他们一个大大的拥抱，他们也都回了我一个拥抱。他们遵守了黑色佣兵团的传统，没有问我任何问题。

“老天啊，”我说，“老天啊，看到你们太高兴了。我听人说，你们在西边的哪个地方给人消灭了。”

老艾看了看夫人，眼神里几乎没有什么好奇。

“噢，老艾，沉默，这位是艾瑞达斯。”

她微笑道：“很高兴认识你们。碎嘴总跟我聊起你们。”

我并没有亲口跟她说过，是她读过编年史而已。她准备下马，伸出一只手。两个人虽然都扶了上去，但明显吃了一惊，因为在他们的经历中，只有宝贝儿本人才能得到这样的优待。

“嗯，那我们进去吧。”我说，“赶紧进去吧，我有数不清的报告要做。”

“是吗？”老艾说着，向后看了看。这个动作，让我心里一沉：

他们并没有回来。

“我不知道。我们被五六个劫将追赶，最后只得分开，从那之后，我就再也没见到他们。不过，我也没听说谁被抓走。我们进去吧，去见宝贝儿，我有一些难以置信的消息。对了，准备点吃的，我们这一路上轮流做饭，她的厨艺比我的还差。”

“惨。”老艾说着，拍了拍我的后背，“没把你毒死？”

“老艾，我这把年纪，啥没经历过？这你还不知道么？哎哟，天啊，我……”我这才意识到自己跟个神经病一样絮絮叨叨。我咧着嘴笑了起来。

沉默打手语：“欢迎回来，碎嘴，欢迎回来。”

在地堡门口，我对夫人说：“进去吧。”然后牵起她的手，“里面有点暗，眼睛须要适应一下。还有，里面味道很差，做好心理准备。”

我的天啊，这么臭！蛆都能熏死！

洞里正热闹。我们从中走过，士兵们渐渐安静下来，我们离开后，热闹又恢复了。沉默直接把我们送到了会议室，老艾中途离开，给我们订餐去了。

走进会议室，我才意识到自己仍然牵着夫人的手。她朝我浅笑了一下，看得出她非常紧张。挺入虎穴。我挤了挤她的手，暗示她不要怕。

宝贝儿看起来精疲力竭，副团长也是如此。在场的还有十几个人，我几乎都不认识。

他们肯定是在帝王军撤离荒原防线时加入宝贝儿的。

宝贝儿和我拥抱良久，以致于我都有点慌了。我和她都是感情收敛的人。她终于松开了我，然后看了看夫人，眼神里竟然有丝嫉妒。

我手语道：“这位是艾瑞达斯。她对那些古代语言很了解，可以帮我做翻译。”

宝贝儿点了点头，没有问问题。她竟然这么信任我。

食物送来了。老艾拉过一张桌子、几把椅子，然后把屋里的其他人都赶走了，只留下他自己、我、宝贝儿、副团长、沉默和夫人。要不是夫人跟我站在一起，他估计也会把她赶走。

我们开始吃饭。在手和口没被塞满的时候，我才挤牙膏一般讲述自己的经历。某些片段着实难言，尤其是讲到渡鸦还活着的时候。

现在回想起来，感觉这件事对我的冲击比对宝贝儿的还大。我原以为她会激动，会歇斯底里，但她并没有。

起初，她只是拒绝相信。我能理解这一点。在渡鸦从她的生命中消失之前，他一直是她情感上的顶梁柱。她怎会相信他对她撒下弥天大谎，就是为了去大坟茔打探消息？这对她来说不合情理，渡鸦从没对她撒过谎。

对我来说也不合情理。不过，我之前也说过，恐怕明面上的不是真相，真相要复杂得多。我甚至怀疑渡鸦不是“离开”，而是“逃跑”。

宝贝儿也没有固执到底。她不是那种因为某件事不随心，就永远否定其真实性的人。她应对打击的能力比我预期中的要好得多，这说明过去这些年，她已经发泄了很多痛楚。

不过，渡鸦现在的状况只能给宝贝儿平添烦恼。马城一败，她已经很沮丧了。那意味着将来还会面临更多的挫败。她已经怀疑我没能成功完成任务，所以做好了硬着头皮与帝王军血拼到底的打算了。

当我宣布自己的失败时，在场的人都绝望了。“我很确信我们要找的不在那些文献里。不过，或许我和艾瑞达斯能在这里的文献中找到。”在失去渡鸦的文献前，我已经做好了笔记。

我并没有彻底撒谎。否则当真相浮出水面时，他们就无法原谅我了，而真相又必须揭露出来。我只是故意漏过一些细节，我甚至坦白了被捕、被讯问、被囚禁的情节。

“那你他妈怎么又跑回来了？”老艾质疑道，“你竟然还能活着回来？”

“他们又把我和艾瑞达斯放了，在马城附近的那场战役之后。这是其一，还有其二。”

“说说看？”

“除非你瞎或者傻，否则肯定已经注意到自己不再受到攻击了。夫人下令终止了所有针对叛军的军事活动。”

“为什么？”

“你还没注意到吗？因为帝王已经苏醒了。”

“得了吧，在杜松城的时候，我们已经干掉他了。”

“中校，我才从大坟茔回来，我可是亲眼所见。那家伙马上就要跑出来了，他的某个爪牙已经出来了，说不定就在跟踪独眼他们。这一点我敢肯定。帝王离解脱仅一步之遥，而且这次绝不像杜松城那时那么虚弱。”我转向夫人，“艾瑞达斯，你还记得那个数吗？我不记得我们在荒原上走了多久。我们刚进来的时候，离帝王重生只剩九十来天。”

“你们走了八天。”老艾说。

我挑起眉毛。

“巨石。”

“也是，还能是谁？那就八天。九十天是我们最悲观的估计。也就是说，到帝王陵被水冲垮那天，还有八十二天。”然后，我又讲述了关于痛郁河发大水的更多细节。

副团长不相信，老艾也不相信。也不能怪他们。夫人向来阴险狡诈，擅长阴谋诡计，而他们又是狡猾谨慎之人，对别人抱有警惕。我没有对他们进行说教，我自己都不是全心全意地归附于她。

他们两个信或不信都无所谓，做决定的是宝贝儿。

她命所有人都出去，只留我一人。我让老艾带艾瑞达斯四处转转，给她找个睡觉的地方。他一脸怪异地看着我。跟其他人一样，他也觉得我带回来一个女朋友。

我忍住笑意。这些年来，他们一直调侃我，就是因为当初效忠夫人的时候，我写了几篇我和她的风流韵事。而现在，我竟真把她本人请到家里来了。

我猜测宝贝儿想跟我谈渡鸦的事情。我并没猜错。不过，她还是让我吃了一惊："她派你来是想结盟，对吧？"

这个聪明的小丫头。"不完全是，不过最终的效果差不多。"我详细地分析了一下已知的局势。用手语来解释很耗时。宝贝儿倒是很专注很耐心，一点都没有被渡鸦的事情影响到。她和我讨论了一下那些文献的价值。关于渡鸦，她没有问一句话，也没有问艾瑞达斯，尽管她并没有把她抛于脑后。

她手语道："她说，如果帝王东山再起，我们两人之间的争斗就变得没有意义，这一点没错。但问题是，帝王真的苏醒了吗？不是她编出来的谎言吧？你我都知道她的心机有多重。"

"我能确信那是真的。"我回道，"因为渡鸦很确信。他甚至在夫人之前就开始怀疑了。事实上，据我所知，就是他找到了让夫人信服的证据。"

"地精和独眼，他们安全吗？"

"我没听到过他们被捕的消息。"

"他们理应快回来了。那些文献，仍然是决胜的关键。"

"即使里面并没有夫人的名字，只有她丈夫的名字？"

"她也想要这份文献？"

"我觉得是。不知为何，她放了我，我暂时想不通她的真实动机。"

宝贝儿点了点头。"嗯，好吧。"

"不过，我能确定她请求结盟没有诈。我们必须把帝王当作更可怕、更紧急的危险。而且她要的大部分花招，也不是太难预测。”

“而且渡鸦也这么想。”终于谈到他了，我心想。

“是啊。”

“我会考虑的，碎嘴。”

“时间不多了。”

“时间不是问题。我会考虑的，同时，你跟你的那位女性朋友继续翻译。”

我以为这句话的言外之意是“你可以走了”，尽管我还不知道为什么她想跟我私下里交流。这个女人的脸也仿佛是石头雕刻的，看她的表情，你根本就猜不出她心里想什么。我缓慢地朝门走去。

“碎嘴。”她手语道，“等等。”

我停下脚步。要开始问了。

“碎嘴，她是谁？”

该死！又没问渡鸦的事。这问题问得我脊背生寒。惭愧。我也不想说谎啊。“就是一个普通女人。”

“只是一个普通女人吗？不是特殊的朋友？”

“每个人都有自己特殊的一面。”

“嗯。叫沉默进来。”

我点了点头，又一次缓慢地移向门口。直到我开始开门时，她才再次叫我回去。

她叫我坐下，我照做了。但她没坐，而是踱来踱去。她手语道：“你觉得我对重大消息无动于衷，你觉得我很冷漠，因为我对渡鸦还活着这件事一点都不激动。”

“不。我觉得你会大吃一惊，会为此痛苦不已。”

“大吃一惊？不会，我甚至都没有太惊讶。痛苦确实有，旧伤疤又被揭开的感觉。”

我一脸迷惑地看着她走来走去。

“我们的渡鸦啊，长不大。像块硬石头一般无所畏惧，永远不会被良心牵绊，强壮，聪明，刚毅，勇猛。这是不是他的特点？是的。但他同时还是个懦夫。”

“什么？你怎么能……？”

“他逃跑了。很多年前，在跟瘸子斗智斗勇时，他的妻子被牵连在内。他有去调查真相、弄清事实吗？他杀了人，跟佣兵团跑了，去杀更多的人。他抛弃了自己的两个孩子，连一声再见都没说。”

她情绪很激动，开始吐露不为人知的秘密，讲述那些我只看到了冰山一角的事情。“不要为他辩解。我有调查的能力，我也做了调查。”她手语道。

“他离开黑色佣兵团，真是只是为了保护我？还可以当作摆脱纠缠的借口。他为什么要把我从那村子里救出来？因为内心的愧疚，他抛弃了自己的孩子。我只是个孩子，对他不会有威胁，而作为一个孩子，我可以用来安慰他内心的焦灼和悔恨。但我不会永远都是个孩子，碎嘴。那么多年的东躲西藏，我除了他，还了解谁？

“我就不该那样做。我当时也看出来了，只要有人主动地靠近他、了解他，不受他的控制，他就会把那人甩出自己的生活。经历了杜松城那件可怕的事之后，我本以为我可以拯救他。为躲避夫人的追杀和佣兵团的跟踪，我们一路向南潜逃的时候，我没能忍住。我向他展示了自己的梦想，而那时候的我，太年轻太幼稚，哪里了解男人。

“他立马变了样子，像一只关在笼子里瑟瑟发抖的小动物。他听到副团长等人出现的消息后，反而舒了一口气。几个小时之后，他就‘死’了。

“我当时就很怀疑，之后，那怀疑的声音从未消失，所以现在的我没有你想象的那么崩溃。是的，我知道你知道我夜里有时会哭。我哭是为了我那个幼稚的梦想，我哭是因为那个梦想永远不会死去，但我又没有能力让它实现，我哭是因为有件事我想做，却永远都做不了。你能明白吗？”

我想到了夫人，想到了她想要的永生，点了点头，但没有回复她。

“我又要哭了。请你出去，叫沉默进来。”

我都不用找他。他就在会议室里候着。我看着他走进去，心想自己是不是在做梦。

她的话得让我消化一段时间了。

第四十三章

野餐

只要给出期限，时间就过得很快，宇宙的钟表仿佛上了过紧的弦。一晃四天过去了，为了不浪费时间，我很少合眼。

我和艾瑞达斯一直翻译、翻译、翻译。她一边读，一边翻译。我写到两手抽筋。沉默时不时会替代我。

我偷偷掺进了那些翻译过的文献，尤其是那些我和摄踪一起翻译的。我没有听到任何一处她有动手脚的。

然而第四天早上，我真的听到了一处。当时我们正在翻译名单。那次晚宴阵容强大，如果发生在今天，称其为“战争”都不为过，至少有“暴乱”的阵势。这个是谁谁谁，那个是谁谁谁。某位夫人有十六个名号，我只能听懂其中四个。等主持人宣布完所有的人名后，整个晚宴上的人估计都老死了。

重点来了。大概在名单的中间部分，我听到她急促地吸了一口气。哈哈！我心中叫道。有情况。我支棱起耳朵。

她继续流畅地翻译下去，仿佛什么都没发生，以致于过后我都觉得那是自己幻想出来的。理智告诉我，那个让她吃了一惊的名字跟她念出来的不是一个。因为要跟我的手速同步，她说得很慢，但她的眼睛看到的地方比我写到的地方肯定要超前很多。

她念出来的那些名字并没有什么值得注意的地方。

我过后再检查一遍，以防万一。希望她故意漏掉了什么。

希望落空了。

中午的时候，她说："休息吧，碎嘴，我去端杯茶，你想要吗？"

"嗯，再拿一块面包。"我又写了半分钟，才意识到刚才发生了什么。

天啊，夫人亲自去端茶？我想都没想就要求她？我胆子可真不小。她演这个角色有多投入？为了好玩，她把自己伪装到什么地步？她亲自端茶的岁月怕是几个世纪以前了吧？不，她真的亲自端过茶吗？

我站起身，想跟过去，但又停在了门口。

十五步远的过道里，又脏又暗的油灯下，奥托把夫人逼到了墙边。他满嘴咸湿之言。我为什么就没预料到这个问题呢？她估计也没预料到，毕竟这种情况她基本上遇不到。

奥托死磨硬泡。我正要去阻止他，但又放弃了。我怕她会因为我的干预而生气。

老艾从我身后走来，也停住了。奥托太专注，都没注意到我们的存在。

"最好阻止他。"老艾说，"我们可不想惹上这种麻烦。"

她看起来既不害怕，也不慌张。"我觉得她应该可以自己解决。"

很明显，奥托受到了她的拒绝，但他仍不放弃，甚至开始动手动脚。

她淑女般地扇了他一巴掌，这惹怒了他。他打算硬上了。我和老艾正要冲过去，她一阵拳打脚踢把奥托撂在了泥地上，只见他一只胳膊捂着肚子，另一只胳膊则捂着这只胳膊。艾瑞达斯若无其事地走开了。

我说："我就说她能自己解决。"

"以后得帮忙盯着我，省得我也控制不住。"老艾说完，咧嘴坏笑，拍了一下我的胳膊，"她躺着的时候是不是很难对付，哈？"

妈的，我脸都红了。我冲他傻笑了一下，结果让他更坚信了自己的猜测。去他妈的。没有的事，别人说有，反而就有了。你怎么洗都洗不掉。

我们把奥托架进我的房间，我以为他会来一阵狠吐，但他还是忍住了。我检查他身上有没有骨折，最后发现不过是皮肉之伤。"剩下的事，就交给你咯，老艾。"我说。我知道这老中士正酝酿着一番训话呢。

他牵着奥托的胳膊肘，说："去我办公室。"他给他"讲解人生"时，屋顶上都往下掉土。

艾瑞达斯回来后，依然若无其事的样子。或许她没看到我们。不过，半个小时后，她问："我们能停一下吗？出去走走？"

"你想让我跟你去？"

她点了点头。"我们须要谈谈。私下里。"

"好吧。"

说实话，在这地洞里，我每次抬头休息，都会有种幽闭恐惧症的感觉。前不久的经历让我意识到，走走路散散心的感觉要多好有多好。

"饿了吗？"我问，"你是不是太严肃、太正经，不喜欢吃野餐？"

她先是吃了一惊，然后又被这个主意吸引住了。"好啊，去吃野餐。"

然后，我们便去厨房，添了一桶吃的，提到了地面上。哼，她倒是没注意到所有人都在坏笑。

地堡里只有一个门，就是通往会议室的那扇，宝贝儿的房间在会议室的后侧。不管是我的房间，还是艾瑞达斯的，甚至都没有帘子遮挡。大家都觉得，既然都住进洞里了，就没必要像在太阳底下那样注意隐私了。

讽刺的是，太阳底下的眼睛更多，只是那些眼睛可能不是人类的。

我们出来的时候，太阳大概还有三个小时落山。阳光刺痛了我们的眼睛，我自有心理准备，可惜忘了提前警告她。

我们沿着小溪散步，沉默不语，享受着周围神圣的空气。沙漠寂静无声，连先祖树都很安静。微风太轻，吹不响珊瑚。一会儿后，我说："有什么事？"

"我就想出来透透气。里面太闷太窄，再加上免疫结界的作用，让我感觉特别无助，特别煎熬。"

"嗯……"

我们绕过一座珊瑚丘，碰到一块巨石。它报告说："荒原上有陌生人，碎嘴。"看样子，它是我的老相识了。

"真的假的？什么样的陌生人，石头？"但它没有再说话。

"它们一直这样吗？"

"有时更夸张。免疫结界的作用变弱了，感觉好些了吗？"

"我一走出那破洞，就感觉好多了。那简直是地狱之门啊，你们怎么活下去的？"

"虽然寒碜，但总归是家啊。"

先祖树附近寸草不生。我们走近那块荒地，她停住了。"这是什么？"

“先祖树。你知道洞里的那些人看我们两个的眼光吗？”

“知道，随他们怎么想，这样反而对我们有好处。这就是你们的先祖树？”她指了指。

“是的。”我走到它面前，“今天怎么样，老前辈？”

这话我估计得问了有五十遍了。这棵树蔚为壮观，但总归是棵树，对吧？我没期待着它真给我答复。不过，我一说话，它的叶子就开始叮当作响。

“回来，碎嘴。”夫人命令道，她的语气生硬，又有些颤抖。我转过身，朝她疾步而去。“你又变回真实的自己了？”我眼角瞥见一个移动的身影，然后特意注意了一下附近的珊瑚和树丛。“小声点，有人偷听。”

“就知道会有人。”她把带来的毯子铺在地上，坐了下来，脚趾正好踩在荒地的边沿上。她把盖在桶上的布拿开，我坐到她旁边，选了个方便的姿势，时刻注意那团身影。“你知道它是什么吗？”她用下巴指了指先祖树。

“没人知道。在人们眼里，它就是先祖树。沙漠里的部落称它为神，但我们没有看到任何神迹。独眼和地精倒是对它长在荒原的正中央表示很感兴趣。”

“嗯。我觉得……战败后，很多东西都被遗忘了，我本该有所怀疑的……我丈夫这种存在，在历史上并非绝无仅有，白玫瑰也不是。我相信，这是一种轮回。”

“我没听懂。”

“很久很久以前，甚至对我来说，都是很久很久以前，帝王和白玫瑰之间还有一场大战。最后光明战胜了黑暗，但一如既往，黑暗在幸存者身上留下了火种。为了彻底了结这场争斗，他们从另一个世界、或者另一层世界、又或者另一个维度里召唤出某种生物，就跟地精召唤恶魔一样，只是，他们召唤出的是某个年少的神灵，然后把它融入树苗中。这些传说只在我年轻的时候存在，那时候对古代的记述很多，不过具体细节可能会有偏差。那次召唤规模很大，代价也很大，成千上万的人死了，国不复国，家不复家。他们把囚禁着神灵的树苗种在死敌的坟墓上，用这种方式把他束缚住。树神可以生活上百万年。”

“你的意思是？……先祖树底下就跟帝王陵一样？”

“直到我看到这棵树，我才把那些传说跟惶悚平原联系起来。是的，这片土地里埋葬着一个跟我丈夫一样恶毒的东西。好多事情瞬间豁然开朗，就跟拼图一样，恰好拼在一起。这里有奇形怪状的野兽，还有会说话的石头；大海远在千里之外，这里却有珊瑚礁，这些都是从另一个世界渗透来的。那些变幻莫测的风暴是先祖树做的梦。”

她继续讲着，与其说在跟我解释，不如说在跟自己分析。我目瞪口呆，想起了我们在西去执行任务时遇到的那场风暴。遭遇神灵的噩梦？我这是被诅咒的命？

“这太荒唐了。”我说。此时，我认出了那个一会儿躲在树丛一会儿躲在珊瑚里的身影。

沉默。他一动不动地蹲在那里，像是一只等待猎物的蛇。沉默在过去的三天之内，都在暗地里跟踪我，就像是我的另一个影子。我很少能注意到他，因为他就像自己的名字一样，悄无声息。好吧，我再也没底气说自己可以不被怀疑地领回一个陌生人了。

“这地方可不是好地方，特别危险。跟你那个聋丫头说，赶紧离开这里。”

“如果要跟她说，就得解释为什么，还得告诉她这是谁给我的建议。到时候只怕她嗤之以鼻。”

“你说的没错，再待一段时间也没关系。开吃吧。”

她打开纸包，拿出像是油炸兔子的东西——其实荒原上根本就没兔子。“不管他们败得多惨，前往马城那一遭，倒是改善了伙食。”我开始吃了起来。

我用余光看了一下沉默，他还是一动不动。这个浑蛋，我心中骂道，我祝你馋得流口水。

吃了三块兔子肉，我才有心去问：“你讲的那老家伙的传说挺有意思，但对我们有什么用吗？”

不知为何，先祖树骚动起来。“你怕他吗？”

她没有回答。我把骨头扔到小溪边上，站起身来。“我去去就回。”我走到先祖树跟前，“老前辈，你有种子吗？有树芽吗？能不能给我们个什么东西，带到大坟茔，种到那恶棍的坟上？”

跟这棵树说话，一直是我无聊时的小习惯。对它的年龄，我一直有种近乎宗教般的崇拜。不过，我从来都不相信它像夫人说的那样有意识或者来自另一个世界，它不过是一棵长满木瘤的老树罢了，顶多是叶子比较奇怪，脾气比较坏而已。

脾气？

我按在树干上，抬起头，想在那些古怪的叶子中找到坚果或者种子。突然，树咬了我。当然不是用牙齿，只是有火花飞溅。我的指尖感到刺痛，我把手指从嘴中拿出来一看，上面有灼伤的痕迹。“该死。”我低语道，然后向后退了几步。“老树，我跟你又没仇，只是想让你帮个忙。”

我隐约看到一块巨石立在沉默的藏身之处。荒地上的巨石越来越多。

突然，有什么东西从上方向我袭来，就仿佛是鲲鲸在一百英尺的高度喷下来的水。我被压倒在地。一股股能量和思绪传进我的身体。我呻吟着，挣扎着朝夫人爬去，她伸出一只手，但又不敢贸然越过那条线……

那股能量在我身体爆发开来。一时间，我仿佛游走于五十个大脑间，它们四散在世界各地，不对，应该是荒原的各个角落。而且不止五十个。随着那股能量与我渐渐地融合，我终于明白发生了什么——我正在读取巨石的思维。

最后，这种感觉慢慢消退了。那股能量也不再向我砸来。我狼狈地爬出荒地与草木的交界线，心里清楚这条线之外也不一定安全。我扑到毯子上，喘了很久，才面向那棵树。它的叶子愤怒地响着。

“发生了什么？”

“简而言之，它告诉我它也尽了力。不过不是为了我们，而是为了它的那些生物。还让我滚得远远的，别再烦它，否则把我揍出屎来。我的天……”

我转过头，想看看沉默对我的遭遇作何反应。

“我警告过……”她也回过头去。

“看来，我们有麻烦了，他们可能认出你来了。”

原本在地堡里的所有人都出现了，他们在路边排好了队。巨石的数目更多了。树精以我们为中心，围成了一个圆圈。

我们手无缚鸡之力。因为宝贝儿也在外面，我们又被免疫结界包裹在内。

她穿着白色的亚麻衣服，从老艾和副团长身边经过，径直向我走来。沉默加入了她。在她身后，是独眼、地精、摄踪和猎狗——蟾蜍杀手。他们四个身上还粘着路上的灰尘。

他们已经回来好几天了，而我竟然全然不知……

悬在头上的铡刀不知什么时候就掉了下来。我张着嘴，在原地愣了十几秒，然后才问：“怎么办？”我的声音又细又弱。

她抓起我的手，让我吃了一惊。“我赌输了。我也不知道。他们是你的人。实话实说吧。哎？”她的眼睛眯了起来，目不转睛，然后脸上浮出一丝微笑。

“怎么了？”

“明白了一些事情。我丈夫的阴谋。螳螂捕蝉，黄雀在后，你们也被利用了。他料到了总有一天，我们会发现天气的异常。他逮到渡鸦之后，又想了一计，就是让那个野丫头自己送上门……嗯，没错……跟我来。”

我的那些老战友看起来并没有恶意，只是迷惑不解。

包围圈渐渐收紧。

夫人再次牵起我的手，把我领到先祖树底下。她轻声道：“让我们在你的见证之下归于和平。远古的神灵，你将要看到一个你熟悉的远古生物。”然后，她又对我说，“这世界上有很多古老的恶魔，有些甚至可以追溯到创世之初。它们没有那么强大，不像我丈夫或劫将那样吸引人们的注意。搜魂手下的一些恶魔甚至诞生在先祖树之前，它们与她葬在一起。我跟你说过，那些士兵死的惨状似曾相识。”

我站在斜阳血色的余晖中，一头雾水。她简直是在用尤齐特语讲话。

宝贝儿、沉默、独眼和地精向我们径直走来。老艾和副团长在离我们一箭之遥的地方停了下来。奇怪的是，摄踪和猎狗却藏在了人群中。

“发生了什么？”我一脸惊恐地手语道。

“我们也在问这个问题。自从地精、独眼和摄踪三人回来之后，我们从巨石那里得到的消息就变得杂乱无章了。地精和独眼也跟我讲述了你们的经历，跟你说的一致，当然，只是故事的前半部分一样，后面你们就兵分两路了。”

我瞥了一眼那两位老朋友，但在他们身上看不到友情。他们的眼睛冰冷、呆滞，仿佛被另一个人控制了。

“有敌人。”老艾压低声音喊道。

两名劫将乘着两艘船型飞毯，在远方巡游，并没有靠近我们的打算。夫人的手动了动，但她还是控制住了自己。他们离得太远，我辨别不出具体是谁。

“现在不止一方正在参与。”我说，“沉默，直截了当地告诉我，到底发生了什么？你们要把我吓坏了。”

他打手语：“整个帝国的人都在传言，说你出卖了我们，说你带了一个难缠的家伙来刺杀宝贝儿，那家伙甚至可能是新劫将中的一员。”

我没忍住，咧着嘴笑了。伪造谣言的人胆子还是不够大。

我的笑让沉默相信了我，他太了解我了。之所以由他来监督我，或许就是因为这一点。

宝贝儿也松了一口气，但独眼和地精都板着脸。

“沉默，这俩家伙怎么了？跟僵尸似的。”

“他们说你出卖了他们，说摄踪亲眼看到的，还说……”

“放屁！摄踪他妈的在哪里？把那王八蛋给我揪出来，让他当面跟我对质！”

光线越来越暗。那坨西红柿般的夕阳已经下了山。很快，天就会全黑。我后背传来一阵令人毛骨悚然的刺痛。那棵树又要闹哪样？

我想到它，同时也感受到了它对这件事强烈的兴趣，并夹杂着一种梦幻般的愤怒。

突然间，巨石闪现在周围的各个角落，甚至是小溪另一侧浓密的灌木丛里。一声狗叫传来。沉默给老艾打了个手势，但我没看清，因为他正背对着我。老艾朝混乱跑去。

巨石形成一堵墙，追赶着什么，朝我们移来。哼，摄踪和猎狗。摄踪一脸茫然，杂种狗在巨石间乱窜，试图逃走，但巨石处处拦截。其他人不得不敏捷躲闪，生怕被巨石碾到脚掌。

巨石把猎狗和摄踪逼进那块荒地。杂种狗绝望地长吼了一声，夹着尾巴，藏到摄踪的影子里。他们离宝贝儿大概十英尺的距离。

“我的天啊。”夫人低语着，挤了挤我的手，用力之大，我差点叫了出来。

一场风暴从先祖树叮当作响的头发里诞生了。

巨大而猛烈，令人心惊胆战。它把我们所有人都吞没了，狂暴而迅猛，我们无从逃脱，只能咬牙忍受。身边的人和物开始扭曲变形，不过，离宝贝儿最近的那些人仍然保持原形。

摄踪尖叫起来，猎狗发出一声惊心动魄的狂吼。它们的变化最大，跟我上次乘鲲鲸西去时见到的一模一样。它们现了原形，变回了邪恶而残暴的恶魔本相。

夫人在风暴中喊了一句什么，虽然我没听清，但我能听出里面包含的兴奋。她确实认识这两个家伙。

我盯着她看。

她没有变形。

不可能啊。那个曾让我痴迷十五年的女人，真的就是眼前的这副形象？

猎狗冲进风暴中心，龇着锋利的毒牙，朝夫人扑来。它也认识她，想趁她在免疫结界里失去法力的时候消灭她。摄踪在它之后踉跄赶来，看上去跟人形的他一样愚钝。

先祖树狠狠抽下一根粗树枝，把猎狗扫向一旁，就跟我们用胳膊抵挡兔子的攻击一样。猎狗试了三次，败了三次。第四次的时候，先祖树用闪电击中了它，并把它甩出很远，落到小溪里。它身上冒着烟，抽搐了几下，然后爬起来，咆哮着逃进了沙漠里。

此时，摄踪又朝宝贝儿扑去。它抱起她，向西奔去。猎狗逃走后，摄踪自然成了我们的焦点。

先祖树虽然外形是树，但它却会说话，可以发出声音。珊瑚礁随着它的声音震动。荒地之外的士兵都捂上了耳朵，尖叫起来。我们离得比较近，声音反而没有那么折磨人。

我听不懂它说的什么，甚至不知道它用的是什么语言，我从来没有听人用过这种语言。不过，摄踪倒听懂了。它把宝贝儿放了下来，然后折身返回，走进风暴中心，站在先祖树面前。先祖树的声音捶打着它，震撼着它。它鞠了一躬，向老树致敬，臣服于它。

风暴来得快，去得也快。所有人都瘫软在地，包括夫人。不过，此时大家都还保有一丝意识。在最后微弱的光线里，在天空盘旋的劫将终于等到了最佳时机。他们先是后退，增加了速度，然后冲进了免疫结界，两人都发射了四支长矛，就是那种曾经用来对付鲲鲸的长矛。我坐在坚硬的土地上，一脸痴呆地看着，拉着他们目标的手。

夫人勉强地挤出一句话："他们的占卜能力跟我一样强。"我仍然摸不到头脑。"我忽略了这一点。"

八支长矛俯冲下来。

先祖树再次发怒。

两个劫将的飞毯在空中四分五裂。

长矛在高空就爆了炸，没有一支落到地面。

落到地面的是那两个劫将。他们在空中画了一道美丽的弧线，落进了我们东侧的珊瑚礁密集区。然后，我们都瞌睡起来。我记得的最后一个画面，是地精和独眼两人三只眼睛里的呆滞消失了。

第四十四章

苏醒

梦。无尽的梦。可怕的梦。将来某天，如果我能活那么久，如果我能在接下来的艰险中幸存下来，我可能会把这个梦记录下来。这是一个关于树神和它根下束缚的东西的故事。

不，我可能不会吧。我这一生的挣扎和恐惧已经足够记录了。而且树神的故事，还没有结束。

夫人最先醒来。她爬了过来，把我捏醒。疼痛让我清醒起来。她喘息道："起来，帮帮我，我们必须得把白玫瑰移走。"她的声音十分微弱，我几乎都听不见。

移她做什么？

"免疫结界。"

我浑身发抖。我以为这是把我击倒的那股力量留下的后遗症。

"下面的那东西是这个世界的，这棵树不是。"

不是我在抖，而是地在抖。虽然微弱，但是频繁。我意识到了一个声音的存在，来自大地深处。

我终于明白了。

恐惧是一种很好的力量。我站起身。头顶上，先祖树的叶子疯狂地拍动着，清脆的声音里充满了恐慌。

夫人也站起身来。我们互相搀扶，蹒跚地走向宝贝儿。每走一步，我就会精神一些。我看了看宝贝儿的眼睛。她有意识，但身子暂时处于瘫痪状态。她脸上的表情凝固在恐惧和惊诧之间。我们把她抬了起来，用胳膊环在她身上。夫人开始数步数。我从未经历过如此累人的苦力活，我想不起上次单凭意志去做一件事是什么时候了。

大地颤抖的幅度越变越大，先是像一群骑马的人经过，然后又像山体滑坡，最后直接变成了地震。先祖树周围的地面开始扭动变形，一股火焰喷射出来，尘土飞扬。老树的响声仿佛尖叫，蓝色的闪电在叶子间肆虐。我们加快了步速，艰难地下坡，然后蹚过小溪。

我们身后传来尖叫声。

我只能去想象地底下的画面。那个要冲出来的东西正处于极度痛苦之中，先祖树让它遭受百般折磨。但它仍没放弃，一心想要重获自由。

我不再回头，因为实在是太可怕了，我不想看到远古时代的帝王是什么样子。

终于挺过来了，上帝啊。最后，我跟夫人终于把宝贝儿移得足够远，先祖树恢复了它全部的异世界能量。

那叫声越来越尖锐，越来越愤怒。我捂住耳朵，跌倒在地。转瞬间，声音便消失了。

过了一会儿，夫人说：“碎嘴，去帮一下其他人，现在安全了，先祖树赢了。”

这么快？真的可以压制那么强烈的怒气？

感觉光站起身这个动作就能耗尽我整个晚上的时间。

先祖树的树枝上仍然闪烁着蓝色的火花。尽管离它两百码之远，我仍能体会到它的盛怒，我离它越近，这种感觉就越强烈。

老树脚下的地面基本上没有变化，回想刚才的狂暴画面，这似乎不太可能。不过，地面似乎被重新翻整过，我的一些朋友被半埋在其中，好在没有人受伤。所有人都似动非动，表情愕然地躺着。除了摄踪，这丑陋的东西并没有伪装回人形。

它醒得早，正真诚友好地给其他人帮忙，为他们拍打身上的土。很难想象不久前它是一个致命的死敌。真是难以置信。

大家都能够自理了，树精和巨石除外。很多树都倒了。巨石也是，很多都倒了，再也站不起来了。

我打了个寒战。

我走到老树面前，又打了个寒战。

一只人手露出地面、抓着树根。它纤细、僵硬，皮肤发绿，指甲很长，像动物的爪子。有的指甲折了，手指流着血。这只手不属于我们任何一人。

它微弱地动了动。树顶上仍然闪烁着蓝色的火花。

那只手唤醒了我心中的野兽，我想尖叫地奔逃，或者抓起一把斧子，把它切断。但我既没逃跑，也没找斧子。因为我感觉先祖树正在怒视着我，责备我不该弄醒那只手的主人。

“我要走了。”我说，“我能体会到你的感觉。我得去镇压我们自己的那个魔鬼了。”我向后退，每退三四步，就鞠一躬。

“你他妈在干什么？”

我转过身。独眼盯着我，眼神仿佛在说“碎嘴又在发什么疯”。

“跟树聊天啊。”我环视一番。人们都在活动双腿，恢复知觉。

那些受影响较小的人开始帮忙扶正树精。那些倒在地上的巨石似乎已经没有希望了，它们去了属于它们自己的死后世界。过后，它们也会被扶正，它们会跟其他死去的巨石一起，竖在小溪的一旁。

我回到宝贝儿和夫人的身边。宝贝儿仍然很虚弱，不能走动，不能交谈。夫人问："其他人都还好吗？"

"除了那个住在地下的家伙。他真的是差点就逃出来了。"我跟她描述了一下那只手。

她点了点头。"这种错误决不能再犯了。"

沉默和几个人走了过来。我们不敢多说，省得引起怀疑。我低语道："现在怎么办？"我听到副团长和老艾吩咐士兵去拿火把照明。

她耸了耸肩。

"那两个劫将怎么办？"

"你想去找他们？"

"不，我才不想！但也不能任他们自由自在地四处跑吧？更别提……"

"巨石会监视他们的，对吧？"

"那得看老树有多生气了，没准它都恨不得我们蹬腿咽气呢。"

"那你去找找吧。"

"我去吧。"地精尖声道。他想找个理由远离先祖树。

"别整个晚上都耗在上面。"我说，"还有你们几个，去帮帮老艾和副团长吧。"

终于摆脱了几个人，但沉默仍不离不弃。

要让宝贝儿脱离沉默的视线，根本就不可能。那家伙对我还有些怀疑。

我搓了搓宝贝儿的手腕，帮她活动活动肢体，其实我也知道这些都没用，她的恢复需要时间。几分钟后，我嘟囔道："七十八天。"

夫人说："再这样下去，就来不及了。"

我挑起一根眉毛。

"没有白玫瑰，就制服不了他。没多长时间了，再等下去，只怕路途艰辛，来不及赶到那里。"

我不知道沉默能从我们的对话里获得什么信息。我只知道夫人抬头看了看他，然后浅淡一笑，脸上带着那种"我知道你在想什么"的表情。"我们需要树的帮助。"然后又说，"我们的野餐还没吃完呢。"

"啊？"

她离开了，几分钟后，又回来了，手里提着木桶和毛毯。毛毯比以前更脏了。她抓住我的手，朝黑暗走去。"小心脚下。"她对我说。她到底想干啥？

第四十五章

交易

一轮弯月升起。在它升起前，我们没有走太远。因为星光太暗，夜太危险。月亮一升起，夫人就领着我，小心翼翼地朝劫将落下的方向走去。我们在一块空旷的地方停了下来，脚下是沙土。这里看起来并不危险。她把毛毯铺上，我们已经走出了免疫结界。“坐下。”

我坐下了，她也坐下了。我问：“你想……？”

“安静。”她闭上眼睛，进入灵魂出窍的状态。

我很好奇沉默有没有离开宝贝儿，过来跟踪我们，好奇那些帮助树精的战友是怎样开我俩的玩笑的，也很好奇自己眼前到底在发生什么。

不管怎样，碎嘴啊碎嘴，你马上就会见证一次罕见的场面。

一会儿后，她的灵魂回来了。“真想不到啊。”她低语道，“谁能想到他俩会有这么大的胆子。”

“啊？”

“那两个从天而降的朋友，我以为是瘸子和私语，毕竟他俩都有前科。但没想到竟然是轻蔑和水疱。不过现在想想，我确实也该怀疑她。毕竟她最擅长通灵术。”

又到了她自言自语的环节了。我很好奇她是不是经常这样。不过我能肯定，如果是，也都是在她独自一人的时候。“你什么意思？”

她没理我。“不知道他们有没有告诉别人。”

我努力回忆，一点点拼凑。夫人占卜到三种未来，但都没有找到自己的存在。也许这意味着那三种未来里也没有劫将的地位，可能他们正是看到了这一点，才决定摆脱他们的主人，换取自己的未来。

脚步的轻响让我吓了一跳。不过我并没有惊慌，看来沉默选择跟了过来。当宝贝儿坐到我们身边时，我真的是吃了一惊。她独自一人。

我怎么就忽略了免疫结界的重新出现呢？肯定是走神了。

夫人自顾自地说了起来，仿佛宝贝儿并不存在。“他们还没走出珊瑚区，那里很难走出来，况且他们都受伤了。珊瑚没有杀死他们，但够他们受的。现在他们都躺在那儿，等着天亮呢。”

“所以呢？”

“所以就让他们再也走不出去。”

“宝贝儿可以读懂唇语。”

“她已经知道了。”

好吧，我已经说过一千遍了，这丫头一点都不傻。

宝贝儿之所以知道，跟她的地位有很大关系，所有的信息都会汇集到她的手里。她们两个正好坐在我的两侧。

哎。

我就这么当起了她们的口译员。

问题是，后面发生的事情我无法叙述，因为后来我的记忆被人动了手脚。我只有一次机会记了一点笔记，但现在怎么也看不懂了。

她们进行了某种谈判。宝贝儿和夫人两人心甘情愿进行谈判？我仍能记得自己当时的震惊。

最终她们达成了一致。不过这协议不够稳定，夫人从那天起，只要处在免疫结界里，就会躲在我身后，与其他人隔离开——呵呵，知道自己是个人形盾牌的感觉“真好”——而且宝贝儿时刻保持在夫人的附近，以防她使用法力。

不过，有那么一次，她远离了她。

有点超前了，先讲那天晚上吧。我们三个先是偷偷溜了回去，不让任何人知道她们进行了“高层会谈”。我和夫人在宝贝儿之后走进地堡里，尽可能表现得像是刚玩完一场激情四射的“游戏”。看到他们嫉妒的眼神，我就忍不住想笑。

第二天早上，我和夫人走出了免疫结界。宝贝儿事先派遣沉默、独眼和地精三人去跟巨石讲道理，因为先祖树一直在生气。其实她还有个目的，就是为了防止他们三人跟踪我们。我们去了另一个方向——去寻找劫将。

其实基本上不用找，他们还没摆脱珊瑚礁呢。夫人是主，他们是奴，她有着主宰他们命运的力量。只消一瞬，他们就不再是劫将了。

她的耐心已经耗尽了，或许她这是在杀鸡儆猴……在我们回到地堡之前，秃鹫就已经在那附近盘旋了。

这么容易，我心想，她杀个劫将这么容易。想当年我要干掉瘸子的时候，真的是历经千辛万苦哇。

之后，我和她继续翻译起来，忙得晕头晕脑。外面有什么新闻我都无心去打听。不过当时的我也有些迷糊，因为夫人把她跟宝贝儿会见的内容从我脑子里抽走了。

也不知他们是怎么做到的，反正最后白玫瑰得到了先祖树的宽恕。脆弱的联盟关系得以存活。

我还注意到一件事，就是那群巨石再也不跟我说什么“有陌生人”了。

原来，一直以来，它们所谓的陌生人指的是摄踪和猎狗——蟾蜍杀手，当然还有夫人。他们三个中的两个已经不再是陌生人了。没有人知道猎狗——蟾蜍杀手怎么样了，就连巨石都不知道它的去向。

我想从摄踪嘴里问一下那名字的含义。但它想不起来了，甚至都不知道猎狗——蟾蜍杀手是谁。匪夷所思。

它就这么变成了先祖树的侍从。

第四十六章

老树之子

我紧张到失眠。日子一天天地过去，痛郁河的水位越来越高，那四条腿的恶魔正带着打探到的消息奔向自己的主子，而宝贝儿和夫人却没有任何行动。

渡鸦仍困在那里，波曼兹仍困在自己招来的麻烦里，世界末日越来越近，但没有人采取任何行动。

那些材料我都翻译完了，但还是一无所获。沉默、地精和独眼在盲目地查阅姓名表，希望能通过对比找到一定的规律。夫人给他们指导，跟他们讨论，比我还勤快。我只是在翻阅编年史。我很想要回在皇后之桥失去的那一部分。我整日心慌意乱、坐立不安，人们都开始讨厌我了。为了让自己放松，我开始每晚外出散步。

这一夜是月圆夜。月亮像一个橘黄色的大膀胱，挂在东方的山坡上。这画面非常壮观，尤其是当蝙蝠从月亮中间穿过的时候。沙漠万物被镶上了紫边，空气很凉。微风自下午刮起，风中弥漫着尘土。在遥远的北方，一场风暴闪闪烁烁。

一块巨石出现在我身旁，我向一边跳了三英尺。“石头，荒原上又来了陌生人？”我问。

“没有比你更陌生的了，碎嘴。”

“还挺有幽默感。你找我什么事？”

“不是我找你，是先祖树找你。”

“真的吗？再见。”我朝地堡走去，心怦怦直跳。

另一块巨石挡住了我的路。

“好吧，既然你们这么勉强我。”我故作勇敢，朝上游走去。

否则它们会把我撵过去，就像赶牲口进圈那样。既然躲不过，那就坦然接受，起码不会太狼狈。

荒原上的风很冷。然而，我踏进先祖树周围的荒地后，感觉就像步入了夏天。它的叶子一直在响，但一丝风都没有。温度之高，像置身火炉。

月亮升高了，荒原上蒙了一层银光。我靠近大树，目光落在那半截手臂上。那手臂仍露在外面，抓着树根，似动非动。不过树根变壮了，似乎想要裹住那只手，就像一棵树把绑在身上的铁丝裹住那样。我停在老树五英尺前。

“再近些。”它说。它的声音很平和，语气和音量都像日常说话那样。

我回道：“好的！”我环顾四周，看看有没有逃跑的可能。

荒地上只有两块巨石，想逃跑岂不容易？

“站着别动，蜉蝣。”

我定在原地。蜉蝣？你活得久了不起啊？

“你曾向我请求帮助，向我索要帮助，曾哀求、恳求、乞求帮助，那就乖乖站着接受帮助。再近些。”

“你终于下定决心了。”我又向前走了两步。再让我靠近，我就只能爬树了。

“我考虑了一番。你们这群蜉蝣害怕的那东西，虽然离这里非常远，但它如果崛起了，会对我的生灵造成威胁。你们这些阻止它崛起的人并不具备镇压它的能力。所以……”

我并不想打断它，但我不得不尖叫。某个东西抓住了我的脚踝，并使劲地挤压！骨头都要被捏碎了！真对不起啊，老前辈。

世界一瞬间变成了蓝色，我在一束愤怒的飓风中翻滚。先祖树的树枝间冒出一道道闪电，雷声滚滚，传向沙漠的远处。我叫得更惨了。

蓝色的闪电在我身边劈来劈去，我感觉浑身的骨头跟我脚踝一样，也要碎了。不过，最后那只手终于松开了我。

我挣扎着要逃跑。

只跑了一步，就摔在了地上。我连滚带爬，先祖树在我身后道歉，喊我回去。

简直是地狱啊！我就是死，也要从巨石之间挤过去。

忽然，我竟醒着做了一个梦。先祖树向我传达了一个消息。然后，大地平静了下来，巨石消失了。

地堡的方向传来一阵喧闹声。一群人跑了出来，想看看发生了什么。沉默最先跑到我身边。“独眼。”我说，“我要找独眼。”除了我，略懂医术的就只有他了。尽管他这人比较执拗，我还是可以信赖他为我护理的。

一会儿后，独眼出现了，他身后跟了二十个人。士兵的反应挺迅速。“脚腕。”我对他说，“可能骨折了，找个人拿灯来，顺便再带几把铁锹。”

“铁锹？你脑子没毛病吧？”独眼问。

“去拿就是了。赶紧给我止痛。”

老艾出现了，他的腰带都还没系好。“发生了什么？”

“先祖树想跟我谈话，让石碑把我叫了过来。他说他想帮我们。只是，在我听他说话的时候，那只手突然抓住了我，差点把我的脚腕扯断。刚才的响声是老树说，‘给我住手，太没礼貌了！’”

“瞎扯。给他护理好后，把他舌头割了。”老艾跟独眼说，“碎嘴，它找你到底要干什么？”

“你耳朵聋吗？它想帮我们对付帝王。它经过一番考虑，认为镇压帝王对它自己有利。拉我一把。”我的脚踝已经肿成三倍大了。但经过独眼的处理，疼痛正慢慢缓解。他把一坨丛林草药做成的糊状物抹在了上面。

老艾摇了摇头。

我说：“再不拉我起来，我他妈打断你的狗腿。”他和沉默这才拉我起来，架着我走路。

“拿些铁锹。”我说。地上已经摆了五六把。

这些是专门挖水沟的，不是真正用来掘坑的。“你们如果想帮忙，那就扶我走到老树那里。”

老艾抱怨了一声，沉默看上去想说什么，我面带微笑，期待地看着他。我等他说话等了二十多年了。

但他还是忍住了。

不知他发过什么毒誓，也不知是什么让他不再说话，反正现在的他，喉咙里上了一把大铁锁。我曾见过他气愤到咬手指，也曾见他激动到失禁，但没有什么能够撼动他拒绝说话的决心。

树枝间仍然闪烁着蓝色的火花，树叶叮叮作响，月光和火把的光混在一起，投下飘摇不定的阴影。“绕着它转一圈。”我跟扶我的人说。我也不知它在哪里，树的这一面没有，那就肯定在另一面。

没错，就在那儿，离树根二十英尺。一棵树苗，大概八英尺高。

独眼、沉默和地精三人张着嘴，瞪着眼，跟受了惊的猿人一样。不过老艾却很淡定。“提几桶水来，把这块地浇透。”他说，“再拿一块旧毯子，把它挖出来后，连根带泥包起来。”

这个老土包子，这么快就转过弯了。“把我送回地堡吧。”我说，“那里光线好些，我想亲自护理一下脚腕。”

老艾和沉默架着我回去。路上，我们碰见了夫人。她很合时宜地装出一副热情关切的样子，我不得不忍受那两个人心照不宣的坏笑。

到现在为止，只有宝贝儿一人知道真相，可能沉默有一点怀疑，其他人都蒙在鼓里。

第四十七章

孤魂

大坟茔里没有时间，只有阴影、火焰、不知源头的光亮、无尽的恐惧和痛苦。站在自己误入的陷阱里，渡鸦可以看到二十来个帝王手下的魔怪，可以看到白玫瑰当年拴住的那些恶人邪兽，可以看到被冻在龙火之中的波曼兹。这个老法师仍然挣扎着，想要朝帝王陵再迈一步。难道他不知道自己在几代人之前就已经失败了吗？

渡鸦很想知道自己被困了多久。他的信都寄出去了吗？会有人来救他吗？难道他就这样困在里面，直到黑暗降临吗？

如果有什么可以显示时间流动的话，那就是镇压着黑暗的那些图腾，它们身上散发着越来越浓郁的忧虑。河水越来越近了，而它们什么办法都没有，它们没有能力去唤起整个世界的关注。

渡鸦想，如果时光倒转，他可能会做出很多不一样的决定。

他模模糊糊地想起曾有两个像他这样的灵魂在附近经过，但他不知道那是多久之前，也不知道他们是谁。这里时不时会有些动静，具体是什么动静就不得而知了。从他现在的视角来看，世界完全是另一个样子。

他从未如此无助、如此恐惧。他不喜欢这种感觉。他一直都是自己命运的主宰，从未依赖过别人……

在这个世界里，他只能思考。他想得很多，很频繁。他想到自己存在的意义，想到自己做过的事、没做过的事和不该做过的事。他有大把的时间，去厘清和面对自己所有的恐惧、痛苦和缺点，正是这些东西，让他戴上了一张冰冷、刚毅、无畏的面具，让他失去了所有宝贵的东西，让他一次次为了自我惩罚，走向死亡的深渊……

为时已晚，为时太晚。

他的思绪飘忽不定，聚散无常。但每想到这里，他就会按捺不住，愤怒地吼叫，他的声音在这灵界里回荡。周围那些憎恨他闯下祸端的灵魂，听到他痛苦的叫声，都狂笑不止。

第四十八章

西行

虽然先祖树宽恕了我，但我跟战友们的关系再也没能恢复。我们之间总有种疏离感，他们嫉妒我突然有了女性伴侣，并且怀疑我的忠心。不可否认的是，我为此痛苦不已。我自年少起，就跟他们闯荡，他们是我的家人啊。

我出入资料室，需要拄着双拐，时不时会受到他们的调侃。

就是没了双腿，该看的资料还是得看。那些该死的文献，我把它们翻烂，眼睛瞅瞎，也找不到我们想要的关键，找不到夫人想要的信息。做不完的对比参照。在帝王时代及其之前，人名都是随便起的，没有规律。泰勒奎尔是一种多种字母组合可以发出同一声音的语言。

屁股都要坐烂了。

我不知道宝贝儿对其他人透露了多少。那次大会我没有参加，夫人也没去。不过有人透露，佣兵团马上就要转移了。

一天傍晚，我撑着双拐，站在洞外。十八只鲲鲸飞了过来，都是由先祖树召唤来的。跟随它们的有蝠鲼，还有数不清的荒原生物。三只鲲鲸落到地面上，地堡慢慢清空了。

我们爬到它们背上。我行动不便，被抬了上去。那些文献、医疗用具和拐杖也被抬了上来。这只鲲鲸比较小，只能容下几个人。当然，夫人肯定跟我在一起，我们现在已经形影不离了。此外，还有地精、独眼和沉默。沉默很不情愿，因为他不想跟宝贝儿分开，两人因此爆发了一场手语大战。摄踪和老树之子也在上面，摄踪是小树的保护人，我是它的临时“家长”。他们三个法师应该是负责监督我们其他人的，只是如果真的出了什么状况，在免疫结界里，他们也跟普通人没两样。

宝贝儿、副团长和老艾以及其他老手都坐在第二只鲲鲸上。第三只身上背着几个士兵和一大堆物件。

我们升空了，加入了上面的队列。

五千英尺高空中看到的日出，比地面上看到的要壮观百倍。除非你站在一座孤山的高顶上。

夜幕降临，睡意袭来。独眼给我施下沉睡咒语。我还有一只肿痛的脚腕要养。

对，没错，我们确实不在免疫结界内了。我们的鲲鲸在队伍侧翼飞行，离宝贝儿非常远。对夫人来说，这是个多么有利的局面。

但即使如此，她也没有展露自己的真面目。

风是顺风，而且我们承蒙先祖树的祝福，这一路非常顺利。第二天早上，我们已经飞在马城上空了。此时，真相终于浮现在他们面前。

劫将乘着船型飞毯飞了上来。他们全副武装。

恐慌的叫喊声吵醒了我。我让摄踪扶我起身。我向朝阳的方向望了一眼，看到劫将围在鲲鲸队列四周，摆出护航的架势。地精等人还以为要遭到攻击了，心脏都要跳出嗓子眼了。独眼莫名其妙地把错怪罪到地精身上，两个人又吵了起来。

不过什么都没发生。我也很惊讶。劫将一直保持着护航的阵型。我看向夫人，她令我吃惊地眨了一只眼，说：“不管有多大的分歧，我们所有人都得齐心协力。”

地精听到了。他不再理会独眼的指责和抱怨，先是瞅了瞅劫将，然后又瞅向夫人，仔细打量起来。

他恍然大悟。“我想起你是谁了。”他的声音比往常更加尖锐，表情非常滑稽。他想起自己曾与夫人有过一面之缘。很多年前，他在联系搜魂的时候，把她困在了高塔里，当时夫人也在……

她拿出了自己最有魅力的笑容。那种笑，能够熔化石像。

地精拿手遮起眼睛，转过头，不敢看她，然后面部扭曲地看着我。我忍不住笑了起来。“你们不一直都在说我和她……”

“你也没必要真的那样干啊，碎嘴！”他的声音已经尖锐到听觉的极限了。他突然坐了下来。

他沉默了一会儿，抬头说：“老艾会崩溃的。”

老艾是他们之间最热衷于调侃我和夫人的人。

之后，独眼也知道了，沉默也明白了他最惧怕的噩梦竟是事实。慢慢地，喜感消退之后，我开始去考虑另一件事。

宝贝儿一声令下，他们全员出动，飞往西方去执行任务。他们正在跟曾经的死敌合作，而对此他们全然不知情。

一群傻子。但宝贝儿真的傻吗？如果帝王被打败，夫人和白玫瑰又开始互相争斗呢？……

哇，宝贝儿跟渡鸦学得这么阴险狡诈。

傍晚时分，我们已经到达云雾森林了。我很好奇王侯城的居民会怎样看待我们。我们在城镇上空经过，街上满是仰望的人。

我们在夜间经过了玫瑰城，然后又经过了其他古城。很少有人说话。我和夫人凑在一起，离目的地越来越近，我们越来越紧张。我们在文献中仍然找不到有价值的东西。

“还有多久？”我问。我已经忘记了天数。

“四十二天。”她说。

“我们在沙漠里待了那么久？”

“开心的时候，时间过得就快。”

我惊讶地看着她。她在说笑？虽然说得很老套，但她会说笑？

最讨厌他们以普通人的身份面对你，敌人就不该是普通人。

过去这一两个月，她一直都是个普通人。

你怎样去恨一个普通人？

在福斯博格之前，天气都还算可以。到了那儿之后，就只剩下煎熬了。

凛冬肆虐。好哇。这小冷风吹得，让人精神抖擞，风里还夹杂着小雪粒，正好可以把我这娇嫩的脸皮打磨得粗糙些，还可以清理鲲鲸身上的虱子。所有人都骂骂咧咧地抱怨，凑在一起取暖，不敢使用人类最传统的盟友——火。只有摄踪看起来无动于衷。“什么都困扰不到那家伙吗？”我问。

夫人回答道：“孤独。如果你想用一种简单的方式杀死摄踪，那就把它单独锁在屋子里。”她的语气非常怪异，我从没听她这样说过话。

我打了个寒战，但跟天气无关。我认识的人里，有谁孤独了很久？又是谁开始怀疑强大的力量不值得这高昂的代价？

她很享受伪装成普通人时的每分每秒，包括那些危险时刻，对此我深信不疑。如果我有足够的勇气，或许我们不只是假装的情侣。面对即将恢复的真实身份，她的内心竟有种愈演愈烈的绝望。

她亲近我，有可能是出于自我保护。因为她正面临着非常时刻，压力很大。她很清楚我们面对的敌人有多强大。不过，也不完全是自我保护意识使然。我觉得她确实是喜欢我的。

“我有个请求。”我轻声说。我们正挤在一起，我努力驱除脑子里的非分之想。

“什么请求？”

“编年史。黑色佣兵团留下来的就只有编年史了。”说到这里，我心里一痛。“多少年前，卡塔瓦自由兵团形成的时候，佣兵团里就流传下这么一个任务：谁能挺到最后，谁就负责把编年史取回来。”

我不知道她听明白没。“编年史本来就是你们的。”她说。

我想解释，但又不知如何开口。为什么要取回来？我都不知道该把它们送去哪里。四百年来，佣兵团漂泊北上，兴衰不定，成员更新了不知多少代。我都不知道卡塔瓦是不是还存在，甚至不知道它是城市，还是国家，还是一个人，或者一个神。早年的那些编年史要么已经毁了，要么已经物归原地了。有关最早的那几个世纪，我只读到过一些只言片语……无所谓了。编年史作者的工作之一，就是在佣兵团解散之后，负责把编年史送回卡塔瓦。

天气更加恶劣了。仿佛是有意为之，或许就是如此。躺在地下的那家伙肯定知道我们正在前去的路上。

在木桨城北部，所有劫将都突然像落石般俯冲下去。“怎么回事？”

“猎狗——蟾蜍杀手。”夫人说，“我们追上它了。它还没回到它主子身边呢。”

“他们能拿下它吗？”

“能。”

我拄着拐杖，走到鲲鲸的一侧。我又能看到什么呢？我们可是飞在积雨云的上方啊。

底下几道闪光，然后劫将飞了回来。夫人看上去有些恼火。“怎么了？”我问。

“那畜生还很狡猾，免疫结界有一部分罩在了地面上，它躲在了里面。现在能见度不高，我们不好追踪它。”

“它活着也没什么关系吧。”

“没有。”不过，她听上去没有十足的把握。

天气越来越糟，好在鲲鲸都没退缩，最终，我们成功抵达了大坟茔。我们几人去了守卫兵的军营，宝贝儿他们则住在蓝柳树。免疫结界的边界正好落在军营的外墙上。

甜蜜上校亲自迎接了我们。这家伙竟然还活着，只是瘸了一条腿。他看上去并不快活，不过那时候，我们谁又快活呢？

分配给我们的勤务兵正是我们的老朋友——皮包。

第四十九章

谜团重重

皮包第一次见我们的时候，整个人都战战兢兢的。我待他非常温和，像个亲切的叔叔，但他还是紧张得很。夫人也帮忙安慰他，却让他差点崩溃。摄踪以它的自然形态晃来晃去，也只能帮倒忙。

最后，是独眼让他平静了下来。他聊起了渡鸦的话题，问渡鸦最近怎么样，这才转移了皮包的注意力。

我自己也在崩溃的边沿。在我们安顿下来的几个小时后，夫人就把私语和瘸子叫来核查我们的翻译，我还没做好心理准备。

私语负责查看有没有缺页漏字，瘸子负责回忆自己的经历，寻找我们可能漏掉的线索。他似乎在帝王时代初期很沉迷于社交活动。

难以置信。我实在想象不到眼前这个被仇恨填满的人形躯壳，这个“污秽”的代言人，曾经竟然那么受欢迎。

我吩咐地精盯着他们两人，然后自己跑去看渡鸦了。其他人都已经探望过他了。

她也在。她倚着墙，咬着手指，一点都不像那个曾经给这个世界带来那么多年磨难的婊子。就像我之前说的那样，我讨厌他们普通人的样子。而她现在正是普通人的样子，甚至还有些害怕。

“他怎么样了？”我问道，然后见她情绪低落，又问，“你怎么了？”

“他还是老样子，他们把他照顾得不错。现在我们只求奇迹出现了。”

我斗胆挑起一根眉毛表示质疑。

“所有的出路都堵上了，碎嘴，我正走向一条死胡同。我的选择越来越少，而且一个比一个差。”

我坐在皮包照顾渡鸦时坐的那张椅子上，开始检查渡鸦的身体。其实没有必要，但我就想亲自了解一下情况。我一心二用，说错了话：“我想，身为全世界的女王，你应该很孤独吧。”

她轻轻地吸了一口气。“你胆子越来越大了。”

不是吗？“对不起，想什么就说什么了，就是因为这个破习惯，让我饱受皮肉之苦。他身体状况确实很好。你觉得瘸子和私语能帮上忙吗？”

“不能。不过所有的方法都值得一试。”

“波曼兹行吗？”

“波曼兹？”

我看向她，她一脸困惑，不像是装的。“一不小心把你放出来的那个法师。”

“噢，他怎么了？一个死人能干什么？毕竟我的通灵师已经被我处置了……你知道我不知道的事？”

妈的怎么可能？她都把我的记忆读了个遍。除非……

我内心挣扎了半分钟。可能这将会是我们唯一的一丝优势，我不想拱手让她。最后，我说："我从地精和独眼那里了解到他毛发未损，只是被困在了大坟茔里，跟渡鸦一样。不过，他的身体和灵魂都在里面。"

"怎么可能？"

难道说她在读取记忆的时候漏掉了这一点？是不是问题问得不恰当，得到的回答也不全面？

我回想了一下我们一起做过的所有事情。我把读渡鸦信件时做的笔记给她看了，她并没有去读那些原件。事实上……渡鸦写故事的素材，就在我的房间里。地精和独眼把它们一路拖回了荒原，然后就原封未动地放在了那里。没有人去翻阅它们，因为它们在复述一个我们已经知道的故事……

"你坐。"我站起身，说，"我马上回来。"

我气喘吁吁地跑了回去，地精白了我一眼。"还需要几分钟，有点急事。"我把存放渡鸦文献的那个箱子翻了个遍，里面只剩下波曼兹最初的手稿了。我又匆匆跑了出去，两名劫将没有注意到我。

这感觉太好了，不被他们关注是何等的福分。可惜他们对我的忽略是暂时的。他们如此专注，只是为了自己的存亡大事，就像我们其他人一样。

"给，这是最初的手稿，我之前读过一遍，只是粗略一读，为了检查渡鸦有没有翻译错误。我没有找到明显错误。他把故事编得特别戏剧化，而且还捏造了一些对话。不过有关波曼兹的生平和性格还是准确的。"

她开始阅读，速度惊人。"去拿渡鸦的版本。"

我又跑了一趟。地精愤怒地朝我的背影抱怨道："你的几分钟到底是多长，碎嘴？”

她同样快速地读完，然后陷入了沉思。

“怎么样？”我问。

“可能有线索，但线索又不在眼前。两个问题：谁是第一个讲述这个故事的人？波曼兹的儿子说的那块石头在木桨城的哪个地方？”

“我猜测波曼兹写了一大部分，后面是他妻子完成的。”

“如果是他的话，为什么不用第一人称？”

“不一定。当时的写作传统可能不允许第一人称。渡鸦常常批评我，说我在编年史里加入了过多的个人色彩。他的家乡有着不一样的传统。”

“嗯，有这种可能。下一个问题，他的老婆后来怎么样了？”

“她老家在木桨城，我猜她回老家了。”

“她可是那个把我释放了的人的妻子，名声都坏了，还要回老家？”

“不，波曼兹只是一个假名。”

她没有理会我的反驳。“私语是在王侯城获得的这些文献，文献很多，但与波曼兹有关的，就只有他自己的故事。我感觉它们都是后期积累下来的。问题是，在离开这里之后，到私语发现它们之前，它们都在谁手中？是不是有些辅助性的材料丢失了？我们该咨询一下私语了。”

然而，“我们”根本就不包括“我”。

不管怎样，总算有了新头绪。没过多久，几名劫将便飞去了远方。两天后，圣俸把波曼兹儿子提到的那块石头运了过来。然而这石头毫无用处，士兵们拿去当营房的门阶了。

我偶尔听人说，一支队伍从木桨城的南部出发，沿着一条小路开始搜寻。当年，守了寡又坏了名声的茉莉从大坟茔逃跑之后，走的就是这条小路。那么久远的事情，很难找到什么踪迹，不过劫将都有着高超的技艺。

另一支队伍则从王侯城出发。

我整天跟瘸子混在一起，审查翻译过的那些资料。他指出了很多我们在转译尤齐特和泰勒奎尔姓名时犯的错误。看来在那个岁月，不光是拼写上不一致，连字母都不统一。而且还有一些人名既不是尤齐特，也不是泰勒奎尔，而是外来人把自己的名字用当地的语言改编出来的。瘸子整日忙着从后往前，重新再把资料翻译一遍。

一天中午，沉默冲我打了个手势。最近，他时不时会在瘸子背后监视他的工作。在这件事上，他比我还要上心。

他有了重大发现。

第五十章

男爵四女儿

宝贝儿的自律能力让我五体投地。这段时间她一直待在蓝柳树，强忍着内心的欲望，一次也没来看渡鸦。每当他的名字被提起，你都可以从她眼睛里看到痛苦，但她还是坚持了一个月，才过来探望他。

我们知道她肯定会来，夫人也同意了她的请求。我决定不去和她碰面，也不让沉默、地精和独眼三人过去。不过，沉默很倔，我跟他争论了很久，他最后才同意。这是她和渡鸦的私事，他不该去掺和。

我不去和她碰面，她自然会过来找我。其他人都在别的地方忙，我给了她一个拥抱，让她知道我们都很关心她，在她苦恼时给她以精神上的支撑。

她手语道："现在我不能逃避了，对吧？"几分钟后，她继续道，"我的心里始终有他的位置，不过这次他得自己争取回来了。"她像是在自言自语。

此时，我心中想得更多的其实是沉默，而不是渡鸦。我敬重渡鸦的英勇无畏，但我并不欣赏他这个人。相反，我很欣赏沉默，希望他过得幸福。

我手语道：“如果他还是死性不改，你也不要心碎。”

她微弱一笑。“我的心早就碎了。不会的，我已经没有期望了，这又不是童话世界。”

她如是说道。一开始，我也没太在意，直到后来才发现此言的分量。

她带着梦想破碎的伤痛，转身离开了，之后再也没来过。

趁着瘸子离开的空当，我们偷偷把他的翻译抄了一遍，然后跟我们自己的表格做对比。“噢，”我吸了一口气，“噢。”

在遥远的西方曾有个王国，那里有个名叫森扎克的男爵，他有四个女儿，个个貌美如花。其中一个名叫艾瑞达斯。

“她撒了谎。”地精低声说。

“可能吧。”我承认道，“更可能的是，她也不知道。实际上，她不可能知道，其他人也不可能知道。我到现在也想不通，为什么搜魂那么确信这里面有帝王的真名。”

“可能她希望里面有，所以就觉得里面有。”独眼猜道。

“不对。”我说，“能看得出她知道这些文献的分量，她只是不知道怎样发掘里面的信息。”

“就跟我们一样。”

“艾瑞达斯可以排除了。”我说，“所以我们还剩三个选择。但是如果到了紧要关头，我们只有一次机会。”

“理一理我们已经知道的信息吧。”

“搜魂是其中一个姐妹，她的名字我们不知道。艾瑞达斯可能是夫人的同胞姐妹，我觉得她比搜魂年龄要大，不过她们一起长大，好多年都没分开。关于第四个姐妹，我们什么都不知道。”

沉默手语：“你有四个名字，还知道了她们的家庭。去查族谱，看看谁嫁给了谁。”

我抱怨了一声。那些族谱都在蓝柳树，宝贝儿当时把它们跟其他物品一起装在了一只货鲸的背上。

时间太紧急，查阅族谱太繁重。只知道一个女人的名字，就去翻阅族谱，很难查到什么东西。要想找到这个女人的丈夫，前提得是记录者觉得这个女人值得一提。

“那么多族谱，我们怎样才能看完？”我疑问道，“就我一个人能看懂那些乱码涂鸦。”然后，我想到一个好主意，“摄踪，我们可以让摄踪去查。他除了看护树苗，就没有其他事做了。他都不用离开蓝柳树，一边看着树苗，一边阅读文献。”

说起来容易，做起来难。摄踪离它的新主人太远。我费了九牛二虎之力，才让它那绿豆大的脑子明白它要做的事情。好在它明白后，便一心一意，不可阻挡了。

一天晚上，我刚钻进被窝，她便出现在我房间里。“起来，碎嘴。”

“啊？”

“我们要出去飞一趟。”

“啊？没有冒犯你的意思，但是现在大半夜的……我这一天累得很。”

“起来。”

夫人的命令，哪敢违抗。

第五十一章

征兆

冰雨之夜，万物都镀了一层冰晶。“真暖和。”我反讽道。

这晚她没有一丝幽默感。听到我的话，她克制着自己没有发火。她把我领到一张飞毯上。飞毯前部的座位都罩着水晶壳，这是瘸子的飞行器最近新增的特征。

夫人施了一个小法术，把壳上的冰融化掉。“要把它扣紧。”她对我说。

“我觉得够紧了。”

然后，我们起飞了。

我的背突然朝向地面，脸面向漆黑的天空，我们正以吓人的速度攀升。看来，飞毯要升到让人呼吸困难的高度。

果不其然，甚至还要再高。我们穿破云层，我这才明白水晶壳的作用。

它可以让你正常呼吸，也就意味着劫将可以达到鲲鲸达不到的高度。夫人这帮人啊，总要走到我们前面。

但今晚这是要干啥？

“你看。”她叹了一口气，有种噩梦成真的失落感。她指了指。

我看见了，也认出来了。我之前也看到过，在那场高塔前的战争中。那颗彗星。虽然不大，但形状不可否认，正是它特有的银色弯刀形状。“不可能，二十年之后才到时间啊。天体运动的规律不是说改变就改变的。”

“没错。规律不可改变，但总结规律的人可能会出错。”

飞毯开始下降。“你记录的时候，不要忘了这一点。但不要跟任何人说，人们已经够焦虑了。”

“嗯。”这颗彗星牵扯着所有人的心。

在返回的路上，我们从帝王陵上空四十英尺经过。那条该死的河离那里更近了。鬼魂在雨中欢舞。

我蹚着泥水，浑身麻木地走进营房，然后看了看日历。

还有十二天。

那老王八蛋跟自己的得意走狗猎狗——蟾蜍杀手肯定笑得合不拢嘴了吧。

第五十二章

无惊无喜

记忆深处的某个地方一直在骚动。我辗转反侧，醒来睡去，最后，在凌晨时分，我终于想起来了。我起了床，开始翻找文献。

最后，我终于找到了让夫人吸了一口气的那份文献，然后从无穷无尽的名字里开始艰难地寻找，直到我发现了一个名叫森扎克的男爵，以及他的女儿艾瑞达斯、克蕾登丝和西丽丝。作者注释道，他最小的女儿多洛特娅没能参加。

“哈！”我欢呼道，“范围缩小了。”

虽然没有更多的信息，但也算是一个不小的进展。假设夫人真的是双胞胎中的一人，多洛特娅是最年轻的女儿，艾瑞达斯已经排除在外，概率就变成了五十比五十。她要么叫西丽丝，要么叫克蕾登丝。

我激动得没再去睡觉，连那颗提前出现的彗星都从我脑袋里消失了。

但一想起时间不多了，我激动的心情便不复存在了。劫将们调查波曼兹的妻子和文献无果。我建议夫人亲自去帝王陵察看一下，但她还没做好应对风险的准备。暂时还没。

在我排除了多洛特娅这个名字之后，我们的蠢朋友摄踪又有了重大发现。几天来，这傻帽日夜不停地翻阅族谱。

沉默从蓝柳树赶来，我一看到他脸上的表情，就知道有事情发生了。他把我拽到外面，走进城里，进入免疫结界之内。他递给我一条潮湿的纸，上面是摄踪写下的几句简单的话：

“有三个姐妹结了婚。艾瑞达斯结了两次婚，第一任丈夫是奔石城的凯登男爵，最后战死了。六年后，她又嫁给了艾林·天子，他是一个流浪的万瑟神父，来自维埃王国的斯林格镇。克蕾登丝嫁给了览城的巴特赫姆，他是一个著名的法师。”

我记得巴特赫姆最后成了劫将的一员，不过我的记性靠不住。

“多洛特娅嫁给了拉夫特，他是史塔特的王子。西丽丝一生未婚。”

看来，摄踪虽然迟钝，但时不时还会带来惊喜。

死亡名单上说，艾瑞达斯和她丈夫艾林·天子在雷斯和奥瓦之间旅行的时候，被一群强盗杀害了。根据我那靠不住的记忆，这件事就发生在帝王称帝之前几个月。

在那之前几年，西丽丝就淹死在了梦河的洪流里，虽然目击者无数，但就是没有找到尸体。

我们就有一个亲眼见过她的人，之前我从没意识到这一点，但那天在先祖树下，摄踪它们确实认出了夫人。或许我们能有办法让他回忆起来。

在帝王和夫人崛起初期攻取览城的时候，克蕾登丝在战乱中身亡了。多洛特娅的死没有任何记录。

“哎呀，”我说，“没想到摄踪有这么大的用处。”

沉默手语："还是有些混乱，不过理一理，或许能有一些发现。"

何止一些。把她们联系起来都不用画图表。我自信地说："多洛特娅就是搜魂，艾瑞达斯不是夫人，她的死，很可能就是她的某个姐妹亲手安排的……"还是有些信息不足。要是知道谁和谁是双胞胎就好了……

沉默回应道："摄踪正在查找她们的生日信息。"但是他这次很难有所发现了。森扎克男爵并不是泰勒奎尔人。

"姐妹中有一人据传已死，但实际没死，我猜就是西丽丝。在帝王和夫人称霸览城的时候，克蕾登丝之所以被杀，就是因为她认出了一个不该活着的人。"

"波曼兹说夫人杀死了她的同胞姐妹，指的就是这件事？或者是件更广为人知的事？"

"谁知道呢？"我说。确实越来越混乱了。一时间，我都感觉在这上面纠结没什么意义。

夫人把我们召集在一起。我们最初对时间的估计还是太乐观了。她对我们说："我们一直走偏了。搜魂的文献里根本就没有关于我丈夫的记录。她为什么觉得里面有，我们无从得知。是不是缺了文献，我们也不能确定。除非王侯城和木桨城传来好消息，否则我们可以放弃这条路了，是时候换另一条了。"

我草草写下一个便条，让私语递给了夫人。夫人读完后，眯起眼睛，若有所思地看着我。"艾林·天子。"她大声读道，"一个流浪的万瑟神父，来自维埃王国的斯林格镇。这是我们的业余历史学家写给我的。碎嘴，你找到的这条信息并不重要，相比之下，你能找到它倒让人惊讶。这是五百年前的事情，并没有什么价值。在离开维埃前，艾林·天子的身份是什么，我们无处查询。因为他特别擅长删除自己的踪迹。当他吸引了人们的注意力，人们开始关注他的经历时，他又把所有斯林格的信息，以及他那一代所有斯林格居民的信息都抹除了。他后来甚至把整个维埃的资料都毁掉了。所以，我在听说文献里有他的真名后大吃一惊。”

我感觉自己又渺小又愚蠢。我本该想到对于帝王的真实身份，他们肯定已经做过一番调查了。我贡献了一项无用的小发现。哎，都是合作精神害的。

不一会儿，来了一个新劫将。我辨别不开他们，因为他们的打扮一模一样。他或者她递给夫人一个小箱子。夫人打开后，开心一笑。“没找到什么文献，但找到了这些。”她从里面拿起一个奇怪的手镯，“明天我们就去找波曼兹。”

其他人都明白她的意思。我不得不问：“这些是什么？”

“白玫瑰时期专门为永恒守卫打造的护身符。有了这些，就可以安全出入大坟茔了。”

我还是理解不了他们这么激动的原因。

“这些护身符，肯定是波曼兹的妻子带走的，至于她怎么拿到的护身符，就是个谜了。解散吧，我需要时间思考一下。”她像农妇撵小鸡一样，把我们打发了。

我回到自己的房间。瘸子从我身后飘了进来。他什么都没说，直接埋头研究那堆文献。我一脸迷惑地从他背后看了一会儿。他把我们发掘出的所有名字做了列表，用的是它们原本的语言。他似乎是在用代码和数字占卜术捣鼓着什么。我百思不得其解，只好上床休息，背对着他假装睡觉。

有他在，我就是想睡也睡不着啊。

第五十三章

复苏

那天下了一晚上的雪，一个小时就能堆积半英尺厚，而且没有停止的迹象。守卫兵们正在清扫门口和飞毯上的雪，嘈杂声把我吵醒了。

尽管瘸子在，我还是睡着了。

我不禁惶恐起来，“噌”地坐起身。他还在那儿研究。

营房被雪裹住，热量散不出去，因而暖和得很。

人们不顾大雪，四下忙碌。劫将在我睡觉的时候到了军营。士兵们不光在清理积雪，还忙着其他事务。

早餐很粗简，独眼加入了我。我说：“看来她不顾天气，一心要去。”

“天气好不了了。碎嘴，那家伙知道正在发生什么。”他一脸阴郁。

“怎么了？”

“我会数数，碎嘴，只有一个星期的活头了，心情能好么？”

我肚子一紧。是啊，到现在为止，我一直都在逃避这种想法，可是……“我们之前也经历过命悬一线的时候，泪雨天梯、杜松城、绿玉城，我们不都挺过来了吗？”

“我也一遍又一遍地这样安慰自己。”

“宝贝儿怎么样了？”

“焦虑。你想呢？她现在可是刀俎之间的鱼肉啊。”

“夫人已经把她抛到脑后了。”

他嗤之以鼻。“不要受到了特殊对待，就忘了常识，碎嘴。”

“说得对。”我承认道，“不过没必要。我一直都死死地盯着她。”

“你也要去？”

“不能错过。你知道到哪儿可以弄一双防雪鞋吗？”

他咧着嘴笑了。一时间，那个消失多年的恶魔重现了。“我有几个认识的人——就不提他们名字了，你知道怎么回事——从守卫兵军械库里偷出了六双鞋，值班的士兵当时都睡着了。”

我也咧嘴一笑，冲他眨了眨眼。看来，这段时间我跟他们接触太少，好多事情都不知道，他们并没有坐着干等。

“两双给宝贝儿那边送过去，以防万一。还剩四双，我们有个计划。”

“计划？”

“是啊，你到时候会知道的。毫不谦虚地说，这是个绝妙的计划。”

“鞋在哪里？什么时候去？”

“劫将飞走之后，到熏肉房里去跟我们会面。”

几名士兵呻吟着走进了餐厅，看上去精疲力竭。独眼离开了，我坐在那里，苦思冥想。他们到底在谋划什么？

但愿是个精心安排的缜密计划……

夫人阔步走进大厅。“碎嘴，拿好手套和大衣，该走了。”

我愣了。

“你不去吗？”

“但是……”我慌乱地寻找借口，“如果我去，就有人坐不上飞毯了。”

她给了我一个怪异的眼神。“瘸子不去，他留在这里。赶紧去拿衣服吧。”

我不知所措，只好照做了。我们出去的时候，从地精身边经过，我冲他稍稍摇了摇头。

在我们起飞之前，夫人向后递给我一个东西。“这是什么？”

“最好戴上，除非你想没有护身符地进去。”

“哦。”

看起来不像护身符啊，不过是一块干皮子镶上了廉价玉。然而，把它戴上手腕后，我感受到了它蕴含的力量。

我们从屋顶掠过。屋顶是我们唯一的参照物，飞到空旷地带的时候，放眼望去，白茫茫一片，什么都没有。不过夫人自然有其他辨别方向的方法。

我们在大坟茔的外延转了个弯，然后在河水上空，下降到水面上方一码的高度。“好多冰块。”我说。

她没有回复，而是在研究河岸线。河岸线已经入侵大坟茔了。一段吸了水的松软河岸突然塌陷，几具尸骨露了出来。我不禁面部扭曲起来。不一会儿，它们就被雪盖住，或是被水冲走了。“跟我们估计的时间差不多。”我说。她沿着大坟茔的外围转圈，有好几次，我瞥到了其他飞毯也在盘旋。地上的某个东西吸引了我的注意力。“看那里！”

“什么？”

“貌似是脚印。”

“应该没错，猎狗——蟾蜍杀手就在附近。”

该死。

“是时候了。”她说着，朝帝王陵飞去。我们降落在坟的根部，她走下飞毯，我也跟着下来，其他飞毯也降落了。于是，在离黑暗暴君不过几码的地方，站着四个劫将、夫人本尊，还有一个吓破了胆的老医师。

其中一个劫将带来了铁锹。我们掀起积雪，轮流劳动，所有人都得参与。这差事可不轻松，当我们挖到灌木丛的时候，更是累人，当我们挖到冻土的时候，简直令人绝望。夫人说波曼兹埋得不深，所以我们必须放慢速度。

我们掘啊掘，似乎没有尽头。掘啊掘，掘啊掘。然后，我们找到了一个干枯的人形物，夫人确信这就是波曼兹。

在我最后一轮挖掘时，我的铁锹碰到了什么东西。我俯身查看，以为是块石头。但当我把上面的冻土擦掉之后……

我从洞里跳了出来，头晕目眩地指着那个东西。夫人下了洞，很快，笑声便飘了上来。“碎嘴发现了那条龙……的下巴。”

我不断向后退，想退到飞毯上……

一个庞然大物低吼着跳了过来。我扑向一边，滚到雪地里，被雪吞没了，只听到一阵叫喊声和咆哮声……当我从雪里出来时，打斗已经结束了。猎狗——蟾蜍杀手从飞毯上跑开了，身上伤痕累累。

夫人和劫将早就准备好对付他了。

“你们怎么都不警告我？”我抱怨道。

“它可以读懂你的想法。真遗憾，我们没能把它打瘫。”

两个可能是男性的劫将把波曼兹抬了起来。他僵硬得像是一尊雕像，但他身上散发的某种东西，连我都能感受得到。一种类似火花的东西。但凡见到他的人，都不会误以为他是死人。

他们把他抬上了飞毯。

帝王陵内的怒气原本很少，几乎察觉不到，就像是房间里一只嗡嗡飞的苍蝇。但现在已经成了击打我们的重锤，由微怒变成了狂怒，而且没有一丝恐惧。那家伙对自己最终的成功有着绝对的信心，在他眼中，我们不过是在拖延他的时间，给他增添一些阻力而已。

载着波曼兹的飞毯离开了，接着另一张也起飞了。我坐到自己的座位上，恳求夫人赶紧带我离开。

一连串的尖叫声从南边传来，一阵亮光照亮了落雪。“我就知道。”我怒气冲冲地说。怕什么来什么，猎狗——蟾蜍杀手发现了独眼和地精。

又有一张飞毯起飞了。夫人登上我们的飞毯，合上水晶盖。“一群傻子。”她说，“他们在干什么？”

我什么都没说。

她无心去看，飞毯一反往常地难以操控，有一股力量把它朝帝王陵扯去，她只能把注意力集中在驾驶上。但我看到了。摄踪的那张丑脸从眼前一晃而过，它拿着老树之子。

然后，猎狗——蟾蜍杀手又出现了，它尾随着摄踪。它只剩半张脸，三条腿，但足以对付摄踪。

夫人看到了它，她转了个弯，然后井然有序地抛出八根三十英尺长矛。每发都中了，可是……

猎狗——蟾蜍杀手背着长矛和烈火，一头扎进了痛郁河，没有再浮出水面。

“它暂时是不会出来祸害了。”

在不到十码的地方，摄踪正在清理帝王陵顶部，以便把树苗种上。

“白痴啊。”夫人低声骂道，“我身边一群白痴，那老树也不灵光。”

她没有解释为什么，也没有掺和眼前的事。

在飞回去的路上，我努力寻找独眼和地精的身影，但什么都没发现。他们也不在军营里。当然，他们要踏着雪回来，这么短的时间也不可能。然而，一个小时之后，他们还是没有出现。我开始慌了，难以集中注意力去观察波曼兹的复苏过程。

他们要先给他洗几遍热水澡，一来可以解冻他的肉体，二来可以清掉他身上的泥土。前几个步骤我都没有看到，夫人让我跟她在一起，她直到最后一步的时候才进去。波曼兹看上去像个老古董。最后一步也平淡无奇，夫人在他身边比画了几下，说了几句我听不懂的话。

为什么法师非得要用别人听不懂的语言呢？地精和独眼两人也是如此，而且他们还互相听不懂彼此用的语言。难不成是他们自己编造的语言？

她的咒语起效了。那老古董刚一苏醒，就向前冲了三步，用手挡着并不存在的狂风。三步之后，他才意识到自己的处境已经今非昔比了。

他怔住了，缓缓地转过身，表情慢慢绝望起来。他的目光落到夫人身上，凝视了良久，然后扫视了屋内的人和周围的环境。

“你来解释，碎嘴。”

“他会说……”

“福斯博格语一直没变。”

我面向传说中的波曼兹。“我是碎嘴，是一名职业军医。你是波曼兹……”

“他的名字是塞斯·乔尔克，碎嘴。先让他知道我们有他的致命把柄。”

“你是波曼兹，真名可能是塞斯·乔尔克，是木桨城的一名法师。

自你尝试接触夫人的那天起，到现在已经过了将近一个世纪了。”

“从头到尾讲给他听。”夫人用珍宝诸城那边的方言说道。波曼兹应该听不懂。

我一直讲到嗓子沙哑。从夫人的崛起，讲到查姆之战，又讲到杜松城之战，再解释当今面临的威胁。整个过程他一言未发。我从他身上看不出故事中那个肥胖、谄媚的店长形象。

他说的第一句话是：“这么说，我也没有彻底失败。”他面向夫人，“你身上仍然有着光明的一面。竟然不叫艾瑞达斯。”他又面向我，“你带我去见白玫瑰。不过，我要先吃饭。”

夫人没有反对。

他的吃相倒是很像那个胖店长。

夫人亲自为我穿上了冬衣。“快去快回。”她提醒道。

我们刚一出门，波曼兹的气势就衰减了下来。他说：“我太老了。别让屋里的那个人把你耍了。要行动，跟大人物交手，一定要先行动。我该怎么办？我睡了一百年啊，只剩下一星期的时间来拯救自己。时间这么短，我该怎么办？而且面对帝王……我只对夫人有所了解而已。”

“为什么你觉得她是艾瑞达斯？为什么不能是其他姐妹？”

“不止她一个？”

“四个。”我把名字告诉了他，“从你的资料里，我推断出搜魂就是多洛特娅……”

“我的资料？”

“大家都觉得是你的，因为你唤醒夫人的故事就混在里面。我们都认为，在那天之前，你把所有的文献都收集在了一起，你老婆觉得你已经死了，逃跑的时候把它们也带上了。”

“你们还须要好好调查。因为我什么都没收集，除了大坟茔的地图外，其他的我都没有。督察那么严，我哪敢冒那样的风险？”

“我对你的地图很了解。”

“我得亲自看一看那些文献。不过首先，去见白玫瑰。同时，跟我谈一下夫人。”

他的思路跳来跳去，我很难跟上。“谈她干什么？”

“你俩的关系有些微妙。既是敌人，又是朋友。或者既是情人，又是敌人？你们是知己知彼又互相尊敬的对手。你尊敬她，肯定会有原因。彻底的邪恶是无法得到尊敬的，连它自己都不会尊敬自己。”

哇。他说的没错。我确实尊敬她。我对他说：“仔细想想，她身上确实有着光明的一面。她努力让自己变成恶棍，但当真正的黑暗——也就是地底下躺着的那位——袭来时，她的缺点就出现了。”

“要想把自身光明的一面消灭掉，比起征服黑暗本身，也容易不了多少。帝王每一百代只诞生一世，其他的那些，比如劫将，不过是刻意的模仿罢了。”

“你能敌得过夫人吗？”

“不太可能。我怀疑她一有时间就会把我变成劫将。”这老家伙可是“逢凶化吉”了。他突然停住了脚步。“天啊，她很强大啊！”

“谁？”

“你们的宝贝儿。这种吸收强度令人难以置信，我感觉自己跟个小孩一样无助。”

我们从蓝柳树二楼的窗户中爬了进去。没错，雪已经堆到二楼了。

独眼、地精和沉默在大厅里跟宝贝儿在一起，前两者看上去有些倦怠。“看来，”我说，“你们还真成功了，我还以为猎狗——蟾蜍杀手把你们当午餐吃了呢。”

“没什么大不了的。”独眼说，“我们……”

“我们？你好意思说‘我们’？”地精不屑道，“当时的你就跟公猪身上的奶子一样没用。沉默……”

“闭嘴。这是波曼兹，他想见宝贝儿。”

“就是故事里的那个波曼兹？”地精尖声道。

“就是他。”

两人的会面很简短。刚一对话，宝贝儿就主导了话题。他发现这一点后，立即中断了对话。他对我说：“下一步，我要读一下那所谓的我的自传。”

“不是你的吗？”

“不可能，除非我的记性比我想的还要差。”

我们回到军营，一路上默不作声。他看上去若有所思。初见宝贝儿的人，都会这样。但对我们这些长久在她身边的人来说，她就是宝贝儿而已。

波曼兹艰涩地阅读着那份手稿，时不时问一下看不懂的语段。他对尤齐特方言并不熟悉。

“你跟这份手稿没什么关系？”

“是啊。不过故事的最初来源应该是我的妻子。再问一个问题，你们有没有调查那个名叫缠人精的小女孩？”

“没有。”

“应该去查一下她。她才是唯一重要的幸存者。”

“我会跟夫人说一下的。不过时间应该不够了，几天之后，地狱就要到来了。”不知道摄踪有没有把树苗种在上面。当河水泛滥到帝王陵的时候，它会起到很大的作用。摄踪走的这一步，虽然很勇敢，但是太愚蠢。

不过，它的努力很快便有了明显的成效。当我去把波曼兹有关缠人精的建议告知夫人时，她问道：“你注意到天气了吗？”

“没。”

“天气转好了。树苗减弱了我丈夫控制天气的能力。当然还是太晚了，洪水还是会在几个月后冲到那里。”

她心情很压抑。当我把波曼兹的建议告诉她时，她只是点了点头。

“真的那么糟吗？我们的仗还没打，就已经输了吗？”

“没有。但胜利的代价提高了。我不想付出那样的代价，我可能都付不起。”

我困惑地站在那里，等着她来解释。但她没有解释。

片刻后，她说：“坐吧，碎嘴。”我坐在她暗示的那张椅子上，旁边是一团烧得正旺的火，火炉由皮包勤快地打理着。又过了一会儿，她把皮包遣走了。但是她仍然什么都没有说。

“时间正在拉紧我们脖子上的绞索。”她自语道，“我却不敢解开绳结。”

第五十四章

炉火之夜

日子一天天地过去，我们没有任何进展。夫人取消了所有调查。她和劫将经常开会，但不允许我参加，也不允许波曼兹参加。除非有明确的指令，瘸子也不会去参会，他平常就在我房间里折腾文献。

我已经放弃了那间屋子，搬到地精和独眼的房间去了。有那两个劫将在，我整天惶恐不安，跟他们住一间屋子，就跟身处暴乱的中心一样没有安全感。

渡鸦还是老样子，一点都没变。除了忠心耿耿的盒子之外，几乎没有人能记起他。沉默有时会为了宝贝儿，过去看看，但也没什么热情。

这时，我才意识到沉默对宝贝儿不只是忠诚和袒护，他没有办法去表达自己的情感。他的沉默不只是因为一个誓言。

我还是不知道哪两个姐妹是双胞胎。跟我预料的一样，摄踪在族谱里没有新的发现。他能有所发现就已经是个奇迹了。毕竟法师们为了掩盖自己的踪迹，恨不得把千方百计用遍。

地精和独眼曾试着给他催眠，希望能从他远古的记忆里获取到什么。但是整个过程就像在一场大雾里追踪鬼魂一样，最终还是不了了之。

劫将们跑去处理痛郁河，把西河岸上的冰块收走，想借此改变洪流的方向。但他们搞砸了，反而可能会增高水位。两天的努力也就为我们争取来十个小时。

大坟茔附近时不时会出现一些大脚印，脚印很快就会被雪花覆盖。尽管后来天转晴了，空气反而更冷了。雪既不融化，也不结冰，这是劫将的功劳。东风不断卷起落雪。

皮包过来对我说："夫人想见你，先生，就是现在。"

我在跟地精和独眼玩三人"唐克"纸牌游戏，听到他的话只好停了下来。最近，除了时间在一如既往地流动，其他的进展都放慢了速度。我们能做的都做了。

"先生，"我们走出他们的听觉范围后，皮包说，"要小心。"

"嗯？"

"她心情很差。"

"谢谢。"我慢吞吞地说。我的心情已经很差了，不须要再沾染她的坏心情。

她的房间重新进行了装修，铺上了地毯，挂上了壁帘。一条长沙发横在壁炉前面，炉火毕剥地燃烧着，让人听后非常舒服。这气氛似乎是故意营造出来的，伪造出一副家的样子。

她坐在沙发上。"过来跟我坐。"她说。她并没有回头看谁来了。我朝椅子走去。"不，过来，坐我旁边。"我坐到沙发上。"怎么了？"

她的眼睛聚焦在遥远的某处，脸上的表情非常痛苦。"我已经决定了。”

“是吗？”我紧张地等待着，不知道她什么意思，更不知道自己该不该坐在这里。

“我面临的选择已经很少了。我可以投降，成为劫将中的一员。”

我从没想过她会得到这样可怕的惩罚。“或者呢？”

“或者我可以抗争到底。这将是一场必败的战争，或者对我来说必败、最终我们会赢的战争。”

“如果你赢不了，为什么还要抗争？”我不会这样问佣兵团里的人，因为我知道自己人的答案。

她的答案，跟我们的应该不一样。“因为战争的结果可以操控。我赢不了，但我可以决定谁赢谁输。”

“至少确保他不会赢？”

她缓缓点了点头。

她阴沉的情绪终于有了解释。这种情绪，我在战场上的一些士兵身上也见过。他们必须去完成一个致命的任务，如果不去，其他人都没有活路。

为了掩盖自己的反应，我从沙发上起身，往火炉里添了三根木柴。要不是我们低落的情绪，坐在温暖的火炉前，欣赏炉火飞舞，该是多么美好的一件事。

我们就这样静静地坐在那里。我感觉她并不期待我说话。

“破晓之后就开始。”她终于开口说道。

“开始什么？”

“开战。嘲笑我吧，碎嘴，我要去消灭黑暗，而且没有一丝胜利的希望。”

嘲笑？怎么会。钦佩，尊敬才对。她仍然是我的敌人，但最后还是消灭不掉自己身上的那点光明的火花，以另一种方式死去。

她正襟危坐，双手放在大腿上，盯着炉火，仿佛炉火会告诉她谜底。她开始发抖。

这个女人对死亡有着莫大的恐惧，但最终竟然会在投降和死亡之间选择后者。

对我说这些有什么好处？没什么好处，一点都没有。如果我能看到她看到的画面，或许能更好地理解她，但她又缄口不言。

她用非常微弱的声音，尝试性地问："碎嘴？你能抱着我吗？"

什么？当时的我没说出口，但心里肯定是这样惊叹的。

我什么都没说，只是笨手笨脚、犹豫不决地抱住了她。

她趴在我肩上低声哭泣，像一只被抓住的兔宝宝那样发抖。

过了很久，她才说话。她不说话，我也不敢开口。

"自从我长大后，就没有人这样抱过我。我的保姆……"

她沉默良久。

"我没有朋友。"

又是一阵沉默。

"我很害怕，碎嘴，我独自一人。"

"不，我们会一直陪着你。"

"但我们的目的不一样。"她又沉默起来。她在我怀里躺了很久。炉火渐渐烧尽，屋子里的火光变暗。屋外冷风呼啸。

一段时间后，我以为她睡着了，正要放下她离开，不料她抓得更紧了。所以我没动身，仍然抱着她。我的肌肉都酸了。

最后，她松开了手，起身生火。我仍坐在那里，她在我身后站了一会儿，盯着火焰。然后，她把手放在我肩上，片刻后，她才说："晚安。"她的声音似乎非常遥远。

她走进另一间房，我又坐了十到十五分钟，往壁炉里添了最后一根木柴，然后拖着脚，返回了真实而残酷的世界。

我的表情肯定非常怪诞。地精和独眼两人都没敢烦我。我直接钻进铺盖里，背对着他们，但许久都没睡着。

第五十五章

热身战

我猛然惊醒。免疫结界！我在它外面待了太久，它突然出现，让我有些不适应。我匆忙掀开身上的铺盖，发现屋子里就我一个人，整个军营几乎没有人了，只有餐厅里有几名卫兵。

太阳还没出来。

疾风在墙壁间呼啸，尽管炉火正旺，空气仍然冰冷。我吃了几勺燕麦粥，心想我到底错过了什么。

我刚吃完饭，夫人便走了进来。“原来你在这里，我还以为这次不得不撇下你呢。”

不管昨晚她有多脆弱，她行动起来依旧干练自信。

我穿上大衣。免疫结界渐渐远去。我又去我之前的房间看了看，瘸子还在那里，我皱着眉头，费解地离开了。

所有的飞毯都满员负载，而且全副武装。有趣的是，大坟茔和城镇之间的雪都不见了，这一夜呼啸的疾风把它们吹没了。天色渐亮，不再黑洞洞一片，我们开始起飞。夫人把飞毯飞得很高，晨光中的大坟茔看起来像是微缩模型地图。飞毯打着小圈在空中盘旋。风已经停了。

帝王陵看上去马上就要被洪水吞没。“还有一百个小时。”她仿佛预知了我的想法。以前是倒计天数，现在是倒计小时。我沿着地平线四处张望。最后看到了它。

“那颗彗星。”

“他们在地上看不到，不过今晚……必须得有云遮挡才行。”

地面上，大坟茔和城镇之间的那一带，一群小黑点匆匆移动着。夫人展开一幅地图，看上去跟波曼兹那张差不多。

“渡鸦。”我说。

“今天，如果我们幸运的话，就能救他。”

“他们在底下干什么呢？”

“测量。”

不只是在测量吧。卫兵的阵容明显是为了应战，他们在大坟茔的一侧形成了环形防线，还集结了一群小型攻城军械。不过，确实有些人在测量，他们在地上插了一排排挂着三角彩旗的旗杆。我没问她搞这些的目的，她也没跟我解释。

十二只鲲鲸在河水的东侧盘旋。我原以为它们早就离开了。东方的天空火红一片。“第一个要对付的，”她说，“是个小杂碎。”她皱起眉头，集中注意力，我们的飞毯开始发光。

一匹白马驮着一个白衣人从城里跑了出来。宝贝儿。沉默和副团长陪同着她。宝贝儿在两排旗杆间经过，在最后一支旗子旁边停了下来。

一座墓穴炸开了。晨光中，一个庞然大物破土而出。它或许跟猎狗——蟾蜍杀手有着亲缘关系，但在外形上，更像一只章鱼。它朝河水的方向跑去，想要逃出免疫结界。

宝贝儿驾着马，朝小镇奔去。

咒语如同火雨，从飞毯上降落。不出几秒，那只怪兽就被烧成了黑炭。“解决了一个。”夫人说。地面上的人又开始测量起来。

这一整天，我们就这样缓慢而谨慎重复着。大多数帝王的走狗都会冲向痛郁河，少数几个朝另一个方向跑去，但会遭到卫兵的猛烈攻击，最后还是死在了劫将手里。

“有时间把它们全消灭掉吗？”太阳下山时，我问道。一直坐在这里，我早就受不住了。

“有的是时间。不过不会一直这么容易的。”

我问为什么，她并没有进一步解释。

在我眼中，这个是非常巧妙的计划。把它们一个个放出来，然后杀掉，最后那个大家伙就变成光杆司令了。他再强大，裹在免疫结界里，又能做得了什么？

我步履蹒跚地走回营房，走到自己的房间里。瘸子还在工作。虽然劫将不需要普通人那样多的休息时间，但他这个样子，肯定坚持不了多久了。他到底在研究什么？

还有波曼兹，这一天都没见他。他又在搞什么鬼？

晚饭跟早饭一样无味，我正吃着，沉默突然出现了。他坐在我对面，端着一碗粥，跟个要饭的一样。他脸色苍白。

“宝贝儿感觉怎么样？”我问。

他手语道：“她都有点享受。她不该这样冒险的，有只怪兽差点就要了她的命，奥托为了保护她都受了伤。”

“须要我帮忙给他看看吗？”

“独眼已经给他处理过了。”

“你来这里做什么？”

“今晚我们要把渡鸦救出来。”

“噢。”我又把渡鸦忘了。我对他的命运这么不在乎，是怎么好意思说自己是他朋友的？

沉默跟我去了独眼和地精的房间，他们两人不久后也回来了。他们情绪低沉，因为拯救老朋友的重任主要落在他们肩上。

其实我更担心沉默。他有所顾忌。他能战胜内心的邪念吗？

他既想救他，又不想救他。

我也是。

夫人精疲力竭地走了进来，问：“你要不要一起去？”

我摇了摇头。“我去了只会碍手碍脚，你们完事后跟我说一声。”

她瞪了我一眼，然后耸了耸肩，离开了。

半夜的时候，独眼把我叫醒。他一副虚弱不堪的样子。我匆忙起身。“怎么样？”

“成功了。我不知道最终效果如何，但他的灵魂回来了。”

“过程顺利不？”

“很艰难。”他钻进被窝。地精已经在被子里打呼噜了。沉默也在屋内，倚着墙，裹着借来的毯子，也在打鼾。等我清醒后，独眼也睡着了。

渡鸦的房间里只有渡鸦和皮包两人。渡鸦在打呼噜，皮包则一脸担忧。其他的人已经离开了，在屋子里留下一股浓重的体味。

“他还好吗？”我问。

皮包耸了耸肩。“我不是医生。”

“我是。让我给他看看。”

脉搏强健有力，呼吸有点急促，不过还算平稳，瞳孔有些扩大，肌肉有些紧张，身体出了汗。“没什么可担心的，多给他喝些肉汤。

另外，他能说话后立即通知我。别让他起床，他需要适应自己的肌肉，否则可能会受伤。”

皮包一个劲儿地点头。

我回到被窝里，想想渡鸦，又想想瘸子。我原来的那间屋子还亮着灯光。仅存的唯一一名老劫将仍在进行他那疯狂的任务。

渡鸦更让人担心。他肯定会问起宝贝儿，而我却只想质问他的资格。

第五十六章

前夕

越不希望天亮，天偏偏亮得更快。你想让时间凝固，它偏偏如白驹过隙。今天重复着昨天的事：开坟，杀怪。唯一不同的是，瘸子竟然出来观看了。他似乎对我们做的事情很满意，然后又回我原来的房间了——他霸占了我的床。

晚上，我去看望渡鸦，他几乎没有变化。皮包说他好几次要醒，还说过梦话。

“继续给他灌汤。需要我的话，尽管叫我。”

我睡不着，只好在军营里逛来逛去。四处寂静一片，没有人气。几个失眠的士兵在餐厅里聊天，我一进去，他们就安静了下来。我想去蓝柳树，但转念一想，那边也不见得欢迎我。我现在在所有人的黑名单里。

没有最糟，只有更糟。

我算是理解夫人所说的孤独感了。

现在轮到我想要拥抱了，真希望自己有胆量去见她。

我又回到了床上。

这次倒是睡着了。他们费了很大劲儿才把我叫醒。

正午时分，我们已经把剩下的帝王走狗消灭得一干二净了。夫人下令放半天的假。第二天早上，我们开始为最后一战做演习。她预测，离河水冲开帝王陵大概还剩四十八个小时。我们有足够的时间休息、演习、做准备。

这天下午，瘸子外出飞了一会儿，他心情舒畅。我抓住这个机遇，去我的房间里四处翻找，但只发现了一点黑木屑和银粉，少到几乎看不见。看来他已经清理过了。我没有碰这些粉末，生怕触发什么咒语。除此之外，我一无所获。

演习非常紧张。所有人都出来了，包括瘸子和波曼兹。波曼兹这段时间非常低调，以至于大多数人都把他忘了。鲲鲸在河水上空游荡，蝠鲼时而盘旋，时而俯冲。宝贝儿沿着旗杆围成的走廊，朝帝王陵的方向冲去，最后在安全范围之内停了下来。劫将和士兵都在操练自己的武器。

看起来很不错，到时候应该会成功。可是为什么我总觉得我们要遇上大麻烦了呢？

我们的飞毯刚落地，皮包就跑了过来。“我需要你帮忙。”他忽略了夫人，直接对我说，“他不听我的话，一个劲儿地要起床，都摔到地上两次了。”我看了一眼夫人。她点了点头，准许我去。我到的时候，渡鸦正坐在床边上。“听说你总不老实。既然你他妈想自杀，那我们吃尽苦头把你从大坟茔救出来还有什么意义？”

他缓慢地抬起眼，目光落到我身上，似乎认不出我来。该死，我心想，他怕是失忆了。“他有说什么话吗，皮包？”

“有，但总是胡言乱语。我觉得他不知道自己昏迷了多久。”

“我们要不要把他绑起来？”

“不要。”

我们吃了一惊，看向渡鸦。他认出我来了。“不要绑我，碎嘴，我听话。”他微笑着躺了下去。“过了多久了，皮包？”

“你跟他把事情讲一下。”我说，“我去配点药。”

我只是想远离渡鸦。有了灵魂的他看起来气色更差了，像具死尸。他让我想起自己终将会死。我已经为此烦恼，不想再多提醒。

我配了两瓶药，一瓶可以镇定他的颤抖，另一瓶可以让他昏迷，如果他还是不老实，皮包拿他实在没办法，就把这瓶给他灌下去。

渡鸦阴着脸，看着我走了进来。不知道皮包讲到哪里了。“你老老实实躺着就行。”我对他说，“自从杜松城之战开始，你就对局势一点都不了解了，其实从查姆之战开始，你的眼界就跟不上了。你一直单枪匹马，独来独往，再勇敢再强壮也没什么用。把这个喝了，能给你止抖。”我把另一瓶给了皮包，并小声跟他讲了它的作用。

渡鸦轻声问：“这是真的吗？宝贝儿和夫人明天要联手起来，挑战帝王？”

“是真的，对所有人来说，都将是生死攸关的时刻。”

“我想……”

“你好好待在这儿，还有你，皮包。不能让宝贝儿分心。”

我本来已经把明天即将出现的三角敌对冲突抛到了脑后，现在我又开始担心起来。帝王的败落，并不代表着战争的终结，除非我们最后失败了。如果败方是他，那么白玫瑰跟夫人的战争又将继续。

我迫切想要见到宝贝儿，想询问她的计划，但我又不敢去。夫人把我看得很严，随时可能会审问我。

我的处境真他妈孤独啊。

皮包又继续讲了起来。后来，地精和独眼也进来了，从他们的视角把事情复述了一遍。甚至夫人都过来了。她招呼了我一声。

“怎么了？”我问。

“跟我来。”

我跟她去了她的房间。

屋外，夜已降临。大概十八个小时之后，帝王陵就会被水冲开，如果我们采取行动的话，坟开之时会更早。

“坐。”

我坐了下来，说：“我越来越担心，越想越心慌，又没法不去想。”

“我理解。我本来打算拿你来分心的，但还是太在乎了。”好吧，这话倒让我分了心。“要不你给配点药？”

我摇了摇头，说：“我还真没有缓解恐惧的药，不过我听说法师们……”

“不行，他们的方法代价太高，我们需要保持理智，明天可不会像演习那样顺利。”

我挑起一根眉毛。她没有进行解释。我猜，她是在怀疑友军将不按计划行事。

炊事官走了进来，炊事兵准备了一桌盛宴。难不成是断头餐？炊事兵散去后，夫人说：“我点的都是最好的，你住在镇上的朋友也有份，明天的早餐也是一样。”她看起来镇定自若，不愧是经历过大风大浪的人……

我没忍住，嗤笑了一声——前段时间她还请求拥抱呢，她跟我们一样害怕，好吗？

她看到我笑了，但没有问为什么。很明显，她心里装着其他事情。

用三流的食材，做出一流的饭菜，这些厨师也是尽了力，但饭菜绝对称不上丰盛。吃饭的时候，我们都默不作声。我第一个先吃饱，然后把胳膊肘放桌子上，陷入了沉思。她很快也吃饱了，其实她吃得非常少。几分钟后，她回到自己的卧室，带来三支黑箭，每支箭上都镶着泰勒奎尔字符。我见过这种箭，搜魂在我们伏击瘸子和私语的时候，曾给了渡鸦一支。她说："用我给你的那支弓，不要远离我。"三支箭一模一样。

"用来对付谁？"

"我丈夫，他们没有他的真名，杀不死他，但可以拖延时间。"

"你觉得我们的计划会出问题？"

"一切皆有可能，所有的结果都得考虑在内。"我们四目相对，她的眼中隐藏着什么……我们移开视线。她说："你该走了。好好睡觉，明天要精神饱满、思维敏捷。"

我苦笑道："睡不着怎么办？"

"自有安排。除了值班的，所有人都要睡觉。"

"哦。"法术。劫将会给我们施咒。我站起身，犹豫了几秒钟，然后往火炉里扔了几根木头。我谢过她的晚餐，最后终于说出了心里话："我想祝你成功，但又不能全心全意。"

她无力地笑了一下。"我知道。"她把我送到门边。

在我出门之前，我没有克制住内心的冲动，转过身——她满怀期待地站在那里——拥抱了她，我们足足抱了半分钟。

最讨厌她普通人的样子，而我又需要她这个样子。

第五十七章

最后一日

我们在屋内睡了一宿，第二天早上，有一个小时的时间来吃早餐和进行战前祷告。洪水直到中午才会冲垮帝王陵，也就是说，时间并不紧急。

不知道地下的那家伙在干什么。

八点的时候，士兵开始集合，无人缺席。瘸子驾驶着自己的小飞毯，飘来飘去，频繁地跟私语会合，两个家伙脑袋凑在一起，商讨着什么。波曼兹躲在边边角角，远离大家的视线。不能怪他，换成他那样的处境，我恐怕直接逃到木桨城去了……换成他的处境？我自己的处境比他的更自在吗？

他被自己的良心所害，执意要弥补自己欠下的债。

鼓声响起，兵将各就各位。我伴在夫人身边。小镇剩下的那些居民，带着自己所能带上的行李，走上前往木桨城的路。这条路可有得堵了。夫人曾传召军队，他们成千上万地赶了过来，现在已经到了木桨城北部。他们肯定会姗姗来迟，但也没人跟他们传个话，让他们原地驻留。

所有人都集中注意力备战，外部世界已经不存在了。我看着路上的居民，忽然意识到，如果我们战败逃亡，这条路岂不是死胡同一个？不过我的担忧很快就散去了，眼下要面对的是帝王，逃亡的事太超前。

鲲鲸在河水上空就位，蝠鲼在寻找上升气流，劫将们升起了飞毯。我今天“有幸”留在地面上，跟夫人与她丈夫面对面切磋。

呵呵，真是多谢了。我就这样跟在她身后，拿着她给的那把弓和三支箭。

所有的士兵都站在岗位上，有的在壕沟里，有的在栅栏后，有的在火炮旁。经过细心的测量，路旁已插好旗杆，用来为宝贝儿提供向导。气氛越来越紧张，除了紧张，还能做什么?

“一直站在我身后。”夫人提醒道，“准备好射箭。”

“好的，祝你好运，如果我们赢了，我就请你去猫眼石城的花园里吃饭。”我都不知道自己为什么这样说，为了转移自己的注意力?今早很冷，我却汗水直冒。

她先是怔了一下，然后微笑道：“如果我们赢了，我就跟你去。”她的笑很勉强，她不相信自己能撑到一个小时之后。

她开始朝帝王陵走去，我像只忠诚的老犬，跟在她身后。

她身上的光明火花不会熄灭，她不会为了保命而投降。

我们没走几步，波曼兹便跟了上来，然后是瘸子。

两人的行动都不在演习之内。

夫人没有做出反应，我就更别多嘴了。

劫将的飞毯开始螺旋式下降，鲲鲸开始变得活泼起来，蝠鲼仍在寻找舒适的气流，变得有些狂躁。

我们到达大坟茔的边上。我的护身符没有响动。大坟茔中心之外的所有图腾都已经被移走了，逝者终于得到了安宁。

湿泥嘬着我的靴子，我拉着弓，捏着箭，连保持平衡都成问题。一支黑箭抵在弦上，另外两支攥在我拿弓的手里。

夫人在波曼兹曾待过的坑旁稍作停留，一时间，她忘却了周围的世界，就仿佛在跟地下的那东西交谈。我向后望去。波曼兹在我们偏北方向大概五十英尺的地方，双手插在口袋里，脸上挂着倔强的表情。瘸子降落在过去大坟茔“护坟河”所在的地方，他可不想在免疫结界移过来时摔到地上。

我瞥了一眼太阳。大概九点钟了。我们还有三个小时。

我的心脏跳得都快爆掉了，我的双手抖个不停，骨头都快咯咯作响了。哪怕我面前有匹大象，我都不见得能射中。

我怎么就这么幸运，成了她的跟屁虫？

我回顾自己的人生。我做了什么，才得到这样的对待？有太多选择我可以避免……“什么？”

“准备好了吗？”她问。

“怎么可能。”我病恹恹一笑。

她想回我一个笑容，但没挤出来。她比我还要怕，她知道她面对的是什么，她坚信自己只有几十分钟的活头了。

这个女人不缺胆量，敢于面对毫无胜算的战争，或许，她觉得这样可以为她换来一丝救赎？

我脑袋里闪过两个名字。西丽丝，克蕾登丝。哪一个才是她的？千钧一发之际，可能只有一次选择的机会。

我没有信仰，但还是暗暗祈祷，那个喊出她名字的人千万别轮到我。

她面向城镇的方向，举起了胳膊。喇叭鸣起，其实没有必要，因为所有人都望着她。

她垂下胳膊。

马蹄声。宝贝儿身着白衣，身骑白马，在旗杆间穿过，老艾、沉默和副团长三人尾随其后。免疫结界突然降临，所有人都屏息静待。帝王马上就能破墓而出。只是，没有法力的他，会失去大半的战斗力。

我感应到了免疫结界，它仿佛有千斤重，压在我身上。原来我对它如此敏感。夫人也踉跄了一下，她发出一声恐慌的呻吟。这个时候，她可不想失去自己的力量，但又别无选择。

大地先是轻抖一下，然后爆发出一股热浪。我退了一步，瑟瑟发抖地观望。烂泥和蒸汽散尽之后……令人震惊的是，破土而出的不是人，而是龙……

那条该死的龙！我怎么没想到它？

它足足有五十英尺高，头上裹着炽烈的火焰。它张开大嘴狂吼起来。这下怎么办？在免疫结界里，夫人保护不了我们。

我彻底把帝王给忘了。

我拉起弓，瞄准它的嘴巴。

一声叫喊阻止了我。我转过身。波曼兹蹦蹦跳跳，用泰勒奎尔尖声辱骂它。恶龙看见了他，想起了他们之间还有前账未了。

它喷着火，大长脖子像蛇一样蹿向他。

火焰扑到波曼兹身上，但伤不到他。他正处在免疫结界之外。

夫人向右移了几步，目光越过恶龙。恶龙的前腿已经出土，挣扎着想从地下爬出来。我完全看不到帝王的踪影。但是天上的劫将已经开始追捕了，火药长矛已经发射，落地即炸。

空中传来一阵雷鸣般的声音："跑去了河边！"夫人向前冲去。宝贝儿也开始奔跑，免疫结界随她移向河边。鬼魂在我身边咒骂、纠缠，我没精力去理会。

蝠鲼像一道道黑影，在鲲鲸发出的闪电间敏捷地穿梭。空气噼啪乱响，闻起来干燥而怪异。

突然间，摄踪出现在我们身边，嘟囔着要拯救小树苗。

号角声传来。我躲过一次龙腿的踢打，又躲过一次龙翼的拍击，然后向后望去。

几十个穿得破烂不堪的野人，尾随在猎狗——蟾蜍杀手身后，从森林里涌了出来。"就知道那浑蛋没死。"我想吸引夫人的注意力，"森林部落，他们在袭击守卫兵。"想不到，帝王最后还憋了这么一招。

夫人并没有理会。

部落野人跟卫兵之间的战斗，在此时并不重要。我们正在追捕劲敌，不敢顾及其他。

"在水里！"雷鸣般的声音再次从天而降。宝贝儿又开始向前移动。恶龙仍在挣扎，大地被它搅得摇摇晃晃。我和夫人手脚并用，向前边爬边跑。恶龙并没有注意到我们，波曼兹是它唯一的焦点。

一只鲲鲸降了下来，它把触角伸进水中，抓到了某个东西，然后喷出一股水。

一具人形躯体在触角中扭动、尖叫。我精神抖擞起来，我们成功了……

然而，它把他举得太高了。有那么一瞬间，帝王都脱离了免疫结界。

致命的错误。

滚雷，闪电，人慌马乱。半个小镇以及免疫结界附近的一条船都被炸得粉碎、烧得焦黑。

那只鲲鲸也爆炸了。

帝王跌落下去，在落回免疫结界和水面的过程中，他高吼道："西丽丝！吾唤尔之名。"

我放了一支箭。

命中。这是我这辈子最准的一箭，击中了他的腰部。他惨叫一声，伸手去摸身上的箭，然后便落入了水中。蝠鲼的闪电把河水搅得沸腾起来。另一只鲲鲸降了下来，把触角伸到水下。很长一段时间内，我都惊恐地以为帝王会在水下潜逃。

但最后，他还是被触角揪了上来。这只鲲鲸重蹈覆辙，把他抬得太高了。它也付出了同样的代价。不过这次帝王的魔法大大地衰减了，可能是因为我射的那一箭。他发射了咒语，但咒语跑偏了，击中了卫兵的军营，军营着起火来。卫兵和部落军就在那附近厮杀，帝王的咒语给双方都带来了伤亡。

我没有再射箭。因为此时的我呆若木鸡。我一直都相信，唤名仪式只要恰当无误，是不会被免疫结界吸收的。但夫人并没有受到任何影响。她站在岸边，盯着自己的丈夫。他喊出西丽丝，她却面不改色。

竟然不是西丽丝！帝王猜了两次，错了两次……现在，只剩一个名字了。我咧嘴一笑，但笑得很假。我原本猜得也是西丽丝啊。

第三只鲲鲸捉住了帝王，这次终于没有犯错。它把他拎到了岸上，朝宝贝儿和她的守护者送去。他疯狂地挣扎着。上帝啊！他哪来的这么大活力！

我们身后传来人们的惨叫和兵器碰撞的声音。遭遇野人袭击，卫兵并不像我那样惊讶，他们守住了阵营。空中飞着的劫将也匆匆加入他们，向下抛去风暴般的致命咒语。猎狗——蟾蜍杀手是他们主要的攻击对象。

鲲鲸一松开帝王，老艾、副团长和沉默就扑了过去。扑向他，简直就跟扑向一只老虎一样。他把老艾丢出三十英尺远，副团长的脊柱“啪嚓”一声被他打断，好在沉默躲过了他的攻击。我又朝他射了一箭。他踉跄几步，但仍没倒下。他晕头晕脑地朝我和夫人冲了过来。

摄踪半路截下了他。它把老树之子放到了一旁，然后抓住帝王，两个庞然大物摔起跤来——史诗一样的场面。它和帝王像是饱受折磨的灵魂一样，一声声惨叫不止。

我想冲过去，为老艾和副团长治疗，但夫人用手势示意我留在原地。她环顾四周，似乎期待着什么。

一声巨吼撼动大地，一团冒着黑烟的火焰朝天空喷射，恶龙像只受伤的蠕虫，尖叫着坠落下来。波曼兹消失了。

取而代之，瘸子出现了。他在我不注意的时候，偷偷挪到了离我十来英尺的地方。我吓得差点失禁。他的面具不见了，那张荒芜的脸上写满了恶意。他要清算我们之间的账了。我双腿一软。

他举着一把小型十字弓，咧着嘴坏笑。然后，十字弓竟移向了一旁。他用的箭，跟我手中的几乎一模一样。

我恍然大悟，随即拉到满弓。

他尖声道：“克蕾登丝，仪式完毕，吾唤尔之名。”然后，他射出了箭。

与此同时，我也松弦放箭。我没能早些放箭，真该死！我的箭射中了他那颗黑心，他跌倒在地。太迟了，太迟了。

夫人一声惨叫。

恐惧变成了愤怒。我扑向瘸子，丢下手中的弓，拔出身上的剑。他并没有面对我的攻击，而是一只胳膊撑在地上，傻傻地看着夫人。

我发了疯。在特定场合之下，估计所有人都会发疯吧。可我是多年的老兵，早就明白在战场上发疯，就意味着自寻死路。

瘸子身处免疫结界之内，这意味着他现在是苟延残喘，手无缚鸡之力。多年来对他的恐惧……我要让他付出代价。

我的第一剑豁开了他半个脖子。我不断地砍砍砍，直到把他脑袋砍下。然后我又开始肢解他，疯狂地拿剑在他的陈年老骨上凿来凿去。我渐渐恢复了机智，转过身去看夫人的状况。

她单膝跪地，身子压在另一只膝盖上。她正在拔瘸子的箭。我冲了过去，把她的手拨开。“不要，让我来，一会儿再拔。”这一次的唤名又失败了，我没有像刚才那样震惊。我甚至觉得她无懈可击。她差点就没命了，该死！我控制不住身上的颤抖。劫将对部落人的打击起了效果。一些野人已经落荒而逃，猎狗——蟾蜍杀手被一群恶咒包裹。“坚持一会儿。”我对夫人说，“我们正处于上风，会赢的。”我自己都太不信，但她须要听到这些。

帝王和摄踪仍然在打滚，一边呻吟，一边咒骂。沉默拿着一把宽刃长矛，在一旁跳来跳去，一有机会，他就朝敌人砍去。哪怕他再强壮，也耗不到最后。宝贝儿在附近旁观，离他们不远，但又在帝王的攻击范围之外。

我跑到瘸子的尸体旁，把他胸膛里的箭拔了出来。他瞪向我。他那该死的脑袋还活着。我把他的头踢进了恶龙挣扎时挠出的坑里。

恶龙已经停止了挣扎，还是不见波曼兹。他彻底消失了。他第二次遇见了命中的劫难，第二次挑战了它，最后在它体内杀死了它。

不要以为波曼兹低调，就觉得他没有功劳。帝王肯定是想趁大家的视线被恶龙吸引的时候，逃出免疫结界。波曼兹让他的计划落了空。面对不可逃避的命运，他跟夫人一样，有着坚定的决心和不倒的意志。

我回到夫人身旁，我的双手已经停止颤抖了。只可惜我没有带医药箱，现在只能凑合着使用匕首了。我让她平躺，开始挖箭。在箭被拔出来之前，她会经受好一番痛苦，不过，她还是挤出了一个感激的微笑。

摄踪和帝王身边已经围了十几个人，他们都在捅来捅去，甚至有些人都不在乎自己捅到的是摄踪还是帝王。那老家伙很快就要不行了。我从夫人衣服上扯下几条布，为她包扎好伤口。“我会尽快给你换上新绷带的。”

部落野人被打得屁滚尿流，猎狗——蟾蜍杀手朝山地跑去，这老杂种跟它主子一样顽强不死。打完仗的士兵正朝我们赶来，他们抱着干柴，为帝王准备火葬……

第五十八章

游戏结束

然后，我看到了渡鸦。

“该死的白痴。”

他倚着皮包，一瘸一拐，手中拿着一把剑，表情坚定。

肯定是来惹事的。他这弱不禁风的样子，多半是装出来的。

不用多想，就知道他是来干什么的。一根筋的他，为了弥合他与宝贝儿之间的裂痕，特此前来解决掉她的强敌。

我又开始颤抖，但这次不是因为恐惧。如果没人阻挡他，我就会陷入两难境地。我必须做出选择，采取行动，但无论如何，总会惹人不高兴。

我通过检查夫人的衣服来转移注意力。

影子落到我们身上。我抬起头。沉默眼神漠然，宝贝儿却面带同情。沉默朝渡鸦瞥了一眼，他也处于两难之地。

夫人抓着我的胳膊说：“抬我起来。”

我照做了。她像水一样柔弱，我不得不架着她。

“还没完。”她对宝贝儿说，就仿佛宝贝儿能听见一样，“他还没死。”

他们已经把帝王的一只胳膊和一条腿割了下来，然后扔进了柴堆里。摄踪仍硬撑着，以便士兵切割帝王的头颅。地精和独眼站在一旁，等着他的头，摆出即将飞奔的架势。几名士兵把老树之子种在了地上。鲲鲸和蝠鲼在我们上空游荡，还有一些飞去了森林上方，帮助劫将追杀猎狗——蟾蜍杀手和野人。

渡鸦越走越近。我还没有拿定主意，到底该站在哪方。

帝王这老王八蛋顽强得很，就为了切他的头，十来个人丢了性命。脑袋都掉了，他还活着。跟瘸子一样，他的头还有生命。

地精抓着那颗不死头颅，坐在地上，双膝死死夹住它。独眼把一根六英寸的银钉从他的额头砸入大脑，帝王的嘴唇仍然动个不停，骂骂咧咧的样子。

银钉会吸收他的灵魂。他的头会被扔进火里，烧完之后，银钉会被取出，然后再被钉进老树之子的树干里。在接下来的一百万年，这个黑暗的灵魂会一直被束缚在里面。瘸子的肢体也被卫兵带进了柴堆，不过他们没找到他的头，恶龙扒出的那坨泥土已经把它盖住了。地精和独眼点燃了柴堆，火苗蹿腾而起，似乎迫不及待要烧掉里面的东西。瘸子的箭离夫人的心脏只有四英尺远，位于锁骨和左胸中间。在这么艰苦的条件下，我能成功把它拔出来，不得不承认，这是一件令人自豪的事情。不过，我就该废掉她的左臂的。

她举起左臂，伸向宝贝儿。我和沉默都愣了，但片刻后，我们明白了她的企图。

夫人把宝贝儿拽向自己。她虚弱无力，拽不动她，所以在某种程度上，应该是宝贝儿任她拽过去的。然后，夫人低声道：“仪式完毕，吾唤尔之名，托妮·费斯克。”

宝贝儿无声地尖叫起来。免疫结界开始淡去。

沉默面色铁青。他痛不欲生地站在那里，在誓言、爱恨以及某种源于义务却高于义务的感情间挣扎、纠结，眼泪从他的脸颊滑落。我多年的愿望，在这一刻实现了，我自己也想哭了——

他开口说道：“仪式完毕。”他吃力地组织语言，“吾唤尔之名，多洛特娅·森扎克，吾唤尔之名，多洛特娅·森扎克。”他看上去下一秒就要晕倒。他坚持住了。

但她们没有。

渡鸦更近了。来者不善，他成了我心头百患中的首患。

我和沉默对视了一眼。我怀疑自己的表情跟他一样苦涩。他红着眼，流着泪，冲我点了点头。共识达成。我们跪下身，把她们分开。我摸了摸宝贝儿的脖子，沉默看上去有些担忧。“她没事。”我对他说。夫人也没事，不过他才不在乎她呢。

我到现在都在想，她们两个当时怎样主宰着命运，又怎样屈服于命运。就在那一瞬间，两人的力量烟消云散了。宝贝儿失去了免疫结界，夫人失去了所有的法力，在某种意义上，她们算是同归于尽了。

尖叫声突然传来，飞毯如雨般落下。所有劫将的命运都跟夫人绑在一起，而且经历了荒原上的那次背叛后，她把他们绑得更紧了。这也就意味着，他们同时失去了法力，从万丈高空跌落，难逃死亡的魔掌。

战场上会法术的人不多了。摄踪也死了，帝王给他带来了致命的重伤。我相信，摄踪死得心满意足。

但这一切还没完，还有渡鸦要面对。

他在五十英尺之外的地方，松开了皮包，像恶鬼一样扑来。他死死地盯着夫人，脚步坚决。为了赢回宝贝儿的心，他打算杀死夫人。

哼，碎嘴，你能让这等事情发生吗？

夫人的手在我手中颤抖，她的脉搏微弱，但有总比没有强。或许……

或许他会知难而退。

我捡起弓，把从瘸子身上拔出的那支箭搭到弦上。“停住，渡鸦！”

他没有停。他估计都没听到我的喊声。该死，如果他还不停……我就只能射箭了。

“渡鸦！”我拉到满弓。

他停了下来。他盯着我，仿佛在回忆我是谁。

整片战场鸦雀无声，所有的人都望着我们。沉默本来在护送宝贝儿，现在也停了下来。他拔出剑，警惕着可能威胁到宝贝儿的任何动静。这场面多少有些滑稽，我们像对双胞胎，站在那里守卫着她们的性命，却永远得不到她们的真心。

独眼和地精朝我们跑来，我不知道他们会站在哪一方。不管他们如何选择，我都不想他们掺和进来。这本就是渡鸦和碎嘴两人的对决。

该死，该死，该死！他为什么还不放弃？

“结束了，渡鸦，不要再杀了。”我的声音越来越尖，“你听见了没有？我们输了，我们也赢了。”

他并没有看我，而是看看沉默和宝贝儿，然后向前走了一步。

“你想成为下一个要死的人吗？”该死，谁都吓不退他。我能吗？不能也得能。

独眼谨慎地停在一旁十英尺的地方。“你在干啥，碎嘴？”

我在发抖。除了双手和胳膊，我浑身都在发抖。保持着拉弓的姿势，我的肩膀开始酸痛。“老艾怎么样了？”我问，喉咙有些哽咽，

“还有副团长呢？”。

“不乐观。”他回复道。我心底早就知道答案了。“死了。你为什么不放下弓箭？”

“先让他把剑放下。”老艾是我这么多年来最好的朋友……泪水模糊了我的双眼。“他们死了，我就是头儿了，是吗？我的职位现在最高，对吧？我的第一道指令就是停战熄火，就现在。没有她的贡献，我们哪能战胜帝王？谁都不能碰她，除非踏过我的尸体。”

“那我们就踏过你的尸体。”渡鸦说着，冲了过来。

“该死的倔驴！”独眼尖声喊道。他扑向渡鸦，地精则扑向我。太迟了，他们都太迟了。渡鸦比我们想象的要强壮得多，他已经丧心病狂。

我喊了一声“不要”，然后放开了手中的箭。

箭击中了渡鸦的大腿，他一直假装那条腿是瘸的，那我就让他假戏成真。他摔倒在地，一脸惊愕。他的剑被甩到了八英尺之外。他躺在地上，盯着我，仍然不敢相信我竟然是来真的。

皮包叫了一声，朝我扑了过来。我几乎都没看他，直接用弓柄把他抡到一边。他吃了苦头，只好跑到渡鸦那里，关心他的伤势。

又是一阵死寂。所有人都盯着我。我收起弓。“去给他包扎，独眼。”我一瘸一拐，走到夫人身边，跪下身子，把她抬了起来。没想到这么可怕的一个人，身子竟如此单薄。我跟着沉默朝小镇的废墟走去。军营仍在燃烧。我们各自背着一个女人，走在众人面前，显得有些怪异。“佣兵团今晚开会。”我朝佣兵团里的幸存者喊道，“不要缺席。”

我并不相信自己能把她背到蓝柳树，但最终竟奇迹般地做到了。我把她放在门口的地面上，受伤的那只脚踝这才想起痛来。

第五十九章

最后的投票

我瘸着腿，走到蓝柳树的大厅里，一只胳膊架着夫人，一只胳膊拄着弓。脚踝痛得要死，我本以为它差不多痊愈了。

我把夫人安顿在一张椅子上。虽然我和独眼尽了最大的努力，但她还是虚弱不堪，面色苍白，处于半意识状态。我决定时刻守护在她身旁。我们的处境仍然岌岌可危，她的人已经没理由对我们展露善意了，而且她自己也性命堪忧——相比渡鸦或我的战友来说，她本人或许才是她自己最大的敌人。她已经彻底绝望了。

“人都到了吗？”我问。沉默、地精和独眼都在。还有奥托这个不死鸟，每次战斗都会受伤，但每次都能活下来。他那不离不弃的跟班老哈也在。还有一个名叫摩根的小伙子，他是我们举旗手。另外还有三名佣兵团成员。宝贝儿当然也在，她坐在沉默旁边，完全无视夫人的存在。

渡鸦和皮包不请自来。渡鸦表情阴冷，但似乎可以控制住自己了。他凝视着宝贝儿。

宝贝儿闷闷不乐，她比夫人恢复得要好，毕竟她赢了这场战争。她对渡鸦的忽视，比对夫人还要刻意。

两人发生过一场争执。宝贝儿对他在感情上的无能表示非常失望。她并没有跟他一刀两断，没有把他从心里驱逐出去。而在她的眼里，他也没有获得原谅。

然后他说了一些沉默的坏话。沉默在宝贝儿心里有着一定的地位，但那地位并不特殊。这一点显而易见。

渡鸦的话激怒了她。她开始愤怒地详述自己不是男人们互相争夺的奖励品，不是弱智童话故事里的公主，身边围着一群追求者，赴汤蹈火做着蠢事，只为赢得她的欢心。

就跟夫人一样，她位高权重太久，已经忘了一个普通女人是什么样子，她的内心依然是白玫瑰。

渡鸦非常沮丧。虽然她没有彻底对他关上心门，但要想重新走进她的心，他需要翻山越岭、艰难跋涉。

他要走的第一步，就是与自己抛弃的亲生骨肉相见。

我甚至都有点可怜他了。这一生，他只会扮演一个角色，就是硬汉。然而宝贝儿却把这一角色给他抽走了。

独眼打断了我的回忆。“就这些人了，碎嘴，就这些了。这次的葬礼可不小啊。”

是啊。“你觉得，这次会议是由我这个活着的最高将领来开，还是由你这个年纪最长的成员来呢？”

“就你吧。”他除了忧思之外，什么都不想干。

我又何尝不是呢？可是我们只剩十人，周围都是潜在的敌人，我们须要尽快做决定。

“黑色佣兵团是卡塔瓦自由佣兵团现存的最后一支了。我们今天的会议是一次正式的集会。我们的团长不幸牺牲了，所以第一件事，就是要选举一名新领导人。然后，我们需要决定如何离开这里。有人要参选吗？”

“你。”奥托说。

“我只是个医生。”

“你是唯一一个当得了领导的人。”

渡鸦站起身。

我对他说：“你坐下，保持安静，你都没资格来参会。十五年前，你弃我们而去，不记得了？其他人，有谁想参选吗？”

无人推举，无人自荐，也无人敢看我的眼睛。他们都知道我不想当。

地精尖声道：“有人反对碎嘴吗？”

无人反对。能得到众人拥戴真好，矮子里拔将军，众害之中取其轻，何其荣幸。

我想推脱，但由不得我。“好吧，下一个，我们该如何脱身。兄弟们，我们被敌人包围了，永恒守卫很快就会恢复过来。我们必须在他们开始针对我们之前撤离，可是，撤离之后，我们又该何去何从？”

无人发言。他们跟那些守卫兵一样，还没从战争的阴影中走出来。

“好吧。我知道我自己想干什么。自古至今，编年史作者都有一个使命，那就是在佣兵团解散或败落后，把编年史送回卡塔瓦。我们已经败落了，所以我提议大家投票决定是否解散。眼下我们没了致命死敌，队伍里的某些人可能会导致内讧。”我看向沉默，他也注释着我的眼睛。他刚才挪了一下座位，正好介于宝贝儿和渡鸦之间。除了渡鸦，我们都知道他的用意。

我任命自己为夫人的临时守护人。让这两个女人长久地和平共处，是一件不可能的事情。我希望我们能和和气气地坚持到木桨城，最起码要走出森林。我们需要每一个人手，现在的处境对我们很不利。

“佣兵团要解散吗？”我问。

这句话引起一阵骚动。除了沉默，其他人都出声反对。

我插嘴道：“这是正式的提议。如果有人想自谋生路，我不想让他背负叛逃的耻辱。但这并不意味着我们就要分道扬镳。我是想正式摘掉黑色佣兵团的称号。我打算带着编年史，向南寻找卡塔瓦。你们自愿加入，队伍沿用老军规。”

没有人想放弃黑色佣兵团的称号。放弃它，就像放弃祖祖辈辈流传下来的姓氏一样。

“那就继续使用这个称号。有谁不想去找卡塔瓦吗？”

三只手举了起来。他们都是在苦痛海北部加入佣兵团的士兵。沉默弃了权，不作表态，尽管他想去追求自己那个不可能实现的梦想。

又有一只手举了起来。地精举起手后，发现独眼竟然没举，然后两个人又开始争执起来。我打断了他们。

“我不想借大多数之威，强迫所有人都要参加。任何想要寻找他路的人，我作为指挥者，都会准许你们离开。沉默？”

他在黑色佣兵团的时间比我还长，我们既是他的朋友，又是他的家人。他的心在滴血。

最后，他点了点头。即使没有宝贝儿的允诺，他还是下定了决心，自谋生路。另外三个反对前往卡塔瓦的人也点了点头。我把他们的退出记录在编年史中。“你们退团了。”我对他们说，“当我们撤离森林最南端的时候，我会跟你们清算工资和物资。在那之前，我们还是要团结在一起。”我没有继续说下去，否则不出一分钟，我肯定会趴在沉默肩膀上，鼻涕眼泪一把又一把。我和他肩并肩经历了多少！

我转身面对地精，停下手中的笔。“你呢？要写下你的名字吗？”

“写。”独眼说，“赶紧写，赶紧摆脱他。我们可不需要他这种人，除了惹麻烦，啥贡献都没有。”

地精愤怒地瞪着他。“有你这句话，我还偏偏就不走了。我要待下去，等着你老死，让你接下来的日子苦不堪言，希望你再活一百年。”

我还真没想过他俩会分开。“好吧。”我忍住没笑，说，“老哈，找十来个人，弄些马来，剩下的人收拾一下，有用的东西都带走，尤其是钱，见到必捡。”

他们仍然没有缓过神来，木讷地看着我。

“我们要撤了，越早越好，省着一会儿又出什么乱子。老哈，马越多越好，我打算把能带的都带走。”

他们议论纷纷、喋喋不休，我正式宣布会议结束，中断了他们的讨论。

我颇有心机地把清理尸体的任务交给了守卫兵们。我和沉默站在佣兵团成员的坟墓旁，泪水忍不住往下流。“我从没想过老艾会……他是我最好的朋友。”我终于崩溃了。现在我所有的职责已尽，没有什么可以阻挡我的悲伤了。“我刚来的时候，工资都是从他那里领的。”

沉默举起一只手，轻轻挤了挤我的胳膊，他也只能这样安慰我了。

守卫兵在为他们的逝者致敬、告别。他们渐渐从战争的阴霾中恢复过来，不出多久，他们就会考虑下一步计划，就会询问夫人他们该如何行动。从某种意义上说，他们其实已经处于解雇状态了。

他们不知道他们的女主人已沦为众人矣，我也希望他们永远不要知道，因为我打算拿她当作我们的返程票。

一旦她的失败尽人皆知，后果便不堪设想。往大了说，百姓又要遭受内战的折磨；往小了说，她的手下会为她复仇。

早晚会有人怀疑，我只愿在那一天之前，我们能够离开帝国、逃之夭夭。

沉默又碰了一下我的胳膊，他想离开了。“稍等一下。”我说着，拔出剑，向面前的一座座坟墓致敬，按照古代的标准，行礼告别。然后，我跟着他，加入了等待的人群中。

如我所愿，沉默的队伍会跟我们一起走一段路途。当我们远离守卫兵到达安全地带时，我们再分离别散。我并不期待那一刻的到来，尽管它不可避免——失去了共同的敌人，夫人和宝贝儿又怎么可能待在同一支队伍里呢？

我攀上马背，脚踝的痛让我龇牙咧嘴。夫人嫌弃地看了我一眼。“哟，”我说，“有精神了？”

“你这是在绑架我吗？”

“你想跟你的属下待在一起？用什么统治他们？刀子？”我堆出一脸坏笑，“我们还有个约会呢，记得不？去猫眼石城的花园吃晚餐？”

一时间，在她眼底的绝望背后，迸出一丝淘气的火花，她的脸上也重现了那晚我们相拥在炉火旁的表情。但只是一瞬，随后她又低落起来。

我靠近她，低语道：“要把编年史从高塔里弄出来，还需要你的帮助。”一想到这里，我就忍不住要发抖。我没敢告诉他们那些编年史我还没有弄到手。

她不再低落。“晚餐？一言为定？”单凭她的表情和语气，就能感受到她承诺的分量。我压着嗓子说：“在花园里吃晚餐。一言为定。”

我打了个手势，老哈随即出发。地精和独眼跟在后面，两个家伙又在斗嘴。摩根举着旗子，跟在其后，再后面就是我和夫人。其他人和负重的牲畜都在我们身后。沉默和宝贝儿跟在最后面，离我和夫人远远的。

我催了一下马，然后回头看了看。渡鸦倚着拐杖，一副孤苦伶仃、被人抛弃了的可怜相。皮包站在旁边，还在跟他解释。这孩子明白发生了什么。我想渡鸦也会明白的。他现在还没从震惊里走出来：人们不听他的，让他震惊；老碎嘴说到做到，射了他一箭，也让他震惊。“对不起。”不知为何，我朝他的方向嘟囔道。我转过头，面向森林，再也没有回头。

我预感他很快也会上路。如果宝贝儿在他心中真的有他想让我们认为的那么重要。

* * *

这天晚上，多少天来第一次，北空中的乌云散尽了。大彗星照亮了我们前行的路。北方人这才看到它，帝国的其他居民其实已经看到好几个星期了。

彗星已处于衰退期，生死关头已经过去了。帝国的百姓都恐慌地等待着它所预示的骤变。

三天后的那晚没有月亮，暗夜如漆。一只三条腿的怪兽从森林中踉跄走过，最后坐在大坟茔的废墟上，用仅剩的那只前爪扒了扒地上的土。老树之子抛出一场微型风暴。

怪兽落荒而逃。

但它还会再来，一次又一次，永不放弃……

图书在版编目（CIP）数据

黑色佣兵团. 卷三，白玫瑰 / （美）格伦·库克(Glen Cook）著 ; 苏伊达，刘策译. -- 南京 : 江苏凤凰文艺出版社，2017.9（2022.1重印）

书名原文：The White Rose

ISBN 978-7-5594-1000-9

Ⅰ. ①黑… Ⅱ. ①格… ②苏… ③刘… Ⅲ. ①长篇小说—美国—现代 Ⅳ. ①I712.45

中国版本图书馆CIP数据核字(2017)第207781号

著作权合同登记号 图字：10-2017-462

书　　名	黑色佣兵团. 卷三，白玫瑰
作　　者	（美）格伦·库克
译　　者	苏伊达　刘　策
策划出品	九志天达
责任编辑	姚　丽
策划编辑	罗婧芝
责任监制	刘　巍　江伟明
出版发行	江苏凤凰文艺出版社
出版社地址	南京市中央路165号，邮编：210009
出版社网址	http://www.jswenyi.com
印　　刷	三河市金泰源印务有限公司
开　　本	880毫米×1230毫米 1/32
字　　数	306千字
印　　张	12.75
版　　次	2017年9月第1版　2022年1月第2次印刷
标准书号	ISBN 978-7-5594-1000-9
定　　价	38.00元

江苏凤凰文艺版图书凡印制、装订错误可随时向承印厂调换